rororo

Antonio Manzini, geboren 1964 in Rom, ist Schauspieler, Regisseur und Drehbuchautor. Seine im Aosta-Tal angesiedelten Kriminalromane um den charismatischen Ermittler Rocco Schiavone stehen in Italien regelmäßig an der Spitze der Bestsellerlisten und wurden unter dem Titel «Der Kommissar und die Alpen» erfolgreich verfilmt.

Anja Rüdiger, geboren in Bonn, hat Übersetzen/Dolmetschen studiert. Fünfzehn Jahre lang hat sie in verschiedenen Verlagen als Lektorin und Programmleiterin gearbeitet. Seit 2011 ist sie als freie Übersetzerin, Lektorin und Literaturscout tätig.

«Manzini hat eine spektakuläre Figur geschaffen, die in der Welt der Krimiliteratur ihresgleichen sucht.» *Focus*

«Ein echter Krimigenuss.» *Wiener Zeitung*

«Auf diesen Ermittler wollen wir nicht mehr verzichten.» *La Lettura*

Antonio Manzini

DIE SCHWARZE STUNDE

Kriminalroman

Aus dem Italienischen
von Anja Rüdiger

Rowohlt Taschenbuch Verlag

Die Originalausgabe erschien 2016 unter dem Titel «7-7-2007»
bei Sellerio Editore, Palermo.

Deutsche Erstausgabe
Veröffentlicht im Rowohlt Taschenbuch Verlag, Hamburg, Oktober 2020

Redaktion Petra Müller

Zitat auf S. 7 aus: John Steinbeck, Jenseits von Eden,
übers. von Harry Kahn, Zürich, 1961.
Zitat auf S. 120 aus: Ludovico Ariosto, Der rasende Roland,
übers. v. Alfons Kissner, Berlin, 1922.
Zitat auf S. 134 aus: Francesco Petrarca, Italienische Gedichte,
übers. v. Carl Förster, Wien, 1827.

Covergestaltung FAVORITBUERO, München
Coverabbildung Shutterstock
Satz aus der Trump Medieval
Reihengestaltung Farnschläder und Mahlstedt, Hamburg
Gesamtherstellung CPI books GmbH, Leck, Germany
ISBN 978-3-499-00470-4

Die Rowohlt Verlage haben sich zu einer nachhaltigen Buchproduktion verpflichtet. Gemeinsam mit unseren Partnern und Lieferanten setzen wir uns für eine klimaneutrale Buchproduktion ein, die den Erwerb von Klimazertifikaten zur Kompensation des CO_2-Ausstoßes einschließt.
www.klimaneutralerverlag.de

FSC
www.fsc.org
MIX
Papier aus verantwortungsvollen Quellen
FSC® C083411

Für Tom

In aller Unwissenheit ist es mir gewiss, dass unter den obenauf liegenden Schichten von Schwachheit die Menschen gut sein wollen und dass sie geliebt werden wollen. Ja, die meisten ihrer Laster sind nur Versuche, kürzere Wege zur Liebe einzuschlagen.

John Steinbeck

U*nited, united, united we stand, united we never shall fall!*

Er öffnete die Augen und richtete sich abrupt auf. «Aber was ...?» Lupa, von der plötzlichen Bewegung ihres Herrchens alarmiert, hatte die Ohren aufgerichtet. Die Musik kam aus der Wohnung nebenan.

United, united, united we stand, united we stand one and all! Stammesrhythmen, verzerrtes, heiseres Gitarrenspiel und ein affenartiger Chor mit einem Refrain für Gehirntote. Dieser Musikstil, Heavy Metal, war für Rocco eine Sieben auf der Messlatte dessen, was ihm auf den Sack ging. Und wenn er um Viertel vor vier in der Nacht zu hören war, wurde daraus schlagartig eine Neun. «Verdammte Scheiße!», brüllte Rocco und stand auf. Nach zehn Tagen hatte er zu der neuen Wohnung in der Via Croix de Ville ein gewisses Vertrauen gefasst, allerdings nicht zu den Nachbarn. Schon gar nicht zu denen von gegenüber.

Doch nun war es unausweichlich, er musste diesen Leuten einen Besuch abstatten.

Er öffnete die Wohnungstür und wurde gleich von der Kälte des Treppenhauses erfasst, woraufhin er sofort wieder kehrtmachte, sich den Lodenmantel über die Boxershorts und das Unterhemd zog und erneut barfuß die Wohnung verließ. Er klopfte an die Tür. Keine Reaktion. Die Musik ließ dröhnend den Treppenabsatz erbeben.

So keep it up, don't give in ...

Er klingelte und bearbeitete gleichzeitig die Tür mit den Fäusten. Plötzlich wurde es still, gefolgt von eiligen Schritten. Ein Kratzen am Holz machte deutlich, dass jemand durch den Spion in der Tür spähte.

«Ja, ich bin's, Schiavone, der Nachbar! Machen Sie auf!»

Die Tür wurde aufgerissen. Vor ihm stand ein etwa sechzehnjähriger Junge. Pickel, lange Haare und Unterhose, ein löchriges Iron-Maiden-Shirt und bleich wie der Bauch eines Fischs. «J... ja?»

«Ja? Sonst nichts? Verdammte Scheiße, es ist Viertel vor vier, und du hörst dir in voller Lautstärke diesen Dreck an?»

Der Junge zog eingeschüchtert den Kopf ein. «Entschuldigen Sie. Ich dachte, es wär keiner da.»

«Da hast du falsch gedacht. Seit zehn Tagen wohne ich hier. Und an die anderen Mieter hast du gar keinen Gedanken verschwendet?»

«Das ganze Haus steht leer. Die Benaix sind nach Holland gefahren, und die Candianis sind auch weg. Entschuldigung, wenn ich gewusst hätte ...»

«Jetzt weißt du's. Setz dir Kopfhörer auf, dann kannst du deine Judas Priest so laut hören, wie du willst, weil deine Trommelfelle mir scheißegal sind!»

Der Junge wagte ein Lächeln. «Sie kennen Judas Priest?»

«Sicher. Die gab es schon, als ich in deinem Alter war. Die Frage ist eher, wieso du sie kennst!»

Der Nachbar hob schüchtern die rechte Hand und machte

den Rockergruß, indem er den Zeigefinger und den kleinen Finger von der Faust abspreizte. *«Rock 'n' roll will never die!»*, sagte er und grinste.

«Du hast sie doch nicht mehr alle, oder?», fragte Rocco. «Ab ins Bett, Kleiner, morgen ist Schule. Und wenn du mich noch mal mit diesem Mist weckst, lass ich dich von Lupa zerfleischen!»

In dem Moment fiel dem Jungen der Hund auf. «Ah! Ein ganz Hübscher.»

«Eine Hübsche!»

«Welche Rasse?»

«Ein Saint-Rhémy-en-Ardennes.»

Der Junge brach in Gelächter aus. «So 'ne Rasse gibt's?»

«Wenn es eine Rockgruppe gibt, die Judas Priest heißt, warum soll es dann diese Rasse nicht geben?»

«Ich heiße übrigens Gabriele.»

«Du kannst mich mal», entgegnete Rocco. Er war immer noch wütend, drehte sich um und ging zurück in seine Wohnung.

An Schlaf war nicht mehr zu denken. Nach einer schnellen Dusche und Fressen für Lupa verließen sie das Haus. Die Morgenröte färbte den Himmel und die taunassen Dächer Aostas. Er wollte frühstücken, mit einem doppelten Espresso und zwei Croissants, und zusehen, wie die Piazza Chanoux allmählich die Farben des neuen Tages annahm, der vielversprechend begann: keine Wolke zwischen den Schornsteinen, die seit etwas mehr als einem Monat nicht mehr rauchten.

Rocco betrachtete seine Schuhe, das siebzehnte Paar Clarks in zehn Monaten, das bisher am längsten durchgehalten hatte. Mit ein wenig Glück würden sie es vielleicht bis zum nächsten Winter schaffen. Ein leichter Wind, kühl, aber nicht eisig, streichelte sein Gesicht. Lupa hielt an jeder Ecke an, um die Marken zu erschnüffeln, die die anderen Hunde am Vorabend hinterlassen hatten. Er seinerseits blieb am Kiosk stehen, um die Zeitung zu kaufen. Als er den Artikel auf der Titelseite sah, traute er seinen Augen nicht.

Rue Piave
Ein noch immer ungeklärtes Verbrechen

Niemand spricht mehr über den Mord in der Rue Piave, wo vor etwas mehr als einem Monat Adele Talamonti von sieben Schüssen durchsiebt wurde, während sie, dem Pressesprecher der Staatsanwaltschaft zufolge, in der Wohnung von Vicequestore Rocco Schiavone zu Gast war. Wer ist in diese Wohnung eingedrungen, um die arme Frau zu erschießen? War tatsächlich sie das Ziel, oder galten die Schüsse eigentlich dem Vicequestore? Inzwischen scheinen wir die Einzigen zu sein, die sich diese Frage stellen. Doch es ist unsere Pflicht, unsere Leser daran zu erinnern, dass die scheinbar unerklärlichen Fakten vielleicht ganz leicht aufzuklären sind, diese Aufklärung aber gewisse Leute in Schwierigkeiten bringen könnte. Zum Beispiel einen leitenden Angestellten der Polizei, der seit zehn Monaten in der Questura von Aosta arbeitet und, wie es aussieht, ein Protegé von Questore Andrea Corsi ist. Wir dagegen möchten nicht versäumen, in Erinnerung zu rufen, dass in der Nacht des 13. Mai Adele Talamonti brutal ermordet wurde und dass trotz aller Versprechungen nach wie vor im Dunkeln liegt, wer die Auftraggeber oder die Täter gewesen sein könnten. Das Einzige, was seitdem geschehen ist, ist Rocco Schiavones Umzug in eine andere Wohnung, da es ihm offensichtlich unmöglich ist, mit der Verantwortung zu leben. Bleibt zu wünschen, dass die Questura oder Staatsanwalt Dottor Baldi uns und den Bürgern Aostas bald eine konkrete Antwort gibt.

Sandra Buccellato

Rocco knüllte die Zeitung zusammen und warf sie in den Mülleimer. Es war allerhöchste Zeit, diese Journalistin endgültig zum Schweigen zu bringen: Sandra Buccellato, die Exfrau des Questore und Grund für dessen Hass auf die Presse, weil sie ihn wegen eines Reporters von *La Stampa* verlassen hatte. Er musste sie aufsuchen, bedrohen, verprügeln … Wie konnte sie es wagen? Vor allem der Satz «… da es ihm offensichtlich unmöglich ist, mit der Verantwortung zu leben …» ließ ihn rotsehen. Denn er war schon seit dem 7. Juli 2007 gezwungen, mit der Verantwortung zu leben, und davon hatte diese Sandra Buccellato keine Ahnung! Er musste ihr überhaupt nichts erklären, das Einzige, was er tun musste, war, in dieser Redaktion aufzulaufen und der Frau ein für alle Mal das Maul zu stopfen.

Auf einmal schmeckte der Espresso nach Erde und das Croissant nach ranziger Butter.

«Was ist los, Dottore?», fragte Ettore. Es waren bereits etwa ein Dutzend Gäste zum Frühstück in der Bar.

Rocco schüttelte den Kopf. «Heute ist nicht mein Tag, Ettore.»

«Aber um die Zeit schon wach. Ist irgendwas im Busch?»

«Nein, nichts. Sag mal, kennst du diese Sandra Buccellato?»

Ettore grinste. «Ob ich die kenne? Die kommt mindestens dreimal am Tag hier in die Bar. Die Redaktion ist gleich da vorn.»

«Könntest du sie beschreiben?»

«Nein. Weil auch ich Zeitung lese, sie kenne und weiß, dass Sie wissen wollen, wie sie aussieht, um ihr etwas Unschönes anzutun.»

«Ich habe noch nie einer Frau irgendetwas angetan, Ettore!»

«Ach nicht? Dann reden wir doch mal über Nora Tardioli, die Ihnen genau hier einen Aperol Spritz übers Jackett gekippt hat. Oder über Anna Cherubini, die, wenn man nur Ihren Namen erwähnt, bleich wird und hektische rote Flecken kriegt ...»

Rocco sah dem Barista in die Augen. «Nur dass dich das einen Scheiß ...»

«Kommen Sie, Dottore! Ich bin schließlich Barista ...», sagte Ettore, um sein Verhalten zu rechtfertigen. Dann wandte er sich um und ging zur Theke zurück.

Rocco trank seinen Espresso aus. Dann wandte er sich zum Gehen, blieb jedoch am Ausgang noch mal stehen. «Hör mal, du Schlaumeier, da du ja alles weißt», rief er. Drei Leute drehten sich zu ihm um. «Dann weißt du ja sicher auch, was die Rasse meines Hundes ist, oder?»

«Saint-Rhémy-en-Ardennes, Dottor Schiavone. Natürlich weiß ich das!»

Sie lachten. Ettore gefiel ihm immer besser. «Sag ihr, dass ich nach ihr suche!»

«Mach ich.»

Die Putzkolonne der Questura musste sich im Streik befinden, denn offensichtlich hatte niemand einen Fuß in sein Büro gesetzt. Es herrschte die gleiche Unordnung wie am Vorabend, als wäre sein Schreibtisch der Tatort eines Verbrechens, wo bis zum Eintreffen der Spurensicherung nichts angerührt werden durfte. Rocco schloss die Tür und öffnete die Schublade. Die Holzschachtel mit den Intarsien war nur noch spärlich gefüllt. Das war wie ein Schlag in die Magengrube! Eine drohende Katastrophe! Der Joint, den er sich nun genehmigen würde, war einer der letzten! Er machte ihn äußerst umsichtig zum Rauchen bereit. Zündete ihn an. Und genoss ihn in aller Ruhe, den Blick durchs Fenster auf den Himmel gerichtet und darauf wartend, dass seine nach der schlaflosen Nacht erlahmten Neuronen wieder zu funktionieren begannen.

Beim dritten Zug klingelte das Telefon. «Schiavone ...»

«Corsi.»

«Ich wollte gerade zu Ihnen kommen, Dottore ...»

«Gut. Und lassen Sie den Hund, wo er ist. Beim letzten Mal hat er hier ein Stuhlbein angenagt.» Rocco legte auf. Betrachtete Lupa, die sich zum Schlafen auf dem Sofa zusammengerollt hatte. Er hob den Tennisball vom Boden auf, den er für sie gekauft hatte, und legte ihn neben ihre Schnauze. Dann öffnete er das Fenster und verließ den Raum.

Corsi saß an seinem Schreibtisch und Baldi in einem der hellen Ledersessel. Der Staatsanwalt musterte Rocco abschätzend und reichte ihm unwillig die Hand, wobei er ein unfreundliches «Salve ...» vor sich hin murmelte. Corsi wirkte nervös, begrüßte Rocco aber im Gegensatz zu Baldi im üblichen Posaunenton: «Buongiorno, Dottor Schiavone, bitte setzen Sie sich!» Dabei wies er auf den freien Sessel direkt neben dem Staatsanwalt. «Gut, gut, gut ...» Der Questore verschränkte die Hände und legte sie auf den Schreibtisch. Dann kam er gleich zur Sache. «Es geht um den Fall in der Rue Piave. Wie Dottor Baldi mir gesagt hat, wissen Sie, wer der Mörder ist und warum er es getan hat, und sind nicht bereit, diese Informationen mit uns zu teilen. Stimmt das, oder ist das nur eine Annahme der Staatsanwaltschaft?»

Rocco sah Baldi an und grinste: «Sie wissen doch alles. Warum dann also die Umstände?»

«Sie sind ein Vertreter der staatlichen Behörden», wandte Baldi ein, «und müssen sich dementsprechend verhalten. Wir wissen, dass Sie sich häufig in Rom aufhalten, mit wem Sie sich dort treffen, mit wem Sie in regelmäßigem Kontakt stehen ...»

«Also kennen Sie auch den Namen des Mörders: Enzo Baiocchi.»

Bei der Nennung des Namens sahen Corsi und Baldi sich an. «Wer ist Enzo Baiocchi, und warum will er Sie töten?»

Rocco massierte seinen Nacken, der nach der schlaflosen Nacht schmerzte. «Sie wissen alles Mögliche über mich, aber ausgerechnet das wissen Sie nicht?»

«Sie sind eine Nervensäge, Schiavone, und merken nicht, dass Dottor Baldi und ich versuchen, Ihnen zu helfen. Verstehen Sie? Wir versuchen, Sie zu beschützen!»

«Beschützen wovor?»

«Sie haben jede Menge Feinde und das nicht nur in Verbrecherkreisen. Nur im Innenministerium nicht, wie es scheint.

Denn die haben Sie hierhergeschickt, dabei hätte es Sie viel übler treffen können.»

«Sicher?»

«Stecken Sie sich Ihre Ironie sonst wo hin!», brüllte Baldi. «Sie riskieren ein Verfahren und noch viel Schlimmeres!»

Schiavone breitete hilflos die Arme aus. «Was zum Beispiel? Aus dem Polizeidienst zu fliegen? Irgendwo im Aspromonte zu landen?»

«Nein, mein Freund.» Corsi bemühte sich um ein verbindliches Lächeln. «Sie riskieren eine Lawine an Ermittlungen gegen Sie. Dann werden Ihre Konten überprüft, Ihre Anschaffungen, Ihr Eigentum, Ihre Freunde. Glauben Sie mir, aus dem Polizeidienst zu fliegen wäre ein Segen im Vergleich zu dem, was Ihnen in diesem Fall bevorstünde.» Corsi stand auf. Machte zwei Schritte aufs Fenster zu. Verschränkte die Hände hinter dem Rücken und atmete tief durch. «Und Sie haben keinen Verbündeten, Schiavone. Weder in mir noch in der Staatsanwaltschaft. Das wäre für Sie ein unerträglicher Spießrutenlauf, und ich schwöre Ihnen, dass wir alles tun würden, um der Sache sehr genau auf den Grund zu gehen. Also ...», er wandte sich abrupt zu Rocco um, «... entweder Sie reden endlich, oder dieses Treffen ist beendet!»

Rocco fuhr sich mit den Händen übers Gesicht. Sah seine Gesprächspartner an. «Drei Dinge: Zeit ...»

«So viel Sie wollen», sagte Baldi.

«Kaffee ...»

«Lasse ich bringen ... Und das dritte?»

«Ich will meinen Hund hier haben.»

Corsi griff nach dem Telefonhörer. «Rispoli? Bringen Sie Schiavones Hund her. Und sagen Sie allen, dass ich den ganzen Tag nicht zu sprechen bin. Und wenn Sie schon unterwegs sind, bringen Sie uns Kaffee mit.» Er beendete das Gespräch und setzte sich wieder.

«Gut. Wir sind ganz Ohr.»

«Bevor ich anfange ...»

«Noch was?» Baldi verlor allmählich die Geduld.

«Könnten Sie mir bitte erklären, wie Sie all diese Dinge über mich in Erfahrung gebracht haben?»

Baldi und Corsi lächelten. «Sie haben Ihre Quellen und wir die unseren.»

Rocco nahm eine Zigarette aus seinem Päckchen und steckte sie sich zwischen die Lippen. «Darf ich?»

«Das ist ein Ausnahmefall. Aber das ist die erste und letzte Zigarette in meinem Büro!» Der Questore zündete Rocco die Zigarette mit dem Dupont-Feuerzeug auf seinem Schreibtisch an. Rocco nahm den ersten Zug, blies den Rauch an die Decke, dann sagte er: «Also, machen wir es so wie beim Lesen eines Buchs. Ich erzähle Ihnen siebzig Prozent, und den Rest müssen Sie sich mit ein bisschen Phantasie zusammenreimen. Davon haben Sie ja mehr als genug, oder?»

Baldi und Corsi sparten sich die Antwort, und Rocco begann.

Rom. Sommer 2007

Wie spät ist es, Amore?», fragte er und drehte sich im Bett um. Doch neben ihm lag niemand.

Seit drei Tagen.

Er versuchte zu atmen, aber irgendetwas blockierte seine Luftröhre. Mühsam schnappte er nach Luft, doch es gelang ihm nicht, seine Lunge zu füllen. Er versuchte, seinen Herzschlag zu beruhigen, drehte sich auf den Rücken und entspannte sämtliche Muskeln. Langsam holte er tief Luft, versuchte, die Blockade in seiner Kehle zu überwinden, und diesmal strömte die Luft in seine Lunge. Er atmete aus. Wiederholte das Ganze noch viermal. Es wurde besser, sein Herzschlag beruhigte sich allmählich. Er schloss die Augen. Drei Tage ohne Marina waren einfach zu viel! Dabei war Rocco schon oft länger als eine Woche von seiner Frau getrennt gewesen. Aber diesmal war sie einfach gegangen. Ohne die Tür hinter sich zuzuschlagen, denn das war nicht ihre Art, kein großes Theater, kein Geschrei. Sie hatte einfach nur gesagt: «Ich übernachte für ein paar Tage bei meinen Eltern», und hatte ihre Tasche gepackt. Vor drei Tagen.

An diesem Scheißsonntag!

Seine Frau hatte schon seit einer Weile darüber nachgedacht. So viel war klar. Am Sonntagmorgen hatte er sie dann im Wohnzimmer vorgefunden, in der strahlenden Junisonne am Tisch sitzend, mit jeder Menge Papierkram von der Bank um sich herum. Sie las jeden Brief und schrieb mit einem Stift Zahlen in ein Notizbuch. Rocco war gähnend ins Zimmer gekommen. «Willst du einen Kaffee?», hatte er gefragt, und sie hatte die Brille abgenommen, um ihm in die Augen zu sehen. «Erklärst du es mir?»

Seine Frau wollte die Wahrheit hören. Das mit der Erbschaft von seinem Onkel hatte sie nicht geglaubt, genauso wenig wie das mit der Gehaltserhöhung, dem Lottogewinn, dem Verkauf des Ladenlokals in Trastevere, in dem sich die Druckerei seines Vaters befunden hatte. Das passte alles nicht zusammen. «Setz dich, Rocco. Und sag mir, woher du das Geld hast. Keine Lügen, das habe ich nicht verdient.»

Rocco hatte sich hingesetzt. Und ihr alles erklärt. Während er gestand, hatten sich Marinas Augen mit Tränen gefüllt. Beim Zuhören hatte sie mit den Bügeln der Brille gespielt. Draußen brannte die Sonne, während sich in ihrer Wohnung in der Via Poerio eine herbstliche Kälte breitmachte. Er sagte ihr nicht alles, verschwieg einige Dinge, sparte ein paar Details aus, doch schließlich wusste sie genug, um eine Entscheidung zu treffen. «Das also bist du ...», hatte sie gesagt, «für ein bisschen Geld bist du zu allem fähig.» Dann war sie aufgestanden. Rocco hatte versucht, sie zurückzuhalten, aber sie wollte nicht mehr reden. Vor seinen Augen packte sie ihre Tasche und griff sich die Schlüssel vom Fiat Panda. «Ich muss nachdenken. Ausgiebig. Ich übernachte für ein paar Tage bei meinen Eltern. Bitte ruf mich nicht an.» Dann hatte sie die Wohnung verlassen und die Tür hinter sich geschlossen. Rocco war aufs Sofa gesunken, hatte sich eine Zigarette angezündet und war dort sitzen geblieben, bis die Sonne hinter den Dächern Roms unterging.

Er trat aus dem Schlafzimmer. Die Briefe von der Bank, die Marina sich angesehen hatte, lagen noch auf dem Tisch. Er hatte versucht, Marina anzurufen, aber Laura, ihre Mutter, hatte ihm höflich erklärt, dass sie nicht zu Hause sei. Sie arbeite.

«Ich muss nachdenken.» Rocco wiederholte die Worte seiner Frau halblaut, während er das Kaffeepad in die Espressomaschine gab. «Und wie lange willst du nachdenken? Du denkst schon seit drei Tagen nach!»

Hatte Marina denn nicht begriffen, wer er war? Hatte sie nicht verstanden, aus welcher Welt er kam? Sie war doch zu Hause bei seinen Eltern in der Via della Lungara gewesen. Kannte seine Freunde Sebastiano, Furio und Brizio. War ihr nicht klar, was die drei machten? Warum war sie jetzt auf einmal aufgewacht und hatte begonnen, in seinem Leben herumzuschnüffeln?

«Wie ich an das Geld gekommen bin? Ich habe mein Gehalt ein wenig aufgebessert. Habe ein bisschen von dem beschlagnahmten Marihuana abgezweigt und etwas von dem Schmiergeld, wenn wir einen Abgeordneten beim Handaufhalten erwischt haben, habe zwei Bilder weiterverkauft, ja, verdammt! Das hab ich getan!» Aber er hatte sich niemals an armen Leuten vergriffen oder vor mächtigen Auftraggebern klein beigegeben.

«Ich bin kein Heiliger, Mari', bin ich nie gewesen!»

Nutzlose Worte, die ihm noch immer im Kopf herumgingen. Er konnte sie nicht überzeugen. Hatte es gar nicht versucht. Marina kam aus einem anderen Stadtviertel, einer anderen Welt. «Du bist im Liceo Giulio Cesare zur Schule gegangen, hast am Corso Trieste gewohnt, dein Vater und deine Mutter sind einem ehrlichen Beruf nachgegangen, waren immer gesetzestreu und hatten auch am Monatsende noch genügend Geld. Hast du jemals zu viert auf dreißig Quadratmetern gelebt? Hast du jemals erlebt, dass deine Mutter beim Obsthändler weint, weil der sie erniedrigt und bedroht hat? Du hättest ihr Gesicht sehen müssen, als sie sich bei einem miesen Kredithai Geld leihen musste, um Papas Beerdigung zu bezahlen. Wie viele Turnschuhe hast du getragen? Du weißt es nicht? Daran kannst du dich nicht erinnern? Ich nur ein Paar. Gekauft in der sechsten Klasse, und zwar zwei Nummern größer, damit sie bis zur achten Klasse halten! Hast du schon mal ein Foto vom Weihnachtsbaum bei uns zu Hause gesehen? Nein. Und weißt du, warum? Weil wir keinen hatten und auch keine Kamera, um ein Foto zu machen! Euer Weihnachtsbaum war wunderschön, und darunter lagen jede Menge Geschenke, und du und deine Schwester in euren Rollkragenpullovern konntet es gar nicht erwarten, die Puppen und Spiele auszupacken.»

Das ist keine Rechtfertigung für das, was du getan hast.

Das war Rocco bewusst. Sein Vater war sein ganzes Leben über arm gewesen und hatte sich niemals die Hände schmutzig gemacht außer mit Druckertinte. Seine dagegen waren völlig verdreckt. Er hatte schon früh angefangen. Nach dem Tod seines Vaters nahm er jeden Job an, um zu Hause zu helfen. Aber die Kredithaie forderten von seiner Mutter immer mehr Geld. «Verstehst du das, Marina? Jeden Tag, an dem

Gott die Sonne hat aufgehen lassen, kamen sie und wollten noch mehr Geld von ihr, Geld, das sie längst zurückgezahlt hatte!» Und dann hatte Rocco den Schweinen eines Morgens zusammen mit Sebastiano und Furio einen Besuch abgestattet. «Wir waren zu dritt. Und ich bereue es nicht, Marina, ganz und gar nicht. Wir haben sie verprügelt und bedroht und sind mit einem dicken Bündel Scheine wieder nach Hause gekommen! Und Mamma hab ich gesagt, dass ich im Lotto gewonnen hätte. Sie hat so getan, als würde sie mir glauben. Warum kannst du das nicht?»

Das ist keine Rechtfertigung für das, was du getan hast.

Die Erinnerungen, der Streit drei Tage zuvor, die Hitze, die Sehnsucht, all das toste wie ein Sturzregen durch Roccos Kopf. Er nahm sich den Kaffee und betrachtete die Stadt im Morgengrauen. Versuchte seine Gedanken zu beruhigen, die jeglichen Bezug zu Zeit und Raum verloren hatten. Er hatte keine Lust, zur Arbeit zu gehen. Auch nicht zu Hause zu sein. Das Einzige, was er wollte, war Marina. So war es in Roccos Leben schon immer. Das, was er sich am meisten wünschte, konnte er nicht haben.

Clara Ferri stellte den Espressokocher auf den Herd und sah auf die Uhr. Halb neun, Zeit, Giovanni zu wecken, der um zehn in der Uni sein musste, soweit sie sich an das erinnerte, was er gestern Abend gesagt hatte. Sie stellte die Tasse auf den Küchentisch und ging aus dem Raum, um an die Zimmertür ihres Sohnes zu klopfen: «Giovanni? Giovanni? Aufwachen, es ist halb neun!» Vorsichtig öffnete sie die Tür. Die Jalousien waren oben. Das Bett war unberührt. Clara spürte eine Welle der Sorge in sich aufsteigen. «Giovanni …?» Das

Zimmer war aufgeräumt, so wie die Haushaltshilfe es am Vortag hinterlassen hatte. Kein Kleidungsstück hing über dem Stuhl, der Computer war ausgeschaltet, die Bücher standen ordentlich nebeneinander.

Giovanni war nicht nach Hause gekommen.

Clara ging wieder in die Küche und nahm ihr Handy. Keine verpassten Anrufe, keine neuen Nachrichten. «Aber wo …?» Sie gab die Telefonnummer ihres Sohnes ein, die einzige neben der ihrer Schwester, die sie auswendig wusste. Die emotionslose Stimme verkündete, dass der Teilnehmer derzeit nicht erreichbar war. Sie versuchte es erneut. Mit dem gleichen Ergebnis. Sie sah unter ihren Kontakten nach und wählte die Nummer von Isabella. Nach dem fünften Klingeln war deren verschlafene Stimme zu hören.

«P… pronto?»

«Isabella, entschuldige, dass ich dich so früh anrufe. Ich bin's, Clara … Ist Giovanni bei dir?»

«Bitte?»

«Giovanni, ist er bei dir?»

«Nein, Signora Ferri. Ist er nicht …»

«Wart ihr gestern zusammen?»

Schweigen. Clara sah vor sich, wie sich Isabella mit der Hand über die Augen fuhr, um zu sich zu kommen. «Wir waren zusammen im Pub. Aber …»

«Aber was?»

«Na ja. Giovanni und ich haben uns gestern gestritten.»

Clara biss sich auf die Lippe. «Und weißt du vielleicht, wohin er danach gegangen ist?»

«Nein, keine Ahnung. Er hat mich nach Hause gebracht und ist wieder aufs Mofa gestiegen. Haben Sie es schon bei

Pietro versucht? Oder vielleicht hat er bei Maurizio übernachtet. Ich weiß, dass er heute in die Uni muss …»

«Hast du Maurizios Nummer?»

«Ich schicke sie Ihnen sofort.»

«Nein, bitte sag sie mir, ich traue diesen Handys nicht.»

Alberto Ferri kam um zehn in die Redaktion, mit Schmerzen im unteren Rücken, die sich seit dem Vorabend hartnäckig hielten. Das Spiel gegen die Kollegen vom *Messaggero* war ihm gar nicht bekommen. Mit achtundvierzig Jahren konnte er es sich einfach nicht mehr erlauben, auf den Platz zu gehen, ohne sich vorher vernünftig warm gemacht zu haben, zu rennen und herumzuspringen wie ein Idiot, mit rasendem Herzen und brennender Lunge. Wie oft hatte er schon gehört, dass ein Mann um die fünfzig auf dem Fußballfeld an einem Herzinfarkt gestorben war? Ganz zu schweigen von Schädel-Hirn-Traumata oder Schien- oder Wadenbeinen, die wie Streichhölzer brachen. Er musste zurückschrauben, sich öfter auswechseln lassen und durfte vor allem nicht mehr so ungestüm wie ein Halbwüchsiger in den Zweikampf gehen. Seinem Kollegen De Dominicis, der genau wie er für die Verbrechensmeldungen zuständig war, hatte er durch eine Blutgrätsche beinahe das Schienbein zertrümmert. «Was machst du denn, du Spinner!», hatte der ihn mit Schaum vorm Mund angebrüllt. «Glaubst du, dass du hier in der Champions League spielst, du Blödmann?» Und Pino De Dominicis hatte recht, es gab keinen vernünftigen Grund für eine solche Aktion! Wobei die eigentliche Frage war: Welchen vernünftigen Grund es dafür gab, einmal pro Woche beim Kleinfeldfußball Haut und Knochen zu riskieren? «Machen Sie Sport, das ist gut für die Durchblutung!», hatte sein Arzt gesagt. Aber wahrscheinlich hatte er damit ein paar wohltuende, ruhige Stunden im Fitnessstudio gemeint, wo man wie ein Hamster im Laufrad auf so einem blöden Band lief oder sich auf einem Fahrrad abstrampelte, ohne von der Stelle zu kommen. «He, Alberto, deine Exfrau ist am Telefon. Sie hat heute schon zweimal angerufen!», sagte seine Kollegin Monica mit den blauen Augen, als sie mit einem Stapel Papier an ihm vorbeiging.

Was will die denn?, fragte er sich. Für diesen Monat war schon alles geregelt; er hatte ihre Miete bezahlt, also was konnte los sein? Er ging zu seinem Platz und nahm den Hörer ab. «Pronto?»

«Alberto!» Ihre Stimme klang besorgt.

«Was ist los, Clara? Ist was passiert?»

«Was ist mit deinem Handy? Warum gehst du nicht ran?»

«Um Telefonate wie dieses zu vermeiden. Was willst du?»

«Giovanni ist gestern Abend nicht nach Hause gekommen.»

«Na ja, wahrscheinlich hat er bei seiner Freundin übernachtet, dieser ... Eleonora, oder?»

«Nein, seine Freundin heißt Isabella, aber ich hab sie schon angerufen. Da ist er nicht und auch nicht bei Maurizio ...»

Während Clara die Namen aller Freunde seines Sohnes aufzählte, schaltete Alberto sein Handy an. Sieben Anrufe. Fünf von seiner Frau. Einer von Giovanni.

«... Matteo weiß nicht, wo er ist, und seine Kommilitonin Lucia auch nicht. Sein Handy ist die ganze Zeit aus. Ich hab ihn schon mindestens zehn Mal angerufen, aber nichts.»

«Clara!»

«Was ist?»

«Warte, ich schau mal nach, wann ... Giovanni hat mich gestern Abend angerufen. Um elf.»

«Und was hat er gesagt?», schrie seine Exfrau.

«Weiß ich nicht. Da hab ich schon geschlafen. Ich seh hier nur, dass er angerufen hat.»

«Oh, Madonna mia ...»

«Hör zu, Clara, ich ruf jetzt alle Krankenhäuser und Kommissariate in der Stadt an. Aber es wird schon nichts sein. Ganz ruhig, okay? Mach dir einen Kamillentee und überlass mir das Ganze, einverstanden?»

«Ja ... ja ...»

«Gut. Immer die Ruhe bewahren.» Er nahm das Telefon vom Ohr.

«Monica! Könntest du mir bitte mal helfen?»

Monica sah ihn aus dem Augenwinkel an, ohne den Blick von dem Blatt Papier zu nehmen, das sie gerade las.

«Monica, hilfst du mir jetzt oder nicht?»

«Soll ich dir helfen oder deiner Frau?»

«Exfrau, bitte, Monica. Und es geht dabei gar nicht um sie.»

«Ach nein? Worum dann?»

Alberto ging zum Schreibtisch seiner Kollegin hinüber: «Bitte, das ist jetzt nicht der richtige Moment, um eine Szene zu machen. Es geht um Giovanni. Er ist seit gestern Abend spurlos verschwunden. Hilfst du mir?»

Monica nickte, legte das Blatt zur Seite und stand auf. «Ich kümmere mich um die Krankenhäuser. Du um die Kommissariate.»

Die Bohrungen waren fertig. Jetzt konnten sie den Diamantdraht einfädeln, um mit dem vertikalen Schnitt zu beginnen. Er sollte sich von Omar helfen lassen und auf die Bancata steigen. Die Hitze war unerträglich, und der weiße Marmor reflektierte die Sonne wie ein Spiegel. Zum Glück standen die Ferien vor der Tür. Ernesto wollte auch dieses Jahr wieder nach Torvajanica fahren und würde wie immer viel Gelächter ernten, wenn er sich auszog und seine gescheckte Bräune zeigte: Gesicht und Hals fast schwarz, genau wie die unteren beiden Drittel der Arme, und der Rest weiß wie ein Sack Mehl. Seine Tochter nannte das Marmor-Bräune, was wortwörtlich stimmte. Ernesto musste jedes Mal lachen, wenn er sah, wie sich seine Frauen am Strand dieses spiegelartige Ding unters Kinn hielten, um so braun wie möglich zu werden. «Ihr braucht nur mal drei Tage mit in den Steinbruch zu kommen, dann seid ihr so schwarz wie Afrikanerinnen.» Daraufhin lachten seine Frau und seine Tochter, setzten sich die Plastik-Sonnenbrillen auf – ein Give-Away aus der *Amica* –, justierten den Spiegel unterm Kinn und rösteten sich weiter in der Sonne, während er im Schatten der Strandbar den *Corriere dello Sport* las und zu ihnen hinüberschaute. Zu seiner Frau und seiner Tochter. Für sie tat er das alles. Den Marmorstaub im Steinbruch einatmen, im Sommer in der Sonne braten und in der Winterkälte zittern, literweise Wasser auf die Säge gießen, sich mit dem Lärm der Diamantseile, die sich in den Stein fraßen, die Trommelfelle ruinieren. Alles für seine Frau, die er nach dreiundzwanzig Ehejahren immer noch liebte, und für seine Tochter, die im kommenden Jahr ihre Ausbildung zur Hotelfachfrau beenden würde und schon ein Jobangebot von einem Restaurant in Circeo hatte.

«Omar! Wo bist du?», rief er, den Moment der Arbeitspause nutzend. «Omar? Hat jemand Omar gesehen?» Ciro wies auf den Container, in dem sich das Büro des Chefs befand. «Ich hab ihn dort drüben gesehen ... Er kommt bestimmt gleich wieder!» Ernesto Auriemma nahm den Helm ab, wischte sich den Schweiß von der Stirn und hielt nach seinem Kollegen Ausschau, der plötzlich ganz hinten im Steinbruch auftauchte. Er rannte stolpernd auf sie zu, durch den von der in der Hitze glühenden Erde aufsteigenden durchsichtigen Dampf, wie ein schwarzes Gespenst aus Gelatine. Sein Mund war geöffnet, er schien etwas zu rufen. Wenig später konnten Ernesto und die gebeugt arbeitenden Kollegen ihn deutlich verstehen: «... tot ... kommt schnell ... tot», hörten sie.

«Tot? Was redest du da, Omar?», rief Ernesto zurück.

Omar wies hinter sich in Richtung des Sees in der Mitte des Steinbruchs. Er war völlig aufgelöst. Sein Helm fiel ihm aus der Hand, aber er blieb nicht stehen, um ihn aufzuheben. Schließlich war er nah genug bei ihnen. «Unten am See ... liegt einer ... ganz sicher tot!»

Mario, der Chef im Steinbruch, wie immer im karierten Hemd und mit einer Zigarette zwischen den Lippen, trat aus dem Container. «Was, zum Teufel, ist hier los?», schrie er.

Ernesto breitete hilflos die Arme aus. «Keine Ahnung. Omar sagt, da ist ein Toter ...»

«Wie, ein Toter?» Mario stieg die schmale Treppe hinunter, um dem ägyptischen Arbeiter entgegenzugehen. «Was erzählst du da, Omar? Wer ist tot? Einer von uns? Gott bewahre!»

«Nein, nicht einer von uns ...» Endlich hatte Omar die

Kollegen erreicht. «Kommt. Unten am See, beeilt euch», keuchte er und rannte wieder los. Ernesto, Mario und die anderen drei Arbeiter liefen dem Nordafrikaner hinterher. «Da unten ...», sagte Omar mit schreckgeweiteten Augen. «Es ist furchtbar, furchtbar.» Dann fügte er noch etwas auf Arabisch hinzu, was keiner verstand.

Sie liefen um den letzten Marmorblock herum und erreichten endlich den Rand der Grube. In der Tiefe schimmerte ein kleiner See, so strahlend blau wie ein Stück karibisches Meer. Der Pool eines Fünf-Sterne-Hotels. Aber tatsächlich nutzten sie ihn als Brunnen und schöpften daraus das Wasser, das sie zur Kühlung der Sägen und des zu schneidenden Marmors brauchten. Omar wies hinunter in die Grube. Dort lag auf einem Marmorblock ein Mann. Der in der Junisonne weiß leuchtende Stein betonte die rote Farbe des Blutes. Die Gliedmaßen des Mannes waren unnatürlich verrenkt. Das rechte Bein nach hinten, der linke Arm auf den Rücken verdreht. «Oh, Scheiße ...!», sagte der Chef. «Wie ...»

«Jemand hat ihn gestoßen!», meinte Ernesto und schloss die Augen, um das Bild auszulöschen, das sich für den Rest seines Lebens in seine Erinnerung einbrennen sollte.

«Parrillo, ich würde gern lebend an der Via Tiburtina ankommen!», schrie Rocco, um das Dröhnen des Alfas zu übertönen, der mit Vollgas über die Ringstraße schoss.

«Wenn Sie mir erlauben, die Sirene einzuschalten ...»

«Ich hasse die Sirene! Untersteh dich, sie einzuschalten! Und Vorsicht, der Lastwagen!»

Parrillo wechselte die Spur, streifte beinahe einen Smart,

überholte den Lastwagen und fuhr auf den Randstreifen, um wieder auf hundertzwanzig Stundenkilometer zu beschleunigen.

«Sag mal, bist du taub? Der Mann ist tot, warum, zum Teufel, rast du so?»

«Ich will vor der Spurensicherung da sein.»

«Und dürfte ich erfahren, warum?»

Der Kollege am Steuer zuckte mit den Schultern und antwortete nicht.

«Hör mir gut zu, Parrillo, wenn du nicht sofort mindestens dreißig Stundenkilometer langsamer fährst, lasse ich dich ins kalabrische Hinterland versetzen. Außerdem haben wir keine Klimaanlage im Wagen, und wenn du so rast, können wir die Fenster nicht öffnen.»

Parrillo gehorchte, bremste ab und schaltete zurück.

«Manchmal bist du echt dämlich, Parrillo.»

Der Kollege grinste.

«Ist dir klar, warum dauernd der Tank leer ist? Weil du fährst wie eine gesengte Sau. Und warum, glaubst du, muss der Wagen ständig in die Werkstatt? Weil du diese Karren gnadenlos verschleißt. Gleich rechts ... die nächste.»

Parrillo bog ab. Sie ließen die Ringautobahn hinter sich und fuhren noch etwa zehn Kilometer auf der Via Tiburtina. Als sie am Eingang zum Marmorsteinbruch ankamen, standen dort zwei Wagen des örtlichen Kommissariats vor dem Tor. Die Agenti traten zur Seite und begrüßten Rocco und Parrillo, die auf dem kleinen Platz vor dem Container mit dem Chefbüro neben zwei Lieferwagen parkten.

«Scheiße!» Parrillo hieb wütend aufs Lenkrad. «Die Spurensicherung ist schon da.»

Rocco sah ihn nur genervt an, öffnete die Tür des Wagens und stieg aus.

Ein Mann mit feuerrotem Haar kam ihnen mit ausgestreckter Hand und einem breiten Grinsen im Gesicht entgegen: «Ciao, Rocco ... Danke fürs Kommen.»

«Schon gut, Massimino ...»

«Wir sind stark unterbesetzt. Ich hab die Zentrale angerufen und ...»

«Und da hast du dir gedacht, dass du mir ja mal ein bisschen auf den Sack gehen könntest. Das ist Agente Parrillo.»

«Sehr erfreut.»

«Massimo Casale, Viceispettore hier in Tiburtina.» Er klopfte Parrillo freundschaftlich auf die Schulter und wandte sich dann wieder an Rocco: «Komm, schau dir das mal an.»

Sie gingen um den Bürocontainer des Vorarbeiters herum, bahnten sich einen Weg durchs Gestrüpp und erreichten schließlich den Rand der Grube. Ein Polizist mit durchgeschwitztem Hemd blickte nach unten, während zwei Agenti im weißen Overall mit Kapuze den Bereich am Abgrund genau untersuchten.

«So, Rocco, von hier aus kannst du einen Blick drauf werfen.» Rocco sah nach unten auf die verrenkte Leiche, die in einer Blutlache auf einem Marmorblock lag.

«Von hier oben sieht das Ganze aus wie Sprühsahne mit Johannisbeer- oder Amarenasauce», kommentierte der Viceispettore.

Rocco setzte sich seine Ray-Ban auf und entgegnete: «Du solltest dringend mal Urlaub nehmen, Massimo.» Er rückte die Sonnenbrille auf der Nase zurecht. «Das Licht hier ist mörderisch.»

«Das liegt an dem hellen Marmor. Der reflektiert das Licht wie ein Spiegel.»

Bei der Leiche befand sich ein Mann im blauen Polohemd. «Wer ist der Gerichtsmediziner da unten?», fragte Rocco den Viceispettore.

«Spartaco Pichi. Pass auf, der ist ziemlich angepisst, weil er keinen Urlaub gekriegt hat.»

«Das ist mir so was von scheißegal. Wie kommt man da runter?»

Massimo Casale wies auf einen Weg, der in Serpentinen auf den Boden der Grube führte. «Zu Fuß in fünf Minuten.»

«Spinnst du, auf keinen Fall! Und dann den ganzen Weg wieder rauf? In der prallen Sonne?» Rocco sah sich um, und sein Blick fiel auf eine Ape, die in der Nähe stand. «Benutzen die Arbeiter das Ding da?»

«Soweit ich weiß, ja …»

Rocco ging auf das Fahrzeug zu. «Und danach will ich mit dem sprechen, der die Leiche gefunden hat.»

«Dotto', soll ich mitkommen?»

«Warum? Willst du in der Ape die Sirene anmachen? Nein, nimm dir einen Kaffee und warte.»

Rocco stieg in das kleine Vehikel. In der Fahrerkabine sah es aus wie auf einer Müllhalde. Zeitungsseiten auf dem Boden, Flecken auf dem Sitz, und es stank nach Alkohol und Pisse. Er machte den Motor an und fuhr in einer weißen Staubwolke los, die die beiden Agenti von der Spurensicherung stinkwütend machte. «He, pass doch auf!», schrien sie, was Rocco jedoch nicht hören konnte, weil der kleine Dreirad-Transporter einen Heidenlärm machte.

Es war das erste Mal, dass Rocco eine Ape fuhr, aber

auf dem Gymnasium hatte er eine Vespa gehabt, sodass er schnell begriff, wie der Lenker zu handhaben war. Langsam tuckerte er den kurvigen Weg hinunter, immer weiter auf den türkisfarbenen See zu, dessen klares Wasser so einladend aussah, dass er sich am liebsten mit einem Kopfsprung hineingestürzt hätte. Der Gerichtsmediziner stand über den Toten gebeugt und hob auch dann nicht den Kopf, als Rocco in einer Entfernung von etwa zwanzig Metern anhielt. Rocco machte den Motor aus, und plötzlich war es in dem Steinbruch irritierend still. Er sah nach oben. Parrillo, Casale und die beiden von der Spurensicherung blickten zu ihm herunter. Wie komplette Vollidioten schwenkten sie die Arme, um ihm zuzuwinken. Das Wasser des Sees links neben ihm kräuselte sich in einer leichten Brise. Und die Clarks an Roccos Füßen waren schon komplett mit weißem Marmorstaub bedeckt, genau wie der Saum seiner Hosenbeine.

«Ciao, Uccio.»

«Ciao, Rocco.» Spartaco Pichi, genannt Uccio, hob den Blick und kniff wegen der blendenden Sonne ein Auge zusammen. Er schwitzte, und sein Gesicht war bereits gerötet. «Ich geb dir lieber keine Hand», sagte er und zeigte die bereits bis zu den Handgelenken befleckten Latexhandschuhe. «Hast du den See gesehen?»

«Schön ... macht Lust, drin zu schwimmen.»

«Das würde ich nicht tun, wenn ich du wäre. Wahrscheinlich kommt die Farbe von den ganzen Säuren, die sie da reinkippen.»

«Dem Gestank nach hast du sicher recht. Also, was kannst du mir bereits sagen?», meinte Rocco und richtete seinen Blick auf den Toten. Ein junger Mann, der ein weißes Shirt mit grüner Aufschrift und einem kleinen Elefanten auf dem Ärmel trug; aus seinem Mund sickerte ein Rinnsal Blut, die Jeans war neu, hatte aber schon Risse, und seinen Augen war anzusehen, dass er ein paar Schläge hatte einstecken müssen. «Papiere?»

«Nichts. Vielleicht ist er kein Italiener. Siehst du, das Shirt?»

«Ja und?»

«Ein original Baseball-Trikot von den Oakland Athletics. So was kriegst du nur in den USA.»

«Oakland Athletics. Wieso weißt du das?»

«Ich interessiere mich für Baseball ...»

«Ah ja. Wie ist er gestorben?»

«Zuerst haben sie ihn zusammengeschlagen. Dann ...» Er drehte den Toten langsam um. «Siehst du hier, an der Schädelbasis?»

Rocco trat näher. «Ein einzelner Stoß mit einer schmalen Klinge, einem Stilett oder einem ähnlichen Werkzeug. Zack! Das war's.»

«Hast du schon eine Idee, wieso er hier unten liegt?»

«Na ja ... Sie haben ihn von oben runtergeworfen, oder? Die Spurensicherung schaut gerade nach, ob am Rand der Grube irgendwelche Blutspuren zu finden sind ...»

«Würdest du sagen, sie wollten ihn in den See werfen, und er ist ihnen weggerutscht?»

Uccio blickte aufs Wasser: «Könnte sein, ja.»

«Die Uhrzeit, deiner Meinung nach?»

«Weiß ich noch nicht. Dafür brauche ich noch etwas Zeit.»

«Ich komm drauf zurück. Willst du mitfahren?»

Uccio überlegte. «In der Ape?»

«Warum nicht? Setz dich hinten auf die Pritsche.»

«Na, dann los ...»

Rocco in der Fahrerkabine, Spartaco Pichi hinten auf der Ladefläche, mühten sie sich mit dem dreirädrigen Fahrzeug zurück nach oben. Die verschmutzten, mit Klebeband zusammengehaltenen Fenster zitterten und klapperten. Schließlich umkurvten sie die letzte Serpentine. Uccio schien mit geschlossenen Augen den sonnigen Tag zu genießen. Rocco machte den Motor aus und stieg aus dem Fahrzeug. Ein Stück Zeitung hing an seinem Schuh. Er bückte sich, um es zu entfernen, und stellte angeekelt fest, dass unter seiner Sohle ein gebrauchtes Präservativ klebte.

«Verdammte Sch...!» Er streifte den Schuh an der Türkante ab.

«Was ist?», fragte der Gerichtsmediziner.

«Und ich hab mich für einen Helden gehalten, weil ich mit achtzehn in einem Fiat 500 gevögelt hab.»

Uccio brach in Gelächter aus. «Mann, bist du alt! Ich hab im Fiat Panda angefangen. Man musste nur die Sitze runterklappen, und schon wurde das Auto zum Bett.»

«Hör auf zu lachen.» Sie ließen das Fahrzeug hinter sich. «Meinst du, wir sollten das Kondom der Spurensicherung übergeben?»

Erneutes Gelächter.

Inzwischen war auch die Presse eingetroffen. Die üblichen Journalisten, die die Verbrechensmeldungen schrieben und deren Gesichter Rocco allesamt bekannt waren. «Was wollen die denn schon hier ...?»

«Tja», meinte der Viceispettore. «Was machen wir mit ihnen?»

«Lass sie ein paar Fotos schießen, und dann sollen sie sich verpissen. Ich will mit denen reden, die den Toten gefunden haben.»

«Die sind in dem Bürocontainer. Ich hab ihnen schon ein paar Fragen gestellt. Jedenfalls hat der Tote nicht hier gearbeitet.»

Rocco nahm die Sonnenbrille ab und folgte Parrillo in den Container.

Drinnen war mehr Platz, als man von außen vermutet hätte, mindestens fünfzig Quadratmeter, mit Klimaanlage, drei Schreibtischen und zwei Regalen mit Aktenordnern. Sechs Männer saßen wartend auf den Kunstledersesseln oder lehnten an den Wänden. Einer von ihnen, der eine dicke Wampe hatte und ein kariertes Hemd trug, trat vor. Zwischen seinen Lippen steckte eine nicht angezündete Zigarette. «Mario Mastini ... Ich bin hier der Chef.»

Rocco schüttelte dem Mann die Hand. «Dürfte ich fragen, wer den Toten gefunden hat?»

Daraufhin machte einer der Arbeiter einen Schritt nach vorn. Er biss sich nervös auf die Lippe. «Ich ... Omar Shawqi ...»

«Angenehm, Rocco Schiavone. Erzählen Sie.»

Der Mann warf einen Blick auf seinen Chef, der nickte, als gäbe er ihm seine Erlaubnis. «Ich hab ihn beim Pinkeln gesehen. Das mach ich immer da unten, wo keine Steine sind, die geschnitten werden müssen. Zwischen den Sträuchern.»

«Okay. Und was ist daran nicht in Ordnung?»

«Der Chef sieht das nicht gern. Er sagt, wir sollen die Chemietoiletten benutzen. Aber die stinken so. Deshalb mache ich das lieber hier draußen.»

«Kann ich verstehen.»

«Dabei habe ich mich umgesehen und den Toten entdeckt. Mit all dem Blut. Ich bin sofort losgerannt, um die anderen zu holen.»

Die anderen mit ihren weiß bestäubten sonnenverbrannten Gesichtern hatten ihre Blicke auf Rocco gerichtet. «Hat irgendjemand von Ihnen den Jungen vorher schon mal gesehen?»

«Hören Sie, um das gleich klarzustellen: Ich bin der Einzige, der da runtergegangen ist. Die anderen haben es nicht über sich gebracht», ergriff der Chef wieder das Wort. «Und ich hab ihn noch nie vorher gesehen.»

«Haben Sie irgendwas angefasst?»

«Aber nein. Ich hab nur geschaut, auch weil mir gleich klar war, dass da nichts mehr zu machen ist.»

«Der See da unten. Wozu dient der?»

«Wir benutzen das Wasser beim Schneiden, um den Marmor und die Sägen zu kühlen.»

«Ist er tief?»

Die Männer sahen sich an. «Ach was», meinte ein kleiner Mann. «In der Mitte vielleicht drei, vier Meter.»

«Und ist da noch nie was reingeworfen worden?»

«Einmal haben wir einen Einkaufswagen drin gefunden», antwortete Mastini.

«Ist es denn so leicht, in den Steinbruch reinzukommen?»

«Na ja … ich würde sagen, ja. Also, da ist ein Zaun, der aber irgendwann zu Ende ist …», meinte Ernesto Auriemma. «Das heißt, dass nicht das ganze Gelände umzäunt ist.»

«Kein Wächter?»

«Doch, aber der Alte schläft nachts immer. Er heißt Luigi Cuticchio.»

«Genannt Gigi das Scheißhaus», fügte einer der Arbeiter hinzu, und die anderen brachen in Gelächter aus.

«Gigi das Scheißhaus?», fragte Rocco.

«Ja. Versuchen Sie mal, ein paar Worte mit ihm zu wechseln, dann wissen Sie, warum.»

«Gigi ist auf einem Auge blind. Er ist hier bei uns, weil er sonst keine Bleibe hat. Möchten Sie mit ihm reden? Um diese Zeit schläft er.»

«Anstatt in der Nacht?», meinte Ernesto, und wieder lachten alle.

Rocco fand die allgemeine Heiterkeit ziemlich deplatziert. «Was ist denn daran so witzig, verdammt noch mal?»

Auf einen Schlag hörten alle auf zu lachen, und der Bürocontainer war von ernstem Schweigen erfüllt. Plötzlich hallte ein markerschütterndes Geschrei im Steinbruch wider.

«Was ist das denn?»

Rocco eilte nach draußen, dicht gefolgt von Mastini und den Arbeitern.

Sie erreichten den Rand der Grube. Auf dem Weg nach unten rannte ein Mann auf die Leiche zu, dicht gefolgt von Viceispettore Massimo Casale, der ihm etwas zubrüllte, was aus der Entfernung nicht zu verstehen war. Der Mann eilte mit großen Schritten voran und drohte jeden Moment das Gleichgewicht zu verlieren. Er schwang die Arme und wirbelte mit jedem Schritt eine weiße Staubwolke auf.

«Wer ist das?», fragte Rocco.

«Keine Ahnung», meinte Spartaco Pichi.

«Ein Journalist», antwortete einer der Agenti. «Er ist mit einem Fotografen gekommen, der von hier aus ein Bild machen wollte, und kaum hatte er die Leiche gesehen, hat er angefangen zu schreien und ist runter zum See gelaufen.»

Der Fotograf beobachtete die Szene schweigend und wirkte wie betäubt. Mit der Kamera um den Hals, den Blick starr auf den Kollegen gerichtet, der völlig hysterisch schien. Schließlich hatte der Mann, von einer weißen Staubwolke umgeben, die Leiche erreicht. Er sah dem Toten ins Gesicht. Dann richtete er den Blick zum Himmel. Er hatte aufgehört zu schreien, sank stumm auf die Knie und nahm den Kopf des Toten in den Schoß, als der Vicei-spettore ihn erreichte und ihn dazu zu bewegen versuchte, wieder aufzustehen.

Rocco ging zu dem Fotografen hinüber. «Kennen Sie den Mann?»

Der Fotograf schien aus einem Albtraum zu erwachen. «Was?»

«Ich habe Sie gefragt, ob Sie den Mann kennen.»

Der Journalist nickte. «Das ist mein Kollege. Aus dem Verbrechensressort. Er hat den Toten erkannt.»

«Wodurch?»

Der Fotograf zeigte mit dem Finger nach unten. Der Kollege umklammerte inzwischen die Brust des Toten, Viceispettore Casale gelang es nicht, ihn zum Aufstehen zu bewegen, und der aufwirbelnde Staub hatte den Mann und den Toten in eine Marmorskulptur verwandelt, eine Art Pietà.

«Das Trikot. Er hat es dem Jungen im Winter aus Kalifornien mitgebracht.»

«Wem hat er es mitgebracht?»

«Seinem Sohn.»

Sie brachten den Journalisten in den Bürocontainer. Dort gab es zumindest eine Klimaanlage. Alle anderen blieben draußen. Einige betrachteten den Wagen der Gerichtsmedizin, andere hatten sich zum Rauchen in den Schatten der Pinien zurückgezogen, die am Rand des Steinbruchs wuchsen. Rocco war dem Wagen der Staatsanwaltschaft entgegengegangen. Er atmete erleichtert auf, als er Sasà D'Inzeo sah. Mit ihm arbeitete Rocco am liebsten zusammen. Daher eilte er gleich auf ihn zu, als wollte er ihn umarmen.

«He, Rocco! Und?»

«Junger Mann, zwanzig Jahre, wurde tot unten im Steinbruch gefunden. Du hast gerade eine furchtbare Szene verpasst.»

«Welche?»

«Der Vater hat den Toten als seinen Sohn erkannt. Ein Journalist, der mit einem Kollegen hergekommen ist, um ein paar Fotos zu machen. Schreckliche Sache.»

Die beiden Ermittler gingen gemeinsam weiter. «An so was gewöhnt man sich nie, Sasà, oder?»

«Mit der Erfahrung meiner sechsundfünfzig Jahre kann ich dir ehrlich sagen, dass man sich wirklich nie daran gewöhnt. Und bei dir zu Hause? Alles in Ordnung?»

«Marina fragt, warum du nicht mehr zu uns zum Essen kommst», log Rocco. Es erschien ihm nicht angebracht, unter diesen Umständen von seinen Eheproblemen zu reden.

«Weil ich abends um neun schon todmüde bin. Und ich will nicht auf deinem Sofa einschlafen.»

«Das ist aber sehr bequem.»

«Und außerdem weißt du ja, dass ich verrückt nach deiner Frau bin, und es tut mir weh zu sehen, dass sie sich an einen wie dich verschwendet.»

«Du bist ein wahrer Freund, Sasà …»

«Nicht wahr? Verdammt heiß hier … Ich war noch nie in einem Steinbruch. Das Licht macht einen ja blind!»

«Was glaubst du wohl, warum ich die Sonnenbrille trage? Um dich mit meiner Coolness zu beeindrucken?»

«Du würdest mich nicht mal im Smoking auf dem roten Teppich beeindrucken, Rocco. Na los, komm …» Der Staatsanwalt öffnete die Tür des Containers.

Der Journalist saß vornübergebeugt, den Blick starr auf den Linoleumboden gerichtet, die Hände auf den Knien gefaltet. Nur seine Handgelenke zuckten nervös. Sein Haar und die Schultern waren mit Marmorstaub bedeckt. Rocco erkannte ihn sofort. Beruflich war er ihm schon Dutzende Male begegnet. Er wusste, für welche Agentur er arbeitete, an seinen Namen erinnerte er sich allerdings nicht.

«Dottore?», fragte D'Inzeo.

Der Journalist schüttelte den Kopf. «Nichts ‹Dottore›, ich hab nicht studiert.» Dann hob er den Blick. Seine Tränen hatten in dem weißen Staub auf seinem Gesicht Spuren hinterlassen.

«Sasà D'Inzeo, Staatsanwaltschaft.»

«Vicequestore Schiavone, Staatspolizei. Wir kennen uns.»

«Stimmt. Entschuldigen Sie, ich hatte nicht …» Der Journalist schüttelte dem Staatsanwalt die Hand. «Angenehm. Alberto Ferri. Redaktion Verbrechensmeldungen bei der Presseagentur Agsi.» Er stand abrupt auf. «Ich muss meine Frau anrufen, bevor sie es von jemand anderem erfährt. Denn ich weiß, wie das sonst abläuft.» Der Mann steckte die Hand in die Tasche und nahm ein Zigarettenpäckchen heraus. «Wenn einer von Ihnen es ihr sagt, wird es für sie umso schlimmer sein. Sie sind nicht taktvoll und freundlich genug, also … Hat einer von Ihnen Feuer?»

Rocco näherte sich ihm mit dem Feuerzeug.

«Danke. Nein, wirklich nicht. Darin seid ihr nicht besonders gut und … Wie spät ist es?»

«Zwei.»

«Zwei. Ich habe seit heute Morgen nicht mehr mit ihr gesprochen. Nein, stimmt nicht. Sie hat heute Mittag angerufen, als ich mich gerade auf den Weg hierher machen wollte. Unglaublich, nicht? Manche Dinge hat man im nächsten Moment wieder vergessen.»

«Ferri, setzen Sie sich», bat Rocco.

Der Journalist sah ihn an, zog gierig an seiner Zigarette und zwinkerte ein paarmal mit den Augen. «Bitte?»

«Könnten Sie sich wieder setzen und uns ein paar Fragen beantworten?»

«Sicher. Ja. Sicher. Legen Sie los.» Er ließ sich auf den Sessel neben dem Eingang fallen.

«Wie … Wie ist der Name Ihres Sohnes?»

«Er heißt Giovanni. Ja, Giovanni. Wie der Vater meiner Frau. Sonst hätte ich ihn niemals so genannt. Der Name hat mir noch nie gefallen. Rodolfo. Ja, ich hätte ihn Rodolfo genannt.» Die Worte sprudelten nur so aus dem Mann hervor, unablässig, ohne dass er Luft holte. Hin und wieder fuhr er sich mit der Zunge über die Lippen.

«Wie alt war er, Signor Ferri?»

«Zwanzig. Im Mai. Am ersten. Am Tag der Arbeit.»

«Und Ihrer Frau ist aufgefallen …»

«Ja.» Der Mann warf die Zigarettenkippe auf den Boden und trat sie mit dem Absatz aus. «Dass er gestern Abend nicht nach Hause gekommen ist. Deshalb habe ich alle Kommissariate und Krankenhäuser angerufen, also, um nach meinem Sohn zu fragen.» Mit einem traurigen Lächeln im Gesicht und feucht glänzenden Augen sah er den Staatsanwalt an. «Und stattdessen war er hier!» Alberto Ferri zuckte nervös mit den Schultern.

«Hatte er … fragwürdige Bekannte?», fragte Rocco.

«Wer? Giovanni? Abgesehen von seiner Mutter?» Alberto Ferri lächelte. «Kleiner Scherz. Er lebte bei ihr. Clara und ich sind seit sieben Jahren geschieden. Giovanni war damals dreizehn. Wir haben gewartet, bis er mit der achten Klasse fertig war. Dann haben wir uns getrennt. Wir haben gedacht, dass es so besser ist. Oder? Wenn er in der Mittelstufe ist, um das Trauma in Grenzen zu halten. In der Oberstufe haben meine Frau und ich ihn abwechselnd zur Schule gebracht, an einem Tag ich, an einem Tag sie. Im ersten Jahr. Dann wollte Giovanni ein Mofa haben, und das war's. Wir haben ihn kaum noch gesehen …»

«Waren Sie oft mit Ihrem Sohn zusammen?»

«Oft? Ja, ziemlich. Jede zweite Woche war er bei mir. Auch jedes zweite Weihnachtsfest und im August auch. Wir haben uns mit der Betreuung abgewechselt. Er hat im ersten Jahr Jura studiert. Hat sich gerade mit … warten Sie … Institutionen und Geschichte des Römischen Rechts beschäftigt. Er war ziemlich gut. Sicher, den Stoff mit ihm zu wiederholen war, ehrlich gesagt, immer ein bisschen langweilig. Zumal

Jura nicht gerade meine Spezialität ist. Aber Giovanni war gut, richtig gut. Wenn er so weitergemacht hätte, hätte er in weniger als vier Jahren seinen Abschluss machen können. Hin und wieder ist er mit mir zur Arbeit gegangen. Hat sich mit den Ermittlungen beschäftigt, wissen Sie? Ich glaube, er wollte auch Journalist werden. Witzig, oder? Wie ich. Ich hab ihm nicht nur die Haarfarbe, die Augen und die helle Haut vererbt, sondern auch diese Begeisterung. Begeisterung, denn darum geht es bei der Arbeit im Grunde ja, oder?»

Rocco beobachtete den Journalisten, während dieser sprach. Er blickte auf seine Augenlider, die sich unablässig schlossen und wieder öffneten. Die Hände, die er so ineinander verkrampft hatte, dass die Finger weiß geworden waren. Er konnte nicht stillhalten. Auch im Sitzen bewegte er die Beine, hob und senkte die Füße. Wie besessen, im anhaltenden Rhythmus. Rocco wusste nicht, wie lang die Zündschnur war, aber früher oder später würde der große Knall kommen. Vielleicht nicht in diesem Raum, nicht an diesem Nachmittag Ende Juni. Vielleicht zu Hause, wenn er seiner Exfrau die Nachricht überbrachte. Oder in der Nacht, wenn er allein im Bett lag, bevor er die Augen schloss. Aber der große Knall würde zweifellos kommen.

«Möchten Sie ... etwas trinken?», fragte D'Inzeo.

«Warum? Nein, alles in Ordnung. Es geht mir gut. Natürlich schwirrt mir ein wenig der Kopf. Ich denke, das liegt an meinem verspannten Nacken. Ganz zu schweigen von meinem Rücken. Gestern war ich so dämlich und habe Fußball gespielt, zu acht. Das kennen Sie, oder? Nur acht Leute in der Mannschaft. Ich fürchte, dafür bin ich zu alt. Wirklich ... Aber es geht mir gut, ja, danke.»

«Sollen wir Sie zu Ihrer Frau bringen?»

«Nein, nein, nein!» Das letzte Nein untermalte der Journalist mit einem Faustschlag auf den Tisch. Ein paar Stifte flogen umher. «Nein! Das mache ich allein. Mein Kollege, der Fotograf, ist noch draußen, oder?»

«Ja.»

«Dann fahre ich mit ihm. Ich fahre mit ihm.» Alberto Ferri stand auf und blickte um sich. Er klopfte sich auf die Taschen, als suche er etwas oder wolle kontrollieren, dass er alles bei sich hatte. «Ja. Ich gehe jetzt. Ich mach mich auf den Weg. Ja.»

«Sicher? Draußen steht ein Krankenwagen und …»

«Nein, nein, nein!» Ferri klatschte in die Hände. «Es geht mir gut, verdammt noch mal! Ich gehe jetzt. Also. Ja, auf geht's …» Er schritt eilig auf die Tür zu. Öffnete sie. «Mann, was für eine Bruthitze draußen, nicht?» Er warf Rocco und dem Staatsanwalt ein letztes Lächeln zu und ging dann nach draußen auf den Vorplatz, wo sein Kollege ihn im Schatten eines Baumes erwartete.

«Wenn der arme Kerl so weitermacht, brennen ihm irgendwann die Sicherungen durch», meinte der Staatsanwalt.

«Das befürchte ich auch», sagte Rocco. «Ich geh dann mal zum Scheißhaus.»

«Kannst du dich nicht gewählter ausdrücken, um uns mitzuteilen, dass du auf die Toilette musst?»

«Nein, Sasà, ich gehe jetzt, um mit Gigi dem Scheißhaus zu reden. Was machst du? Kommst du mit?»

«Darauf verzichte ich gern. Ich lass mir vom Viceispettore alles zusammenfassen und fahre dann zurück ins Büro. Was hältst du von dem Ganzen?»

Rocco kratzte sich am Ohr. «Es geht mir megamäßig auf den Sack.»

«Okay, und abgesehen davon?»

«Es ist brütend heiß, und ich schwitze seit Stunden.» Rocco schnaubte. «Ich weiß es nicht, Sasà. Ein junger Mann, der auf eine solche Weise ermordet wird, erst zusammengeschlagen, dann in den Nacken gestochen, und dann wirft jemand seine Leiche dreißig Meter in die Tiefe ... So enden normalerweise Verbrecher, Mistkerle, Abschaum. Und nicht einer, der gerade mit dem Jurastudium begonnen hat. Der scheint doch ein anständiger Kerl gewesen zu sein.»

«Schon, aber dennoch ist das hier passiert.»

«Ist es, also ...»

«Vielleicht war er doch nicht so anständig», meinte der Staatsanwalt vorsichtig.

«Oder vielleicht hat er Mist gebaut. Wie das die anständigen Jungen schon mal tun, wenn sie einem Ungeheuer begegnen. Man muss nur mal ins Märchenbuch gucken, um das zu wissen.»

Die Baracke von Luigi Cuticchio, der schon seit einer Ewigkeit Gigi das Scheißhaus genannt wurde, lag etwa zwanzig Meter neben dem Eingangstor des Steinbruchs. Davor befand sich ein altes Waschbecken aus Beton, das rings um den tropfenden Wasserhahn mit feuchtem Moos bewachsen war. Nach hinten raus gab es ein kleines Gehege mit ein paar Hühnern. Die fragwürdige Bepflanzung auf der anderen Seite sollte wohl ein Gemüsegarten sein. Außerhalb der Hütte aus Holz und Blech standen ein abgenutzter, rostiger Liegestuhl und ein kleiner Resopaltisch mit einem alten Aschenbecher der Biermarke Peroni unter einem ausgeblichenen blauen Sonnenschirm. Rocco trat an die Eingangstür, die mit Draht an den Angeln befestigt war, und klopfte dreimal. Die Tür erzitterte. Zehn Sekunden später erschien Luigi Cuticchio. Er war höchstens ein Meter fünfzig groß, und wenn er wissen wollte, wer vor ihm stand, zwang ihn ein auffälliger Buckel dazu, den Hals so zu verdrehen, dass sein rechtes Auge, mit dem er noch etwas sah, nach oben blickte, wobei der Buckel auf der anderen Seite nach links kippte. Sein oben auf dem Kopf weißes Haar fiel ihm in schmutzigen Locken bis auf den Rücken. Er hatte einen Stoppelbart, und hinter seinen halbgeöffneten Lippen war ein lückenhaftes Gebiss zu erkennen. Am linken Jochbein zeichnete sich eine Schnittverletzung ab. Seine Hände sahen aus wie geschwollene Krallen, und er trug trotz der Hitze ein langärmliges Shirt, unter dem mit Kugelschreiber selbst gestochene Tattoos hervorsahen. Seine krummen Füße steckten in Plastiksandalen. Rocco fiel zum Vergleich kein passendes Tier ein, dafür musste er an einen alten Olivenbaum auf einem verlassenen Feld denken.

Als Erstes räusperte sich Gigi lautstark und spuckte dem Vicequestore den Auswurf vor die Füße. «Wer sind Sie? Was wollen Sie?»

«Vicequestore Schiavone. Wir müssen uns unterhalten.»

«Ah, ich weiß nichts!» Der Alte knallte Rocco die Tür vor der Nase zu. Der klopfte geduldig erneut, und die Tür wurde wieder geöffnet. «Was willst du von mir?»

«Ich bin derselbe wie eben. Und wenn du mir noch einmal die Tür vor der Nase zuknallst, schlage ich dich grün und blau.»

«Ich bin ein alter Mann.»

«Ich schlag dich trotzdem.»

Rocco war klar, dass das nicht die vornehmste Art war, eine Befragung zu beginnen, aber nach vielen Jahren auf dem rauen Pflaster der Straße wusste er eins: Wer sich zum Schaf macht, den fressen die Wölfe. Und wie an den Tattoos auf Gigis Unterarmen zu erkennen war, hatte er mindestens ein Gefängnis von innen gesehen.

«Was willste wissen?», fragte der Alte, wobei er das gute Auge weit aufriss, während das linke nur ein schmaler Schlitz unter der buschigen Augenbraue war.

«Letzte Nacht.»

Gigi räusperte sich erneut und bohrte sich dann den Nagel seines kleinen Fingers ins Ohr. «Und?» Er drehte den Finger im Ohr heftig hin und her, wie man es beim Starten eines Mofas mit der Hand am Griff tut.

«Hast du Geräusche gehört? Jemanden gesehen?»

Der Alte fuhrwerkte noch ein paar Sekunden mit dem Finger im Ohr herum und wischte ihn sich dann am Hemd ab. «Nein. Ich meine, hab ich nicht. Was passiert ist, weiß ich. Sie waren hier, um es mir zu sagen. Ich hab von oben auch den Toten gesehen. Armer Kerl. Aber gehört hab ich nichts.» Er spuckte erneut auf den Boden.

«Verdammt!», schrie Rocco. «Jetzt hör endlich mal auf mit dem Scheiß! Kein Spucken und lass die Finger von den Ohren! Schluss!»

Gigi gehorchte und sah den Vicequestore regungslos an.

«Hast du gestern Abend das Tor zugemacht?»

«Sissignore. Das bringt nur nichts. Du hast das Schloss schon gesehen, oder?»

«Nein.»

«Das kriegst du mit jeder Haarnadel auf.» Der Alte spuckte erneut. Rocco verdrehte die Augen. «Außerdem geht der Zaun nicht mal um das ganze Gelände.»

«Nein?»

«Nein. Wer reinwill, muss nicht durchs Tor, sondern nur ein Stück am Zaun entlang ... Hör mal, wenn du schon mal hier bist, willste nicht reinkommen und was trinken?»

«Lass gut sein, Gigi.»

«Aber ich sag dir was.» Gigi näherte sich ihm, als könne er es kaum erwarten, die Polizei seinen Atem riechen zu lassen. «Das Tor haben sie nicht geöffnet. Und weißte, warum?»

«Warum?»

«Weil ich schlau bin. Ich leg abends immer ein Stück Holz drauf. Und wenn einer das Tor öffnet, fällt es runter. Und heute Morgen war es noch da. Verstanden?»

«Verstanden.»

«Sie sind hinter dem Zaun reingekommen. Dieser Steinbruch ist sechs Hektar groß.» Um den Satz zu unterstreichen, schwenkte er seinen Arm, sodass der Gestank unter seiner Achsel voll zur Geltung kam.

«Du erzählst mir keinen Scheiß, oder?»

«Warum sollte ich? Ich hab meine Sünden verbüßt. Jetzt bin ich Nachtwächter, kann hier wohnen, krieg was zu essen ...» Er kratzte sich die Eier. «... und hab sogar Fernsehen und vierhundert Euro im Monat!» Er spreizte vier von seinen Krallenfingern ab, die mit Fett und vielleicht noch anderen Sachen beschmiert waren. «Was in meinem Alter nicht schlecht ist, oder?»

«Finde ich auch. Aber bist du sicher, dass du gestern Abend hier warst?»

«Ich schwör's, Dotto'!»

«Hör mal, Gigi, wenn dir noch was einfällt ...» Gigi nutzte die Pause, die Rocco machte, um nochmals Schleim auszuhusten. «Verdammte Scheiße, Gigi! Das reicht!»

«Wenn mir noch was einfällt?», fragte der Alte nach.

«Ruf mich an.»

«Aber ich hab keine Nummer. Und auch kein Telefon.»

«Dann geh zu Mario, dem Chef, und sag ihm, dass du mit mir reden musst. Er weiß, wie er mich erreichen kann. Und du hast letzte Nacht wirklich nichts gehört, oder?»

«Nein, ich schwör's. Und weißte, warum du mir das glauben musst? Weil die einen Jungen abgemurkst haben. Und das find ich richtig scheiße!»

Und zum Zeichen seiner Abneigung spuckte er noch einmal auf den Boden.

«Wir wissen jetzt, wo sie reingekommen sind», sagte Massimo Casale, der Rocco entgegenkam. «Der Zaun: Vierhundert Meter, dann ist er zu Ende.»

«Das hab ich grad schon von Gigi dem Scheißhaus erfahren.»

Sie stiegen über Unkraut und Löcher. Mussten um die Grube herumgehen, um zur Rückseite eines Hügels zu gelangen. Dort waren die Motorengeräusche der vorbeifahrenden Autos zu hören. Denn nur zweihundert Meter von dem Steinbruch entfernt verlief die vielbefahrene Via Tiburtina. Die beiden Polizisten gingen weiter bis zu der Stelle, an der der Zaun mitten im Unkraut plötzlich endete. «Sieh mal einer an», meinte Rocco.

«Da hast du's. Hier ist Schluss. Erst da drüben fängt er

wieder an, schau mal. Auf der anderen Seite.» Viceispettore Casale zeigte auf einen weit entfernten Punkt, wo der Metallzaun wieder zu erkennen war.

«Gut, nehmen wir an, sie sind hier reingekommen …»

Die Hupe eines Lastwagens schallte von der alten Konsularstraße herüber. Rocco blickte übers Land. Weit hinten waren die Hänge der Castelli Romani zu sehen, und etwa hundert Meter vom Steinbruch entfernt befand sich eine Tankstelle.

«Wart ihr da schon?», fragte er und zeigte in die entsprechende Richtung.

«Ich wollte ein paar Leute hinschicken. Scheint ein Automat zu sein, wo man auch nachts tanken kann.»

Es war eine Tankstelle mit zwei Zapfsäulen. Als die beiden Polizisten eintrafen, hatte der junge Mann mit Bart und Cap, der einen Overall der Firma Tamoil trug, soeben einen weißen Golf mit gefülltem Tank verabschiedet. Er steckte gerade das Geld in die Tasche, als die beiden querfeldein heranmarschierten. Der Tankwart legte sich die Hand an den Schirm der Mütze, um seine Augen zusätzlich vor der Sonne zu schützen. «Salve», meinte er.

Rocco und Massimo grüßten nicht zurück. «Haben Sie hier Kameras zur Videoüberwachung?», fragte Rocco stattdessen, während er sich umsah.

«Nein, haben wir nicht. Warum?»

Rocco trat an eine der Selbstbedienungszapfsäulen heran und wandte sich dann an den Viceispettore: «Vielleicht haben wir ja Glück …»

«Möglich», sagte Massimo.

«Sind Sie zur Kontrolle hier?», fragte der Tankwart. Und als Rocco ihm keine Antwort gab, fühlte sich auch Casale nicht bemüßigt zu reagieren.

«Haben Sie heute schon auf den Tasten von dem Tankautomaten herumgedrückt?»

«Nein. Aber würden Sie mir jetzt bitte mal erklären, was los ist?» Der junge Mann schien allmählich beunruhigt.

«Seit wann haben Sie heute geöffnet?»

Der Tankwart schluckte. «Seit sechs, wie immer …»

Rocco nickte dem Kollegen zu und betrachtete das Display und die Tasten aus der Nähe. Massimo wandte sich an den jungen Mann. «Im Steinbruch ist jemand ermordet worden.»

«Ermordet?» Der Tankwart nahm seine Mütze ab. «Oh, verdammte …» Er kratzte sich den Kopf mit dem raspelkurzen Haar.

«Genau. Bitte tun Sie jetzt Folgendes», sagte Rocco: «Machen Sie hier dicht.»

«Ich soll schließen? Und was sag ich meinem Chef?»

«Dass Vicequestore Schiavone von der Staatspolizei das angeordnet hat.»

«Ach so, Sie sind von der Polizei.»

«Sie sind ja ein ganz fixes Kerlchen! Jetzt machen Sie endlich den Laden zu!»

«Kann … kann ich meinen Chef anrufen? Wissen Sie, mein Onkel wird leicht wütend.»

«Das interessiert mich einen Scheiß.»

Während der Tankwart zum Kassenhaus spurtete, stemmte Rocco die Hände in die Hüften und sah sich um.

«Wie kommst du drauf, dass sie ausgerechnet hier gewesen sind?», fragte Casale.

«Ich sag dir mal, wie sich das Ganze meiner Meinung nach abgespielt haben könnte.» Massimo war ganz Ohr. «Das Opfer könnte einen Halt an diesem Tankautomaten genutzt haben, um querfeldein abzuhauen.»

Massimo kratzte sich an der Nase. «Dann waren sie deiner Ansicht nach zusammen im Auto unterwegs?»

«Ich weiß es nicht. Aber warum sollten wir dieser Hypothese nicht nachgehen? Ruf bei der Spurensicherung an, sie sollen sich diesen Tankautomaten ansehen.»

Massimo nahm sein Handy und entfernte sich ein Stück. Unterdessen blieb neben der Zapfsäule ein Auto stehen. Der Fahrer öffnete das Fenster und sah Rocco an. «Für zwanzig Euro bitte!»

«Sehe ich aus wie ein Tankwart?», fragte der Vicequestore.

«Was weiß ich! Wenn Sie hier stehen.»

«Die Tankstelle ist geschlossen», entgegnete Rocco.

«Wie, geschlossen? Um diese Zeit?»

«Hier ist zu», wiederholte der Vicequestore.

«Und warum haben Sie dann nicht das Schild ...»

«Jetzt hau ab!», brüllte Rocco. Der Fahrer legte den Gang ein und düste davon. Kurz darauf kam der Tankwart mit ein paar Pylonen aus dem Kassenhäuschen. «Ich schließe jetzt!»

«Sehr gut ...»

«Mein Onkel ist stinkwütend, aber mir haben Sie damit ein Riesengeschenk gemacht. Ich fahre jetzt ans Meer.» Der junge Mann platzierte die Verkehrskegel an der Einfahrt zu den Benzinpumpen.

Unter der sengenden Sonne kehrten Rocco und sein Kollege in den Steinbruch und zum Rand der Grube zurück, wo sich gerade ein großer, magerer Mann niederbeugte, dessen Gesicht aussah, als wäre er gerade von den Toten erwacht.

«Ah, die Spurensicherung», meinte Massimo.

Rocco sah hinüber. «Wer ist das, Gizzi? Nicht doch!»

«Kennst du ihn? Er soll sympathisch sein.»

«Der und sympathisch? Er hat nicht mal den entsprechenden Nerv dafür! Und dann gibt's da noch ein Rätsel, das sich nicht allen erschließt.»

«Und zwar?»

«Wie du unschwer erkennen kannst, sieht er aus wie ein Zombie. Und weißt du was? Der hat zwei Geliebte!»

«Der?»

«Ja, genau.»

Massimo dachte darüber nach. «Vielleicht lässt ihn seine Frau nicht mehr ...»

«Lass gut sein! Allein die Tatsache, dass einer wie Gizzi verheiratet ist, ist schon verblüffend genug. Aber dass er seine Frau betrügt, fällt eindeutig in den Bereich der Utopie!» Rocco ließ den Viceispettore stehen und ging auf Gizzi zu.

«Ciao», grüßte er, aber der Kollege von der Spurensicherung reagierte nicht. Über das Gras gebeugt, schien er in das fleißige Tun der Ameisen vertieft. «Hör mal, Gizzi...»

«Ich hab schon so wenig Leute, und dann schickst du noch einen los, um die Tankstellen an der Straße kontrollieren!»

«Es könnte wichtig sein.»

«Prima. Dann schau'n wir uns mal die Zapfsäulen an der Via Tiburtina an und landen irgendwann in Montecompatri, zufrieden?»

«Oh Mann …», murmelte Rocco. «Hör mal, ich muss ein paar Dinge wissen.»

Der Kollege hob den Blick. «Natürlich. Mach eine Liste wie beim Einkaufen, und gib sie mir.»

Rocco seufzte genervt. «Auch ich hab Ende Juni keine Lust zu arbeiten, mein Freund, und da du offenbar leicht sauer wirst, frage ich jetzt noch mal ganz höflich an: Würdest du wohl so nett sein, mich bei diesem Fall zu unterstützen und mir die Dinge mitteilen, die nur ihr mit euren hervorragenden Fertigkeiten zu entdecken in der Lage seid?»

Gizzi richtete sich auf und stand nun direkt vor Rocco. «Welcher Art?»

«In der Art von, erstens, ob ihr hier im Umkreis größere Mengen Blut gefunden habt. Zweitens, ob sie ihn wirklich von hier oben runtergeworfen haben. Drittens, ob sich irgendwelche Blutspuren auf dem Weg finden, auf dem ich eben hergekommen bin … Du hast mich ja gesehen, oder?»

«Ja, ich hab dich gesehen. Du bist hinter diesem Hügel da hervorgekommen.»

«Genau. An einer bestimmten Stelle da hinten ist der Zaun zu Ende. Es wäre wunderbar zu wissen, ob sich irgendwo dort in Richtung der Tankstelle, die etwa hundert Meter entfernt an der Straße liegt, Blutspuren oder sonst etwas finden.»

Gizzi nickte lächelnd, aber es war ein falsches Lächeln. «Sicher, geschätzter Kollege.»

«Ach, und dann hab ich noch ein großes Geschenk für dich und dein Team. In der Ape, in der ich nach unten in die Grube gefahren bin, hab ich ein gebrauchtes Präservativ gefunden.»

Gizzi schüttelte den Kopf. «Und was geht mich das an?»

«Ich sag es nur, um der Wahrheit willen.»

«Hier geht es doch nicht um eine Vergewaltigung. Und ich glaube nicht, dass sich der Mörder, nachdem er den Jungen umgebracht hat, in der Ape einen runtergeholt hat, oder?»

«Ich habe es dir gesagt. Nun ist es an dir, mit deiner unvergleichlichen Professionalität zu beurteilen, wie wichtig eine Expertise dazu sein könnte. Wegen mir kannst du das Kondom auch aufblasen und einen Luftballon draus machen.»

«Sehr witzig!»

«Wie ich sehe, hast du heute Morgen einen Clown gefrühstückt.»

Gizzi schickte ihn mit der entsprechenden Handbewegung zum Teufel und beugte sich wieder vor, um den Boden zu inspizieren. Doch Rocco konnte sich noch nicht entschließen zu gehen. «Eine letzte Frage, und dann bin ich weg: Warum seid ihr von der Spurensicherung immer so grätzig?»

«Sind wir nicht. Wir sind pedantisch und halten uns an die Vorgaben. Das ist alles.»

«Dann sei jetzt so pedantisch und hol dir dieses Präservativ!»

«Leck mich, Schiavone!»

«Ganz meinerseits, Gizzi.»

Rocco wandte sich um und ging zu Parrillo hinüber, der unter dem Vordach des Bürocontainers stand und eine Zigarette rauchte. «Los geht's, Parrillo!»

Der Agente warf die Kippe auf den Boden und folgte seinem Chef. «Ich sag dir eins: Wenn du wieder so rast, fährst du mit den Öffentlichen nach Hause.»

«Sie meinen mit dem Bus?»

«Oder der U-Bahn, je nachdem.»

«Ich fahr langsam, Dottore.»

Als Rocco ins Büro zurückkam, war es bereits später Nachmittag. Er war vollkommen erledigt und sehnte sich nach einer Dusche, um sich den Marmorstaub und die Hitze des Tages abzuspülen. Andererseits hatte er keine Lust, nach Hause zu gehen. Er war nicht in der Lage, noch einen Abend und eine Nacht ohne Marina zu verbringen und über das nachzudenken, was sie gesagt hatte.

Das ist keine Rechtfertigung für das, was du getan hast.

Das stammte nicht von seiner Frau, sondern war ein fixer Gedanke, der ihn seit drei Tagen nicht mehr losließ. Auch wenn er nach all den Jahren, die sie schon miteinander verheiratet waren, ihr oft Dinge unterschob, die er gesagt hatte, und umgekehrt. So etwas passierte einfach, wenn man einander so nah war und so sehr aneinander gewöhnt. Und es hatte Rocco noch nie gestört.

«Dottore, Sie haben nach mir gefragt?»

De Silvestri, der dienstälteste und am meisten geschätzte Kollege im Kommissariat, stand in der Tür und riss Rocco aus seinen Gedanken.

«Was? Ja, Alfredo, kannst du mir einen Gefallen tun?» Er steckte die Hand in die Tasche und nahm einen Kassenbon heraus. Auf der Rückseite hatte er einen Namen notiert. «… ein gewisser Luigi Cuticchio. Um die siebzig Jahre.»

«Mach ich sofort. Sonst noch was?»

«Ja. Der Marmorsteinbruch an der Via Tiburtina bei Kilometer achtundvierzig. Ich möchte wissen, wem der gehört, seit wann es ihn gibt und so weiter.»

«Das kann Zuccari machen, oder?»

«Ja, der ist ein helles Kerlchen. Hat Pichi aus der Gerichtsmedizin angerufen?»

«Nein, Chef.»

«Na gut, dann mal los. Ach, noch was!»

«Was?»

«Diese Geschichte mit dem Toten im Steinbruch. Das ist eine hässliche Sache. Ich werde dabei unbedingt deine Hilfe brauchen.»

«Keine Sorge, Dottore. Ich stehe zu Diensten.» De Silvestri verschwand mit einem militärischen Gruß.

Rocco griff zum Telefon. «Sebastiano? Was macht ihr heute Abend?»

Sebastiano legte das Telefon weg und reckte sich auf dem Sessel. Das Rauschen des Föhns übertönte den Verkehrslärm vom Lungotevere. «Wer war das?», rief Adele, seine Lebensgefährtin, die gerade vom Schwimmen zurückgekommen war, aus dem Badezimmer.

Sebastiano hasste es, von einem Zimmer zum anderen zu brüllen und sich damit die Stimmbänder zu ruinieren. Schnaufend wie eine alte Lokomotive, rappelte er seine hundert Kilo vom Sessel hoch. Er war nicht dick, wenn er auch ein paar Kilo zu viel hatte, er war einfach von Natur aus extrem kräftig. Nachdem er bei der Geburt schon über fünf Kilo gewogen hatte, war er bis zu seinem achtzehnten Lebensjahr ununterbrochen gewachsen und hatte damals schon starken Bartwuchs und Oberarme wie die Hinterbeine eines Brauereipferdes gehabt. Er schien ruhig und schwerfällig und erweckte leicht einen falschen Eindruck. Ein Irrtum, den viele schon teuer bezahlt hatten. Denn Sebastiano war beweglich und stark. Wie ein Bär, eine gnadenlose Kampfmaschine, die den Feind im Handumdrehen zu Brei schlagen konnte.

«Also, Schatz, wer war's?»

Sebastiano hatte das Badezimmer erreicht und lehnte sich an die knarzende Tür. Er betrachtete Adele, die ihr langes schwarzes, seidig glänzendes Haar in der warmen Luft trocknete. Es wehte im warmen Wind, als wäre sie auf einem Motorrad unterwegs oder stünde am Bug eines Schiffes, das übers Meer rauschte.

«Und?»

«Es war Rocco. Er will heute Abend mit mir essen gehen.»

«Gibt's Probleme?»

«Adele, wenn du mit mir reden willst, mach dieses Ding aus, damit ich nicht so brüllen muss.»

Adele schaltete den Föhn aus und sah Sebastiano an.

«Fertig. Gut so?»

«Du bist wunderschön», sagte er. Adele lächelte. «Nein.»

«Nein was?»

«Nein. Ich muss zu meiner Schwester und hab keine Zeit mehr.» Um Sebastianos Protesten zuvorzukommen, fuhr sie gleich fort: «Jedes Mal, wenn du mir ein Kompliment machst, weiß ich, wie das enden wird. Im Schlafzimmer auf dem Bett, und dann sind wir mindestens eine Stunde beschäftigt.»

«Wegen mir müssen wir nicht ins Bett, das geht auch hier im Bad.»

«Du alter Romantiker! Und jetzt sag mir, was los ist.» Sie stellte sich vor den Spiegel und begann sich zu kämmen.

«Ich nehme an, bei Rocco gibt's ein Problem. Wenn er

anruft und sich zum Abendessen verabreden will, ist vermutlich irgendwas im Busch.»

«Gehst nur du mit ihm essen?»

«Nein. Brizio und Furio kommen auch.»

«Wie immer: Vier für ein Ave Maria.» Adele schaltete den Föhn wieder ein und fuhr fort, sich die Haare zu trocknen.

«Wenn du ins Schwimmbad gehst», brüllte Sebastiano, «solltest du dir die Haare da föhnen, sonst kriegst du noch einen steifen Hals.»

«Da sind keine Haartrockner», entgegnete Adele. «Das heißt, da gibt's zwar welche, aber die funktionieren nicht richtig. Damit macht man sich die Haare kaputt.» Sie betrachtete zufrieden lächelnd ihr Spiegelbild. Plötzlich fühlte Sebastiano ihren Blick im Rücken. Er drehte sich um und stellte fest, dass Adele ihn über den Spiegel ansah.

«Was ist?», fragte er.

«Ruf Brizio und Furio an. Ein Stündchen hab ich noch Zeit.»

Er würde die Frauen nie verstehen, willigte aber ein.

«In Ordnung, Seba, bis heute Abend.» Brizio machte das Handy aus und wandte sich dem Paar zu, das in der Mitte des Zimmers stand. «Also, wie ich gesagt habe, das ist das Wohnzimmer, das durch eine Zwischenwand vom Arbeitsbereich getrennt ist. Wenn Sie die Wand rausreißen, haben Sie hier die doppelte Anzahl Quadratmeter.» Normalerweise war es nicht seine Aufgabe, die Interessenten durch die Wohnungen zu führen. Das überließ er sonst seinen beiden Angestellten. Aber dies war ein Sonderfall. Um diese Kunden hatte er sich äußerst aufmerksam und fürsorglich gekümmert, sie umschmeichelt und umworben, ihnen sechs Wohnungen im Viertel Parioli gezeigt, die alle mehr als eine Million Euro kosteten und bezugsfertig waren. Brizio mit seinen ein Meter fünfundachtzig und dem rotblonden, stets perfekt gekämmten Haar, das mit zunehmendem Alter etwas spärlicher wurde, hatte das Ehepaar Molinari ein wenig hingehalten. Wenn er gewollt hätte, hätte er die Sache mit der dritten Wohnung in der Via Gramsci längst klarmachen können: hundertzwanzig Quadratmeter im vierten Stock mit einem Eigentümer, der zu handeln bereit war und im Preis noch um hunderttausend Euro runtergehen würde. Aber Brizio Marchetti, Eigentümer der gleichnamigen Immobilienagentur *Marchetti, Häuser und mehr*, hatte gezögert und dem Paar das Gefühl gegeben, dass er vielleicht noch etwas Besseres zu bieten hatte. Was nicht so war. Das in der Via Gramsci war ein gutes Geschäft, aber Brizio wollte es noch nicht abschließen. Der Grund dafür war weder Kleinlichkeit noch sein Ehrgefühl als Immobilienmakler, sondern Elisabetta Molinari. Diese Frau war in der Lage, einen multinationalen Konzern in den Ruin zu treiben, ganz zu schweigen von einer Agentur wie die Brizios, die oft eher als Deckmantel für andere Geschäfte diente als dem Verkauf von Wohnungen und Häusern. Elisabetta Molinari war perfekt gebräunt, hatte glattes schwarzes Haar, das ihr bis auf die Schultern fiel, und graue Augen. Sie war gertenschlank und schien über den Marmorboden und das Parkett zu schweben. Im Kontrast zu ihrem schlanken Körper hatte sie wohlgeformte, feste Brüste, die es Brizio schwermachten, sich auf fachgerechte Installationen und den Zustand der Einbauten zu konzentrieren. Er hatte alles versucht, aber

Elisabetta Molinari war eine uneinnehmbare Festung. Eine durch tausend Falltüren und Fußangeln gesicherte Burg, und selbst bei ihrer sechsten Begegnung war es ihm noch immer nicht gelungen, ihr auch nur ein Lächeln oder ein Augenzwinkern zu entlocken. Der Grund dafür war ihr Ehemann. Federico Molinari war knallhart. Fünfzehn Jahre älter als seine Frau, Eigentümer einer Fabrik für Schrauben und Bolzen sowie einer Summe mit vielen Nullen auf seinem Konto. In Parioli suchte er nach einer Zweitwohnung, denn das Paar lebte in einer denkmalgeschützten Villa in Vicenza. Molinari war ein Gewinner auf der Überholspur, und seine Frau Elisabetta würde niemals ihren Hals für einen wie Brizio riskieren. Der war zwar anziehend und sympathisch mit seinem Raubein-Charme, und es gab durchaus Frauen, für die ein muskulöser Körper mit nicht allzu viel Hirn für ein paar Nächte in Frage kam, aber für eine Frau wie sie reichte das nicht aus. Zumindest war das Brizios Erklärung. Denn er kam nicht auf die Idee, dass er Elisabetta Molinari möglicherweise einfach nicht gefiel. Dies sollte der letzte Besichtigungstermin für den Unternehmer sein; dann war Schluss, und er wollte die Sache klarmachen. Denn mehr Zeit konnte er wegen einer Absteige in Rom einfach nicht vergeuden. «Könnte Ihre Frau sich die anderen Objekte nicht allein ansehen? Da sind noch einige Möglichkeiten, die ich Ihnen gern zeigen würde», hatte Brizio einen Vorstoß gewagt, völlig hin und weg bei dem Gedanken, mit dieser Frau allein in einer unmöblierten Wohnung zu sein und vielleicht den finalen Angriff zu starten. Vor seinen Augen und in seinem Kopf flimmerten bereits die Bilder aus dem Film *Der letzte Tango in Paris*. «Meine Frau und ich sehen uns Wohnobjekte immer gemeinsam an», hatte der Unternehmer jedoch geantwortet. Also musste er an diesem Tag, der vielleicht der letzte war, an dem er Elisabetta Molinari sah, das Unmögliche wagen. «Vielleicht brauchen Sie nicht unbedingt ein so großes Wohnzimmer, aber der Blick, gleich wenn man reinkommt, ist wirklich spektakulär, finden Sie nicht?»

Elisabetta betrachtete das Panorama vor dem Fenster. Ihr Mann nickte und dachte nach. «Na ja, was sagst du, Eli?»

«Ich weiß nicht. Schwer zu sagen. Mir gefällt die Wohnung in der Via Gramsci besser», entgegnete die Frau leise. An diesem Tag trug sie einen hautengen Rock, der perfekt saß. Brizio schwitzte, und es gelang ihm nicht, die Hände stillzuhalten. «Gut», sagte er, «die Wohnung in der Via Gramsci ist noch zu haben. Möchten Sie ein Angebot machen?»

«Das hätte ich vor vier Wochen schon machen können», meinte der Unternehmer mit einem schiefen Blick auf Brizio.

«Es tut mir leid. Ich war der Meinung, dass eine größere Auswahl mehr Optionen bietet.»

«Da irren Sie sich. Daran merkt man, dass Sie nicht viel mit Geld zu tun haben. Wenn sich ein Geschäft anbietet, muss man zuschlagen! Sofort abschließen. Nicht lange überlegen. Ich hätte die Sache gleich klargemacht und habe nur ihr zuliebe gezögert.» Er wies auf seine Frau.

In Brizios Kopf erklang ein Alarmglöckchen. Wegen ihr hatten sie noch mehr Zeit miteinander verbracht? Sie? Elisabetta wollte sich noch weitere Wohnungen ansehen, obwohl bereits feststand, dass sie die in der Via Gramsci kaufen würden? Er lächelte. Noch war nicht alles verloren!

«Warum grinsen Sie?», fragte der Ehemann.

«Weil ich mich freue, dass Sie eine passende Wohnung gefunden haben.»

«Gut, dann gehen wir jetzt zu Ihrer Agentur und schließen die Sache ab.» Der Unternehmer eilte mit großen Schritten zur Tür. Elisabetta wandte sich an Brizio.

Jetzt oder nie, sagte er sich. «Es tut mir leid, wenn ich Sie enttäuscht habe.»

Jetzt lächelte sie ihn zum ersten Mal an, und Brizio traf es wie ein Boxhieb, weil es so wundervoll war. «Keine Sorge. Sie waren großartig. Mir war von Anfang an klar, dass Sie die Sache in die Länge ziehen wollten.»

Jetzt oder nie!, sagte sich Brizio noch einmal.

«Das stimmt.» Er trat näher an sie heran. «Und es tut mir wirklich leid, aber ich konnte nicht anders.»

«Ich auch nicht», entgegnete sie.

Jetzt oder nie!

«Elisabetta, ich würde wirklich gern mal mit Ihnen essen gehen.»

Darauf sagte sie ruhig: «Ich nicht.» Eine eiskalte Klinge fuhr in Brizios Herz und ließ das Blut in seinen Adern gefrieren. «Es war nett von Ihnen, dass Sie das Ganze verzögert haben. Das kam mir sehr gelegen. Doch jetzt würde ich, wenn es Ihnen nichts ausmacht, gern nach unten gehen.»

«Entschuldigen Sie … ich dachte … aber warum dann? Haben Sie schon jemanden hier in Rom?»

«Hör zu, Rotschopf», entgegnete Elisabetta mit dem Akzent aus dem Testaccio-Viertel. «Du solltest lernen, dich um deinen eigenen Scheiß zu kümmern. Du erlaubst?» Lächelnd verließ sie den Raum.

Das war nicht die erste Abfuhr, die Brizio kassierte, aber

eine so erbarmungslose und unwiderrufliche Niederlage hatte er noch nie erlitten. Dennoch hatte Elisabetta ihn ungemein beeindruckt, und er musste lachen. «Testaccio?», fragte er, als sie durch die Tür traten.

«Garbatella, um genau zu sein», antwortete sie und ging.

Brizio blieb nur, Furio anzurufen und für den Abend mit Rocco zuzusagen.

Funken regneten auf das Metall und beleuchteten die Gesichter der beiden Männer hinter den Schutzmasken. «Der lässt sich nicht öffnen!», sagte Furio.

«Das Ding ist zäh», entgegnete der alte Mann und machte den Schweißbrenner aus. «Ich weiß nicht, was ich dir sagen soll, Furio.»

Die beiden standen auf und blickten auf den Safe hinunter.

«Ein Lips Vago aus den Siebzigern müsste eigentlich kinderleicht zu öffnen sein.» Furio strich sich mit der Hand über den Kopf. Das Neonlicht spiegelte sich auf seinem verschwitzten Schädel.

«Weißt du, wie viele von denen ich schon geknackt hab», meinte Remo und legte den Schweißbrenner auf den Boden.

Furio hätte am liebsten dagegengetreten. «Was sonst können wir machen, Remu'?»

«Das Teil in die Luft jagen. Aber dafür müssen wir es ins Auto laden und damit rausfahren. Wenn wir das hier in der Garage machen, ist das bis zum Kolosseum zu hören.»

Furio nickte. Es war ein unglaublicher Kraftakt gewesen, das Ding aus dem Geschäft in der Via dei Quattro Cantoni bis hierher zu schleppen. Sie hatten zwei Tage Vorbereitung und eine ganze Nacht gebraucht, um in das Juweliergeschäft reinzukommen, und nun ließ sich das verdammte Ding nicht öffnen.

«Komm, ich versuch's noch mal», sagte Remo, kniete sich hin und griff nach dem Schweißbrenner. Er setzte die Maske wieder auf und machte sich an die Arbeit. Furio schaute einen Moment in die blendenden Funken, dann drehte er sich um, um einen Schluck Wasser aus der Flasche zu trinken, die er auf den Ölkanister gestellt hatte.

«Scheiße!», brüllte Remo. Furio fuhr herum. Der Alte sah ihn mit strahlenden Augen an. «Eins zu null für Remo!»

Der Tresor hatte endlich nachgegeben. Furio stürzte sich auf den Metallschrank. Sein Komplize griff nach der Zange und bog den Rand des kreisrunden Lochs, das er mit dem Schweißbrenner ins Metall geschnitten hatte, nach außen. Jetzt sah der Lips Vago aus wie eine Sardinenbüchse. Furio steckte die Hand in das Loch und holte eine Reihe Samtetuis hervor. Aus dem ersten kam eine Halskette zum Vorschein, die genauso funkelte wie die Augen der beiden Komplizen. Furio betrachtete die Steine durch die Lupe. Er lächelte.

«Gut ... sehr gut!» Er öffnete das zweite Etui. Zehn rote Edelsteine, die ihm beinahe die Freudentränen in die Augen trieben. «Rubine ... verdammt, Remu'!»

Der Alte stand zufrieden auf und legte das Werkzeug beiseite. Furio nahm sich ein Etui nach dem anderen vor. Dann wandte er sich abrupt um. «Hier, Remo, die sind für dich!» Er übergab seinem Komplizen eine bordeauxrote Schmuckrolle.

«Was ist das?»

«Diamanten. Reine Diamanten. Da drin stecken gut zwanzigtausend Euro!»

Remo zögerte

«Nun nimm schon!»

«Für zwei Stunden Arbeit ... Das ist doch völlig übertrieben, Furio!»

«Nimm sie, Remu', und gib deiner Frau einen Kuss von mir.»

Der alte Mann nahm die Rolle mit seinen schwieligen Händen entgegen und steckte sie ein. «Danke, du bist ...»

«Sag lieber nichts, sonst fangen wir beiden noch an zu heulen. Pass auf dich auf!»

Remo verabschiedete sich mit einem leichten Kopfnicken, ging mit seinem Werkzeug aus der Garage und ließ seinen Komplizen mit den restlichen Schmucketuis allein. In dem Moment klingelte Furios Handy.

«Was gibt's, Brizio?»

«Ciao, Furio. Was machst du gerade?»

«Arbeiten. Ist es dringend?»

«Heute Abend mit Rocco zum Abendessen, passt dir das?»

«Dann lade ich euch ein.»

«Warum?»

«Sagen wir, die Geschäfte laufen gut!»

«Müssen wir denn immer ins Roma Sparita gehen?», fragte Rocco, als er auf den Tisch zutrat.

Das Restaurant mit seiner Terrasse unterm Sternenhimmel, umweht von einer leichten Brise und mit Blick auf die Lichter von Trastevere, war brechend voll, aber für Rocco und seine Freunde war immer ein Eckchen frei.

«Nur hier kannst du gute Pasta Cacio e Pepe essen, jeden anderen Ort kannst du vergessen!», sagte Sebastiano, ein Rülpsen unterdrückend. Der Aperol Spritz tat bereits seine Wirkung. Wenn man den Riesen so vor sich sah, die Bizeps, die Brustmuskeln und den Bauch, der gerade so unter das rosafarbene Lacoste-Shirt passte, hatte man den Eindruck, dass er jeden Moment platzen könnte.

«Hast du diesen Scheiß gedichtet?», fragte Brizio, wie immer perfekt gekämmt und mit einem Shirt bekleidet, das ein undefinierbares Logo aus Übersee zierte.

«Gefällt's dir nicht, Brizio?»

«Nein Sebastia'. Gut, es reimt sich, aber ansonsten ist es Mist.»

«Ah, du bist jetzt der Experte, oder was?»

«Außerdem mag ich im Sommer keine Pasta Cacio e Pepe», sagte Furio, setzte sich und krempelte die Ärmel seines weißen Leinenhemds nach oben, das seine Bräune betonte. Furio war immer der Erste, der braun wurde, und der Letzte, dessen Bräune wieder verschwand. Das Geheimnis, das sich dahinter verbarg, bestand in seiner Terrasse, wo er sich von den ersten warmen Tagen im Mai an bis zu den letzten schönen Tagen im Herbst gut eingecremt in die pralle Sonne legte.

«Dann bestell dir doch 'ne Pizza», schlug Brizio vor und glättete sein Haar.

«Nein. Die liegt mir abends zu schwer im Magen, dann kann ich nicht schlafen.»

Nachdem sie alle Platz genommen hatten, sah Sebastiano sich um, ob er an einem der anderen Tische vielleicht ein bekanntes Gesicht entdeckte, Furio drehte sich eine Zigarette, und Rocco suchte nach seinem Päckchen Camel, während Brizio sich auf eine Touristengruppe rechts von ihnen konzentrierte, wo sich zwei lächelnde Skandinavierinnen mit von der italienischen Sonne geröteten Wangen lachend in ihrer unverständlichen Sprache unterhielten.

«Holst du dir Anregungen für die abendliche Wichsrunde?», fragte Furio.

Brizio grinste.

«Die sind zu jung für dich, Bri' …», sagte Rocco. «Höchstens fünfundzwanzig.»

«Du weißt doch, wie der Dichter sagt, oder?»

«Was für ein Scheiß kommt jetzt?», brummte Sebastiano.

«Man muss die Rose am Morgen pflücken, weil sie am Nachmittag schon verblüht ist!»

Rocco sah ihn an. «Wie? So drückt sich ein Dichter aus?»

«Nein», meinte Brizio. «Das ist nur, worum es geht. So wie der Dichter das geschrieben hat, kann ich es nicht wiedergeben. Dazu fehlen mir die richtigen Worte.»

«Arme Socke …», murmelte Furio und leckte über das Blättchen für seine Selbstgedrehte.

«Gut, also was essen wir?», fragte Sebastiano und kratzte sich den Bart. «Ich werde bei Pasta Cacio e Pepe bleiben.»

«Ich auch», gab Furio sich geschlagen.

«Ich auch. Und du, Rocco?»

«Mhm. Ich weiß nicht. Hab keinen Hunger.»

«Liegt an der Hitze», seufzte Furio.

«Nein. Liegt an Marina», entgegnete Rocco.

«Warum? Was ist los?», fragte Sebastiano.

Rocco betrachtete die Lichtreflexe auf dem leeren Glas. «Sie ist seit drei Tagen weg.»

«Oh, Scheiße», sagte Furio seufzend. «Deshalb sind wir hier. Und wie kommt's?»

«Sie hat ein paar Dinge rausgefunden.»

Die drei Freunde sahen Rocco aufmerksam an. «Was soll das heißen?»

«Das, was ich gesagt habe, Brizio. Sie hat ein bisschen nachgeforscht, Briefe gelesen, die Konten angeguckt. Sie wollte eben das ein oder andere wissen.»

«Und du?», drängte Sebastiano.

«Was hätte ich ihr sagen sollten? Sie hat sich gefragt, woher all das Geld kommt. Sie weiß ja, was ich im Monat verdiene.»

«Hast du denn das mit der Druckerei deines Vaters nicht erzählt?»

«Sie hat's nicht geglaubt, Brizio ...»

Alle versanken in nachdenkliches Schweigen, während von den anderen Tischen fröhliches Geplauder und vor allem das Lachen der Skandinavierinnen herüberschallte. Schließlich ergriff Furio wieder das Wort: «Und wie viel hast du ihr gesagt?» Wobei er das «wie viel» betonte.

«Ein bisschen», entgegnete Rocco und zuckte mit den Schultern. «Ich fürchte, ich seh Marina nie wieder.»

«Sag doch so was nicht! Das ist doch ganz normal.» Sebastiano tätschelte Rocco mit seiner haarigen Tatze den Unterarm. «Sie ist an so was nicht gewöhnt. Sie kommt aus einem vornehmen Viertel. Klar, sie hätte schon vorher drauf kommen können. Aber Marina ist dafür viel zu arglos. Wenn die erste Wut verraucht ist, wird sie dir noch mal richtig die Hölle heißmachen und kommt dann wieder.»

«Glaubst du?»

«Glaube ich. Wo ist sie denn hin?»

«Zu ihren Eltern.»

Furio blies den Rauch seiner Zigarette aus. «In spätestens zwei Tagen ist sie zurück. Länger hält sie's zu Hause bei ihren Eltern doch gar nicht aus.»

«Aber wenn jemand noch mit vierzig Jahren …», murmelte Rocco, der die Zigarette in der Hand hielt und sich nicht entschließen konnte, sie anzuzünden.

«Klar, Sebastiano hat recht», meinte Brizio und goss sich ein Glas Wasser ein. «Aber sie kennt uns ja nicht erst seit gestern, hatte sie denn vorher nie einen Verdacht?»

«Sie weiß, dass ihr drei Ganoven seid. Aber wir sind eben schon so lange Freunde. Dass es vier Ganoven sind, wäre ihr nie in den Sinn gekommen.» Rocco senkte den Kopf.

«Das ist wie in der Geschichte mit den drei Musketieren», versuchte Brizio ihn zu trösten. «Alle erwarten, dass sie zu dritt sind, und am Ende sind es vier.»

«Stimmt. Aber dann erklärt mir mal, warum es *Die drei Musketiere* heißt, wenn es vier sind», meinte Furio.

«Lies das Buch, du Banause.»

«Hast du es denn gelesen, Seba?», fragte Brizio ironisch.

Sebastiano richtete sich stolz auf. «Am Anfang sind sie zu dritt, weil sie Freunde sind … Also in Wahrheit gibt es viel mehr Musketiere, aber es geht nur um diese drei, die Athos, Porthos und Dingsbums heißen … Aramis. D'Artagnan kommt später dazu, er fordert alle drei heraus, und anstatt ihn umzubringen, nehmen sie ihn in ihre Gruppe auf. Und er wird dann auch ein Musketier. Aber erst am Ende. Am Anfang ist D'Artagnan ein armer Unglücksrabe. Deshalb heißt es *Die drei Musketiere,* denn wenn es *Die vier Musketiere* heißen würde, wüsste man ja gleich, wie die Sache ausgeht, oder?»

Seine drei Freunde sahen ihn verblüfft an. «Verdammt, Sebastiano, hast du tatsächlich das Buch gelesen?», fragte Brizio.

«Nein. Ich hab irgendwann mal auf Sky den Film gesehen.»

«Ah.» Erleichtert atmeten alle auf.

«Cacio e Pepe für alle vier?», rief der Kellner hinter ihnen.

«Ja», antwortete Sebastiano.

«Also ich hab wirklich …», versuchte Rocco zu widersprechen, aber die laut herausposaunten Antworten von Brizio und Furio übertönten ihn und bestätigten die Bestellung. Der Kellner drehte sich um: «Viermal Cacio e Pepe …»

Rocco breitete verzweifelt die Arme aus. «Und wenn ich jetzt gegrilltes Gemüse gewollt hätte?»

Brizio schubste ihn beinahe vom Stuhl, als er ihm auf den Rücken schlug. «Du bist doch nicht im Krankenhaus, warum solltest du gegrilltes Gemüse essen?»

«Genau. Dann hättest du dir auch gleich Brühe mit Sternchennudeln bestellen können», kommentierte Sebastiano.

«Oder eine schöne Minestrone!» Furio brach in Gelächter aus. Rocco dagegen blieb ernst.

«Hör mal, Rocco, wenn du heute Abend nur ein langes Gesicht machst, wärst du besser zu Hause geblieben», sagte Sebastiano.

«Das wäre ja auch nicht besser. Zu Hause wäre ihm doch die Decke auf den Kopf gefallen», entgegnete Brizio. «Aber warum gehst du nicht mal zu ihr?»

«Weil ihre Eltern dann sauer sind. Also ich finde, wir sind

einfach zu alt für solche Dinge. Ich hätte mir ein Hotelzimmer nehmen sollen.»

«Oh, vergiss nicht: Mein Haus ist dein Haus», bot Sebastiano an.

«Klar. Damit ich jeden Tag höre, wie du dich mit Adele zoffst ... Lass gut sein. Mir reichen meine eigenen Streitereien.»

«Dann komm zu mir, und Marina kann in eurer Wohnung bleiben.»

«Danke, Furio, aber im Moment kann ich Marina gar nicht erreichen. Sie hat ständig das Telefon ausgestellt.»

«Meine Hütte biete ich dir gar nicht erst an. Stella macht irgendwo einen Nähkurs, und ich bin froh, mal allein zu sein. Auch wenn ich heute bei einer abgeblitzt bin, hinter der ich seit Tagen her war ... Sie hat eine Wohnung in Parioli gesucht. Das heißt für mich, ich muss wieder von vorn anfangen.» Brizio sah erneut zu den Skandinavierinnen hinüber.

«Oh Mann, kaum ist Stella mal weg, musst du irgendwelche Schweinereien machen.»

«Nein, aber man kann mal alle fünfe gerade sein lassen, die Bierflasche auf den Tisch stellen, obwohl das feuchte Kreise auf der Tischplatte gibt, man muss nicht andauernd den Klodeckel hoch- und runterklappen ... Wenn du es lieber anders willst, gut. Aber dann lass mir den Spaß, okay?»

«Irgendwie hat er recht», meinte Sebastiano nickend.

«Ich an deiner Stelle würde zu Marinas Eltern gehen, an ihre Tür klopfen und sagen: Komm nach Hause, wir reden drüber!»

«Das ist doch Quatsch, Brizio!» Furio warf die Zigarettenkippe auf den Boden. «Wenn eine Frau dir sagt: Ich muss allein sein, dann musst du sie allein lassen. Wenn du dann eingreifst, machst du die Sache nur schlimmer. Hör mal, Rocco, was mir gerade eingefallen ist.» Furio stützte sich auf die Ellbogen, beugte sich vor und sagte mit gesenkter Stimme: «Vielleicht tickt bei Marina die biologische Uhr.»

«Du meinst, Kinder?»

«Und ...»

«Nein. Davon hat sie nie gesprochen. Es ist, wie ich gesagt hab. Es geht um sie und mich. Sie hat eine Seite an mir entdeckt, die ihr nicht gefällt, und muss jetzt damit klarkommen. Wisst ihr was? Alles in allem ist es richtig, dass sie eine Weile allein ist. Stellt euch mal vor, es wäre umgekehrt ...»

Die anderen runzelten nachdenklich die Stirn.

«Stellt euch mal vor, ich würde ein Geheimnis von Marina entdecken.»

«Frauen haben immer ihre Geheimnisse.»

Sebastiano verpasste Brizio einen Tritt. «Jetzt sei mal still und lass ihn reden.»

«Nicht irgendein Pseudo-Geheimnis», fuhr Rocco fort. «Eine große Sache. So wie meine.»

«Ehrlich gesagt, kann ich mir Marina nicht beim Marihuana-Schmuggeln vorstellen ...»

«So hab ich das nicht gemeint, Seba.»

«So was wie einen Liebhaber?», fragte Furio.

«Wenn ich rauskriegen würde, dass Adele einen Liebhaber hat, würde ich sie sofort mit ein paar Tritten in den Hintern zum Teufel schicken!», sagte Sebastiano.

«Nein, keinen Liebhaber. Das nicht. Was weiß ich? Zum Beispiel, wenn ich rauskriegen würde, dass sie abgetrieben hat, ohne es mir zu sagen.»

«Das ist kein Geheimnis, das ist ein Glückstreffer!», sagte Brizio und lachte.

«Jetzt halt endlich die Klappe, Brizio!» Sebastiano trat erneut zu, aber diesmal hatte Brizio die Beine zurück unter seinen Stuhl gezogen, und Sebastiano traf das Tischbein, sodass das Wasser und die Gläser erzitterten.

«Brizio, du bist so sensibel wie ein Nilpferd! Wie hält Stella es nur mit dir aus?»

«Jetzt hört doch mal zu», ergriff Rocco wieder das Wort. «Nehmen wir mal an, Marina war schwanger und hat abgetrieben, ohne mir was zu sagen.»

«Adele sagt, dass eine Frau das machen kann. Sie muss die Entscheidung treffen.»

«Und das ist für dich okay, Seba?»

«Nicht wirklich. Wenn Adele abtreiben würde, würde ich sie zur Hölle schicken ...»

«Mit ein paar Tritten in den Hintern», beendeten Furio und Brizio die Aussage.

«Gut, also ich wär auch sauer, wenn Marina mir so was verschwiegen hätte. Also, wie würde ich reagieren?»

«Mein lieber Freund, das ist absolut nicht das Gleiche.» Furio drehte sich eine weitere Zigarette. «Ich erklär's dir. Marina hat nicht entdeckt, dass du irgendeinen Mist gebaut hast. Dass du gelogen hast. Nein. Marina hat entdeckt, dass du ein anderer Mensch bist. Das ist was anderes, verstehst du? Das ist so, als ob du entdeckt hättest, dass Marina wild in der Gegend rumfickt, dass sie in einen Swingerclub geht oder Sadomaso mit einer Freundin macht, also dass sie eine Nymphomanin ist.»

«Das Beispiel passt nicht», wandte Brizio ein.

«Denn wenn es so wäre, also dass Marina eine Nymphomanin ist, würden wir alle sofort bei Rocco zu Hause aufkreuzen. Das wär doch total witzig!»

«Brizio, jetzt reicht's, sei endlich mal ernst!» Furio schlug auf den Tisch. «Ich versuche etwas zu erklären ... Also ein anderes Beispiel, hör zu, Rocco. Das ist, als ob du rausfinden würdest, dass Marina cinc Berufskillerin ist.»

«Aber das ist vollkommen undenkbar!», rief Rocco aus.

«Eben. Stell dir vor, Marina hätte sich vor zehn Tagen mit drei Freundinnen getroffen, so wie wir heute. Und sie hätten das gleiche Spiel gespielt. Also eine der Freundinnen hätte zu ihr gesagt: Marina, was würdest du denn tun, wenn du herauskriegen würdest, dass dein Mann Drogen vertickt und ein Dieb und Betrüger ist?» Alle sahen Furio an. «Ich sag euch, wie Marina reagiert hätte. Nicht anders als du. Sie hätte genauso geschrien: Aber das ist vollkommen undenkbar! Und später hätte sie zu Hause festgestellt, dass es doch stimmt. So. Für Marina ist Rocco sauber. Oder besser gesagt, er war es bis vor drei Tagen», präzisierte Furio. «Und nun hat sie herausgefunden, dass es nicht so ist. Kommen wir noch mal auf mein Beispiel zurück: Du entdeckst also, dass Marina eine Berufskillerin ist. Was würdest du machen?»

«Ich würde hoffen, dass ich nicht auf ihrer Auftragsliste stehe», meinte Rocco. Die anderen lachten.

«Wobei das nicht ganz das Gleiche ist.» Brizio sah zu den Schwedinnen hinüber. «Bei den Frauen ist das was anderes. Die vertrauen uns. Und wir sind immer diejenigen, die sie enttäuschen. Eine Frau macht so was normalerweise nicht. Und deshalb passt das Beispiel nicht.» Traurig stand er auf und ging zu dem Tisch der Schwedinnen hinüber.

Rocco, Sebastiano und Furio folgten ihm mit den Blicken.
«Was macht er da?»

«Er versucht's bei den Schwedinnen. Und er ist traurig, weil er das eigentlich nicht will, aber er kann nicht anders, als Stella zu betrügen», stellte Sebastiano fest.

«Viermal Cacio e Pepe», rief der Kellner mit den Tellern in der Hand.

«Brizio, das Essen ist da!», brüllte Sebastiano. Dann wandte er sich an den Kellner: «Wenn du uns keinen Wein bringst, werden uns die Spaghetti im Hals stecken bleiben!»

«Ach, was, Sebastia'», entgegnete der Kellner, «die gehen runter wie Öl. Aber was soll ich euch bringen? Weißen oder Roten?»

«Zu Cacio e Pepe gehört ein Roter», sagte Rocco, während Brizio zurück zum Tisch kam.

«Also ein schöner leichter. Ein Dolcetto, und wir sind alle Sorgen los!»

Der Kellner ging pfeifend davon, während sich unter den anderen Gästen ein Wald von Armen erhob, um seine Aufmerksamkeit zu erregen.

«Wie war's in Schweden?», fragte Sebastiano, während er die dampfenden Nudeln in dem tiefen Teller mit der Pecorino-Kruste vermischte.

«Ich wollte nur mal einen Blick unter die Tischplatte werfen.»

«Und?»

«Warum bin ich wohl zum Essen gekommen?»

Nachdem Rocco Brizios Einladung zum Pokern abgelehnt hatte, fuhr er auf dem Motorroller die Via Garibaldi entlang in Richtung Monteverde, doch als er an dem großen Brunnen auf dem Gianicolo vorbeikam, hielt er an. Er blickte auf die Stadt, die sich wie ein leuchtendes Tuch vor ihm ausbreitete. Die Kuppeln, die Häuser, die Lichter der Laternen. Weiter im Norden lag Marina nun in ihrem alten Kinderzimmer im Bett, vielleicht mit einem Buch in der Hand, aber möglicherweise schlief sie auch schon. In Rom das Viertel zu wechseln war wie in ein anderes Land zu ziehen. Trastevere war Lichtjahre vom Corso Trieste entfernt, genauso wie zwischen dem EUR- und dem Flaminio-Viertel Welten lagen. Wenn man erst mal in einer bestimmten Gegend lebte, suchte man den Rest der Stadt nur wegen irgendwelcher Verpflichtungen oder bürokratischer Angelegenheiten auf. Das Rauschen des erleuchteten Brunnens gab Rocco schließlich die Kraft, den Motorroller zu wenden und Richtung Via della Lungara zu fahren, dann wieder am Lungotevere entlang bis zum Ponte Giuseppe Mazzini, über die Valle Giulia, am Zoo vorbei und durch Parioli bis zum Corso Trieste. An der Via Topino hielt er an. Er machte den Motorroller aus, nahm den Helm ab und sah nach oben zu den Fenstern im dritten Stock. Das Licht war ausgeschaltet. Marina schlief schon oder war nicht zu Hause. Ein schwacher Schimmer färbte die Vorhänge im Wohnzimmer blau. Jemand sah fern. Er war mehrere Jahre nicht hier gewesen. Und an diesem Sommerabend machte ihm der Duft der Blumen das Herz schwer. Er sah noch einmal die Terrasse vor sich, wo sie an dem Tag, an dem sie zusammengekommen waren, eine Flasche Champagner geöffnet hatten, wobei der Korken runter auf die Straße gefallen war. Mit der Flasche in den Händen hatten sie gelacht und sich geküsst. Rocco überkam plötzlich der Drang, nach diesem Korken zu suchen, der vielleicht noch hier irgendwo lag, unter den Rädern eines Citroëns oder im Gebüsch eines Oleanders. Der Efeu war gewachsen und bedeckte inzwischen eine ganze Seite des Hauses. Ob Walter, der Portier, noch lebte? Und ob im zweiten Stock immer noch die Zwillinge Pierfrancesco und Giampaolo wohnten? Die beiden sahen sich absolut ähnlich, und ihre Mutter hatte ihnen immer dieselbe Kleidung angezogen. Sehr hilfreich für alle Mitmenschen! Er erinnerte sich nicht mehr daran, ob Giampaolo Fußball gespielt hatte oder Pierfrancesco. Aber womöglich wussten sie selbst das auch nicht mehr. Das waren tolle Jungs. Vielleicht waren sie zu Hause ausgezogen und hatten sich eine gemeinsame Wohnung genommen. Um sich die Arbeit zu teilen und die Frauen; die Freude und die Verantwortung. Die Wendeltreppe, die vom Balkon des Wohnzimmers nach oben auf die Terrasse führte, war schwarz gestrichen worden. Früher war sie weiß gewesen.

Ein Auto hielt direkt vor dem Haus. Die Tür wurde geöffnet, und Marina stieg aus. Rocco spürte plötzlich einen Klumpen im Magen wie beim ersten Mal, als er sie gesehen hatte. Sie hielt sich mit der Hand das Haar zurück, während sie in den Innenraum des Autos blickte und sich von ihrem Begleiter verabschiedete.

Verdammt, wer ist das?, fragte sich Rocco und kniff die Augen zusammen, um besser sehen zu können. Ohne zu warten, dass Marina die Haustür aufschloss, fuhr das Auto wieder los und direkt an Roccos Motorroller vorbei, sodass er das Kennzeichen lesen konnte. AX 213 XB.

Er hätte zu Marina hinüberlaufen können, ließ es aber bleiben. Aus drei Gründen. Erstens war es eine Frage der Moral, denn er hatte versprochen, sie in Ruhe zu lassen. Zweitens aus psychologischen Gründen, denn er gab eine lächerliche Figur ab, weil er hier wie ein eifersüchtiger Gymnasiast vor ihrer Tür lauerte. Der dritte Grund war ein physiologischer, denn der Wein hatte seine Blase gefüllt, und wenn er aufgestanden wäre, hätte er eine Minute später pinkeln müssen. Und es schien ihm äußerst unpassend, die herrschaftlichen Mauern in der Via Topino zu besudeln, während er versuchte, seine eheliche Beziehung zu retten. Also wartete er, bis in Marinas Zimmer das Licht anging, und machte sich dann auf den Rückweg. Mit der Absicht, so schnell wie möglich ein paar Takte mit dem Fahrer des Audis mit dem Kennzeichen AX 213 XB zu wechseln.

Er schlief erst um drei Uhr ein, nachdem er einen Sergio-Leone-Film in voller Länge gesehen hatte. Er war auf dem Sofa eingenickt und hatte sich müde ins Bett geschleppt. Und es war noch nicht mal sieben, als jemand die Wohnungstür öffnete. Er sprang aus dem Bett.

Marina! Sie ist zurück!, dachte er. «Wer ist da?» Keine Antwort. Er stand auf und blickte ins Wohnzimmer.

Es war Inna, die Putzfrau.

«Ah, Sie sind es», sagte er betrübt.

«Buongiorno, Dottore.»

Rocco wandte sich um, um wieder ins Bett zu gehen.

«Ist Ihre Frau zu Hause?»

«Bitte?»

«Ihre Frau? Ist sie zurück?»

Rocco erinnerte sich nicht mehr, mit welcher Entschuldigung er Marinas vorübergehende – wie er hoffte – Abwesenheit erklärt hatte. «Nein, Inna, sie ist noch nicht zurück.»

Die Ukrainerin riss erstaunt die Augen auf. «Noch nicht? Wie lange dauert denn diese Reise?»

Das brachte ihm die Erleuchtung. Eine Reise nach Florenz mit ihren Freundinnen hatte er der Putzfrau gesagt. «Aber was geht Sie denn das an, Inna?»

«Gar nichts, Entschuldigung.» Die Frau zog sich die Baumwolljacke aus und legte sie aufs Sofa.

Rocco fand, dass es vergeudete Zeit wäre, zurück ins Bett zu gehen. Daher beschloss er, Kaffee zu machen.

«Soll ich das machen?»

«Inna, das ist eine Pad-Maschine, ich muss nur einen Knopf drücken. Das schaffe ich.»

«Haben Sie daran gedacht, Ammoniak und Fettlöser zu kaufen?»

«Was?»

«Im Supermarkt?»

«Nein. Ich geh nie in den Supermarkt.» Er betrat die Küche. Ging zur Kaffeemaschine und schaltete sie ein. Die Edelstahlmöbel in diesem Raum hatten ihm noch nie gefallen. Sie erinnerten ihn zu sehr an eine Krankenhausküche.

Inna folgte ihm und öffnete die Tür zur Besenkammer. «Dann hole ich gleich mal den Staubsauger. Wo Sie jetzt eh wach sind.»

Rocco sagte nichts. Er nahm eine Tasse und den Zucker von der Anrichte und wartete darauf, dass die Kontrollleuchte anging.

«Können Sie mir einen Gefallen tun?», fragte die Putzfrau. Rocco, mit dem Rücken zu ihr, verdrehte die Augen. Die

Kontrollleuchte wurde rot, das Wasser kochte, er stellte die Tasse unter den Auslauf und schob das Pad in den Schlitz. «Was für einen Gefallen?»

«Für meinen Freund. Ausweis verlängern.»

«Inna, dafür muss er zur Botschaft gehen.»

«Nein, er ist Italiener.»

«Dann soll er zur Questura gehen und den Ausweis beantragen.» Rocco drückte auf den Knopf. Der heiße, duftende Kaffee lief mit einem kräftigen Strahl in die Tasse und fabrizierte eine wundervolle Crema.

«Sie können da doch bestimmt helfen?»

«Inna, ich bin eben erst aufgewacht und gerade dabei, mir einen Kaffee zu machen, würden Sie mir also den Gefallen tun und mir nicht auf den Sack gehen?» Er führte die Tasse zum Mund und nahm den ersten Schluck. Der Kaffee war gut. Dann wandte er sich wieder der Putzfrau zu, die sich gerade über den Staubsauger beugte und das Rohr anbrachte. «Dafür braucht man keinen Vicequestore. Man muss einfach nur zum Meldeamt gehen.» Er trank den Kaffee aus, stellte die Tasse in die Spüle und verließ unter dem wachsamen Blick der Putzfrau die Küche. Sie lächelte boshaft. Selbst einem Blinden würde auffallen, dass die Frau weg war und nicht auf einer Reise nach Florenz. Inna hatte diesen abweisenden und mürrischen Mann noch nie gemocht, und ihn leiden zu sehen, versüßte ihr den Tag.

Rocco stellte gerade den Motorroller ab, als er Alfredo De Silvestri die Treppe des Kommissariats herunterkommen sah. Er ging ziemlich schnell, eigentlich schneller, als sein Alter und seine Muskeln es erlaubten. Auf halbem Weg nach unten hob er einen Finger, um auf sich aufmerksam zu machen. «Dottor Schiavone!», rief er. Der Verkehr auf der Via Cristoforo Colombo war bereits zähflüssig.

«Lass mich doch erst mal ankommen!»

Keuchend und mit Schweißflecken unter den Achseln blieb De Silvestri etwa einen Meter vor dem Vicequestore stehen. «Möchten Sie zuerst die gute oder die schlechte Nachricht hören?»

«Mir egal, Alfre', erzähl einfach!» Rocco nahm die Sonnenbrille ab und steckte sie in die Jacketttasche. De Silvestri sah ihn an. «Sie haben nicht geschlafen, oder?»

«Nein. Die Hitze. Also?»

«Die schlechte Nachricht kommt von der Tankstelle hinter dem Steinbruch. Da gibt es keine Videoüberwachung.»

«Das wusste ich schon. Und die gute?»

«Die gute ist, dass drei Personen in der Mordnacht an dem Automaten getankt und mit Karte gezahlt haben.»

Rocco wandte sich der Treppe zum Kommissariat zu. «Glaubst du wirklich, dass die Täter so einen blöden Fehler gemacht hätten?»

«Moment, wo wollen Sie hin? Außerdem hat Staatsanwalt D'Inzeo angerufen. Er erwartet Sie im Haus des Opfers. Bei der Mutter in ...», De Silvestri sah auf die Uhr, «... einer halben Stunde. In der Via Ceneda in San Giovanni, wenn Parrillo fährt, schaffen Sie das bestimmt.»

Rocco blieb auf der Treppe stehen. «Noch was?»

«Ja, der Staatsanwalt hat außerdem Taucher zum Steinbruch geschickt, um den See abzusuchen.»

«Das halte ich für Blödsinn.»

«Ich auch. Aber sagen Sie ihm das?»

«Gott bewahre. Dann mache ich mich jetzt auf den Weg zu der Mutter von dem armen Kerl. Könntest du in der Zeit mal einen Blick auf die Vorstrafen von diesem Luigi Cuticchio werfen, dem Nachtwächter?»

«Was das angeht, weiß ich nicht, ob das eine gute Nachricht ist oder eine schlechte. Es gibt ein paar Vorstrafen. Aber nicht viel. Diebstahl, Betrug. Insgesamt hat er fünfmal gesessen.»

«Ein bedauernswerter Wiederholungstäter. Gut, Alfredo, dann schick mir mal Parrillo und sag ihm, dass ich hier warte.» Rocco gab dem Kollegen einen freundschaftlichen Klaps auf den Arm.

«Nicht nötig. Er wartet schon auf dem Parkplatz.»

Rocco ging die Stufen wieder hinunter und wandte sich zur Rückseite des Kommissariats. «Du denkst auch an alles.»

«An fast alles.»

In diesem Moment hätte Rocco gern mit De Silvestri getauscht, der die blendend weiße Treppe wieder hinaufging. Zu den Eltern der Opfer zu fahren und mit ihnen zu reden war womöglich der übelste Teil seines Jobs. Daran würde er sich nie gewöhnen. Er dachte an den Journalisten, den Vater des Jungen, ob er wohl bei seiner Exfrau gewesen war? Er bezweifelte es. Jede Wette lag der arme Kerl gerade irgendwo von Schläuchen und Kabeln bedeckt im Krankenhaus.

Rocco hatte den Nagel auf den Kopf getroffen. Alberto Ferri lag nach einem Herzinfarkt im Ospedale Sant'Eugenio auf der Intensivstation. Das war das Erste, was Clara Caputo, seine Exfrau, Rocco und dem Staatsanwalt mitteilte, noch bevor sie ihnen anbot, in ihrem Wohnzimmer Platz zu nehmen. Sie hatte nicht die Absicht, ihn dort zu besuchen, zumal sicher bereits Monica, seine Kollegin und der Grund für ihre Scheidung, an seinem Bett saß. Claras Haar war ungekämmt und wirr, und ihre Augen waren nur noch zwei schwarze Schlitze, die noch dunkler waren als die Schatten darunter. Mit blutleeren Lippen saß sie zitternd auf einem Sessel am Fenster, und ihr bleiches Gesicht hob sich von den Wänden ab, die so bunt waren wie die Palette eines Malers, genau wie die Möbel, die Stoffe und der Nippes auf den Regalen. Ein Kaleidoskop, das nun eher traurig schien, das Licht dämpfte und alles erdrückte. Auch die violett- und orangefarbenen Vorhänge wirkten erstickend. Rocco verspürte den Drang, sie herunterzureißen, die Fenster zu öffnen und ein wenig weiße Farbe zu verteilen.

«Es tut mir sehr leid, Signora … aber wir müssen Ihnen ein paar Fragen über Ihren Sohn stellen», begann der Staatsanwalt.

Clara nickte höflich, biss sich auf die Lippen, legte die Hände auf die Knie und strich sich den Rock glatt. Sie war bereit.

«Hatten Sie jemals den Verdacht, dass Giovanni zwielichtige Kontakte pflegte?»

Clara schüttelte den Kopf.

«Hat er Ihnen jemals Probleme gemacht?»

Clara schüttelte den Kopf.

«Gab es in letzter Zeit etwas im Leben Ihres Sohnes, was Sie beunruhigt hat? Was weiß ich, ein Mädchen, eine schlechte Note …»

Clara schüttelte zum dritten Mal den Kopf.

«Hatte er eine Freundin?»

Endlich öffnete Clara den Mund: «Ja, Isabella.»

Rocco nickte und las von einem Blatt ab: «Isabella Massari?»

«Ja ...»

«Erzählen Sie uns, wie Giovannis Tagesablauf aussah.»

Still und langsam kullerten zwei Tränen aus den Augen der Frau. «Meistens ist er spät aufgestanden. Zumindest wenn er nicht zur Uni musste. Er hat im ersten Jahr Jura studiert und hatte schon zwei Prüfungen bestanden. Mit einigen seiner Kommilitonen war er befreundet, er traf sich regelmäßig mit Isabella und ging ab und zu ins Stadion. Außerdem hat er Tennis gespielt.» Sie schob sich eine Haarsträhne aus dem Gesicht. «Was soll ich Ihnen sagen, er war ein ganz normaler Junge.» Sie steckte eine Hand in die Tasche ihres Rocks und nahm ein Papiertaschentuch heraus, um sich die Augen zu trocknen. Dann putzte sie sich die Nase und wandte sich wieder ihren Besuchern zu. «Ein ganz normales Leben ... Giovanni war ein ruhiger Typ. Stellen Sie sich vor, er ist noch immer mit dem Mofa herumgefahren, das sein Vater ihm gekauft hat, als er sechzehn war. Er wollte nie ein stärkeres Motorrad haben so wie alle seine Freunde, mit denen er unterwegs war. Er hat mir erzählt, dass er immer als Letzter ankam, wenn sie irgendwohin fuhren. Deswegen haben sie ihn Sammy genannt wie die Meeresschildkröte aus der Kinderserie.»

D'Inzeo nickte. «*Sammys Abenteuer*, das guckt mein Enkel auch immer ...»

«Also, so war Giovanni. Ein ganz normaler Junge. Ich weiß nicht, was passiert ist. Und das werden wir niemals erfahren, oder?»

«Das wollen wir mal nicht hoffen», meinte Rocco. «Könnten Sie uns das Kennzeichen und den Modellnamen von dem Mofa Ihres Sohnes geben?»

«Sicher …» Clara Caputo stand auf. Dann schien sie über etwas nachzudenken und sah ihre Besucher an. Wollte etwas sagen, zögerte aber, als ob sie sich schämte, aber schließlich sprach sie es doch aus. «Es wäre schön, wenn Sie keine Racheengel wären, sondern einfach nur Engel, die gekommen sind, um mir meinen Sohn zurückzubringen.» Dann senkte sie den Kopf und verließ den Raum.

Sie traten hinaus in die Sonne. Parrillo hatte in der zweiten Reihe geparkt und wartete auf sie. D'Inzeo zündete sich eine Zigarette an. «Die Arme …»

«Allerdings.»

«Also, die Handynummer des Jungen haben wir?»

«Ja, haben wir, aber mal sehen, ob uns das weiterbringt.»

«Es würde schon reichen, ungefähr zu wissen, wo er sich in der Mordnacht aufgehalten hat», meinte der Staatsanwalt. «Und wer weiß, wo das Mofa ist.»

«Da reicht es, das Kennzeichen abzumachen und es irgendwo auf dem Land in einen Graben zu werfen. Nächsten Sommer ist es dann von Dornen überwuchert, und weg ist es», sagte Rocco.

«Hast du schon irgendeine Vorstellung, was passiert sein könnte?» Der Staatsanwalt blickte angewidert auf die Zigarette. «Scheiße, ich muss endlich aufhören …»

«Keine, Sasà. Ein anständiger Junge, der in irgendetwas Furchtbares reingeraten ist. Einen Raubüberfall würde ich ausschließen. Sieht nach einer Abrechnung aus. Nur dass …»

«… die Frage ist, welche offene Rechnung das Opfer gehabt haben könnte.» Sie gingen auf den Wagen zu. Als Parrillo sie sah, machte er den Motor an. «Könntet ihr mich zur Uni mitnehmen, Rocco? Ich würde gern ein paar Worte mit den Professoren wechseln. Wenn ich mich nicht irre, ist mein ehemaliger Kommilitone Morcorelli dort Rektor. Vielleicht fällt ihm etwas dazu ein.» Rocco öffnete die Autotür. «Lass mich nach vorn, hinten muss ich kotzen», meinte D'Inzeo.

Nachdem sie den Staatsanwalt abgesetzt hatten, fuhr Parrillo weiter, ohne Fragen zu stellen. Er respektierte Roccos Schweigen, der sich eine Zigarette angezündet hatte und den Rauch zum Fenster hinausblies. Sie waren nicht weit von dem Haus von Marinas Eltern entfernt. Er könnte ihr dort einen Besuch abstatten. Sicher hatte er auch heute eine schlaflose Nacht vor sich, in der er sich im Bett herumwälzen und sich mit dem Gedanken quälen würde, wie ein Leben ohne seine Frau aussehen sollte. Er hatte immer gehofft, dass Marina nicht herausfand, was er tat, nichts von seinem geheimen zweiten Leben erfuhr, aber das war eine trügerische Hoffnung gewesen, denn früher oder später musste das Ganze ja ans Tageslicht kommen.

Was mache ich hier überhaupt?, fragte er sich. Ich sollte bei ihr sein, mit ihr reden, sie zur Vernunft bringen, ihr schwören, dass ich mich von nun an ändern werde.

Aber vielleicht würde es die Lage auch verschlimmern, wenn er zu ihr ging. Und was wollte der Typ in dem Audi von seiner Frau?

«Halt hier mal an und warte auf mich.» Parrillo gehorchte und hielt vor einem Kino. Rocco stieg aus dem Wagen, ging um die nächste Straßenecke und war auf dem Largo Alessandria. Hier befand sich der Pub, in den Giovanni häufig ging; er hieß Old England und lag direkt an der Piazza. Draußen vor der Tür standen jede Menge Tische aus Holz und Metall. Ein paar junge Leute saßen gut gelaunt vor ihren Gläsern mit einer bernsteinfarbenen Flüssigkeit und genossen die Sonne. Es war ein riesiger Pub. Er ging über zwei Straßenecken, und drinnen gab es noch eine zweite Etage. Das gefiel Rocco gar nicht; etwas Kleineres wäre ihm lieber gewesen. Dies war der typische Ort, an dem sich abends Scharen von jungen Leuten zum Quatschen trafen.

Im Inneren war es dunkel. Zwei Fernseher übertrugen laut einen Sportsender. Ein Rugby-Spiel. Hinter dem Tresen, der einmal durchs ganze Lokal ging, bedienten zwei junge Männer die sich unterhaltenden Gäste. An der Kasse stand ein glatzköpfiger Riese in einem engen karierten Hemd, das sich über seinen Speckrollen spannte. Er trug eine Brille und blickte auf ein Blatt Papier, während er unentwegt Zahlen in die Kasse eintippte. «Einen Espresso», sagte Rocco und reichte ihm einen Zehn-Euro-Schein. Der Mann öffnete die Kasse, ohne den Blick zu heben, nahm das Wechselgeld heraus und gab es ihm. Danach beschäftigte er sich weiter mit seiner Abrechnung. Rocco steckte das Geld ein, bewegte sich jedoch nicht von der Stelle. Nach ein paar Sekunden sah der Hüne auf. «Möchten Sie noch etwas?»

«Ja, den Beleg.»

«Hab ich Ihnen den nicht gegeben?»

«Ich leide nicht unter Alzheimer.»

Der Mann gab einen Euro ein und überreichte Rocco den Beleg. «So in Ordnung?» Er grinste.

«Ist das so witzig?»

«Was?»

«Dass ich nach dem Beleg gefragt habe?»

Der Mann nahm die Brille ab. «Nein, das ist nicht witzig. Ich arbeite gerade und habe den Beleg vergessen. Ist das so schlimm, dass man daraus jetzt eine große Sache machen muss?»

Nun, ohne die Brille, fiel Rocco endlich ein, welchem Tier der Mann glich. Einem Manul, auch Pallaskatze oder Steppenkatze genannt. Er sah genauso aus wie das Tier auf der Zeichnung in der Enzyklopädie, die er als Kind gehabt hatte. Die ernsten grünen Augen, die das kugelrunde, wulstige Gesicht noch kleiner erscheinen ließen. Das Maul mit den leicht heruntergezogenen Mundwinkeln, die platte Nase.

«Überhaupt nicht», meinte Rocco. «Kann passieren.»

Er trat von der Kasse zurück, und der Mann setzte sich die Brille wieder auf die Nase, um sich dann erneut mit seiner Abrechnung zu beschäftigen.

Rocco legte den Beleg auf den Tresen, während ein junger Farbiger mit einem strahlenden Lächeln auf ihn zutrat. «Was darf's sein, Chef?»

«Einen Espresso.»

«Einen italienischen oder einen afrikanischen?», fragte der junge Mann.

«Wie ist der afrikanische?»

Der Barkeeper stellte die leere Tasse auf die Untertasse. «So!» Er lachte. «Kleiner Witz, der Espresso kommt gleich.»

Rocco kicherte. Die gute Laune des Jungen war ansteckend. Auf dem Rücken seines schwarzen Shirts zeichnete sich ein feuchter Fleck ab.

«Wo kommst du her?»

«Nigeria.»

«Du bist Afrikaner und schwitzt?»

«Ja. Weil ich hier ja die ganze Arbeit mache, stimmt's, Davide?», sagte er an seinen rothaarigen Kollegen gewandt, der, auf die Theke gestützt, auf seinem Handy herumtippte. Davide zeigte ihm den Mittelfinger, ohne den Blick vom Display zu nehmen. Er hatte jede Menge Pickel im Gesicht.

«Wie heißt du?», fragte Rocco.

«Steven für meine Freunde. Für Schwule die 0328/0361 462!» Er lachte erneut, diesmal im Chor mit seinem Kollegen. Als er sich umwandte, um die Tasse mit dem Espresso auf die Untertasse zu stellen, hielt ihm sein Gast einen Ausweis hin. Steven kam näher, um besser lesen zu können, woraufhin Rocco ihn eilig zurückzog.

«Finanzen ...», sagte er dann leise. Die gute Laune des jungen Mannes war wie weggeblasen. «Sagt dir der Name Giovanni Ferri etwas?»

Steven wischte sich die Hände an seinem Shirt ab. «Giovanni Ferri? Nein. Ich glaub nicht.»

«Soll ich dir ein Foto zeigen?»

Der junge Mann nickte. Rocco nahm sein Handy und zeigte ihm das Foto des Jungen. «Hier. Und? Kennst du ihn?»

«Ja. Sicher. Giovanni!», rief Davide aus, der herangetreten war. Die Hände in den hinteren Taschen seiner Jeans, betrachtete er das Foto. «Ja. Klar, kenne ich Giovanni. Wir nennen ihn Sammy wie die Schildkröte. Er kommt oft mit ein paar Freunden her.»

Der Mann an der Kasse stand langsam auf und kam zu ihnen herüber. «Was ist los?»

«Der Herr sucht nach Giovanni Ferri», sagte Steven.

«Giovanni? Der war vor ein paar Tagen noch hier. Er kommt immer abends. Aber gestern habe ich ihn nicht gesehen», meinte der Steppenkater. «Sind Sie von der Polizei?»

«Von der Finanzpolizei», sagte Rocco lächelnd.

Der Mann runzelte die Brauen. Die beiden Barkeeper sahen sich verblüfft an. «Mit wem war Giovanni Ferri hier?»

Alle drei schreckten zusammen.

«Los, mit wem war er hier?»

«Was weiß ich? Hören Sie, wenn Sie die Buchhaltung einsehen wollen, dann ...»

«Die wird wohl genauso in Ordnung sein wie die Belege, die Sie ausgeben, oder?»

Der Steppenkater senkte den Blick.

«Mit wem war er an besagtem Abend hier?»

«Mit seiner Freundin und ein paar Freunden, die ich nicht kenne», sagte der mit den roten Haaren. «Er hat das übliche Bier getrunken und war dann wieder weg.»

«Aber warum suchen Sie nach ihm?», wagte der Wirt des Lokals zu fragen.

«Könnte es sein, dass Sie das nichts angeht?»

«Könnte sein, ja.»

«Um wie viel Uhr ist er gegangen?»

Der Rothaarige dachte nach. Doch es war Steven, der antwortete: «Da hab ich draußen gerade die Tische abgewischt. Um halb neun. Das weiß ich, weil da gerade das Baseballspiel auf Fox anfing. Das guck ich immer. Seattle Mariners gegen Houston. Ein großartiges Spiel.»

«Du interessierst dich für Baseball?»

«Und wie!»

«Dann kannst du mir sicher sagen, ob Giovanni ein Trikot von den Oaklands anhatte.»

«Verdammt, ja! Das grün-weiße mit dem Elefanten. Sie ahnen ja nicht, wie oft ich ihn schon gefragt hab, ob er mir das nicht verkaufen will. Ich hab ihm sogar zwanzig Euro dafür angeboten. Aber er hängt dran.»

Rocco nickte. «Vielen Dank für die Hilfe.» Er trank den Espresso und verzog angewidert das Gesicht. «Beim nächsten Mal hätte ich lieber den afrikanischen, denn der italienische schmeckt zum Kotzen.» Steven musste lachen und steckte damit auch seinen pickligen Kollegen und den Wirt des Old England an, der aufgestanden war und dem seltsamen Finanzpolizisten hinterhersah, als er das Lokal verließ.

«Alfredo, gibt's was Neues?»

«Also, die Taucher haben in dem kleinen See zwei Waschmaschinen, ein Metallregal und einen Hühnerkäfig gefunden.»

Rocco sah mit dem Handy am Ohr aus dem Wagenfenster. Sie standen seit einer Ewigkeit auf dem Viale Parioli vor der Ampel an der Piazza Ungheria im Stau.

«Soll ich die Sirene anmachen, Dotto'?», fragte Parrillo.

Rocco sah ihn entnervt an. «Bist du bescheuert? Nein!» Dann wandte er sich wieder dem Gespräch mit De Silvestri zu. «Sonst noch was? Hat Uccio Pichi angerufen?»

«Noch nicht. Aber inzwischen wird Giovanni Ferris Handy untersucht. Doch davon würde ich mir nicht allzu viel versprechen.»

«Letzte Frage: der Verantwortliche von der Spurensicherung ...»

«Wer? Gizzi, der Zombie?»

«Ah, du kennst ihn?»

«Ja, Dottore. Ein Arschloch.»

«Aber hat er angerufen?»

«Der ruft nie an. Dem müssen Sie hinterherlaufen.»

Rocco öffnete das Wagenfenster. Der Gestank der Abgase war erstickend. Und die Hitze kannte keine Gnade. «Okay, danke, Alfredo, wenn es was Neues gibt ...»

«Ruf ich an.»

Rocco beendete das Gespräch und stieg aus dem Wagen. «Das geht mir auf den Sack, ich geh zu Fuß. Ich bin im Haus Nummer 72, warte draußen auf mich. Parrillo, und wenn du die Sirene anmachst, während ich nicht da bin, lass ich dich in die Nebroder Berge versetzen.»

«Wo sind die denn?»

«Was weiß ich? Klingt aber nicht nach einem schönen Ort, oder?»

Rocco schlug die Tür zu und überquerte die Straße. Wenigstens lag der Viale Parioli im Schatten und führte bergab. Er ging an den Verkaufsständen auf dem Gehsteig vorbei, die hier wie in ganz Rom die Stadt in einen Suk verwandelten. Dabei machte er sich einen Spaß daraus, die Fauna zu begutachten. Frauen mit Gesichtern, als wären sie aus Plastik, junge Männer mit korrekt gescheiteltem Haar, stark gebräunte Herren mit bunten Krawatten auf den Bäuchen, Hausmädchen in gestreifter Uniform, die Zwergpudel, Yorkshire-Terrier oder Möpse an der Leine führten. Die Straße war mehr oder weniger zu einem Parkplatz umfunktioniert worden. Teure, blinkende Autos standen in zweiter und dritter Reihe. Mercedes, BMW und eine Art Landungsfahrzeug, das auf dem rissigen Asphalt der Stadt sicher unglaublich nützlich war.

Rocco ging schnell. In der Ferne grollte völlig unpassender Donner. Denn der Himmel, der zwischen den Blättern der Rosskastanien hindurchschimmerte, war blau. Er kam an dem vierten Bankinstitut in Folge vorbei, erreichte schließlich die Nummer 72 und trat ins Haus.

«Bitte?», fragte der wachhabende Portier.

«Familie Massari.»

«Treppenaufgang B, dritter Stock. Und wer sind Sie?»

«Die Polizei.»

Der Portier biss sich auf die Lippe und setzte sich wieder an seinen Tisch, um in einer Zeitschrift zu blättern.

Ein etwa fünfundvierzigjähriger Mann öffnete die Tür. Er war groß, elegant und trug unter einem karierten Jackett ein gestreiftes Hemd. Das spärliche Haar war nach hinten gekämmt, und die Augen waren von einem verwaschenen Blau. Ein Cavour-Bart ließ sein Gesicht breiter erscheinen. Auf seiner Oberlippe glänzte dünner Schweiß. «Bitte. Wir haben Sie erwartet. Enrico Massari, ich bin Isabellas Vater», sagte der Mann und ließ Rocco eintreten. Eine elegante Wohnung mit cremefarbenen Wänden und hellen Holzmöbeln. «Machen Sie es sich bequem.» Massari öffnete eine Doppeltür im florentinischen Stil, und sie traten in ein helles Wohnzimmer. Auf dem Sofa saß ein blondes Mädchen mit Pferdeschwanz, am Knie eingerissenen Jeans und Dr. Martens an den Füßen. Neben ihr hatte ein junger Mann in Jackett und Krawatte Platz genommen. «Meine Tochter Isabella», sagte der Hausherr, «und unser Anwalt Dottor Sorrentino.»

«Ich dachte, es handelt sich um ein ungezwungenes Gespräch», sagte Rocco.

Der Anwalt erhob sich und gab ihm die Hand. «Sehr erfreut. Ja, ein ungezwungenes Gespräch, aber wie sagt man so schön: Vorsicht ist besser …»

Rocco setzte sich und sah Isabella an. Sie saß mit gefalteten Händen da, die Ellbogen auf die Knie gestützt. Die Ärmel ihres leichten Baumwollshirts schlackerten um ihre Handgelenke.

«Wann haben Sie es erfahren?»

«Heute Morgen», sagte der Vater.

In Isabellas Augen, die so ruhig und ausdruckslos waren wie die ihres Vaters, spiegelte sich ein Anflug von Sorge, aber keine Traurigkeit.

«Wann hast du Giovanni zum letzten Mal gesehen?», fragte Rocco.

«Vorgestern Abend.»

«Dürfte ich erfahren, zu welcher Uhrzeit?»

Isabella sah den Anwalt an, der nickte. «Wir waren zwischen zehn und halb elf unten vor dem Haus verabredet. Ich weiß nicht mehr genau.»

«Man schaut ja schließlich nicht alle fünf Minuten auf die Uhr», meinte der Anwalt und zuckte mit den Schultern.

«Hat jemand das Gegenteil behauptet? Ich zum Beispiel war gestern Abend mit Freunden essen und habe keine Ahnung, wann ich wieder zu Hause war», sagte Rocco. «Um zwei? Um drei? Um eins?»

Enrico Massari und der Anwalt lächelten gequält. «In der Tat …», sagte der Anwalt des Mädchens.

«Wie war Giovanni?»

«Bitte?»

«Dein Freund, Isabella, wie war er?»

«Meinen Sie, wie er ausgesehen hat?»

«Nein. Was er für ein Mensch war.»

«Giovanni … Er war sehr ruhig. Hat studiert. Ein anständiger Kerl.»

Rocco hatte bereits mehr als genug von diesem ekelhaften, aufgesetzten Getue. Er streckte seufzend die Beine aus. «Ist Ihnen schon mal aufgefallen, dass auf unsere Frage, was das Opfer für ein Mensch war, die Antwort immer lautet: ein anständiger Junge, ein guter Sohn, eine ehrliche Haut, ein rechtschaffener Familienvater oder was auch immer … egal, ob derjenige erstochen, vergiftet oder lebendig begraben wurde. Sie zum Beispiel, Dottor Massari, sind sicher ein anständiger Mensch. Und ich denke, es wäre relativ unwahrscheinlich, dass Sie mitten in der Nacht auf barbarische Art ermordet werden, in einer Art Hinrichtung. Denken Sie nicht?»

«Was wollen Sie damit sagen?», fragte Enrico Massari.

«Ich will damit sagen, dass anständige Menschen normalerweise nicht mitten in der Nacht eine Klinge in die Schädelbasis gerammt bekommen, bevor sie dann eine Böschung hinunter in einen Marmorsteinbruch geworfen werden.» Er hatte absichtlich dick aufgetragen, um einen Misston zu erzeugen und die Anwesenden ein bisschen aufzurütteln.

Isabella und ihr Vater waren vor Schreck erstarrt. Dafür reagierte der Anwalt: «Warum erzählen Sie uns diese makabren Einzelheiten? Meine Klientin war die Freundin des Opfers, daher wäre wohl ein wenig mehr Feingefühl angebracht!»

«Sie haben recht. Ich wollte Ihnen nur ein reales Bild vermitteln, Ihnen die Dinge so zeigen, wie sie uns das Leben vor die Füße kotzt, und nicht, wie in den Zeitungen oder beim Plausch im Wohnzimmer darüber gesprochen wird. Also, Giovanni war ein ruhiger Typ, ein anständiger Mensch, fleißig, respektvoll, und sein Tod war nur eine tragische Verwechslung. Könnte sein, oder?»

«Könnte sein», bestätigte der Anwalt.

«Hast du ihn geliebt?»

«Das ist eine persönliche Frage. Isabella, du musst nicht darauf antworten», wandte der Vater von seinem Sessel aus ein.

«Clara, Giovannis Mutter, hat mir gesagt, dass sie dich angerufen hat und du ihr erzählt hast, dass ihr euch am Vorabend gestritten habt. Stimmt das?»

Isabella sah wieder den Anwalt an. Der an ihrer Stelle antwortete: «Ich weiß, nicht, was das mit dem Tod von …»

«Wahrscheinlich nichts!», unterbrach Rocco ihn. «Aber wenn Sie mir nicht helfen, einen besseren Einblick zu bekommen, kriege ich das Arschloch, das den anständigen Jungen umgebracht hat, nie! Niemand will dich an den Pranger stellen, Isabella. Ich bitte dich nur um Hilfe!»

Isabella biss sich auf die Lippen, und der Anwalt legte ihr die Hand auf die Schulter, aber sie rückte von ihm ab. «Wir haben uns gestritten, das stimmt. Hier unten vor dem Haus.»

«Danke», sagte Rocco. «Darf ich wissen, worüber?»

«Das ist eine lange Geschichte. Es hat mit einem anderen Jungen zu tun, Silvano. Giovanni war davon überzeugt, dass ich …»

Rocco winkte ab. «Nein, entschuldige, das ist eure Sache, auf Beziehungsprobleme kann ich offen gesagt verzichten. Ich würde gern wissen, ob Giovanni in letzter Zeit mit zwielichtigen Leuten zu tun hatte.»

«Das weiß ich nicht, Dottore. Nicht, wenn ich dabei war. Wir haben uns in der Uni gesehen, sind manchmal zusammen ausgegangen und haben hin und wieder miteinander gelernt. Aber was er gemacht hat, wenn er allein war, kann ich nicht sagen.»

Rocco stand auf. Er hatte den Eindruck, dass die anderen Anwesenden aufatmeten, so als wären sie einer drohenden Gefahr glücklich entkommen.

«Studierst du auch Jura?»

Isabella nickte.

«Die Prüfung, die ich am meisten gehasst habe, war die in Kriminologie. Kannst du dir das vorstellen? Ein Polizist, der ausgerechnet dieses Fach verabscheut.»

Damit entlockte er Isabella endlich ein Lächeln, während sich die beiden Herren, Roccos Beispiel folgend, ebenfalls erhoben.

«Mach's gut.»

«Kriminologie mach ich erst im letzten Semester.»

«Im Grunde ist es ganz leicht. Aber man muss den Quatsch von Cesare Lombroso ertragen. Schon mal gehört?»

«Sicher! Gibt es den geborenen Verbrecher?»

«Was für ein Blödsinn, finden Sie nicht auch, Avvocato? Viel Glück bei den Prüfungen, Isabella.» Rocco gab dem Anwalt und Dottor Massari die Hand und zuletzt auch Isabella. «Der geborene Verbrecher ... Als ob es ausreichen würde, einem Menschen ins Gesicht zu sehen, um zu wissen, ob man es mit einem Verbrecher zu tun hat oder nicht. Was für ein Schwachsinn!»

Isabella log. Das war für Rocco so klar wie dieser Tag Ende Juni. Der Anwalt, der schwitzende Vater, das übertriebene Begrüßungskomitee, alles ein bisschen zu viel des Guten. Das waren wohlhabende Leute mit einer gesicherten Zukunft. Irgendetwas war in diesem Haus geschehen, was die Ruhe in diesem Nobelviertel gestört hatte und dem die Familie ohne den befreundeten Anwalt nicht gegenübertreten wollte. In Gedanken versunken, stieg er ins Auto. Parrillo fuhr los, und bis zum EUR-Viertel wechselten sie auch diesmal kein Wort.

Der Nachmittag verging träge, und die Sonne konnte sich nicht entschließen unterzugehen. Nachdem Rocco drei Mal vergeblich versucht hatte, seine Frau telefonisch zu erreichen, hatte er Lust auf ein Eis. Er nahm seine Brieftasche und verließ sein Büro Richtung Ausgang, um sich auf der Via Europa ein Cornetto von Langnese zu kaufen. Kaum war er auf den Gang hinausgetreten, kam ihm De Silvestri entgegen. «Heute bin ich hier anscheinend der Bote. Schlechte Nachrichten, Dottore.»

«Ich höre.»

«Sie erinnern sich doch an den Tankautomaten, oder? Gut. Drei Personen haben in der Mordnacht mit Karte bezahlt. Wir haben alle drei ausfindig gemacht. Der eine ist ein Geschäftsmann aus Ciampino, der uns gebeten hat, diskret zu sein, weil er unterwegs zu seiner Geliebten war …»

«Oder in den Puff, wer weiß …»

«Ja. Der Zweite ist ein Ingenieur, der zu seiner Mutter nach Frascati gefahren ist.»

«Und der Dritte?»

«Ein Polizist auf dem Weg nach Hause. Wir haben mit ihm gesprochen, er ist beim Kommissariat in Tuscolana. Als er getankt hat, war er allein und hat nichts bemerkt. Er war der Letzte, der dort mit Karte bezahlt hat, etwa um elf Uhr abends. Tut mir leid.»

Rocco klopfte dem Agente freundschaftlich auf die Schulter. «Wäre ja auch zu schön, wenn die von der Spurensicherung mal eine gute Nachricht hätten.»

«Stimmt.»

«Hör mal, Alfre', kannst du mir einen Gefallen tun?»

«Sicher.»

«Nur eine Kleinigkeit. Könntest du mal ein Autokennzeichen checken und mir sagen, wem der Wagen gehört? AX 213 XB.»

Alfredo merkte sich das Kennzeichen. «Hat das mit unserem Fall zu tun?»

«Nein.»

Sie sahen sich für den Bruchteil einer Sekunde an. Ein kurzes Schweigen, in der Art, wie es sich bei zwei Menschen, die sich in- und auswendig kennen, gern mit Hintergedanken füllt. Ein Blick aus den müden, gestressten Augen De Silvestris in die müden gestressten Augen Roccos in einem winzigen Zeitsplitter. Nur ein sehr aufmerksames und sensibles Ohr hätte den schnellen, stummen Dialog zwischen den beiden bemerken können.

«Alfre', warum gehst du nicht nach Hause?»

«Dotto', warum gehen Sie nicht nach Hause?»

«Weil da niemand ist.»

«Bei mir auch nicht.»

«Ist deine Frau noch verärgert?»

«Ja.»

«Du solltest in Pension gehen, Alfredo.»

«Und Sie sollten sich einen anderen Job suchen.»

«Das ist das Einzige, was ich kann.»

«Genau wie bei mir, Dotto'»

Rocco war die Lust auf das Eis vergangen. Er verabschiedete sich von De Silvestri und ging zurück in sein Büro. Der Himmel hatte eine orangerote Farbe angenommen, um nach und nach dem violetten und blauen Farbton zu weichen, der vom Osten her bald die ganze Stadt umarmen würde. Für Rocco begann damit eine weitere von vielen einsamen Nächten.

Es wurde eine unruhige Nacht. Nicht nur wegen der Schlaflosigkeit, sondern auch weil die Stadt von einem Tropensturm heimgesucht wurde. Blätter von Bäumen und Blüten wirbelten genauso wie weggeworfene Plastiktüten überall umher. Die Fensterläden schlugen gegen die Hauswände, und Marinas Zitronenbaum verlor drei Früchte. Rocco ging hinaus, um den Topf unter das Verandadach zu ziehen, und wurde so nass wie am Bug eines Schiffs im Sturm. Rocco wusste, dass dieser Regen nur eine erleichternde frische Brise mit sich brachte, aber schon am nächsten Morgen die Situation verschlimmern und eine Luftfeuchtigkeit verursachen würde, als läge Rom in Rajasthan.

Die Sonne stand schon eine Weile hoch am Himmel, und die Stadt war von einer tropischen Feuchtigkeit umhüllt. Vittoria wartete seit zwanzig Minuten vergeblich auf ihren Enkel. Ungeduldig saß sie auf dem kleinen Sessel im Flur, direkt neben der Sprechanlage. Sie hielt die Tasche auf den Knien und spielte an dem Verschluss aus falschem Gold herum. Immer wieder schaute sie zu der alten Uhr auf dem Sekretär hinüber, wo auch das Foto ihres Mannes stand, Gott hab ihn selig. Raffaele in der Uniform des Unterleutnants, mit dem prächtigen Haar seiner jungen zwanzig Jahre. Jedes Mal, wenn sie dieses Bild sah, musste sie an ihren Sohn Guido denken. Wie sehr er seinem Vater ähnelte, nur dass er zwanzig Zentimeter größer war! Sie konnte die goldenen Zeiger der Uhr nicht richtig erkennen, daher ging sie näher heran und kniff die Augen zusammen. Halb zehn. Um diese Zeit würde die Schlange in der Post schon furchtbar lang sein. Aber Matteo hatte ihr versprochen, dass er vorbeikommen würde. Warum glaubte sie ihm überhaupt noch? Er wohnte nur drei Blocks entfernt und brauchte mit dem flotten Schritt eines Zwanzigjährigen für den Weg zu ihr höchstens drei Minuten. Fünf, wenn er an irgendeinem Schaufenster stehen blieb. Zwanzig Minuten Verspätung konnten nur eins bedeuten: Matteo schlief noch. «Mach dir keine Gedanken, Oma, ich bin wach, denn ich muss lernen!», hatte er am Vortag gesagt.

Aber sicher doch, dachte Vittoria. Sehr wahrscheinlich war es am Abend spät geworden, und sie stellte ihn sich vor, wie er sich jetzt schläfrig im Bett hin und her wälzte, sich über die Sonne ärgerte, die durch die Ritzen in den Rollladen hereinschien, und das Versprechen, das er seiner Oma gegeben hatte, vergessen war.

Sie würde wohl ohne ihn gehen müssen.

Vittoria hatte kein Problem damit, allein zur Post zu gehen. Es war ihr Sohn Guido, Matteos Vater, der darauf bestand, dass jemand sie begleitete, wenn sie ihre Rente abholte. «Mamma, weißt du, wie viele böse Menschen sich hier rumtreiben?»

«Nein, das weiß ich nicht. Ich bin ja immer zu Hause!»

«Aber du liest doch Zeitung, oder?»

«Nein.»

«Aber du siehst fern, oder nicht? All diese Immigranten, das ist doch nicht so schwer zu verstehen, oder? Die sehen, dass du zur Post gehst, folgen dir, schlagen dir auf den Kopf, und tschüs! Das war's dann mit dir und deiner Rente!»

Und so kamen nun jeden Monat Guido, Anna oder ihr Sohn Matteo zu ihr, begleiteten sie zur Post, und dann adieu bis zum nächsten Monat.

Wenn ich zusammen mit Anna gehe, dachte Vittoria, die dünn ist wie eine Bohnenstange, kommt der Immigrant oder wer auch immer und verhaut uns beide! «Wenn er zwei Menschen sieht, überlegt er es sich vielleicht», sagte ihr Sohn immer. «Jedenfalls bin ich so ruhiger. Wenn ich weiß, dass du allein bist, bin ich in Sorge.»

Aber nicht genug, um sie bei sich wohnen zu lassen. Guido hatte die Hundertachtzig-Quadratmeter-Wohnung seiner Eltern in der Via Urbino übernommen, wo sie nun zu dritt lebten. Und sie hatte er in eine Fünfzig-Quadratmeter-Kaschemme verbannt, mit der Küche im Wohnzimmer, einem Schlafzimmer und einem Bad ohne Wanne. «Keine Sorge, Mamma, Anna und ich bringen alles in Ordnung, und dann ziehst du zu uns!» Seitdem waren drei Jahre vergangen.

Drei Jahre, um die Wohnung zu renovieren, als handelte es sich um den Palazzo Venezia. Vittoria kannte die Wahrheit, aber es war eine jener Wahrheiten, die man in der Familie nicht zur Sprache brachte. Ihrer Schwiegertochter Anna, Königin über hundertachtzig Quadratmeter, würde es nicht im Traum einfallen, sich die Schwiegermutter ins Haus zu holen. In die Wohnung, die einmal die von ihr und Raffaele gewesen war und davor die ihrer Mutter und noch davor die ihrer Großmutter. Dort war Vittoria aufgewachsen, genau wie ihre Kinder. Und jetzt? Gehörte sie Anna, die aus irgendeinem Loch halb unter der Erde hinter dem Viale Somalia kam. Als Vittoria vor dreißig Jahren die Schwiegereltern ihres Sohnes dort zum ersten Mal besucht hatte, hatte es ihr im Herzen weh getan. Anna hatte dort zusammen mit ihren Eltern, den Großeltern, drei Geschwistern und einer Tante gelebt. Nur drei Zimmer. Verrußte Wände, beschmierte Tapeten. Und nun hatte sie sich ihren Sohn geschnappt und die Wohnung in der Via Urbino, die sie inzwischen seit drei Jahren renovierte. «Wir machen ein Smart-Home daraus», hatte Guido gesagt. Und sie hatte letztes Jahr zu Weihnachten drei Tage gebraucht, um zu verstehen, was das bedeutete, ein Smart-Home, nämlich dass Heizung, Licht, Rollläden und Alarmanlage von einem Roboter, einem elektronischen Gehirn, kontrolliert wurden. Anna hatte Böden aus Beton machen lassen, dabei waren die alten Fliesen aus den zwanziger Jahren so schön gewesen! Vittoria hatte jede einzelne davon gut gekannt. Die mit dem Riss, die, an der sich ihr Bruder das Knie aufgeschürft hatte, die, die lose war, sodass man sie anheben und darunter das wenige Geld verstecken konnte, das man sich mit der Erledigung von kleinen Arbeiten zusammengespart hatte. Nichts von Belang, weg damit! Anna wollte Betonboden. Ein grauer Gussboden, wo hundert Jahre lang Leder- und Schnürsohlen, die Soldatenstiefel der Deutschen, Raffaeles Hausschuhe und die Pantoffeln der Kinder drübergelaufen waren. Und auch die Zinkwanne mit den Löwenfüßen im Bad, in der drei Generationen ihrer Familie gebadet hatten, einfach weg damit! Ab in den Müllcontainer. Stattdessen so ein Fiberglasding, das Hydromassage machte. Bei den seltenen Besuchen, die Anna ihr zugestand, erkannte Vittoria die Wohnung ihrer Kindheit nicht mehr wieder. Sie hatten Wände eingerissen, Türen kaputtgemacht und Fenster demoliert. Und warum das Ganze? Um ein Smart-Home zu haben, das eher wie eine Fabrik aussah als wie eine Wohnung. Aber es war jetzt Annas Wohnung und nicht mehr die der Familie Livolsi.

Die blöde Kuh!

Hungerhaken!

Spuckehässlich!

Aber solche Gedanken behielt man lieber für sich. Nur dass Vittoria das langsam nicht mehr aushielt, sie hatte vor, früher oder später alles zu sagen. Bis zur letzten Silbe. Vielleicht auf dem Totenbett, bevor sie den letzten Atemzug tat und ihre Seele für immer entschwand. Sie wollte dieser Frau ins Gesicht sehen, die ihren Sohn bezirzt hatte, und ihr sagen: «Meine Liebe, weißt du, du bist hässlich, gefühllos, gewöhnlich, unnütz und billig, und ich werde nicht zulassen, dass du in der Familiengruft beigesetzt wirst, wenn du irgendwann den Löffel abgibst. Weißt du, warum? Weil ich das in meinem Testament notariell beglaubigt festgelegt hab! Du Klappergestell!» Das würde sie ihr sagen, bevor sie für immer die Augen schließen und endlich wieder bei Raffaele sein würde, der schon so lange auf sie wartete.

Vittoria stand auf. Nahm die Wohnungsschlüssel und verließ das Haus, denn sie hatte genug davon, auf ihren Enkel Matteo zu warten, der sowieso nicht mehr kommen würde.

Es war heiß draußen. Noch nicht so, dass man nicht mehr atmen konnte, aber es war zu spüren, dass der Sommer voranschritt und Rom in zwei Wochen der reinste Backofen sein würde. Der Regen, der in der letzten Nacht gefallen war, hatte das Ganze nur verschlimmert. Sie grüßte den Portier, der wie immer draußen auf dem Gehsteig, an die Motorhaube eines Autos gelehnt, mit dem Kollegen von Hausnummer 25 plauderte. Autos und Motorräder hatten bereits ihre nie endenden Rundfahrten begonnen. Vittoria blickte die Via Aosta hinunter, die komplett in der Sonne lag, und beschloss, die Via Fidenza entlangzugehen, wo es Schatten gab, auch wenn der Weg etwas weiter war. Denn sie hatte es nicht eilig, weil das Schlangestehen in der Post inzwischen eh unvermeidlich sein würde.

Wie es aussah, lag dort, zwischen den parkenden Motorrädern, jemand auf dem Gehsteig, wahrscheinlich um eines davon zu reparieren, so wie sich die Mechaniker unters Auto legten, um daran zu basteln und herumzuschrauben. Er trug Jeans und Turnschuhe. Vittoria sah sich um. Niemand zu sehen. Langsam ging sie auf den am Boden Liegenden zu, der sicher ein junger Mann war, denn solche zerrissenen Hosen trug auch ihr Enkel. Aber er reparierte gar nicht das Motorrad. Er schien zu schlafen. Er hatte eine Cap auf und lag mit dem Kopf auf den Armen. Daher konnte sie sein Gesicht nicht sehen. «Hallo … hallo!», rief sie. Aus einer Bar kam ein

Mann mit einem strahlend weißen Shirt. «Signore!», schrie Vittoria in seine Richtung. «Signore, bitte kommen Sie!»

Der Mann verdrehte die Augen. «Was ist?»

«Da liegt einer. Am Boden.»

«Am Boden?»

Der Mann trat heran. Auch er sah den Jungen, der zwischen den parkenden Motorrädern auf dem Gehsteig lag. «Oh!», rief er aus. Dann bückte er sich und schüttelte den Jungen, der jedoch weiterhin kein Lebenszeichen von sich gab. «Oh!», schrie der Mann erneut. Dann packte er den jungen Mann an den Schultern und drehte ihn um. Die Augen waren halb geöffnet, der Blick erloschen. Aus dem Mund sickerte ein kleines Rinnsal dunkles Blut. Vittoria brauchte ein paar Sekunden, bis sie ihn erkannte. Das Häufchen Elend, das da zwischen den Motorrädern lag, war ihr Enkel Matteo. Ohne ein Klagen oder einen Schrei von sich zu geben, sank sie zu Boden. Ihr Herz hatte aufgehört zu schlagen.

Inzwischen lag auch die Via Fidenza in der Sonne. Die Leiche des Jungen war mit einem weißen Tuch bedeckt. Sie hatten die Großmutter ins Krankenhaus San Giovanni gebracht, doch da war nichts mehr zu machen gewesen. Rocco stieg gemeinsam mit seinem Kollegen Simone Zuccari aus dem Auto, einem blonden hellwachen Agente, der eine kleine Brille trug und dessen Blick stets nach etwas Interessantem auf der Suche zu sein schien. Direkt hinter ihnen parkte Parrillo in Begleitung eines anderen Agente. Gemeinsam gingen sie unter dem Absperrband hindurch zum Fundort hinüber.

«Ciao, Uccio», sagte Rocco leise.

Spartaco Pichi, der Gerichtsmediziner, zog sich gerade

die Latexhandschuhe über. «Ciao, Rocco … So schnell sieht man sich wieder.»

«Ja. Wer ist das?»

«Matteo Livolsi, zwanzig Jahre …»

Pichi hob das Tuch an, sodass das Gesicht des Jungen zu sehen war. Er schien zu lächeln. Das Blut, das aus seinem Mund gelaufen war, war getrocknet. Die Haut war bläulich verfärbt. Der Gerichtsmediziner schob das Shirt nach oben. Kein Zeichen von Gewaltanwendung am Oberkörper. Er drehte den Toten ein wenig auf die Seite und begutachtete seinen Nacken. «Ich hab's gewusst …», sagte er, «schau, hier!»

Rocco beugte sich nach vorn, um besser sehen zu können. Hinten im Nacken befand sich eine Schnittwunde in der Größe eines Fünf-Cent-Stücks.

«Auch hier ein tödlicher Einstich an der Schädelbasis. Er ist gestorben, ohne etwas gemerkt zu haben.»

«Wieso ist kein Blut auf dem Boden? Ich meine, ist das nicht zu wenig?»

«Ja», sagte Uccio, den Blick auf den Gehsteig gerichtet. «So gut wie kein Blut.»

«Und was sagt uns das?»

«Dass er nicht hier getötet wurde. Aber auch nicht weit weg. Wie es aussieht, hat die Großmutter auf ihn gewartet, um mit ihm zur Post zu gehen und die Rente abzuholen.»

Rocco nickte. «Aber ich versteh's nicht, Uccio, warum sind keine Blutspuren auf seinem Shirt? Und nur so wenige am Hals? Bei einem Stich an der Schädelbasis müsste da doch Blut sein.»

«Vielleicht haben sie es weggewischt?», mutmaßte der Arzt.

«Nein. Und wozu auch?»

«Vielleicht hing er kopfüber, als er erstochen wurde?»

«Wie ein Schwein im Schlachthof? Nein, über diese Sache muss ich noch nachdenken ...» Rocco richtete sich auf und zündete sich eine Zigarette an. Er verfluchte diese Scheißstadt, die ihm gerade den zweiten toten Zwanzigjährigen beschert hatte, der auf die gleiche Art umgebracht worden war wie der erste. Rocco betrachtete die Häuser, die die Straße zu erdrücken schienen.

«Parrillo!»

Der Agente mit der Lockenpracht kam eilig näher. «Was gibt's, Dottore?»

«Auch wenn es, wie ich fürchte, nicht viel bringen wird, seht euch mal in der Nachbarschaft um. In den Geschäften und den Wohnungen hier nebenan, überall, wo es ein Fenster zur Straße gibt. Schaut mal, ob jemand etwas gesehen hat.»

«Kann ich die Kollegen aus der Via Appia um Hilfe bitten?»

«Lass dir helfen, von wem du willst. Rede mit so vielen Leuten wie möglich. Vielleicht haben wir Glück!»

«Wird gemacht!» Parrillo eilte davon.

«Ich schau mir den Jungen mal an und nehme ihn dann mit in die Gerichtsmedizin», meinte Pichi und zog sich die Latexhandschuhe aus. «Ich hoffe, dass ich dir am Nachmittag schon etwas sagen kann. Aber ich wette darauf, dass die Tatwaffe die gleiche ist wie bei dem Toten vor ein paar Tagen. Ein etwa zehn Zentimeter langes Stichwerkzeug. Eine Ahle zum Beispiel.»

«Ah, jetzt ist also offiziell von einer Ahle die Rede. Warum hast du mir das nicht gesagt?»

Pichi antwortete nicht.

Rocco kratzte sich am Kopf. «Wer hat ihn gefunden?»

«Seine Großmutter. Gleich darauf hat ein Herzinfarkt sie hinweggerafft. Der arme Teufel hat hier um die Ecke gewohnt, in der Via Urbino.»

Rocco wandte sich zu seinem Kollegen Zuccari um: «Ist jemand zu der Wohnung des Toten gegangen?»

«De Silvestri und Ispettore Munifici», entgegnete der Agente.

Guido und Anna Livolsi, Matteos Eltern, saßen im Wohnzimmer auf der Armlehne eines Ledersessels und klammerten sich aneinander wie zwei Schiffbrüchige im Seesturm an einen Felsen im Meer. Anna starrte zu Boden, und ihr Mann hielt sie fest, damit sie nicht umfiel. De Silvestri, der an der Tür stand, begrüßte den Vicequestore militärisch. Ispettore Carlo Munifici stand vor dem Ehepaar. Rocco trat näher. Seine Schritte hallten auf dem Boden aus Beton und Kunstharz wider. An den Wänden hing nicht ein einziges Bild. Keine Spur eines Bücherregals. Dafür stand ein riesiger ausgeschalteter Fernseher in einer Ecke. «Schiavone, Kriminalpolizei …» Er reichte den beiden nicht die Hand zum Gruß, denn er wusste, dass sie sie nicht schütteln würden. Sie klammerten sich aneinander, umarmten sich fest, ohne die Absicht zu haben, ihre Position zu verändern, als ob diese Umarmung das einzige Bollwerk wäre, das sie vor dem Schmerz schützte. Guido Livolsi hob kurz den Blick und sah Rocco an. Seine Augen waren gerötet und dunkel umschattet. Ein wenig Schleim lief ihm aus der Nase. Er blinzelte.

«Ich möchte Ihnen keine Fragen stellen … Ihnen nur mein

Beileid aussprechen», sagte Rocco und wandte sich dann an Munifici. «Hast du die Herrschaften über den Ablauf informiert?»

Der Ispettore nickte.

«Dürfte ich einen Blick in sein Zimmer werfen?» Er hütete sich davor, Matteos Namen auszusprechen.

Der Vater nickte und wies mit Blicken auf die Tür im Flur. Rocco antwortete mit einem leichten Nicken und ließ die beiden Schiffbrüchigen auf ihrem Felsen zurück.

Das Zimmer sah nicht aus wie das eines Zwanzigjährigen. Nackte Wände, ein Doppelbett, ein Schrank mit Glastüren. Ein kleines Regal mit juristischen Büchern, alle für das erste Studienjahr. Ein Fernseher mit PlayStation war der einzige Einrichtungsgegenstand, der auf das jugendliche Alter des Zimmerbewohners hinwies. Auf der Glasplatte des Schreibtischs stand ein ausgeschalteter Laptop. Rocco öffnete die Schubladen. Darin lagen lediglich zwei Feuerzeuge, ein paar Blatt Papier mit Aufzeichnungen in einer hastigen, unordentlichen Schrift, einige Münzen, Stifte, Spitzer, ein Foto, das Matteo mit Pickeln neben einem blonden Mädchen zeigte. Im Schrank befand sich nur wenig Kleidung, viele T-Shirts. Nichts anderes. In der Steckdose neben der Tür steckte ein Batterieladegerät. Rocco ging zurück ins Wohnzimmer. Die Szenerie hatte sich nicht verändert, nur dass Anna ihren Kopf an die Brust ihres Mannes gelehnt hatte, der aussah, als hätte er ein Dutzend Ohrfeigen bekommen, ohne zu wissen, von wem.

«Hat Ihr Sohn ein Handy?», fragte Rocco und durchbrach damit die beklemmende Stille.

«Bitte?»

«Ein Handy. Hat er eins?»

«Ja, ja, er hat eins», sagte der Vater, «er hat es immer bei sich. Er hat heute Morgen schon früh das Haus verlassen. Bevor er zu seiner Großmutter gegangen ist, wollte er noch einen Freund treffen, in einer Bar, hat er mir gesagt. Als er aufgebrochen ist, hatte er sicher das Handy dabei.» Der Mann begann zu weinen. «Das macht er … immer.» Sein Schluchzen steckte sogleich seine Frau an. Sie schloss die Augen, zitterte und öffnete den Mund, um ein speicheltropfendes Heulen auszustoßen. Kurz und durchdringend, wie das eines verwundeten Tieres. Es hallte in der Wohnung wider und fuhr Rocco bis in die Knochen. Sie ließen sie schreien, ihre Lunge verausgaben, die Stimmbänder und den Rachen malträtieren. Schließlich legte der Ehemann seine Arme um ihren Kopf, fast als wollte er sie verstecken, und ihr Schreien wurde nach und nach leiser. Wurde zu einem Röcheln, dann zu einem Stöhnen und schließlich zu einem stillen Schluchzen.

Rocco ging zu seinem Kollegen hinüber. «Drüben, im Zimmer des Jungen, steht ein Laptop. Den müssen wir mitnehmen.» Der Ispettore nickte. «Du kannst dich zusammen mit De Silvestri ebenfalls in der Nachbarschaft umsehen, Munifici, und in Wohnungen und Geschäften nachfragen, ob irgendjemand etwas beobachtet hat. Parrillo ist schon in der Sache unterwegs, aber euch beiden vertraue ich mehr.» Ohne noch etwas hinzuzufügen, machte Rocco Zuccari ein Zeichen, ihm zu folgen, und verließ die Wohnung.

Als die beiden wieder draußen auf der Straße standen, atmete Rocco tief durch. Zuccari sah ihn mit seinem klaren, wachen Blick an. «Was ist los, Dotto'?»

«Los ist, dass mir das alles total auf den Sack geht. Am liebsten würde ich so wie Pichi die Toten nur als Studienobjekt betrachten. Oder wie ein Chirurg, der den Leuten die Bäuche aufschneidet, als wären es Rinderhälften.»

«Sie ekeln sich vor Toten?»

«Nein. Nicht vor ihnen. Das Drumherum ist das, was ich nicht ertrage.»

«Die Hinterbliebenen, stimmt's?»

«Mehr noch das Arschloch, das mir mitten auf der Straße eine Leiche beschert hat. Komm, wir fahren zurück ins Kommissariat.»

Sie gingen auf den Wagen zu, als Roccos Handy sich meldete.

«Ich bin's, Gizzi.»

«Ciao.»

«Hör mal ...» Die Stimme des Kollegen von der Spurensicherung klang schleppend, als ob ihm jedes Wort unendlich schwerfallen würde. «Ich muss mit dir reden. Ich bin an dem Fundort der Leiche von heute Morgen. Bist du in der Nähe?»

«Ich bin gleich um die Ecke in der Via Urbino, wo die Eltern wohnen.»

«Hier direkt gegenüber ist eine Bar. Treffen wir uns dort, die haben Klimaanlage.»

Rocco stieg nicht in den Wagen. «Ich muss noch mal zurück in die Via Fidenza. Das mach ich zu Fuß. Du kannst nachkommen, Zuccari. Lass dir Zeit.»

Der Kollege nickte und schaltete den Motor aus. «Dann nutze ich die Gelegenheit, mal zu Hause anzurufen.»

«Mach, was du willst», meinte Rocco und ging zurück zum Fundort der Leiche.

Als Rocco in der Via Urbino um die Ecke bog, überlegte er, welchen Weg der Junge genommen haben könnte, um in die Via Fidenza zu gelangen, falls er den Weg selbst gewählt hatte und nicht dorthin gebracht worden war. In welche Bar wollte er zum Frühstück gehen? Wo hatte er seinen Freund getroffen? Wenn er ihn überhaupt getroffen hatte. Warum hatte er so früh das Haus verlassen? Mit wem war er verabredet? All diese Fragen gingen ihm durch den Kopf. Aber er war sich ziemlich sicher, dass sich Matteo, wenn er tatsächlich verabredet war, mit dem Mörder treffen wollte. Rocco betrachtete aufmerksam die Hauseingänge und Geschäfte, an denen er vorbeikam. Hatte jemand den Jungen unterwegs getötet und ihn dann in die Via Fidenza gebracht? Aber wie sollte sich der Mörder den Jungen gegriffen haben, um ihn dann an einem versteckten Ort mitten in San Giovanni umzubringen? In einem der am dichtesten bevölkerten Viertel der Stadt? Verbarg sich die Höhle des mörderischen Löwen hinter diesem geöffneten Hauseingang? Hatte jemand den Jungen dort hineingezerrt und umgebracht? Oder in die Garage am Ende der Straße? Oder in einen in zweiter Reihe geparkten Lieferwagen?

Eine Gruppe an Schaulustigen und Sommerfrischlern hatte sich in einem Kreis um den Tatort versammelt, um der Spurensicherung zuzusehen. Die Agenti in ihren weißen Overalls mit Kapuze machten sich gerade an die Arbeit. Rocco dachte an die Hitze, unter der die Armen, eingeschlossen in ihre makellosen Schutzanzüge, leiden mussten. Ein Ispettore sprach mit zwei Journalisten, die sich ihre Notizen machten. Er erkannte den Fotografen wieder, der zwei Tage zuvor den armen Alberto Ferri in den Marmorsteinbruch begleitet hatte. Sie grüßten sich mit einem kurzen Kopfnicken. Dann machte der Mann seine Fotos, und Rocco ging zu der Bar hinüber. Vom Gehweg her stieg ein warmer Luftstoß zu ihm auf, der nach Urin und Schimmel stank. Er blickte nach unten zu seinen Füßen, wo sich ein Gitter im Gehsteig befand. In den Tiefen dieses städtischen Abgrunds lagen wahrscheinlich unzählige Zigarettenkippen und anderer Abfall und, dem Modergeruch nach zu urteilen, auch die eine oder andere tote Ratte. Rocco nutzte die Gelegenheit, um dort auch seine Kippe loszuwerden.

Die Klimaanlage lief auf Hochtouren und hatte die Bar in einen Eiskeller verwandelt. Die Kälte traf Rocco wie ein Fausthieb mitten auf die Brust. «Verdammte Scheiße ...», murmelte er, als er auf Gizzi zuging, der, auf die Theke gestützt, einen Espresso schlürfte. «Können die es hier nicht ein bisschen wärmer machen? Man muss doch nicht gleich von Mumbai aus in Sankt Petersburg landen.»

Gizzi antwortete nicht. Er beschränkte sich darauf, seinen Kaffee zu trinken.

«Zu kalt, Dotto'?», fragte der junge Mann hinter der Theke.

«Ich finde, ja. Wenn du heute Abend rausgehst, kriegst du einen Hitzschlag.»

«Soll ich Ihnen einen Espresso machen?»

«Ja, mach das.»

«Und um Ihrer Frage zuvorzukommen, ich hab den … armen Kerl nicht gekannt.» Der Barista wandte sich um und widmete sich, mit dem Siebteil hantierend, der Espressomaschine.

Die Bar war leer. In einer Ecke blinkte ein Video-Poker-Automat. Rocco blickte auf die Eistruhe und verzog enttäuscht das Gesicht. Kein Langnese-Eis.

«Also …»

Gizzi hatte sich eine Baci-Perugina-Praline genommen und packte sie aus. «Also reden wir mal über den Mord in dem Marmorsteinbruch. Diesen Tankautomaten. Wir haben auf einer der Tasten interessante Fingerabdrücke gefunden.»

«Ihr seid da noch dran?»

«Ja. Es hat eine Weile gedauert, aber der Abdruck ist ziemlich deutlich. Ich habe mir die Namen der drei Leute geben lassen, die dort mit Karte bezahlt haben, und hoffentlich gehört der Abdruck nicht zu einem von denen.» Mit ernstem Gesicht schob er sich die Praline in den Mund. «Ich habe alles untersucht, was du mir aufgetragen hast. Wir haben Blutspuren auf der Strecke zum Tankautomaten gefunden, am Zaun. Und wir haben die Stelle ausfindig gemacht, von der aus Giovanni Ferri da runtergefallen ist.»

Der Barista stellte die Espressotasse vor Rocco auf die Theke. «Bitte, Dottore.»

«Danke.» Rocco nahm die Tasse und sah seinen Kollegen an. «Warum bist du dann so traurig?»

«Weil ich es hasse, dir recht zu geben.»

«Also, der Junge haut ab, wird verfolgt, kommt zu dem Rand der Grube, sie bringen ihn um, und er fällt nach unten.»

«Genau.» Gizzi nickte. «So in etwa muss es abgelaufen sein.»

«Das lässt darauf schließen, dass das Opfer mit ziemlicher Sicherheit bei seinen Mördern im Auto gesessen hat. Wohin wollten sie wohl mit ihm?»

«Pft, keine Ahnung.»

Rocco trank den Espresso. «Und warum haben sie nicht versucht, die Leiche zu verbergen? Der See war doch nur gut zwanzig Meter entfernt.»

«Das weiß ich auch nicht.»

«Verdammt, Gizzi, du bist echt eine große Hilfe!»

«Vielleicht hilft es dir, wenn ich dir eine Sache sage.»

«Kommt drauf an.»

«Das Präservativ in der Ape.»

Rocco wäre beinahe in schallendes Gelächter ausgebrochen. «Jetzt sag mir nicht, dass ihr das untersucht habt.»

Gizzi warf ihm einen vernichtenden Blick zu. «Ich hab dir ja gesagt, wir sind äußerst gründlich und sehr, sehr professionell.»

«Und was habt ihr entdeckt? War was drin?»

«Wenn du damit meinst, ob es benutzt worden ist, dann ja.»

«Wisst ihr auch von wem?»

Gizzi las die Glücksbotschaft aus seiner Praline. «Dafür war keine DNA-Analyse notwendig. Es war von Luigi Cuticchio, genannt Gigi das Scheißhaus.»

«Ah, von dem alten Nachtwächter.»

«Ja. Er hat's mir gestanden. Er treibt es nachts mit den Nigerianerinnen.»

«Du meinst, dass Gigi … mit den Nigerianerinnen …!»

«In der Ape!», rief Gizzi mit angewidertem Gesicht aus.

«Wir haben es früher im Fiat 500 gemacht und er in der Ape. Die hat sogar eine Ladefläche. Vielleicht ist das ganz bequem.»

«Mag sein.» Gizzi rollte den Zettel aus der Baci-Praline verärgert zusammen und warf ihn auf den Boden.

«Was steht denn drauf?»

Gizzi gab keine Antwort. «Du zahlst», sagte er dann und verließ die Bar. Rocco hob den Zettel auf. *Man trägt die Hörnerlast gar leicht und sachte, wenn auch die Welt nicht größre Schande kennt. Fast alle Leute sehn die Hörner ragen, nur die nicht, die sie auf dem Haupte tragen. Ludovico Ariosto.* Rocco brach in Gelächter aus. Dass Gizzis Frau es ihrem Mann mit gleicher Münze heimzahlte und ihm ebenfalls Hörner aufsetzte, erfüllte ihn mit Genugtuung. «Es gibt doch einen Gott!», sagte er zu dem Barista und legte zwei Euro auf die Theke.

«Wenn Sie das sagen …»

Im Marmorsteinbruch wurde wieder gearbeitet. Das Geräusch der Diamantseile, die den Stein schnitten, war noch unerträglicher als das helle Strahlen des Marmors, der wie Tortenstücke aus den Felsen herausgehoben wurde. Einer der Arbeiter erkannte ihn und hob grüßend die Hand. Rocco, der auf dem Weg zu Luigi Cuticchios Hütte war, erwiderte den Gruß. Mario Mastini, der Chef, trat aus dem Bürocontainer und zog sich ein Paar Schutzhandschuhe an. «Dottore!», rief er, um den Lärm zu übertönen, «kann ich etwas für Sie tun?»

«Ich hab lediglich eine Frage an Gigi das Scheißhaus. Ist er da?»

«Müsste er eigentlich. Heute hab ich ihn noch nicht gesehen. Wenn Sie mich brauchen, stehe ich jederzeit zur Verfügung!»

Rocco ging weiter zur Baracke des Nachtwächters. Er klopfte. Nichts. Er klopfte erneut. Dann drückte er die Klinke herunter und öffnete langsam die Tür. «Kann ich reinkommen?»

Drinnen war es dunkel. Ein schmutziger Raum mit Holzwänden und Linoleumboden. Die Sonne, die durch die geöffnete Tür hereindrang, beleuchtete das Gesicht des Nachtwächters. Er lag mit geschlossenen Augen auf einer Campingliege, die gefalteten Hände auf dem Bauch. Er schien zu schlafen oder auf den Bestatter zu warten. An den Wänden bildeten Hunderte aufgeklebte Bieretiketten eine Art Tapete. Auf einem Tisch standen eine kleine Kochplatte, ein paar Töpfe und eine alte Espressokanne sowie mehrere Gläser, die so schmutzig waren, dass man nicht erkennen konnte, was darin war. Es stank nach Wein, Schweißfüßen und Schimmel. Rocco ließ die Tür offen, um ein wenig Licht hereinzulassen und atmen zu können. Das einzige Fenster der Hütte war verriegelt. Rocco blieb an der Türschwelle stehen und betrachtete diese Höhle der Einsamkeit. «Gigi?», rief er. «Gigi!»

Der Alte zitterte. «Wer ist da? Wer?» Dann drehte er langsam den Kopf in Richtung Tür. Er legte eine Hand vor das gute Auge, um sich vor dem Sonnenlicht zu schützen. «Ich sehe nichts … Wer ist da?»

«Ich bin's, Vicequestore Schiavone. Erinnerst du dich?»

Der Mann drehte leicht den Kopf, um die Silhouette im Gegenlicht zu erkennen. «Ich schlafe, was ist?»

«Ich muss dir eine Frage stellen.»

«Kannst du mal die Tür zumachen? Ich werde noch blind!»

«So wirst du wenigstens richtig wach!»

Rocco lehnte die zusammengezimmerte Tür an, passte aber auf, sie einen Spaltbreit offen zu lassen, damit Luft hereinkam. Nun lag der Raum wieder im Dunkeln. Zwar drang die Sonne durch die Ritzen zwischen den Brettern, aber das reichte nicht aus, um für ausreichend Helligkeit zu sorgen. Gigi machte ein Licht an. Eine kleine Tischlampe mit einem fleckigen rosafarbenen Schirm mit Spitzenborte, der dem Gegenstand, der wahrscheinlich von einer Müllhalde stammte, eine gekünstelte Anmut verlieh. Die Hitze war unerträglich. «Wie kannst du denn hier schlafen? Hier drin ist es ja wie in einem Backofen.»

«In meinem Alter, weißte, empfindet man die Temperatur anders.» Gigi setzte sich auf. «Was ist? Was willste wissen?»

«In der Mordnacht.»

«Ja?»

«Sag mir die Wahrheit. Du warst nicht hier.»

«Doch, ich war hier.»

«Ich denke nicht. Hör mal, dir wird nichts passieren. Aber du hilfst mir sehr, wenn du mir die Wahrheit sagst.»

Der Alte zuckte mit den Achseln. «Und warum sollte ich dir helfen?» Er kratzte sich am Hals und spuckte auf den Linoleumboden. Rocco unterdrückte einen aufsteigenden Brechreiz.

«Weil du mir gesagt hast, dass du den Tod dieses Jungen scheiße findest.»

«Das stimmt. Das hab ich gesagt, und ich wiederhol es noch mal. Soll ich es wiederholen?»

«Nein, nicht nötig. Jetzt sag: Warst du hier?»

«Nein.» Gigi kratzte sich am Kopf.

«Und wo warst du?»

Der Alte grinste unschuldig und zeigte seine wenigen vielfarbigen Zähne. Die Palette reichte von fahlem Gelb über Terrakottabraun bis Tintenschwarz. «Ich war bei meinen Freundinnen.»

«Welchen Freundinnen?»

«Den Nigerianerinnen an der Tiburtina ... Die haben einen Hintern, also, das malst du dir nicht aus.»

«Das mal ich mir auch lieber nicht aus!» Rocco war alles lieber, als sich Gigi das Scheißhaus und seine nigerianische Freundin beim Beischlaf vorzustellen. «Und die machen's dir einfach so, Gigi?»

«Wenn ich zahl ...»

«Die Armen.» Was das anging, hatte Rocco eine unumstößliche Meinung. Er hielt dies für den härtesten Job der Welt, noch härter und schlimmer, als in einer Mine zu arbeiten. Und dem Erstbesten, der behaupten sollte, dass die Frauen diesen Job aus freien Stücken machen, würde er an die Wand nageln und ihm das Nasenbein zertrümmern. «Ich hoffe, die verlangen von dir ein dreizehntes Monatsgehalt.»

«Einen blasen kostet zwanzig Euro, Liebe machen dreißig, in den Hintern fünfzig.» Offensichtlich zufrieden mit der Preisliste, spuckte der Nachtwächter erneut auf den Boden.

«Wenn du noch einmal spuckst, schlag ich dir die Fresse ein, Gigi, und dann spuckst du Blut. Gut, du warst also bei den Nutten. Und wann warst du zurück?»

«Keine Ahnung. So gegen ... pft, Mitternacht, zwischen Mitternacht und halb eins.»

«Nicht vorher?»

«Nein, nicht vorher. Und auch nicht später, denn um eins hat der Chef angerufen.»

«Der Chef hat angerufen?»

«Ja. Das macht er jede Nacht um eins, um zu fragen, ob alles in Ordnung ist. Da ich eh nicht schlafen kann. Und er anscheinend auch nicht!» Der Alte lachte, aus dem Lachen wurde ein Husten, der wie üblich damit endete, dass er auf den Linoleumboden spuckte.

«Entschuldige, aber mir wird schlecht ...» Rocco öffnete die Tür wieder. «Danke, Gigi. Könntest du mir noch eine Frage beantworten, rein aus Neugierde?»

«Wenn ich kann ...»

«Du treibst es doch nicht in der Ape, oder?»

«Nein. Auf der Ladefläche.»

«Ah ja ... Also, mach's gut.» Rocco trat eilig nach draußen, um endlich den Himmel, die Wolken und die Sonne wiederzusehen.

Ispettore Munifici mit seinen schwarzen welligen Haaren, der zu den Männern gehörte, die sich morgens bis rauf zu den Augenbrauen rasierten und zur Mittagszeit schon wieder dicht behaart waren, hielt in der linken Hand das Notizbuch und den Stift in der rechten. Rocco kritzelte auf einer Zeitschrift herum. Er verschönerte gerade das Foto einer bekannten Fernsehmoderatorin mit einem Bart, einem Schnurrbart und einem schwarzen Zahn. Vor ihm stand Matteo Livolsis Laptop.

«Also, Dottore ... Matteo Livolsi hatte keine Freundin, hat Jura studiert, aber keine einzige Prüfung bestanden. Seinem

Vater hat er gesagt, dass er eine Art Sabbatjahr einlegen wolle, aber der hat darauf eher skeptisch reagiert …»

«Was hat der Junge denn den Tag über so getrieben?», fragte Rocco und sah zu Alfredo De Silvestri hinüber, der mit dem vergoldeten Knopf seines Jacketts spielte.

«Er hat sich mit Freunden getroffen, ist ausgegangen, hat im Internet gesurft und Fußball gespielt.»

«Nur Scheiß also.»

«Genau. Er hatte sich in den Kopf gesetzt, für ein halbes Jahr ins Ausland zu gehen. Nach Costa Rica. Sein Traum war es …»

«… dort eine Bar am Strand zu eröffnen und so weiter», unterbrach Rocco den Kollegen. «Der typische Traum der von ihrem Land frustrierten Italiener. Und wenn sie dann dort sind, stellen sie fest, dass die Bar nicht läuft, Costa Rica doch nicht das Paradies ist, für das sie es gehalten haben, vor allem, wenn man mal krank ist. Und dass einem das Meer mit der Zeit auf die Eier geht und die strammen Hintern der südamerikanischen Frauen bei leerer Brieftasche in immer weitere Ferne rücken. Dann kehren sie mit fünfundvierzig nach Italien zurück und verbringen den Rest ihres Lebens damit, auf Baustellen Keller auszuheben.»

De Silvestri und Munifici grinsten.

«Danke, Munifici. Sonst noch was?»

Der Kollege schüttelte den Kopf und verließ nach einem militärischen Gruß den Raum.

«Alfre', das Erste, was wir wissen müssen, ist, ob zwischen Matteo Livolsi und dem anderen irgendeine Verbindung besteht, diesem …»

«Giovanni Ferri», half De Silvestri.

«Genau das sollst du überprüfen. Zwei junge Männer von zwanzig Jahren, die im Abstand von zwei Tagen auf die gleiche Art und Weise getötet wurden, müssen irgendwie in Verbindung stehen. Lass dir von den Kollegen, die die Nachbarn und die Passanten befragt haben, sämtliches Material geben. Das ist eine langwierige und nervige Arbeit, aber du schaffst das.»

De Silvestri grinste. «Bin schon weg.»

Auch er verließ den Raum und traf in der Tür auf Parrillo, der seinen Lockenkopf in Roccos Büro steckte. «Ciao, Alfre' … Dottore?»

«Was willst du, Parrillo?»

«Keine Spur von Matteo Livolsis Handy. Was sollen wir machen?»

«Was ihr machen sollt? Einen Scheiß!», entgegnete Rocco. Er forderte den Kollegen mit einer Geste auf, wieder zu gehen, und der schloss hinter sich die Tür. Rocco setzte sich an den Schreibtisch, öffnete die Schublade und nahm, nachdem er endlich allein war, den ersten Joint des Tages heraus. Es war fast Mittag, und er hatte noch keinen geraucht. Er legte die Füße auf den Schreibtisch und sah zu, wie der Rauch zur Decke stieg und dort von der Luft aus der Klimaanlage herumgewirbelt wurde. Durchs Fenster blickte er auf die Via Cristoforo Colombo, eine der Hauptschlagadern des römischen Verkehrs, die die Stadt mit Ostia verband. Die dicht an dicht fahrenden Autos glänzten in der hoch am Himmel stehenden Sonne. Ein seltsamer Sommer kündigte sich an. Tage von unerträglicher Hitze wechselten sich mit plötzlichen tropischen Regenfällen ab. Ein verrückter Sommer. Ein verschenkter Sommer. Rocco machte den Joint aus und setzte sich an Matteos Computer. Als Erstes durchstöberte er den Browser-Verlauf. Dabei stieß er auf ein paar Seiten, von denen man kostenlos Fußballspiele streamen konnte. Außerdem fand er zwei Pornos und konnte nicht widerstehen, sich ein paar Minuten damit zu befassen. Dann erregte eine andere Seite seine Aufmerksamkeit.

Die Ehemaligen der Ascanio-Sobrero-Schule.

Es handelte sich nicht um die offizielle Homepage des Gymnasiums, sondern um einen Blog von ehemaligen Schülern. Benutzername und Passwort waren im Browser gespeichert. Matteo Livolsi hatte sich Mat87 genannt. Rocco sah sich ein paar der Nachrichten an. Partys, Abendessen, *Ich bin verrückt nach Sveva!*, *Habt ihr die D'Amico auf Sky gesehen?*, *Jungs, am Sonntag alle im Stadion!*

Nichts Interessantes. Eine Art Schwarzes Brett, um sich mit alten Schulfreunden auszutauschen und den Abschied von den ehemaligen Mitschülern zu erleichtern, mit denen man so viele Jahre tagein, tagaus verbracht hatte. Rocco hatte damit kein Problem gehabt. Sobald die Abiturprüfungen hinter ihm lagen, hatte er das Wörterbuch weggeworfen und geschworen, keinen der achtundzwanzig Schüler seiner Klasse, die er vom ersten Tag an gehasst hatte, jemals wiederzusehen. In dem Moment fiel ihm ein Name auf, mit dem Mat87 regelmäßig gechattet hatte, einem gewissen Sammy87. Rocco las ein paar der Nachrichten.

Ciao, Sammy … dieselbe Bar zur selben Zeit?, hatte Mat87 vor fünf Tagen geschrieben. Und das, was darauf folgte, ließ Rocco das Blut in den Adern stocken:

Ok, Mat … dieselbe Bar zur selben Zeit. Und Skin?

Nein, Sammy. Skin nicht. Eigentlich …

Was?

Wir reden besser nicht mehr mit Skin!

Warum?

Don't trust Skin, Gio' … gefolgt von drei schwarzen Totenköpfen.

Volltreffer! Mat87 war unachtsam gewesen und hatte seinen Freund bei seinem richtigen Namen genannt: Gio'. Und der Benutzername von diesem Gio' war Sammy. Und Sammy wiederum war der Spitzname von Giovanni Ferri, der mit seinem Mofa immer als Letzter kam, weil er so langsam war wie die Schildkröte aus der Zeichentrickserie.

Gio'!

Mat hatte mit Giovanni Ferri gechattet, dem anderen Mordopfer, womit ein erstes Puzzleteil in diesem Fall seinen Platz gefunden hatte. Matteo Livolsi und Giovanni Ferri waren Freunde, Schulkameraden gewesen.

Das nächste Problem war nun Skin. Wer konnte das sein? Ein Freund, ein Mädchen, ein mögliches drittes Opfer oder der Täter? Vielleicht war es auch nur ein Scherz unter zwei ehemaligen Schulkameraden. Skin gehörte offensichtlich nicht zu der Gruppe von Ehemaligen, sonst hätte er diese wenig schmeichelhaften Nachrichten über sich ja lesen können. Und warum war ihm nicht zu trauen? Waren das postpubertäre Albernheiten, oder hatten die drei Totenköpfe etwas zu bedeuten?

Skin. Haut.

Rocco funktionierte folgendermaßen: Irgendetwas, ein Geruch oder ein Detail, erregte seine Aufmerksamkeit, und von da an folgte er dieser Spur wie ein Spürhund bis zum Ziel. Er musste dieser Schule, dem Liceo Sobrero, einen Besuch abstatten. Er hoffte, dort Ende Juni den Direktor anzutreffen, denn wenn er sich recht erinnerte, war das die Zeit der Abiturprüfungen.

Der lange, magere Hals, die breite Nase und die Glupschaugen machten aus Salvatore Berni, dem Direktor des Liceo Sobrero, eine Giraffa camelopardis. Und die Haltung, die er einnahm, während er an der nicht brennenden Zigarre kaute, ließ ihn genauso aussehen wie auf dem Bild in Roccos alter Enzyklopädie der Tiere. Man musste nur die Zigarre durch einen Zweig ersetzen, und fertig.

«Sie haben Glück, denn heute haben wir die mündlichen Prüfungen abgeschlossen ... Aber kommen Sie doch mit in mein Büro, da ist es bequemer.» Sie traten durch eine gelbe Tür in einen Gang, an dessen Ende sich eine rote Tür befand. Einem Schild war zu entnehmen, dass sich dahinter das Büro des Direktors verbarg.

«Bitte, bitte», forderte der Direktor Rocco auf einzutreten.

Ein großer Raum mit einigen stahlblau gerahmten niedrigen Fenstern. Zigarrengeruch lag in der Luft. «Sehen Sie, Commissario ...»

«Habe ich Sie mit Herr Rektor angeredet?»

Der Direktor blieb auf halbem Weg direkt vor dem Schreibtisch stehen. «Nein. Warum?»

«Weil ich Sie jetzt zum zweiten Mal darauf aufmerksam mache, dass ich kein Commissario bin.»

«Vicequestore, bitte entschuldigen Sie.»

«Keine Ursache, Herr Direktor.»

«Also, Vicequestore ... ja. Matteo Livolsi und Giovanni

Ferri waren beide Schüler dieses Gymnasiums. Sie haben, wenn ich mich nicht täusche, im letzten Jahr Abitur gemacht.»

«Ah ja. Darf ich?» Rocco setzte sich. «Waren sie in derselben Klasse?»

«Warten Sie, ich schaue nach …» Salvatore Berni blätterte in einem alten Klassenbuch. Er ging die Seiten durch und kaute dabei weiter auf seiner Zigarre herum. «Ja, in der B.»

«Waren sie gute Schüler?»

«Livolsi hat mit 45 von 100 gerade so bestanden.»

«Immerhin!», sagte Rocco.

«Ferri mit 60.» Der Direktor hob den Blick und sah zu Rocco auf. «Aber warum fragen Sie mich nach den beiden?»

«Weil sie ermordet wurden.»

Der Mund des Direktors klappte ein wenig auf, was ausreichte, dass die Zigarre auf den Schreibtisch fiel. Eilig griff er danach und legte sie auf den Rand eines Aschenbechers. «Oh Gott! Sie wurden ermordet …»

«Genau. Und die Tatsache, dass die beiden bis zum letzten Jahr in derselben Klasse waren, gibt zu denken.»

«Das stimmt.» Der Direktor betrachtete die grüne Lampe auf seinem Schreibtisch, als wäre plötzlich sein Gehirn eingetrocknet.

«Ist einer der Lehrer hier, mit dem ich reden könnte?»

«Bitte?»

«Ich habe gefragt, ob einer der Lehrer der beiden Jungen hier ist, mit dem ich reden könnte.»

Die Giraffe dachte einen Moment darüber nach. «Sicher. Sicher. Signora Cruciani, sie unterrichtet das Fach Literatur.» Der Direktor stand abrupt auf und blickte aus dem Fenster.

«Ja, ihr Auto ist noch da. Ich lasse sie sofort rufen.» Berni eilte aus dem Raum und ließ Rocco allein.

Rocco erhob sich und sah sich ein wenig um. In dem Büro standen zwei Regale mit alten Paperbackbänden. Er musste grinsen, als er dahinter versteckt drei Flaschen Sambuca fand. Zwei Diplomurkunden bezeugten, dass der Direktor zwei Poesie-Wettbewerbe gewonnen hatte, einen in Rho und einen in Roncobilaccio. Kurz darauf kam der Direktor in Begleitung einer etwa vierzigjährigen eleganten, gebräunten Frau zurück. Ein unauffälliges Gesicht, eine unauffällige Frisur, eine unauffällige Nase. Nur die Augen stachen hervor. Sie erinnerten an apulische Oliven. Mit scharfem Blick nahm sie die Dinge, die sich ihr boten, in Augenschein und studierte sie gründlich. Als Rocco sie ansah, hatte er sofort das Gefühl, derjenige zu sein, der befragt wurde. «Buongiorno, Professoressa ... Ich bin Vicequestore Schiavone.» Er schüttelte ihr die Hand.

Die ihre war trocken, und der Händedruck fest. «Buongiorno. Was ist passiert?»

«Zwei ihrer ehemaligen Schüler, Matteo Livolsi und Giovanni Ferri, sind ermordet worden.»

Die Lehrerin hob auf die Nachricht hin nur leicht die Augenbrauen. Dann sah sie den Direktor an. «Salvatore, könntest du uns bitte allein lassen?»

Der Direktor wich unterwürfig zurück. «Sicher, sicher. Wie wäre es mit einem Kaffee?»

«Möchten Sie einen Kaffee, Dottore?» Die beiden schienen die Rollen getauscht zu haben. Als wäre Signora Cruciani die Direktorin und der Direktor ein einfacher Lehrer. Mehr noch, wenn man sah, wie er gegenüber der eisigen, prüfenden Musterung der Lehrerin den Blick senkte, erschien er wie ein undisziplinierter Schüler, der das Sitzenbleiben fürchtete.

«Nein, danke. Ich möchte nichts.»

Mit einem Lächeln verabschiedete die Lehrerin den Direktor, der sorgsam die Tür hinter sich schloss. «Das ist eine furchtbare Nachricht», sagte sie dann und nahm auf einem der Holzstühle Platz, die direkt unter dem Fenster standen.

«Sie waren Ihre Schüler. Gute Schüler?»

«Nicht wirklich. Ferri war der Bessere, ja, ein Genie auf seine Weise. Livolsi ist in seinem Windschatten mitgesegelt und hat das Abitur nur dank seines Freundes bestanden. Ferri konnte sehr gut schreiben, wissen Sie? Und er hat gelesen. Er hat Unmengen gelesen. Sein Vater ist Journalist. Kennen Sie ihn? Alberto Ferri.»

«Ja, wir haben uns kennengelernt.» Rocco verschwieg lieber, dass der Mann auf der Intensivstation lag. Denn was die schlechten Nachrichten anging, hatte die Frau an diesem Tag schon genug gehört.

«Auch Giovanni wollte Journalist werden. Er hat eine Schülerzeitung gegründet, mit dem Titel *Der Spion*.» Die Frau lachte leise und schlug die Beine übereinander. Sie hatte schlanke Fesseln. «Ich erinnere mich noch gut an einen seiner lustigsten Artikel, in dem es um diese …» Sie wies auf das Regal.

«Diese was?»

«Um diese Flaschen ging, die Salvatore hinter den Büchern versteckt. Der Titel war *Trink ich oder wach ich*. Sehr ironisch. Der Junge hatte einen guten Stil.»

«Sind die beiden jemals in Schwierigkeiten geraten?»

«Soweit ich weiß, nicht. Matteo Livolsi war ein ziemlicher Schürzenjäger. Giovanni war ernsthafter. Er war immer sehr an Verbrechensmeldungen interessiert. Wie sein Vater. Morde, illegaler Handel, Skandale. Er hat ständig seine Nase in die Angelegenheiten seines Vaters gesteckt. Bei jeder Gelegenheit ist er seinem Vater heimlich gefolgt. In der Redaktion kannte ihn wohl jeder.»

«Und Matteo?»

«Wie ich schon gesagt habe. Immer im Windschatten des Freundes. Er war sehr sportlich und, wie soll ich es sagen, ein wenig … einfältig.»

«Ein Aufschneider?»

«Ja, genau. Aber ein anständiger Junge. Warum haben die beiden nur ein so furchtbares Ende genommen?»

«Wenn ich das wüsste, wäre ich nicht hier, Professoressa Cruciani. Ein schlechter Umgang?»

Die Lehrerin dachte darüber nach. «Nicht hier. Nicht in der Schule. Die Kinder sind alle in Ordnung. Natürlich gibt es immer Ausnahmen, aber das waren dann höchstens kindische Streitereien. Nichts Ernstes. Nichts, was mich an Mord denken ließe. Mein Gott, was für eine furchtbare Sache!» Sie schlug die Hand vor den Mund. «Wie … wie sind sie gestorben?»

«Sie befassen sich mit Literatur?»

«Ja.»

«Dann tun Sie das auch weiterhin. Eine Frage noch, aus purer Neugierde: Wie ist Ihr Direktor so als Dichter?»

Die Lehrerin zuckte mit den Schultern. «Was soll ich Ihnen sagen? Mir gefallen seine Gedichte nicht. Er versteckt sich hinter einem sehr kryptischen Text und macht das, was er wirklich denkt, meines Erachtens nicht transparent. Kurz gesagt, sein Stil ist eher ein In-Deckung-Gehen.»

«Hat er Ihnen schon mal eines seiner Gedichte gewidmet?»

Signora Cruciani errötete. «Nein … warum?»

«Weil mir im Gegensatz zu seinen verschlüsselten Versen sein Verhalten sehr unmissverständlich in ‹hell frischen, süßen Wogen› zu sprechen scheint.» Die Lehrerin lächelte, während Rocco das Büro des Direktors verließ. Offenbar gefiel ihr das Petrarca-Zitat.

In D'Inzeos Büro sah es aus wie in einer Altpapier-Sammelstelle. Unmengen alter Zeitungen lagen überall herum. Es gab kein Regalbrett, keine Konsole und keinen Sessel, wo nicht mindestens ein Stapel lag. Und um diese museumsreife Installation zu vervollständigen, ragten auch vom Teppich aus ein Dutzend Türme aus alten Zeitungen auf, die jedes Mal, wenn die Tür geöffnet wurde, gefährlich hin und her schwankten und das Schlimmste befürchten ließen.

«Setz dich, Rocco», meinte der Staatsanwalt, der mit einer brennenden Zigarette im Mund an seinem Schreibtisch saß und in irgendwelche Papiere vertieft war.

Rocco blickte sich um. «Erstens: Wohin soll ich mich setzen? Zweitens: Denkst du nicht, dass es einem Selbstmordversuch gleichkommt, in diesem Zimmer zu rauchen?»

«Rauchen ist immer Selbstmord, auch im Freien», entgegnete Sasà D'Inzeo, ohne den Blick zu heben.

«Ich meine Tod durch Selbstverbrennung. Ein Funke würde genügen, um das hier in ein flammendes Inferno zu verwandeln.»

Endlich sah der Staatsanwalt von seinen Papieren auf. Der Rauch vernebelte ihm die Sicht. Er hatte das rechte Auge halb zugekniffen. «Dann bleib eben stehen», sagte er. «Los, erzähl!»

«Sag mir erst mal, was du mit den ganzen Zeitungen machst.»

D'Inzeo blickte sich erstaunt um, als fielen ihm die schwankenden Zeitungstürme, die ihn umgaben und beinahe unter sich begruben, jetzt erst auf. «Die brauche ich noch.»

«Wozu?»

«Da sind Artikel drin, die ich noch brauche.»

Rocco nahm die erstbeste Zeitung von einer Konsole, die neben ihm stand. «18. Januar 1989 … Kannst du mir mal sagen, was du mit einem *Corriere della Sera* von vor zwanzig Jahren noch anfangen willst? Du weißt schon, dass es so was wie Zeitschriftenlesesäle gibt, oder?»

«Also erfahre ich jetzt was von dir, oder bist du nur hier, um mir auf den Sack zu gehen?»

«Du hast mich doch angerufen.»

«Damit du mir sagst, was es Neues gibt, und nicht, um über meine Zeitungen zu reden!» D'Inzeo legte die Papiere, die er immer noch in der Hand hielt, auf den Schreibtisch. Dann setzte er die Brille ab, um Rocco besser sehen zu können.

Der stützte sich auf der Rückenlehne eines der beiden Ledersessel ab. «Also, es gibt ein zweites Opfer. Matteo Livolsi. Zwanzig Jahre. Wohnte ganz in der Nähe von Giovanni Ferri. Wurde auf die gleiche Art und Weise getötet.»

«Scheiße …»

«Ja. Außerdem gibt es folgende Neuigkeiten zu dem ersten Mord, dem in dem Marmorsteinbruch. Giovanni Ferri wurde wahrscheinlich von einem oder zwei Männern verfolgt, die noch wahrscheinlicher an dem Tankautomaten in der Nähe des Steinbruchs angehalten haben.»

«Haben sie angehalten, um zu tanken?»

«Das nehme ich an. Giovanni war bei ihnen und hat die Gelegenheit genutzt, um zu fliehen, was ihm auch gelungen ist. Zunächst. Aber sie haben ihn eingeholt und direkt am Grubenrand erstochen, sodass er in die Tiefe gestürzt ist.»

D'Inzeo legte die Zigarette auf den Rand des Aschenbechers, der bis obenhin voller Kippen war. «Warum sind die danach nicht nach unten gegangen?»

«Das weiß ich nicht. An dem Tankautomaten gab es eine deutliche Spur, aber ich habe nicht allzu viel Hoffnung, dass sie uns weiterbringt. Eines wissen wir zumindest: Giovanni Ferri ist vor seiner Ermordung geschlagen worden. Die Gerichtsmedizin wird uns das sicher bestätigen.»

«Kommen wir zu dem anderen, dem aus der Via Fidenza.»

«Matteo Livolsi. Er war in derselben Schule wie Giovanni Ferri. Die beiden waren eng befreundet. Ich habe sogar einen Chat zwischen ihnen gefunden. Matteo Livolsi hat sich in der Regel einen schönen Tag gemacht, er war fürs Jurastudium eingeschrieben, aber nie an der Uni und hat nicht eine Prüfung abgelegt ...»

«Das Gegenteil von Giovanni Ferri», meinte der Staatsanwalt. «Ich habe mit meinem ehemaligen Kommilitonen gesprochen, der inzwischen an der Uni unterrichtet. Giovanni war ein vorbildlicher Student.»

«Matteo eher nicht. In der Schule hat er sich von seinem Freund mit durchschleppen lassen und wie durch ein Wunder das Abitur bestanden. Eine Freundin hatte er wohl nicht. Ich hab meine Leute losgeschickt, um herauszufinden, ob irgendjemand etwas gesehen hat, so mitten am Tag. Aber da ist vor allem eine Sache, die ich nicht verstehe.»

«Und die wäre …?» Sasà D'Inzeo machte die Zigarette aus und legte sie zu den anderen Kippen in den Aschenbecher.

«Es gab kaum Blut rings um die Wunde. Und auf dem Boden gar keins. Der Junge wurde also vermutlich nicht am Fundort getötet.»

«Auf der Straße, meinst du.»

«Genau. Aber, jetzt hör gut zu: Es war auch kein Blut an seinem Hals oder auf dem Shirt. Als ob sie ihn mit dem Kopf nach unten ermordet hätten.»

D'Inzeo verzog das Gesicht. «Und wie das? Wie ein geschlachtetes Schwein?»

«Ich hab mich gefragt, ob der Kopf vielleicht bedeckt war. Aber nicht mit einer Mütze oder so. Das hätte nicht gereicht, weil auch die Schädelbasis hätte bedeckt sein müssen.» Rocco schwieg und dachte nach.

«Ein Helm?», schlug der Staatsanwalt mit einem plötzlichen Leuchten im Blick vor.

«Du meinst, das Opfer hat einen Helm getragen?»

«Warum nicht, Rocco? Ein Sturzhelm reicht bis in den Nacken, und vielleicht hat er auf der Innenseite einen Teil des Blutes aufgesogen. Sie haben ihn mit dem Helm auf dem Kopf erstochen und ihn dann da abgelegt. Vielleicht haben sie ihn auf ein Moped gesetzt und …»

«Nein. Das glaube ich nicht.» Rocco versuchte sich die

Szene vorzustellen. «Wobei … Angenommen sie haben ihn unter irgendeinem Vorwand dazu gebracht, auf das Moped zu steigen. Dann haben sie, während sie was auch immer getan haben, angehalten, einer ist hinter Matteo getreten, bevor er den Helm abnehmen konnte, und hat ihn ermordet? Nein, unmöglich.»

«Aber er lag doch zwischen Motorrädern. Vielleicht haben sie ihn dorthin gebracht und …»

«Nein, Sasà. Ihn abgelegt und ihm dann den Helm abgenommen? Nein, das passt nicht. Das ist zu weit hergeholt.»

«Okay, ich hab es versucht.» Der Staatsanwalt beschäftigte sich wieder mit seinen Papieren.

«Wie kann man jemanden mit dem Kopf nach unten umbringen?» Darüber hatte sich Rocco die ganze Zeit schon den Kopf zerbrochen.

D'Inzeo hob nicht einmal mehr den Blick.

«Mit dem Kopf nach unten …» Rocco stellte sich ans Fenster und betrachtete die Gebäude, die vor ihm lagen.

«Vielleicht haben sie seinen Kopf in ein Nudelsieb gesteckt, nachdem sie ihn erstochen haben.» Diese Hypothese schien D'Inzeo sehr zu amüsieren.

Sie brachte Rocco beinahe zum Lachen. Aber dieser alberne Blödsinn, den D'Inzeo, nur, um irgendwas zu sagen, von sich gegeben hatte, ebnete einen Weg durch das Gedankenwirrwarr in seinem Kopf. Er schlug mit der Faust auf den Schreibtisch, was den Staatsanwalt aufschrecken und einen Stapel Zeitungen erzittern ließ.

«Was ist?», fragte D'Inzeo.

«Eine Treppe!»

«Eine Treppe?»

«Eine Außentreppe. Weißt du, was ich meine? So eine mit Gitterrost-Stufen ...»

«Und dann?»

«Und dann hat jemand das Opfer die Treppe hinuntergestoßen, bei einem Handgemenge oder so. Der andere, der Mörder, hat ihm anschließend von unten in den Nacken gestochen. Das Blut ist durch das Gitter nach unten gelaufen, vielleicht hat es sogar der Mörder selbst abgekriegt ... Das erklärt es!», sagte Rocco.

Der Staatsanwalt nickte zunehmend überzeugt. «Eine Treppe. Und jetzt? Das ist eine Nadel im Heuhaufen, Rocco.»

«Das stimmt. Aber es ist eine plausible Hypothese, oder?»

«Was willst du jetzt machen?»

«Erstens: jemanden losschicken, der sich vor Ort die Notausgänge ansieht. Ob hinter einem Geschäft, einem Supermarkt oder so eine solche Treppe liegt, bei der es sich um den Tatort handeln könnte.»

Der Staatsanwalt griff zum Telefon. «Wer von der Spurensicherung kümmert sich darum? Gizzi?»

«Genau.»

«Ich bin's, D'Inzeo», sagte er in gelangweiltem Ton in den Hörer, «ich würde gern mit Gizzi von der Spurensicherung sprechen.» Er bedeckte den Hörer mit der Hand. «Mal sehen, vielleicht haben wir Glück. Und weiter?»

«Und zweitens möchte ich so schnell wie möglich diesen Raum verlassen. Hier herrscht ein Gestank nach feuchtem Papier und Zigarettenqualm, dass ich kotzen könnte.»

«Ja, aber abgesehen davon.»

«Ich will mehr über Giovanni wissen. Den Sohn des Journalisten. Da muss ich noch mal genauer nachforschen.»

«Halt mich auf dem Laufenden.»

«Sicher. Du mich auch, was das mit Gizzi ergibt.»

«Gizzi? Ich bin's, D'Inzeo. Hör mir gut zu, ohne mir auf den Sack zu gehen.»

Mit einem Lächeln auf den Lippen verließ Rocco den Raum.

Es ging auf den Abend zu, und der Verkehr staute sich überall. Der Lungotevere, der in seinen Windungen den Launen des Flusses folgte, nahm die Autos an seinen plötzlichen Engstellen ausweglos in die Zange. Nur den Motorrädern gelang es, sich wie flinke Insekten einen Weg durch die Blechlawine zu bahnen. Wolken zogen über den Zinnen der Engelsburg dahin, während erschrockene Touristen sich beeilten, mit heiler Haut die Zebrastreifen zu überqueren. Die Sonne verschwand hinter dem Petersdom, der wie ein zufriedener Fettwanst mitten in dem Chaos thronte. Der Himmel hatte sich passend zu den Mauern der Stadt rot gefärbt. Ein solcher Anblick erfüllte die Herzen der Menschen üblicherweise mit Ruhe und Frieden, Rocco erinnerte er lediglich daran, dass es gleich dunkel werden würde und ihm vielleicht die nächste schlaflose Nacht bevorstand. Möwen, Krähen, Schwalben und Tauben sausten ziellos umher. Zuccari, der am Steuer saß, stöhnte und betrachtete die anderen Autofahrer. Ganz besonders hatte es ihm ein streitendes Paar in einem Smart angetan. Sie brüllte am Steuer, während er auf dem Beifahrersitz erregt mit Armen und Händen gestikulierte.

«Ins Büro?», fragte Zuccari.

«Nein, zum Largo Alessandria. Ich muss noch eine Sache

überprüfen. Du kannst von dort gleich weiterfahren, ich schaue dann, wie ich zurückkomme.»

Zuccari, müde nach dem langen Tag, nickte. «Ich wette, bei denen geht's gleich zur Sache.» Er wies auf das streitende Paar.

«Möglich. Könntest du die bitte überholen, über den Gehsteig fahren und zur Not den Tankwart umnieten oder was auch immer, weil ich das Auf-der-Stelle-Stehen hier mittendrin nicht mehr ertrage.»

«Soll ich die Sirene anmachen?»

«Untersteh dich!»

Zuccari schaltete in den ersten Gang, bog an der Tankstelle ab, fuhr haarscharf am Tankwart und an den stehenden Autos vorbei und schummelte sich in Richtung Brücke nach vorn.

Zwanzig Minuten später setzte er seinen Chef am Largo Alessandria ab. «Nicht schlecht, oder?», meinte er.

Rocco grinste, klopfte ihm auf die Schulter und stieg aus dem Auto. Genau in diesem Moment klingelte sein Handy. «Wer ist dran?»

«Ich bin's, D'Inzeo, könntest du endlich mal meine Nummer speichern?»

«Gibt's Neuigkeiten?»

«Die Kollegen haben keine Treppe gefunden, Rocco. Jedenfalls nicht in der unmittelbaren Umgebung vom Fundort der Leiche. Ich könnte Gizzi in ganz Rom auf die Suche schicken. Verdient hat er das, diese Nervensäge!»

«Lass gut sein. Das Leben hat ihn schon genug gestraft.»

«Inwiefern?»

«Ich glaube, seine Frau treibt sich in fremden Betten rum. Aber gut, danke, Sasà. Ich halte dich auf dem Laufenden.»

«Und wo bist du gerade?»

«Auf dem Weg in einen Pub.»

«Dienstlich, oder?» Sie beendeten das Gespräch.

Rocco bog um die Ecke und stand erneut vor dem Old England, Giovanni Ferris Stammlokal. Etwa fünfzig Jugendliche saßen draußen an den Tischen und auf ihren Mopeds, plauderten miteinander und tranken Bier aus Plastikbechern. Rocco ging, ohne von ihnen wahrgenommen zu werden, in den Pub. Die Pallas- oder Steppenkatze saß wieder an der Kasse. Steven arbeitete auf Hochtouren. Zwei junge Frauen unterstützten ihn.

Rocco trat an den Tresen. «Einen Aprikosensaft bitte.»

Steven wandte sich, von der absurden abendlichen Bestellung überrascht, um und grinste, nachdem er Rocco erkannt hatte. «Ah, Sie sind es! Ich hab mich schon gewundert. Aprikosensaft? Mal schauen, ob ich das überhaupt hab.»

«Ich nehm auch was anderes.»

Der junge Mann öffnete den Kühlschrank, nahm eine Flasche heraus und schüttelte sie. «Ananas? Den Saft brauchen wir für die Cocktails.»

Rocco nickte. Er sah zur Pallaskatze hinüber, die ihn beobachtete. Sie tauschten ein höfliches Lächeln. «Hör mal, Steven … könntest du mir noch mal behilflich sein?»

«Sicher», entgegnete der Junge, während er ein Glas mit der gelblichen Flüssigkeit füllte.

«Kennst du auch einen gewissen Matteo Livolsi?»

Der junge Mann verzog nachdenklich das Gesicht. «Mit Namen kann ich nicht so viel anfangen. Sie haben nicht vielleicht ein Foto?»

Rocco steckte die Hand in die Tasche und nahm die Fotokopie von Matteo Livolsis Ausweis heraus. «Hier.» Er reichte Steven das Blatt, der währenddessen das Glas vor Rocco hinstellte. Rocco trank durstig.

Steven lächelte. «Natürlich kenn ich den. Der ist immer mit dem anderen hier ... mit Giovanni.» Der Barkeeper gab Rocco das Blatt zurück. «Die beiden sind immer zusammen. Sehr oft zumindest. Aber ich kenne ihn als Mat.»

«Eine Abkürzung von Matteo. Kannst du mir irgendwas über ihn sagen?»

«Warten Sie, ich bringe den drei Nervensägen da hinten schnell ihr Bier und komme dann wieder.» Er ging kurz zur Zapfanlage, um drei Gläser mit hellem Bier zu füllen.

Rocco sah sich um. Die Tische im Innenraum waren beinahe leer. Es war zu warm. Ein paar junge Männer unterhielten sich leise und knabberten dabei Chips und Popcorn. Die große Masse hielt sich draußen auf. Darunter auch Mädchen, die beunruhigend hübsch waren. Mit perfekten, strahlend weißen Zähnen und langen Haaren. Die Jungen dagegen sahen aus wie eingebildete Nerds.

Rocco konnte sich nicht daran erinnern, dass es zu seiner Zeit so hübsche Mädchen gegeben hätte. Die Menschen entwickeln sich weiter, sagte er sich. Und für einen Moment, der genauso flüchtig war wie ein Lichtreflex auf einem fahrenden Auto, wünschte er sich, zwanzig Jahre jünger zu sein.

«Da bin ich wieder. Wissen Sie, ich rede gern mit Ihnen», begann Steven. «Aber nur, wenn Sie mir die Wahrheit sagen», forderte er. «Sie sind nicht von der Finanzpolizei, oder?»

«Nein.»

«Sie sind ein richtiger Bulle, stimmt's?»

«Vom Haaransatz bis zu den Fußspitzen.»

«Ich wusste es!» Steven schlug mit der Hand auf die Theke. «Dann schuldet Davide mir jetzt zwanzig Euro.»

«Wer ist Davide?»

«Der Rothaarige mit den Pickeln, mein Kollege.»

«Ach ja, stimmt. Ist er heute nicht hier?»

«Nein, er ist nicht gekommen. Angeblich hat er Fieber. Kann man im Sommer überhaupt Fieber kriegen?»

«Ja, ganz leicht. Für wen hat er mich denn gehalten?»

«Für Giovannis Vater. Er hat gedacht, der Junge hat was angestellt, und deshalb sucht sein Vater nach ihm.»

«Nein, Steven, du hast recht. Ich bin von der Kripo. Kannst du mir jetzt etwas über Matteo erzählen?»

«Die Wahrheit? Ich mag ihn nicht besonders. Weil er ständig mit seiner Theorie von der großen Wende im Leben rumnervt. Dass man nur einmal Glück haben muss und das fürs ganze Leben reicht. Ich bin da anderer Meinung.»

«Und was ist deine Meinung?»

«Man muss arbeiten, sich richtig den Arsch aufreißen, und wenn man zusätzlich ein wenig Glück hat, kommt man gut über die Runden. Aber ich will mich nicht auf mein Glück verlassen. Das ist was für Faulpelze und hoffnungslose Fälle.»

Der Chef verließ seinen Platz an der Kasse und kam auf Rocco und den Jungen zu.

«Und du, Steven, bist weder faul noch ein hoffnungsloser Fall?»

«Das kann ich mir nicht erlauben.» Der junge Mann grinste Rocco an.

«Buonasera. Schon wieder ein Kontrollbesuch?», fragte die Pallaskatze.

«Ja. Aufgrund von anonymen Anzeigen», entgegnete Rocco. «Haben Sie Matteo Livolsi gekannt?»

«Wen?»

Rocco gab dem Chef des Lokals die Kopie mit dem Foto.

Der Mann starrte einen Moment auf das Blatt. Verzog dann nachdenklich die Lippen. «Ja. Ich meine, dass er immer mit einem anderen zusammen hier ist …»

«Giovanni Ferri.»

«Genau, der, nach dem Sie gestern gefragt haben. Aber warum? Ein Steuerproblem?»

«Wollen Sie die Wahrheit hören? Ich bin Vicequestore bei der Kriminalpolizei.»

Der Wirt riss erstaunt die Augen auf. «Und warum ist ein Vice…»

«Matteo und Giovanni sind ermordet worden. Im Abstand von zwei Tagen.»

Rocco beobachtete, wie Steven und der dicke Kater darauf reagierten. Steven blieb der Mund offen stehen. Der andere kniff die Augen zusammen und leckte sich über die Lippen. «Gütiger Himmel …», sagte er.

«Ja. Deshalb brauche ich ein paar Informationen. Könntet ihr mir sagen, ob die beiden sich hier in der Bar öfter mit jemandem getroffen haben?»

Beide schüttelten den Kopf wie zwei von diesen Wackeldackeln, die man früher auf der Hutablage im Auto hatte. «Nein… ich glaub nicht. Oder doch. Mit den Jungs da draußen.»

«Mit jemand Bestimmten?»

«Müsste ich drüber nachdenken. So spontan … Nein. Mit niemand Bestimmten.»

«Wenn euch noch was einfällt, was bei den Ermittlungen nützlich sein könnte, dann ruft mich an, okay?»

«Ja ...»

Rocco schnippte mit den Fingern, und Steven griff sofort nach einer Papierserviette. Daraufhin beugte sich Rocco über den Tresen, nahm einen Stift von der Arbeitsfläche und schrieb seine Handynummer auf.

«Nicht vergessen. Jede Art von Hilfe kann extrem wichtig sein.»

Er gab der Pallaskatze die Serviette, verließ den Pub und drängte sich durch die Menge der Jugendlichen und durch Wolken aus Biergestank, Achselschweiß und Marihuana.

Rocco versuchte noch einmal, seine Frau anzurufen. Doch er bekam immer das Gleiche zu hören: Der gewünschte Gesprächsteilnehmer ist zurzeit nicht erreichbar.

Der gewünschte Gesprächsteilnehmer. Diese Automatenstimme hatte ja keine Ahnung, wie sehr das zutraf! Er öffnete den Kühlschrank und entschied sich für zwei Spiegeleier. Leider hatte er kein Brot, sodass er gezwungen war, Vollkorncracker ins Eigelb zu tunken. Er machte den Fernseher an und suchte nach einem Film. Das Programm war schrecklich, und er verbrachte den Abend damit, zwei übergewichtigen Schotten beim Billard zuzusehen. Er hoffte, dass es eine hypnotische Wirkung haben würde, wenn er zusah, wie die Kugeln aneinanderstießen und in den Löchern verschwanden. Bei der dritten Partie Snooker schlief er auch tatsächlich ein. Als er um drei wieder aufwachte, lief der Fernseher noch immer. Das Billardspiel war zu Ende, und nun war Cricket dran. Rocco schaltete das Gerät aus, stand auf und ging raus auf die Terrasse. Die Luft war kühl. Ganz Rom schlief, nur er nicht. Er zündete sich eine Zigarette an und betrachtete die Stadt. Mit Marina spielte er immer ein Spiel, das so ging, dass er auf eines der Dächer zeigte und Marina riet, welche Kirche, welches Baudenkmal oder welcher Palazzo sich darunter verbarg. Darin war sie unschlagbar.

Er sehnte sich nach dem Sonnenaufgang, auch wenn der Hitze und Chaos mit sich brachte. Aber dann konnte er wenigstens arbeiten und unterwegs sein, ohne dauernd über seine Frau nachdenken zu müssen. Er versuchte, sich auf den Fall zu konzentrieren. Aber die Gedanken flogen umher, als hätten sie Flügel. In der Ferne heulte die Sirene eines Krankenwagens. Er dachte, dass die Nächte mit den Jahren immer länger wurden. Als er noch zur Schule gegangen war, hatte er das Gefühl gehabt, gerade eingeschlafen zu sein, als er schon wieder aufstehen musste. So war es auch noch während des Studiums oder in der Zeit an der Polizeischule gewesen. Wenn das Schicksal ihm die Gnade gewähren würde, alt zu werden und in den Ruhestand zu gehen, stellte er sich diese Zeit als ein Leben in ständiger Dunkelheit vor, wie am nördlichen Polarkreis, wo es nicht mal mittags richtig hell wurde. Um vier Uhr morgens ging er wieder ins Haus und legte sich ins Bett. Er versuchte es mit einem Buch, verstand jedoch nichts von dem, was er las. Die Namen der Protagonisten verschmolzen mit den Zeilen, versteckten sich zwischen den Seiten. Er legte das Buch auf den Nachttisch und blickte zu dem Kissen auf Marinas Seite hinüber. Er stöhnte. Dann schloss er die Augen und blieb so liegen, bis die Sonne ins Zimmer drang, anfangs nur als zartes Rosa. Rocco stand auf und ging fluchend in die Küche, um sich einen Kaffee zu machen. Es war nur noch ein Pad da. Er durfte nicht vergessen, einkaufen zu gehen.

Das Geräusch des Schlüssels in der Tür ließ ihn herumfahren. Jemand hatte die Wohnung betreten. Er lauschte den Schritten. Wieder war es Inna.

«Buongiorno, schon wach?»

«Nein. Ich schlafe immer im Stehen in der Küche und mache Kaffee», entgegnete er.

Inna legte den Schlüssel auf den Tisch, die Baumwolljacke aufs Sofa und kam, sich die Hände reibend, in die Küche. «Die Signora? Immer noch in Florenz?», fragte sie grinsend.

«Nein. Jetzt ist sie in Catanzaro», sagte Rocco. «Danach fährt sie nach Abbiategrasso und dann nach Salsomaggiore Terme. Soll ich die genaue Route in einer Karte einzeichnen?»

Inna lächelte und öffnete die Abstellkammer. «Heute putze ich die Fenster.»

«Mir scheißegal!» Er drückte auf die rote Taste und nahm die Tasse unter dem Auslauf weg.

«Sie sind morgens immer ziemlich nervös.»

«Auch am Nachmittag. Und am Abend. Und in der Nacht. Und jedes Mal, wenn mir jemand auf die Eier geht.» Er führte die Tasse an die Lippen und atmete den Duft des Kaffees ein. «Willst du auch einen, Inna?»

Die Ukrainerin sah ihn überrascht an. «Nein, danke. Ich hatte grad einen.»

«Ich hab auch gar kein Pad mehr.» Er stellte die Tasse auf den Tisch und schickte sich an zu gehen.

«Heute ist Zahltag, Signore.»

«Ach ja?»

«Ach nein? Ist jede Woche so», meinte Inna und nahm Putzmittel und Lappen aus dem Küchenschrank.

«Gut. Ich leg das Geld auf die Kommode im Flur. Wie viel bekommst du?»

«Das wissen Sie nicht?»

«Nein. Meine Frau weiß es.»

«Dann rufen Sie sie an und fragen Sie.»

«Morgens um halb acht?»

«Warum? Ist das zu früh? Signora Marina ist sonst doch noch früher auf.»

«Warum sagst du es mir nicht einfach, Inna?»

«Vertrauen Sie mir?»

«Sicher. Ich bin Polizist. Wenn du mich bescheißt, nehme ich dir die Aufenthaltserlaubnis weg und schicke dich in Handschellen zurück an die Wolga.»

«Ich komme nicht von der Wolga.»

«Woher auch immer.»

«Zweihundertfünfzig Euro», sagte Inna ernst.

«Alles klar», entgegnete Rocco und verließ endlich die Küche. Am liebsten hätte Inna ihm das Putzmittel ins Gesicht gespritzt. Und irgendwann würde sie das tun.

Rocco wollte nicht erst ins Büro gehen. Daher zündete er sich direkt auf dem Motorroller einen Joint an, doch in Ermangelung einer Windschutzscheibe zog sich der Wind die Hälfte davon rein, und obendrein brannte ein Funke ein Loch in den Ärmel seines Leinenjacketts. Er versuchte, sich zu konzentrieren, was ihm nicht gelang. Auch der unterm Kinn zugeschnallte Helm half nicht, die in seinem Kopf durcheinanderwirbelnden Gedanken im Zaum zu halten.

Marina, die beiden jungen Toten, Gizzi, Sasà D'Inzeo, Isabella und der Anwalt. Als er an einer roten Ampel anhielt, hörte er sein Handy klingeln. Eilig griff er in die Jacketttasche, klemmte sich das Telefon unters Kinn und meldete sich. «Wer stört?»

«Ich bin's, Uccio, ich versuche seit zwei Stunden, dich zu erreichen! Hast du das nicht mitgekriegt?»

«Warte, ich bin auf dem Motorroller.»

Er hielt an. «Ich höre, Uccio.»

«Also, ich kann dir einiges sagen. Angefangen damit, dass das erste Opfer, Giovanni Ferri, geschlagen wurde. Daher die Fraktur am Jochbein und die beiden gebrochenen Rippen. Die Mordwaffe war bei beiden Opfern dieselbe. Die gleiche Wunde, der gleiche Winkel, alles stimmt überein. Ein spitzes Werkzeug, so was wie ein dicker Nagel oder eine Ahle. Ist ziemlich dicht unter der Schädelbasis eingedrungen. Ein schneller Tod. Schmerzen? Keine Ahnung, das müsste ich ausprobieren, und das erspar ich mir lieber.»

«Verständlich.»

«Weiter also: Giovanni Ferri hat Baumwollfasern unter seinen eingerissenen Fingernägeln. Er muss mit seinen Gegnern gekämpft haben. Ich spreche von *Gegnern*, weil es verschiedene Arten von Baumwolle sind. Außerdem ist er zwischen Mitternacht und ein Uhr gestorben. Nicht früher und nicht später.»

«Gut. Mitternacht ... Das ist interessant. Die Leute, die am Tankautomaten an der Via Tiburtina mit Karte bezahlt haben, waren alle vor elf dort.»

«Und das bedeutet?»

«Was das bedeutet? Überleg doch mal: Das heißt, dass

die Mörder und Giovanni um halb eins an der Tankstelle gewesen sein müssen und vielleicht die Letzten waren, die den Automaten benutzt haben. Damit könnte der Abdruck, den Gizzi gefunden hat, tatsächlich von ihnen sein. Hast du sonst noch was?»

«Ja, jetzt halt dich fest, denn das ist das Interessanteste. Bist du noch da?»

«Ich höre.»

«In den Hosentaschen von Giovanni Ferri und Matteo Livolsi habe ich Kokain gefunden. Pulverreste, nicht viel.»

«Spuren im Blut?»

«Bei keinem von beiden.»

Rocco atmete tief ein. «Das lässt nicht auf Eigenbedarf schließen.»

«Es sei denn, sie haben es sich vor fünf Tagen reingezogen, sodass jetzt keine Spuren mehr im Blut nachweisbar sind. Und falls euch das weiterhilft: Die Jeans von Giovanni ist nagelneu.»

«Verstehe. Ich muss der Mutter also noch einen Besuch abstatten. Gute Arbeit, Uccio. Du hast mir sehr geholfen. Wenn die Dinge so stehen, wie wir glauben …»

«Ist das eine hässliche Sache.»

«Allerdings.»

Aber am Horizont zeichnete sich für Rocco allmählich ein mögliches Motiv für die Morde ab. Noch ganz schwach, nur ein Schatten, Partikel wie die, die in den Hosentaschen der Opfer gefunden wurden, aber eine Vision, der er nachgehen sollte. Er machte einen U-Turn auf dem Viale Trastevere und fuhr Richtung San Giovanni.

Rocco musste eine Dreiviertelstunde vor Clara Caputos Tür warten. Als sie schließlich kam, erkannte er sie schon von weitem. Sie ging mit schleppendem Schritt und gesenktem Kopf, ohne die Stadt und die Menschen um sich herum wahrzunehmen. Immer wieder blieb sie stehen, bewegte die Lippen und ging weiter. Rocco wusste, dass die Frage, die er ihr stellen musste, den Schmerz neu entfachen würde. Weil sie ein Detail aus dem täglichen Leben betraf und weil es dieses alltägliche Leben nicht mehr gab. Als die Frau die Haustür erreichte, hob sie den Blick. Sie sah Rocco, lächelte nicht und fragte nur: «Was gibt's?»

«Ich muss Sie noch etwas fragen, Signora.»

«Etwas Längeres? Wollen Sie reinkommen?»

«Nein, es ist eine ganz einfache kurze Frage. Aber Sie müssen Ihr Erinnerungsvermögen bemühen. Es ist wirklich wichtig, glauben Sie mir.»

Clara sah ihn aufmerksam an.

«Giovanni hat eine neue Jeans getragen. Wissen Sie noch, wann er sich die gekauft hat?»

Clara Caputo wies auf ein Geschäft auf der gegenüberliegenden Straßenseite. «Sehen Sie den Laden da? Da hat er sie gekauft.»

«Erinnern Sie sich, wann das war?»

«Sicher erinnere ich mich. Vor ein paar Tagen. Mir ist beim Waschen der Chlorreiniger runtergefallen, und damit hab ich ihm die Hose ruiniert. Wissen Sie, was eine neue Levi's kostet?»

Auf diese Frage war Rocco nicht vorbereitet. «Nein. Ich hab keine. Teuer?»

«Hundert Euro.»

«Nicht schlecht.»

«Ich hab die Hose bezahlt, wissen Sie? Mein Sohn hat ja nicht gearbeitet. Und ich fand es auch gerecht, denn schließlich hab ich die alte Jeans ruiniert und hab für meinen Fehler bezahlt. So ist das Leben. Man muss für seine Fehler bezahlen. Und können Sie mir sagen, für welchen Fehler Giovanni bezahlt hat? Was er falsch gemacht hat?» Sie sah Rocco traurig an.

«Nein, Signora, das kann ich nicht.»

«Genau. Aber ich will wissen, wieso ein zwanzigjähriger Junge in einem Marmorsteinbruch abgestochen und dann wie Müll in den Abgrund geworfen wurde. Ein Junge … mein Sohn, Dottore. Ich habe ihn geboren, gestillt, großgezogen, umarmt und geküsst. Er war von klein an ein hübscher, kräftiger Junge, wissen Sie? Und nun ist er in der Dunkelheit verschwunden, ist einfach gegangen, ohne sich noch einmal umzudrehen.»

Das Ospedale Sant'Eugenio war ein trostloser, gespenstischer Klotz in einer mit Pinien und Villen gesäumten Straße im EUR-Viertel, nicht weit entfernt von der Mehrzweckhalle, die für Roccos Generation Palasport, also Palazzo dello Sport, oder PalaEUR hieß und in der Ära der Konzerne und Sponsoren in PalaLottomatica umbenannt wurde. Nach einem Lottounternehmen! Dies war ein Sittenverfall, dessen Ende noch nicht in Sicht war. Vor ein paar Tagen war die Kuppel der Basilika St. Peter und Paul von einer riesigen Werbeplane eines Taschenherstellers bedeckt worden, der wahrscheinlich die Renovierung der Kirche finanzierte. Fehlte nur noch, dass der Circus Maximus nach dem neuen Fiat 500 benannt wurde, der in den nächsten Tagen auf den Markt kam, der Trevi-Brunnen nach dem Mineralwasser Acqua Ferrarelle oder die Säulengänge am Petersplatz nach den Abbracci-Keksen von Mulino Bianco. Dieser Sponsoren-Wahnsinn machte wirklich vor nichts halt, wahrscheinlich nicht mal vor dem liturgischen Gewand des Papstes.

Auf der Intensivstation des Krankenhauses war es still. Die Verwandten warteten hinter einer Glastür. Denn die Besuchszeit-Regelung hatte für sie nur eine Stunde am Nachmittag vorgesehen. Rocco klingelte. Erst nach mehr als fünf Minuten kam eine in Grün gekleidete Krankenschwester an die Tür. Ihre dunkle Haut ließ darauf schließen, dass sie aus Nordafrika stammte. «Bitte …?»

«Vicequestore Schiavone. Staatspolizei.»

Die junge Frau verließ die Station und schloss die Tür hinter sich. «Ich nehme an, Sie sind wegen des Journalisten hier, der seinen Sohn verloren hat, oder?»

«Genau. Wäre es möglich, dass ich kurz mit ihm spreche?»

«Er ist intubiert und nicht bei Bewusstsein. Es tut mir leid … Wenn Sie möchten, rufe ich den zuständigen Arzt.»

«Nein, nein, vielen Dank. War jemand hier, um ihn zu besuchen?»

Die Krankenschwester wies mit dem Kopf zu der Bank, die hinter ihnen stand und auf der mit gesenktem Kopf und verlorenem Blick eine Frau saß. «Sie. Sie hat sich dort nicht fortbewegt. Ich glaube, sie ist seine Lebensgefährtin.»

«Vielen Dank für Ihre Hilfe.» Die Krankenschwester kehrte zu ihrer Arbeit zurück, und Rocco trat auf die Frau zu, die mit übereinandergeschlagenen Beinen auf der Bank saß. «Buongiorno. Ich bin …»

«Ich weiß schon. Ich bin Monica Beltrami, Journalistin.» Sie lächelte nicht. Ihre mattblauen Augen, unter denen sich dunkle Schatten abzeichneten, waren gerötet. Monica Beltramis Haare waren zerzaust, und an ihren Ohren blinkten goldene Ohrringe. «Sie sind gekommen, um mit Alberto zu reden?»

«Ja. Ich muss etwas über seine Arbeit wissen.»

«Er ist für die Verbrechensmeldungen zuständig. Wir arbeiten direkt nebeneinander, ich kümmere mich um die Auslandsnachrichten. Sie brauchen sicher genauere Informationen, oder?»

«Ja.»

«Ich weiß nicht, ob ich Ihnen da wirklich weiterhelfen kann. Alberto und ich haben kaum über die Arbeit geredet. Er war mit seinen Fällen beschäftigt und ich mit den Nachrichten aus Brüssel und dem Außenministerium. Aber ich kann Ihnen einen Rat geben: Gehen Sie in die Redaktion, und fragen Sie nach Fabio, dem Fotografen. Die beiden arbeiten seit sieben Jahren eng zusammen. Er kann Ihnen sicher irgendetwas sagen.»

Zeitungsredaktionen kannte Rocco nur aus Filmen. In seiner Vorstellung gingen dort Männer mit hochgekrempelten Hemdsärmeln und Zigaretten zwischen den Lippen mit irgendwelchen Unterlagen in den Händen und dampfenden Kaffeetassen von Schreibtisch zu Schreibtisch. Frauen sammelten eilig die herumliegenden Blätter ein, öffneten Karteikästen, andere saßen tippend am Computer. Hingeflegelte Fotografen mit der Kamera um den Hals und einer Zigarre im Mund. Chefredakteure in Hosenträgern, deren Büros durch

Glaswände von der Redaktion abgetrennt waren, die wie besessen Befehle erteilten und laut herumfluchten. Träge Ventilatoren, Mülleimer für Altpapier, volle Aschenbecher, Teppichböden, Fenster, die zur Stadt hinausgingen. Und in der Luft der Geruch nach Druckerfarbe und Zigarettenrauch. Doch als Rocco die Presseagentur Agsi betrat, saß dort nur ein älterer Mann, der ein Stück Pizza aß und auf einen Fernseher blickte. Dort lief gerade eine amerikanische Nachrichtensendung. Überall lagen Zeitungen herum, und die Wände waren übersät mit Fotos und ausgeschnittenen Artikeln. Der Mann hörte auf, an seinem Mittagessen zu kauen, und sah ihn an. «Suchen Sie was?»

«Einen Fotografen. Er hat mit Alberto Ferri gearbeitet.»

Der Mann nickte. «Fabio Rocchetti?»

«Ja, Fabio. Den Nachnamen kenne ich nicht.»

«Aber der fotografiert nicht mehr auf Hochzeiten.»

«Schiavone, Kriminalpolizei.»

«Ah.» Der Mann biss noch einmal von seiner Pizza ab, dann fuhr er mit vollem Mund fort: «Es geht um die Sache mit Albertos Sohn, stimmt's?»

«Ja.»

«Hässliche Geschichte.» Der Alte stand auf, legte die Pizza auf eine Konsole, wischte sich die Hände an der Hose ab und ging auf Rocco zu. «Nello De Santis ... Auslandsmeldungen.» Er gab Rocco die Hand. «Kommen Sie, ich begleite Sie. Fabio müsste unten in der Kantine sein.» Der Mann wies mit dem Daumen auf den Fernseher hinter ihm. «Socrates wurde zum Ratspräsidenten der EU gewählt.»

«Ist das schlimm?»

«Keine Ahnung, aber der Name gefällt mir nicht. Erinnern

Sie sich an den Fußballer, der bei der Weltmeisterschaft in Spanien das Tor geschossen hat.»

«Ja, und?»

«Ich mein ja nur …»

«Immer noch besser als die Deutsche, die er ablöst, oder?» Sie verließen den Raum.

«Wie geht es Alberto?», fragte De Santis.

«Sediert auf der Intensivstation.»

«Den Armen hat es echt schwer erwischt. Was für eine Scheißgeschichte, oder?»

«Allerdings.»

«Tja.» Der Journalist steckte sich eine Zigarette zwischen die Lippen. «Echt eine Scheißgeschichte. Wissen Sie, worüber ich heute Morgen nachgedacht habe? Das griechische Wort ‹éschatos› bedeutet so viel wie ‹Vollendung›. Daher geht es bei der Eschatologie eben auch um Vollendung des Einzelnen und des Universums. Das altgriechische Wort ‹skatos› bedeutet hingegen Scheiße, und die Skatologie befasst sich mit der Analyse von Kacke. Finden Sie nicht, dass dies ein makabrer und zynischer Parallelismus ist, wie ihn nur die alten Griechen erfinden konnten?»

«Stimmt. Wir reden andauernd von Vollendung.»

«Egal, ob es um den Menschen oder seine Exkremente geht … Für die Griechen bestand der Unterschied nur in einem einzigen Buchstaben, einem simplen Epsilon.»

Rocco grinste. «Nein, darüber habe ich noch nie nachgedacht.»

«Epsilon … Das Rosenpünktchen zwischen ‹Vollendung› und ‹Scheiße›, um es mit den Worten Cyrano de Bergeracs zu sagen. ‹Schicksal› und ‹Scheiße› waren für die alten Griechen quasi eine Tautologie.»

Lachend betraten sie einen Raum mit einer Bar auf der linken Seite und einem Dutzend Plastiktischen in der Mitte. An der hinteren Wand standen auf einer Theke Tabletts mit Pasta und Salaten. Der Fotograf saß am Fenster und las in einer Zeitschrift. Als er Rocco eintreten sah, nahm er sofort die Brille ab und legte die Zeitschrift aus der Hand.

«Fabio!», rief der Chefredakteur. «Vicequestore Schiavone wollte zu dir!»

Der Fotograf stand auf. Er trug ein weites graues Shirt und knielange Cargoshorts, aus der seine behaarten weißen Beine hervorsahen. Das graue Haar und der mehrere Tage alte Bart ließen ihn ein wenig wie einen Schiffbrüchigen aussehen. Seine Augen waren traurig. «Salve … wir kennen uns schon.»

«Vom Sehen zumindest.» Rocco schüttelte dem Mann die Hand. «Wir begegnen uns immer mal wieder an traurigen Orten, wo die Menschheit sich von ihrer übelsten Seite zeigt.»

«Dann lass ich euch mal allein. Ich geh zurück und höre weiter CNN zu.» Nello De Santis grüßte den Barista und verließ den Raum.

«Bitte, Dottor Schiavone, setzen Sie sich. Möchten Sie etwas essen oder trinken?»

Rocco nahm Platz. «Nein, danke. Ich muss mit Ihnen reden.»

Fabio Rocchetti nahm einen Schluck Wasser aus einem Plastikbecher. «Wenn ich Ihnen weiterhelfen kann.»

«Giovanni Ferri, Albertos Sohn …»

«Der Arme. Ich darf gar nicht dran denken.»

«Er war oft hier, stimmt's?»

Der Fotograf nickte. «Ich glaube, der Junge hatte die Begeisterung für den Journalismus geerbt.»

«War er neugierig?»

«Immer!» Rocchetti zerdrückte den Becher. «Der Vater hat ihn oft bei mir gelassen. Dann war er mit mir im Auto unterwegs. Manchmal kam er mit dem Mofa. Wie ich gesagt hab, er war mit Leidenschaft dabei.»

«Wissen Sie eventuell, woran Alberto gerade gearbeitet hat?»

«Er war an mehreren Sachen dran. Dem Mord von Tor Pagnotta, also dem Carabiniere, der Frau und Tochter ermordet hat. Dann war da noch der Raubüberfall auf das Postamt in Casalbertone ... und ... lassen Sie mich nachdenken ... nein, besser, wir gehen zusammen in die Redaktion. Dort sind noch seine Aufzeichnungen. Dann können Sie da mal einen Blick drauf werfen.»

Nello De Santis war nicht mehr da. Den Fernseher hatte er angelassen. Fabio ging voran zu einem Schreibtisch an der Wand, auf dem ein Berg an Zeitschriften und Zeitungen lag. Daneben stand ein Aktenschrank aus Metall. «Den nutzen wir nur für Lebensmittel», meinte Fabio und holte eine Packung Waffeln aus der obersten Schublade. Er öffnete sie, nahm eine Waffel heraus und biss ab. «Sehen Sie, das sind Albertos Sachen. Diese drei Hefte, die rosafarbenen Mappen und das Notizbuch. Ich setze mich dort an den Schreibtisch und bearbeite ein paar Sachen in Photoshop. Lassen Sie sich Zeit.» Einen weiteren Keks kauend, ging er davon. Rocco machte sich daran, die Notizen des Journalisten durchzusehen. Alberto Ferri hatte eine furchtbare Schrift. Es war jede Menge Phantasie nötig, um sie zu entziffern. Aber Rocco kam gut voran. Er folgte einer seiner Eingebungen, die so wenig greifbar war wie ein Glühwürmchen, doch er klammerte sich daran wie ein Schiffbrüchiger an ein Stück Holz. Daher hoffte er, auf Worte zu stoßen, die in seinem Kopf ein Glöckchen erklingen ließen: Heroin, Kokain, Amphetamin, Ketamin, Speed, Crack, Superpill, Shabu, Cobret. In der dritten rosafarbenen Mappe fand er schließlich, was er suchte. Ein einfaches DIN-A4-Blatt mit Pfeilen und anderen Symbolen. Oben auf dem Blatt standen die Namen zweier Stadtviertel: *Pigneto / Quadraro.* Von dort ging ein Pfeil zu einem Kreis ab, in dem nur zwei Initialen vermerkt waren: *L. B.* und *S. S.* Ein weiterer Pfeil in roter Farbe, neben dem das Wort *Koks* stand, ging von dem Kreis zu einem Quadrat, in dem die beiden Worte *Nomentana / Salario* notiert waren. Ein großes Fragezeichen schloss eine rote Spirale ab. Und auf der Rückseite des Blattes stand so etwas wie ein Code: *SLR U 971197-8.*

Das war schwieriger als jedes dieser komplexen Kreuzworträtsel aus *La Repubblica.*

Rocco nahm das Blatt, stand auf und ging zu dem Fotografen hinüber, dessen Haltung darauf schließen ließ, dass er viel am Computer arbeitete. «Schauen Sie mal, sagt Ihnen das irgendwas?»

Fabio nahm das Blatt. Betrachtete es und verzog nachdenklich das Gesicht. «Nein. Gar nichts. Wo haben Sie das gefunden?»

«In einer der rosafarbenen Mappen.»

«Ah ja. Das sind die Sachen, an denen Alberto gearbeitet

hat. Auf den ersten Blick scheinen es Notizen zu einem Fall von Drogenhandel zu sein. Was anderes fällt mir dazu nicht ein.»

«Denken Sie mal drüber nach?»

«Sicher. Pigneto, Quadraro. Da hat der Furino-Clan das Sagen. Die sind zur Hälfte Neapolitaner und zur Hälfte Römer.»

«Da hatte der Furino-Clan das Sagen», korrigierte Rocco. «Wir haben die halbe Familie eingebuchtet.»

«Stimmt. Ich weiß, dass den Verkauf an der Straße jetzt die Nigerianer übernommen haben.»

«Ja, nur wo kommt der Stoff her?»

«Keine Ahnung. Aber damit stechen Sie in ein Wespennest, Dottore.»

«Das ist mein Job. Kann ich das haben?», fragte Rocco, auf das Blatt zeigend.

«Sicher. Und ich denk drüber nach. Wenn mir etwas einfällt ...»

«Bin ich immer erreichbar während der Arbeitszeiten.»

«Aber eins noch: Giovannis Tod ...» Beim Wort «Tod» zögerte der Fotograf kurz, als würde er davor zurückschrecken, dieses Wort im Zusammenhang mit dem jungen Sohn seines Kollegen in den Mund zu nehmen. «Hat er damit zu tun?»

«Ich glaube, ja.»

«Oh, Scheiße ...»

Rocco hatte zu Sasà D'Inzeo im Marmorsteinbruch kurz nach der Entdeckung von Giovannis Leiche gesagt, dass so was passiert, «wenn die anständigen Jungen einem Ungeheuer begegnen». Und Giovanni war einem Ungeheuer begegnet.

Einem hässlichen, schrecklichen, erbarmungslosen Ungeheuer. Genauso wie Matteo Livolsi. Rocco saß am Schreibtisch, wollte sich gerade den zweiten Joint des Tages gönnen und blickte auf den Bildschirm des Computers. Er sah sich noch einmal den Chat der beiden Jungen auf der Website der ehemaligen Schüler des Liceo Ascanio Sobrero an.

Ok, Mat … dieselbe Bar zur selben Zeit. Und Skin?

Nein, Sammy. Skin nicht. Eigentlich …

Was?

Wir reden besser nicht mehr mit Skin!

Warum?

Don't trust Skin, Gio' …

Skin darfst du nicht vertrauen.

Wer war Skin? Und welche Bar? Konnte damit das Old England gemeint sein? Offene Fragen, ein Herumtappen im Dunkeln, ein Kribbeln in den Beinen und in den Leisten, der Drang, das Büro zu verlassen, nach Hause zu gehen, mit Marina zu vögeln und sein Leben wieder in normale Bahnen zu bringen. Er griff nach der Zigarrenkiste auf dem Schreibtisch. Darin waren keine Cohibas, sondern leichte Zigaretten, die er für seine Joints brauchte. Er begann eine zu zerkrümeln, als De Silvestri hereinschaute, dem an den hängenden Schultern und Wangen die Müdigkeit nach diesem langen Arbeitstag anzusehen war. Dass man nach dem Zustand von De Silvestris Wangen die Uhr stellen konnte, war etwas, was Rocco schon vor langer Zeit entdeckt hatte. Denn die hingen jede halbe Stunde ein Stück tiefer. Und wenn er ihn nun so vor sich sah, konnte er sich, ohne die Position der Sonne zu betrachten, ausrechnen, dass es mindestens halb acht sein musste.

«Was machst du denn noch hier im Büro, Alfre'?» Rocco sah auf die Zeitangabe im Computer: Viertel nach sieben.

«Ich bin gerade auf dem Weg nach Hause. Aber vorher wollte ich Ihnen noch sagen, wer der Halter des Wagens ist, dessen Kennzeichen ich überprüfen sollte.»

Des Audis, der vor zwei Tagen Marina zu Hause abgesetzt hatte. «Ach ja. Und wie heißt er?»

«Domiziano Varisco.»

Der Name sagte Rocco gar nichts. «Was wissen wir über ihn?»

«Ein Antiquitätenhändler. Er hat ein Geschäft in der Via dei Coronari. Wohnt in der Via Giangiacomo Porro im Parioli-Viertel.»

«Ein Antiquitätenhändler also? Danke, Alfredo.»

De Silvestri machte Anstalten zu gehen, doch Rocco rief ihn noch einmal zurück. «Wissen wir auch die Hausnummer des Geschäfts?»

De Silvestri sah noch einmal auf seinen Notizzettel. «Natürlich ... Via dei Coronari ... 12 A.»

«Übrigens habe ich noch eine gute Neuigkeit für dich: Giovanni Ferri ist nach Mitternacht ermordet worden, Pichi sagt, halb eins. Und die drei Leute, die am Tankautomaten mit Karte bezahlt haben, waren vor den Mördern an der Tankstelle ...»

«Das heißt, der Abdruck, den Gizzi gefunden hat, könnte ein Treffer sein?»

«Wenn wir Schwein haben, ja.»

«Wissen Sie was, Dottore? In all den Jahren, die ich schon in diesem Beruf arbeite, ist mir dieses Schwein noch nie begegnet.»

«Man sollte die Hoffnung niemals aufgeben, Alfre'!»

Der betagte Agente verzog das Gesicht. «Die Hoffnung ist das Brot der Armen», sagte er und ging.

Domiziano Varisco, Via dei Coronari 12 A. Morgen würde er dort mal vorbeischauen. Inzwischen hatte Rocco die Zigarette zerkrümelt und vermischte den Tabak mit dem Gras. Dann nahm er ein Zigarettenpapier aus der Kiste, rollte den Joint, leckte das Papier an und klebte ihn zu, um ihn sich dann in die Tasche seines Leinenjacketts zu stecken. Er griff nach dem Schlüssel seines Motorrollers und verließ das Büro. Im Gang kam ihm Zuccari entgegen, der anders als De Silvestri frisch wie der junge Morgen wirkte und lächelte. «Worüber freust du dich, Zuccari?»

«In zwei Wochen hab ich Urlaub, Dottore. Ich fahre nach Palinuro. Waren Sie schon mal dort?»

«Ja. Wunderschön.»

«Hören Sie, ich habe jetzt sämtliche Berichte zu den Befragungen der Anwohner und Passanten im Mordfall von Matteo Livolsi.»

«Ich hoffe, du hast eine gute Nachricht für mich. Ein Augenzeuge würde mir jede Menge Ermittlungsarbeit ersparen.»

Zuccaris Lächeln verschwand. «Nichts zu machen, Dottore. Keiner hat was gesehen. Weder aus den Geschäften heraus noch durchs Fenster oder auf der Straße.»

Rocco schnaubte. «De Silvestri hat recht: Wir haben wirklich nie Glück. In diesem Land stecken alle ihre Nase in fremde Angelegenheiten, aber wenn man mal eine Info braucht, kann einem keiner helfen.»

«Genau so!» Zuccari nickte.

«Ich nehme mal an, dass es da keine Videokameras gibt.»

«Nichts.»

«In einer Apotheke oder einer Werkstatt vielleicht ...»

«Absolut gar nichts. Wir tappen vollkommen im Dunkeln.»

«Verdammte Scheiße!», schnaubte Rocco. Das Glücksschwein war offensichtlich gerade anderweitig beschäftigt. «Okay, Zuccari. Einen schönen Abend. Und bleib nicht so lange.»

«Ach, Dottore, haben Sie vielleicht eine Zigarette?»

«Nimm dir eine. In der Zigarrenkiste in meinem Büro. Und danach mach schön wieder zu.»

Endlich verließ Rocco das Gebäude. Die Sonne gönnte sich gerade eine Pause. Es war ein wenig abgekühlt. Auf der Via Cristoforo Colombo herrschte chaotischer Verkehr. Rocco hatte Hunger auf Fisch, vielleicht bei Sonnenuntergang in Circeo. Doch dann sah er vor sich, wie er allein am Tisch saß und Grissini zerbröselte, während um ihn herum Paare und Freunde zusammen lachten und das Paradies genossen, das sich ihnen bot. Also zündete er sich den Joint an, setzte sich auf den Motorroller und fuhr nach Hause.

Aus dem Fisch wurde nichts. Rocco aß auch heute Spiegelei, wobei die Eier laut Haltbarkeitsdatum seit zwei Tagen abgelaufen waren. Er wusste, dass er damit ein Risiko einging, aber die Aversion dagegen, die Wohnung zu verlassen und einkaufen zu gehen, war größer als die Angst vor einer Salmonellenvergiftung. Nach dem Essen stellte er das Geschirr in die Spüle und beschloss, sich einen Film anzusehen. In einem kleinen Regal im Flur standen die DVDs, er hatte

Lust auf Teil eins von *Der Pate* und ging mit der DVD ins Wohnzimmer. Doch noch bevor er die Disc einlegen konnte, klingelte es an der Sprechanlage.

«Verdammt, wer ist das …?», sagte er auf dem Weg zur Tür und wiederholte die Worte noch einmal an der Sprechanlage: «Verdammt, wer ist das?»

«Seba und Furio», antwortete die dröhnende Stimme seines Freundes.

Keine Frage, er musste sie hereinlassen. Rocco öffnete die Tür und verabschiedete sich von Francis Ford Coppola.

Seine beiden Freunde waren frisch und ausgeruht und hatten Craft-Bier aus Tuscia mitgebracht. «Das ist richtig guter Stoff, Rocco», sagte Sebastiano als Erstes. «Das hat ein Freund von meinem Cousin gebraut. Das Bier ist noch kalt, aber nicht kalt genug. Ich stell es mal in den Kühlschrank.» Er verschwand in der Küche. Rocco sah Furio mit der stummen Frage an, warum sie zu ihm gekommen waren. Doch der lächelte nur und ging ins Wohnzimmer.

«Hast du Chips?», rief Sebastiano.

«Nein. Und ich hab schon gegessen», rief Rocco zurück.

«So früh isst man doch nur im Krankenhaus! Es ist gerade mal halb neun!»

«Ich weiß, Furio, aber ich bin müde.»

«Dann gehst du wohl nicht mit uns essen?» Sebastiano kam ins Wohnzimmer. Er hatte einen Beutel mit Suppen-Croutons in der Hand. «Ist das okay?», fragte er und steckte sich eine Handvoll davon in den Mund.

«Ja, mach nur.»

«Was hast du gegessen?», fragte Furio.

«Zwei abgelaufene Eier.»

«Dann stirbst du uns hier vielleicht an Bauchschmerzen!»

«Sicher nicht, Seba.»

Sie setzten sich aufs Sofa. Sebastiano sah auf die Uhr. «Nur ein paar Minuten; ich hab die Flaschen nass gemacht, sonst platzen sie im Eisfach!»

«Seid ihr hier, weil ihr Mitleid mit mir habt?»

«Ein bisschen. Ja», meinte Furio. «Du hier so allein ohne Marina, das ist echt traurig.»

«Ja», bekräftigte Seba und steckte sich die x-te Handvoll Croutons in den Mund. «Verdammt lecker. Mit Rosmarin.»

«Da ihr schon mal hier seid, um mir auf die Eier zu gehen, könntet ihr mir wenigstens helfen.» Rocco stand auf. Nahm sein Jackett von der Stuhllehne und zog das Blatt heraus, das er aus der Redaktion mitgebracht hatte. «Sagt euch das irgendwas?»

Furio nahm das Blatt entgegen. «Was ist das?»

«Notizen eines Journalisten. Da scheint es um irgendeinen Drogenhandel zu gehen.»

«Lass mal sehen.» Sebastiano rückte an seinen Freund heran.

«Warte, Seba ... Okay, die Sache ist klar. Das sind verschiedene Zuständigkeitsgebiete.» Furio gab die Aufzeichnungen an Seba weiter. «In Pigneto und Quadraro haben die beiden mit den Initialen L. B. und S. S. das Sagen.»

Sebastiano grinste. «Und wie es aussieht, liebäugeln sie mit dem Gebiet Nomentano Salario.» Dann ging er in die Küche, um das Bier zu holen.

«So weit war ich auch schon. Was wisst ihr noch?»

Furio lehnte sich auf dem Sofa zurück. «Die Straße nach Pigneto wird von den Nigerianern kontrolliert.»

«Auch das weiß ich schon», meinte Rocco und setzte sich. «Aber die Nigerianer verkaufen nur. Wer hat jetzt, nachdem der Furino-Clan nicht mehr da ist, dessen Rolle übernommen? Wer sind die Lieferanten?»

«S. S.», murmelte Furio. «Wer kann das sein? Silvano Saracchi?»

«Nein, der ist seit zwei Jahren tot», sagte Rocco. «Autounfall. Ich hab an Sergio Stigliano gedacht. Erinnerst du dich an den? Er hatte mit Glücksspiel zu tun.»

Furio dachte nach. «Sergio, der Bruder von Edoardo?»

Rocco nickte.

«Wie kommst du denn auf den? Sergio arbeitet als Hausmeister in Morena!», sagte Sebastiano, der mit dem Bier zurück ins Wohnzimmer kam. «Der ist schon lange raus aus dem Geschäft. Lass mich mal nachdenken.» Seba gab Rocco und Furio jeweils eine Flasche.

«Und dann ist da noch dieser unverständliche Code. SLR U 971197-8», las Rocco vor. «Was kann das sein?»

Seine Freunde blickten auf die seltsame Folge von Zahlen und Buchstaben. «Puh … ein Passwort vielleicht …», meinte Furio.

«So was hab ich noch nie gesehen», sagte Sebastiano. «Sag mal, hast du vielleicht Nudeln? Dann mach ich uns Pasta Aglio e Olio.»

Sebastiano und Furio blieben bis Mitternacht und ließen eine schmutzige Küche und einen Knoblauchgestank zurück, der die ganze Wohnung verpestete. Rocco hatte das Auto genommen und war in weniger als einer Viertelstunde am Largo Alessandria. Er wollte das Old England observieren, um zu sehen, was dort nachts vor sich ging. Also parkte er etwa zwanzig Meter vom Pub entfernt, zündete sich eine Zigarette an und hielt Ausschau.

Jede Menge junge Leute saßen draußen an den Tischen. Sie redeten, rauchten, lachten und wussten, dass sie das Leben noch vor sich hatten. Hin und wieder kam einer hinzu und gesellte sich zu seinen Freunden, ein anderer setzte seinen Helm auf und verschwand mit einem Mädchen Richtung Corso Italia. Nichts Besonderes. Gähnende Langeweile. Während die Mädchen lachten, rauchten, lächelten und sich durchs Haar fuhren, schubsten sich die Jungen gegenseitig, lachten unmäßig laut, tranken in großen Schlucken und machten sich breit. Die Mädchen beobachteten, und die Jungs produzierten sich. Dann kam Isabella auf einem weißen Moped voller aufgeklebter Blumen und Slogans, offensichtlich ein Andenken an Schulzeiten. Bei ihrem Auftauchen erhoben sich zwei Jungen von einem Tisch rechts neben dem Eingang des Pubs und gingen zu ihr hinüber. Sie umarmten sie und küssten sie auf die Wangen, dann gingen die drei zu dem Tisch zurück, an dem noch zwei Jungen mit langen Haaren saßen, die sehr ernst und ruhig geworden waren. Auch sie umarmten Isabella, offensichtlich eine Reverenz an ihren Witwenstatus. Auch Isabella wirkte ernst, setzte sich und steckte sich eine Zigarette zwischen die Lippen. Steven kam mit einem Tablett, auf dem zwei gefüllte Biergläser standen. Er stellte das Tablett auf dem Tisch ab und ging auf Isabella zu. Auch er umarmte sie und küsste sie auf die Wangen, dann gab er ihr Feuer. Isabella schüttelte den Kopf und zwang sich zu einem Lächeln. Aber Rocco hatte den Eindruck, dass dies eine einstudierte Szene war, die sie vor dem Spiegel geübt hatte. Ihr Freund war tot, und so sah das angemessene Verhalten aus. Doch sie war erst zwanzig Jahre alt und musste sich nicht zusammen mit der Leiche ihres Mannes auf dem Scheiterhaufen verbrennen lassen. Ausgehen, ihre Freunde treffen und weiterleben war das Natürlichste, was sie tun konnte. Das abgezehrte Gesicht und der falsche Schmerz in ihren Augen waren nötig, um sich vor dem Urteil der anderen zu schützen, ein Zeichen, dass sie den moralischen Kodex der Gruppe respektierte. Weil man das so machte. Denn andernfalls würde man ein natürliches Prinzip bloßlegen: nämlich dass niemand unentbehrlich ist. Dass wir alle ersetzbar sind. Aber das ist ein furchtbares Prinzip. Es schürt die Angst vor dem Ende, vor der Dunkelheit des Todes, davor, für immer aus dem Gedächtnis und den Herzen der Freunde zu verschwinden. Steven ging wieder ins Lokal, und Rocco lächelte bei dem Gedanken, wie der afrikanische Junge ihn an der Nase herumgeführt hatte. Er hatte Giovanni Ferri und auch Matteo Livolsi sehr gut gekannt. Ansonsten wäre er nicht so vertraut mit Isabella umgegangen. Steven wusste viel mehr, als er behauptet hatte. In diesem Moment ging Rocco ein Licht auf: Skin. Haut. Hatten die beiden Opfer Steven vielleicht diesen leicht rassistischen Spitznamen gegeben? Und wenn er damit richtig lag, warum hatte Matteo dann behauptet, dass man ihm nicht trauen konnte?

Die abendliche Brise streichelte ihn, was durchaus guttat. Das Mofa fuhr prima. Taiwo war ein Spitzenmechaniker. Als Steven mit sechzig Stundenkilometern über die Via di Santa Croce in Gerusalemme brauste, war keine Menschenseele zu sehen. Er war müde und hatte ein Klingeln in den Ohren. Davide musste so bald wie möglich zurückkommen. Denn er selbst würde es nicht mehr lange durchhalten, die Morgen- und die Abendschicht alleine zu stemmen. Er hatte in den letzten zwei Tagen nur sechs Stunden geschlafen, und wenn dieses picklige Arschloch morgen nicht zur Arbeit erschien, würde er mit dem Chef sprechen. «Hat dir noch niemand gesagt, dass die Sklaverei abgeschafft wurde?», rief er in den Gegenwind, als er sich das Gespräch mit diesem Idioten vorstellte. «Ich kann nicht für zwei arbeiten. Ach ja? Was? Du willst mich entlassen? So leicht wirst du niemanden finden, der sich für achthundert Euro im Monat totschuftet! Wie? Verstärkung? Und was bringen mir abends diese Aushilfen? Drei Jüngelchen, die gerade mal so ein Bier von einem Gin Tonic unterscheiden können! Die kapieren gar nichts, und ich arbeite für drei!» Ein Bus auf dem Weg ins Depot brauste ohne Licht und ohne das Stoppschild zu beachten an ihm vorbei. «Arschloch!», brüllte Steven und drückte auf die Hupe, die jedoch stumm blieb. Taiwo war spitze, was den Motor anging, aber mit der Elektrik hatte er es nicht so. Er brauchte unbedingt ein anderes Fahrzeug. Aber womit sollte er das bezahlen, wenn allein schon die Versicherung im Jahr dreihundert Euro kostete? Er würde wohl noch ein paar Jahre zu Hause schlafen müssen. Schlafen, nicht wohnen, weil er sich dort nur aufhielt, um sich ins Bett zu legen und für ein paar Stunden die Augen zu schließen, bevor es wieder losging. Das konnte man wirklich nicht «wohnen» nennen. Er lehnte das Mofa an einen Laternenpfahl, da es keinen Ständer hatte, und ging die Via Pigneto entlang. Dort sah er sie sofort, eine Gruppe von zwanzig Schwarzen, fast nur

Nigerianer und ein paar Senegalesen, die herumsaßen, Bier tranken und warteten. Steven trat auf sie zu und suchte nach Chuwku. Jemand grüßte ihn. Von den anderen würdigten ihn die meisten keines Blickes. Zwei der Afrikaner übergaben gerade zwei Tüten an einen Jungen mit rasiertem Schädel und ausgeleiertem Shirt. Seine Haut war gelblich wie bei einem ranzigen Mozzarella, und seinen Bewegungen war anzumerken, dass er völlig high war. Chuwku hatte sich an die Mauer gelehnt und trank sein Bier direkt aus der Flasche. Steven trat zu ihm.

«Chuwku!»

Der Angesprochene sah ihn an und grinste.

«Ndewe kedu?», sagte Steven, was der einzige Satz war, den er in der Sprache seines Vaters beherrschte.

«Odinma! Ma gi?», entgegnete der andere.

«Nicht übel.» Steven wechselte wieder ins Italienische. «Hast du was für mich?»

«Jo.» Chuwku sah sich um und machte Steven ein Zeichen, ihm zu folgen. «Wie viel?»

«Gib mir für zwanzig Euro.»

Chuwku sah ihn an. Seine Augen waren wie zwei rötlich glimmende Kohlen. «Du gehst mir auf die Eier. Für zwanzig Euro?»

«Mann, Chuwku, mehr hab ich nicht.»

Chuwku streckte die Hand aus und nahm den Schein entgegen. «Warte», sagte er und ging zur Straßenecke, wo er das Zeug versteckt hatte. Steven blickte sich um. Zu dieser Zeit waren wohl nur noch Studenten, Schriftsteller und junge Regisseure wach. Steven beneidete sie darum, so viel Zeit zur Verfügung zu haben, dass sie am Fenster stehen, in den

Himmel blicken und auf Inspiration warten konnten. Und sicher hatten sie eine Familie, die sie ernährte. Er stellte sich seinen Vater bei Sonnenaufgang am Frühstückstisch vor. «Ciao, Papà. Ich glaube, ich will Maler werden.» – «Toll, dann fang mal mit den Wänden im Zimmer deiner Brüder an, denn die sind so verdreckt, dass es einen ekelt.» Das würde sein Vater sagen, der kaum die sechshundert Euro im Monat zusammenbekam, um die Miete für die miese Dreizimmerwohnung zu bezahlen, in der sie lebten. Chuwku kam zurück und sah sich um. Dann übergab er Steven eilig eine Tüte. Chuwku brummte etwas, was Steven nicht verstand und was nicht gerade wie ein Abschiedsgruß klang. Dann griff er wieder nach seinem Bier und kehrte zu der Mauer zurück, um auf den nächsten Kunden zu warten.

Steven setzte seinen Helm auf und ging zu seinem Mofa, das immer noch an der Straßenlaterne lehnte und beim dritten Versuch endlich ansprang. Er ließ die Via del Pigneto hinter sich und fuhr in Richtung Via Casilina, wo sich auf der Höhe der Ringautobahn die Wohnung seiner Familie befand. Dabei fiel ihm nicht auf, dass ihm, seit er beim Old England losgefahren war, mit leisem Motor ein Toyota Hybrid folgte.

Steven ließ die Kette mit dem Vorhängeschloss immer am Gitter des Heizungskellers hängen. Das war eine bequeme Lösung, um stets einen guten Parkplatz in der Nähe des Hauses zu finden, und er musste das schwere, klappernde Eisending nicht mit sich herumschleppen. Nicht dass seine Schrottmühle besonders wertvoll wäre, aber wenn sie gestohlen würde, könnte er sich von seinem Job im Pub und dem Geld, das er verdiente, verabschieden. Aber genau das konnte er sich mit drei Brüdern auf der weiterführenden Schule und einer Schwester in der Grundschule nicht erlauben. Er ging auf den Hauseingang zu. Dabei hatte er das seltsame Gefühl, beobachtet zu werden. Doch es war kein Mensch auf der Straße, und alle Fenster lagen im Dunkeln. Die drei Laternen beleuchteten die Straße nur schwach, und im Schatten zwischen den parkenden Autos entdeckte er nur eine Katze. Er ging schneller. Seine eiligen Schritte wurden von den Gummisohlen seiner Schuhe gedämpft und waren nicht zu hören. Die Haustür war nur noch etwa zwanzig Meter entfernt. Es war dunkel. Anscheinend war das Neonlicht an der Treppe wieder kaputt. Das ungute Gefühl hielt an. Er war außer Atem, konnte nicht richtig Luft holen, und es pochte in seinen Ohren. Er ging noch etwas schneller.

Ich mach mir gleich in die Hose!, dachte er.

Die Tür wirkte unerreichbar. Jenes düstere Maul aus eingefärbtem Aluminium, die Rettung vor der Dunkelheit und der Nacht, schien immer weiter weg zu sein. Mit einer Hand in der Tasche suchte er nach dem Schlüssel. Er wollte nicht erst vor der Tür danach kramen, sondern gleich aufschließen und im Eingang verschwinden. Eine kühle Brise strich ihm über den Nacken und sorgte dafür, dass sich ihm die Haare sträubten. Er wandte sich um, doch niemand folgte ihm. Die Schlüssel entglitten seinen schwitzenden Fingern. Er bückte sich, um sie aufzuheben, und als er sich wieder aufrichtete, befand sich direkt vor ihm – wie aus dem Nichts aufgetaucht – der Schatten eines Mannes. «Was …?»

«Erkennst du mich nicht?»

Steven atmete erleichtert auf. «Der Bulle! Buonasera, oder besser, buongiorno, wenn Sie so wollen.»

«Ich muss mit dir reden», sagte Rocco. «Denn ich mag es nicht, verarscht zu werden.»

«Jetzt?»

«Hör auf, so blöd zu grinsen, und steig in das Auto!», befahl Rocco und wies auf den in der Nähe parkenden Toyota.

«Du hast Giovanni und Matteo sehr gut gekannt, Steven, hör auf, mich für blöd zu verkaufen!» Rocco zündete sich eine Zigarette an. Steven nickte, ohne den Blick vom Armaturenbrett abzuwenden.

«Du wirst mir jetzt schön die Wahrheit sagen.»

«Was wollen Sie wissen?»

«Haben die beiden gedealt?»

Steven holte tief Luft. «Hören Sie, Commissario ...»

«Nichts da Commissario. Ich bin Vicequestore. Dies ist das erste und letzte Mal, dass ich dir das sage.»

«Alles klar. Hören Sie, Vicequestore, was die beiden wirklich getan haben, weiß ich nicht. Oder besser ...», fügte er eilig hinzu, um Rocco nicht zu verärgern, «besser gesagt, ich hab es gewusst, mich aber rausgehalten. Die beiden sind groß ins Geschäft eingestiegen.»

«Mit wem?»

Steven blickte aus dem Fenster. Wie gern wäre er jetzt in der winzigen Kammer, die er mit seinen Brüdern teilte, und würde seinen Vater schnarchen hören. «Mit wem weiß ich nicht. Aber sie haben mit Koks gedealt.»

«Hatten deine Freunde aus der Via del Pigneto etwas damit zu tun?»

Der Junge sah zu, wie Rocco seine Zigarettenkippe aus dem Fenster warf. «Das sind nicht meine Freunde.»

«Aber du redest mit ihnen.»

«Ich kaufe ihnen was ab.»

«Was?»

«Gras.»

«Zeig her …»

Steven schnaubte, steckte die Hand in die Tasche und zog ein Briefchen aus durchsichtigem Papier hervor. Darin war ein wenig Marihuana. Rocco öffnete es und roch daran.

«Das ist kein Gras …»

«Natürlich ist das Gras!»

«Das ist irgendein Scheißzeug, das in einer Garage oder direkt neben der Hauptverkehrsstraße gezogen wurde …» Er gab dem Jungen das Briefchen zurück.

«Und davon verstehen Sie was?», fragte Steven ironisch.

«Mehr, als du dir vorstellen kannst. Wie viel hast du dafür bezahlt?»

«Zwanzig Euro …»

«Okay, wenigstens haben sie dich nicht über den Tisch gezogen. Zurück zum Thema: Das heißt also, dass du die Männer von der Via del Pigneto nicht kennst?»

«Nur Chuwku, den, der mir eben das Gras verkauft hat. Wollen Sie mich festnehmen?»

«Lenk nicht vom Thema ab, Steven. Für wen haben Matteo und Giovanni gedealt?»

«Ich hab doch schon gesagt, dass ich das nicht weiß. Sie waren immer mal wieder da und haben dem ein oder anderen ein Tütchen in die Hand gedrückt. Viele der Gäste in dem Pub haben richtig Geld, wie Sie sicher gesehen haben.

Leute aus dem Parioli-Viertel und vom Corso Trieste … die einen Smart oder Ligier fahren …»

«Und wie lange geht das schon?»

«Es ist mir erst vor ein paar Wochen das erste Mal aufgefallen. Ich schwör's!»

«Dann warst du nicht mit ihnen befreundet?»

«Nein, Vicequestore, nein.»

«Und du hast auch keine Geschäfte mit ihnen gemacht?»

«Ich? Sind Sie verrückt? Abgesehen davon würde ich dann nicht mehr hier wohnen, sondern in einem Apartment in Trastevere.»

«In Trastevere wohl eher nicht. Vielleicht in Pigneto oder San Giovanni.»

«Sie meinen, dass die Preise da so hoch sind?»

«Vergiss Trastevere. Aber du solltest dich mal im Osten umsehen. Monteverde …»

«Schön wär's … Wo wohnen Sie denn?»

«Wir sind ein wenig vom Weg abgekommen, findest du nicht?»

«Wie meinen Sie das?»

«Wir sind vom Thema abgeschweift. Wer hat den beiden das Zeug gegeben?»

«Das schon wieder? Ich weiß es nicht. Ich hab Ihnen doch gesagt, dass ich mit den beiden nicht befreundet war.»

«Wenn sie nicht deine Freunde waren, warum haben sie dich dann Skin genannt?»

Steven brach in Gelächter aus. «Skin? Ich bin doch nicht Skin! Haben Sie das wegen meiner Hautfarbe gedacht? Nein, das ist ein Irrtum. Davide ist Skin, der Scheißkerl, der seit zwei Tagen Fieber hat und mich allein schuften lässt.»

«Davide ist Skin?»

«Ja, der Rothaarige, der mit mir zusammen im Pub arbeitet. Er wird wegen seiner Akne so genannt. Haben Sie gesehen, wie viele Pickel der hat? Er sieht aus, als wäre in seinem Gesicht ein Topf mit Popcorn explodiert.»

Rocco hätte sich ohrfeigen können. Ein Frösteln stieg in ihm auf. Er umfasste das Lenkrad und legte die Stirn darauf.

«Was ist los?», fragte Steven.

«Wo wohnt er?»

«Wer? Skin?»

«Ja. Davide, wo wohnt er?»

Eine Viertelstunde später hielt Rocco vor einer Ausfahrt an, während die aufgehende Sonne das Skelett des Gasometers in der Via Ostiense erhellte. Eine düstere Ahnung quälte ihn, seit er Steven im Casilino-Viertel zurückgelassen hatte. An die Hypothese, dass Davide Mariotti, von seinen Freunden Skin genannt, mit Fieber im Bett lag, glaubte er inzwischen nicht mehr. Und sollte der Junge auf irgendeine Weise in diesen Doppelmord verstrickt sein, dann wäre es ein Wunder, ihn noch lebend anzutreffen. Rocco klingelte mindestens eine halbe Minute lang an der Sprechanlage. Dabei stellte er sich vor, wie die Hausbewohner, zu Tode erschreckt und mit rasendem Herzen, aus ihren Betten sprangen. Weitere zwanzig Sekunden später meldete sich eine gedämpfte Männerstimme.

«Pronto?»

An diesem Punkt angekommen, war es am besten, die große Keule auszupacken und ihnen richtig Angst zu machen. «Polizei. Öffnen Sie!» Und tatsächlich wurde die Tür anstandslos geöffnet. Er hatte vergessen, nach der Etage zu fragen. Die Wohnungsnummer war fünf. Bei vier Wohnungen pro Etage musste sie also, wenn man die Portierswohnung nicht mitzählte, im ersten Stock liegen.

Als er auf dem Treppenabsatz ankam, sah er die geöffnete Tür. Ein Mann in T-Shirt und Boxershorts mit weißem gelocktem Haar lehnte am Türrahmen und erwartete ihn. Er hatte einen ebenfalls weißen Dreitagebart. «Signor Mariotti?»

«Was ... ist los?»

«Schiavone, Kriminalpolizei.»

«Könnten ... Bitte zeigen Sie mir Ihren Ausweis», meinte der Mann darauf und hielt abwehrend die Hand vor den Körper, als wolle er sich so den nächtlichen Störenfried vom Hals halten. Dem Mann war anzusehen, dass er Angst hatte.

Rocco zeigte ihm seinen Dienstausweis und hatte das Gefühl, dass sein Gegenüber erleichtert aufatmete. «Möchten Sie hereinkommen?», fragte der Mann und trat zur Seite.

Der Eingangsbereich wurde von einer getönten Glaslampe aus den siebziger Jahren erhellt. Auf einer Ikea-Kommode mit Spiegel standen etwa ein Dutzend Porzellanhunde. «Ich suche Ihren Sohn», sagte Rocco. In der Tür erschien eine sehr kleine Frau mit strohblondem Haar, die einen leichten Morgenmantel trug und sich die Hände rieb. Beide hatten gräuliche Haut, dunkle Schatten unter den Augen und wirres Haar. In der Luft hing ein Duft nach Zimt.

«Mein Sohn ist nicht hier», sagte der Mann leise.

«Und wo ist er?»

Davides Vater sah seine Frau an, die den Blick senkte.

«Es ist so, dass wir es nicht wissen.»

«Sie wissen es nicht?»

«Nein, wir wissen es nicht.»

Die Frau hörte nicht auf, sich die Hände zu reiben. Der Mann dagegen schwitzte, wie die beiden feuchten Flecken unter seinen Achseln bewiesen. «Wie lange schon wissen Sie das nicht?»

«Seit zwei Tagen», meinte der Mann.

«Bitte kommen Sie herein. Ich habe gerade Kaffee gemacht», sagte die zarte Frau.

Auch die Küche war von Ikea. Sie war aufgeräumt, sauber, und der Geruch nach Zimt war hier besonders stark. Auf der Arbeitsfläche stand unter einem weiß-blauen Tuch ein Napfkuchen. Sie setzten sich an den Tisch, und während die Frau den Kaffee einschenkte, bemerkte Rocco, dass das rechte Augenlid des Mannes in einem hypnotisierenden Rhythmus flatterte, drei Schläge pro Sekunde.

«Claudia und ich haben Angst», sagte Davides Vater. «Seit zwei Tagen haben wir nichts mehr von unserem Sohn gehört. Das Handy ist ausgeschaltet, und wir haben schon alle seine Freunde angerufen, aber keiner weiß etwas.»

Die Frau kam mit zwei gefüllten Tassen zum Tisch. Der Mann bot Zucker an, was Rocco mit einer Geste ablehnte. «Das ist das Einzige, was wir wissen.» Claudia Mariotti holte aus einer Tasche ihres Morgenmantels einen zerknitterten karierten Zettel heraus und reichte ihn Rocco. «Das hab ich vorgestern auf Davides Bett gefunden.»

Auf dem Zettel hatte jemand in eiliger Handschrift notiert: *Sucht mich nicht. Ich bin für ein paar Tage weg und bald wieder zurück. Macht euch keine Sorgen. Davide.*

«Das ist alles?»

«Ja, das ist alles», sagte Claudia Mariotti.

«Ist so etwas schon mal vorgekommen? Ich meine, dass er für ein paar Tage verschwunden ist, ohne zu sagen, wo er steckt?»

Beide schüttelten den Kopf. Rocco nahm einen Schluck von dem Kaffee «Hat er etwas mitgenommen? Kleidung? Geld?»

«Ein paar T-Shirts. Das weiß ich, weil ich die gerade gebügelt hatte.»

«Und den Laptop», fügte der Mann hinzu.

Rocco stellte die Tasse ab. «Dürfte ich einen Blick in Davides Zimmer werfen?»

Die beiden nickten, und Claudia Mariotti wies ihm den Weg. Sie gingen durch einen schmalen Flur, der ebenfalls von zwei braun getönten Lampen erhellt wurde. An den Wänden hingen zwei Metallreliefs, auf denen Jesu Geburt und die Kreuzigung dargestellt waren. Die Frau öffnete die Tür und schaltete das Licht an. Rocco trat ein.

Das Bett war gemacht und das Zimmer aufgeräumt. Es war mit einem weißen Schrank und einer Kommode möbliert, auf der ein paar Marvel-Comics lagen. An den Wänden sah Shakira zu, wie Fabio Grosso gerade den Elfmeter gegen Frankreich verwandelte. Rocco öffnete den Schrank. Ein paar Hemden, Hosen, Shirts. In den Schubladen Unterwäsche und eine ungeöffnete Schachtel Kondome. Offenbar machte Davide sich Hoffnungen und hielt sich bereit. Unter dem Fenster stand ein Schreibtisch. Darauf ein leeres Zigarettenpäckchen, drei Feuerzeuge, eine Metalldose mit Büroklammern, zwei Handy-Ladegeräte, ein offenes Heft, ein paar Stifte.

«Hat Davide ein Moped? Oder ein Auto?»

«Er hat ein Moped, ja.»

«Wie viel Kubik?»

«Fünfzig.» Der Mann sah seine Frau an. «Fünfzig, oder?» Was seine Frau nickend bestätigte.

«Haben Sie nachgesehen, ob es auch weg ist?»

«Ja, das war das Erste, was ich gemacht habe. Er stellt es immer gleich hier unten ab.»

«Und?», fragte Rocco, den die beiden langsam nervös machten.

«Es steht unten.»

«Hat Ihr Sohn ein Bankkonto, von dem Sie wissen? Benutzt er Bankautomaten? Hat er eine aufladbare Kreditkarte?» Auf jede der Fragen reagierte das Ehepaar mit einem Kopfschütteln. «Madonna, das ist ja anstrengender, als eine Schubkarre mit Kies auszuladen!», murmelte Rocco. «Haben Sie sich erkundigt, ob er vielleicht bei einem Verwandten ist? Onkel? Großeltern? Cousins?»

«Nichts, Dottore. Ich habe eine Schwester in Ancona und einen Bruder in Narni, aber da ist er auch nicht. Niemand hat ihn gesehen.»

«Hat er eine Freundin?»

«Nein.»

«Verdammte Scheiße!», rief Rocco aus und stand abrupt auf. «Aber irgendwo muss er doch sein, oder? Irgendein Freund wird doch wissen, wo er ist!» Das Ehepaar Mariotti schwieg. «Also schön, hören Sie zu: Wenn Ihr Sohn ein Lebenszeichen von sich gibt, sagen Sie ihm, dass er sofort zu mir kommen soll, zu Vicequestore Schiavone, im Kommissariat im EUR-Viertel. Verstanden?» Er nahm sich einen von

Davides Stiften und schrieb seine Handynummer auf. «Das ist meine Nummer. Lassen Sie von sich hören, die Sache ist ernst. Davide ist in eine hässliche Sache verwickelt. Eine sehr hässliche Sache.»

Der Tag hatte bereits begonnen, und von schlafen konnte keine Rede mehr sein. Rocco setzte sich ins Auto und beschloss, nach Hause zu fahren, um zu duschen. Er konnte nicht mal einen Kaffee trinken, weil keine Pads mehr da waren, daher stieg er auf seinen Motorroller und fuhr zur Piazza del Fico, um zu frühstücken. Die Geschäfte waren schon geöffnet, und der Sommer gab am Morgen um halb zehn bereits sein Bestes. Nach dem Frühstück ging er zur Via dei Coronari. In den Gassen im Zentrum schien die Sonne nicht so stark, und der Schatten und die Feuchtigkeit machten die Hitze erträglicher. Er verlor ein wenig Zeit, weil er die Schaufenster betrachtete, in denen alte Möbel und Gemälde im Goldrahmen präsentiert wurden, die nach Fälschungen aussahen. Rocco fragte sich, ob sie Marina gefallen hätten. Während er sich eine Darstellung von Christi Geburt ansah, beschloss er, noch am Vormittag zu ihr zu fahren. Ihre Stimme nicht mehr zu hören war inzwischen unerträglich. Vor dem Haus mit der Nummer 12 A blieb er stehen. Ein wunderschönes Geschäft mit drei Schaufenstern zur Straße hin. Ein Tisch mit Intarsien, der von mehreren Strahlern beleuchtet wurde, war allein schon jeglichen Aufwand wert. Ein Gemälde, das Marina zeitlich genau hätte einordnen können und das Rocco auf Ende des sechzehnten Jahrhunderts schätzte, war lässig an eine Konsole aus vergoldetem Gips gelehnt. Es stellte die Flucht nach Ägypten dar: der Mond, Palmen, der arme schwerbeladene Esel und die Schatten der Heiligen Familie, die sich aus dem Dunkel der Nacht lösten. Das Gesicht des Josef wirkte angespannt und ängstlich, seine kaum sichtbaren Augen versuchten, die Gefahr zu erkennen, die großen Tischlerhände hielten die Zügel des Lasttiers, jederzeit bereit, seine Frau und seinen Sohn vor den Soldaten des Herodes zu verteidigen. Er schien auf Zehenspitzen zu gehen, obwohl er große, unförmige Sandalen trug. Die Jungfrau ihrerseits wirkte ruhig. Ihr Gesicht war erleuchtet, und sie betrachtete den in ein Stück Wolle gewickelten Säugling mit einer Liebe, wie sie sich nur in den Augen einer Mutter zeigt. Der Kleine lächelte Maria an. Das brachte Rocco die letzten Worte von Giovannis Mutter in Erinnerung, die sie über ihren Sohn gesagt hatte, dass er ein kleiner, kräftiger Junge gewesen war, den sie gestillt hatte und der nun nicht mehr da war. Die Jungfrau dagegen wusste, dass ihrem Kind nichts geschehen würde. Nicht in dieser Nacht in der Wüste Sinai. Dass die Wächter des Herodes ihr geliebtes Kind nicht töten würden, dem sie gerade ihr Lächeln schenkte. Josef dagegen machte sich in die Hosen. Er war ein Mann mit dunklem, erdfarbenem Gesicht. Der Himmel war weit entfernt von seinen Augen und seinen Gedanken. Da waren nur Angst, Blut und angespannte Nerven, da waren Gänsehaut und ein rasender Herzschlag, der seine Brust zu zersprengen drohte.

Ein gutes Bild, dachte Rocco und betrat das Geschäft.

Ein etwa vierzigjähriger eleganter Mann kam auf ihn zu, während eine junge Frau um die zwanzig mit Pferdeschwanz und gerötetem Gesicht hinter einer Holztür mit einem bunten Fries verschwand, als wäre sie von dem Eintreten des

Kunden gestört worden. Vielleicht hatten die beiden sich gestritten, was dem ruhigen, gelassenen Antiquitätenhändler jedoch nicht anzumerken war. «Buongiorno ... Wie ich gesehen habe, haben Sie sich das Gemälde im Fenster angeschaut.»

«Ja.»

«Astolfo Petrazzi, schon mal gehört?»

«Ende sechzehntes Jahrhundert?»

«Kompliment ...» Ein Geräusch aus dem Hinterzimmer erregte die Aufmerksamkeit des Antiquitätenhändlers. «Bitte entschuldigen Sie mich ... Sehen Sie sich in Ruhe alles an, was Ihnen gefällt, nehmen Sie sich so viel Zeit, wie Sie möchten. Ich bin gleich wieder da.» Der Mann eilte, sich die Krawatte richtend, ebenfalls durch die Tür mit dem Fries. Rocco blieb allein im Geschäft zurück, das von einer Reihe Kameras gut überwacht wurde. Die Klimaanlage machte Lust, noch eine Weile zu bleiben. Rocco verbrachte ein wenig Zeit damit, sich eine Anrichte, einen Spiegel und zwei Kerzenleuchter anzusehen, die auf einer Marmorfläche standen und Marina sicher gefallen hätten. So wie der Steinkamin. Rocco schwor sich, dass er, wenn Marina bald zurückkehrte, dafür sorgen würde, dass dieser Kamin in ihr Wohnzimmer kam, auch wenn es in Rom ein Problem war, an Feuerholz zu kommen, und sie, wenn sie ihn anschließen wollten, für mehrere Wochen Bauarbeiter im Haus haben würden. Aber seiner Frau würde es gefallen. Vielleicht konnte man Kamine, auch wenn sie antik waren, im Sommer billiger bekommen als im Winter. Er schämte sich beinahe für diesen blöden Gedanken, der so unsinnig war wie ein Kamin in einer Wohnung mit Zentralheizung.

Der Eigentümer des Geschäfts ließ auf sich warten. Rocco lenkte sich damit ab, eine neapolitanische Küstenlandschaft von Giacinto Gigante zu betrachten. Im Grunde hatte er keine Ahnung, worüber er mit diesem Varisco sprechen sollte, denn eigentlich war er ja nur hergekommen, um ihm in die Augen zu sehen und sich ein Bild davon zu machen, ob dieser Mann eine Gefahr für seine Ehe war. Das lockige blonde Haar, die intelligenten braunen Augen und vor allem seine Eleganz und sein muskulöser Körper ließen Rocco zu einem Ja tendieren. Domiziano Varisco war eine große Gefahr! Rocco näherte sich der Tür mit dem Fries. Sie war angelehnt und führte in einen Ausstellungsraum, dessen Wände mit rotem Seidenstoff verkleidet waren. Viele Bilder, zwei antike Schreibtische und noch mehr Spiegel befanden sich darin. Das Fenster ging zu einer kleinen Seitenstraße hinaus. Die beiden Personen, deren Stimmen zu hören waren, standen hinter einem Samtvorhang. Rocco trat näher. Er legte das Ohr an den Stoff und lauschte. Die männliche Stimme gehörte sicher zu Varisco und die andere wahrscheinlich zu der jungen Frau, die bei Roccos Eintritt ins Geschäft den Raum verlassen hatte.

«Aber was, bitte, soll ich denn machen? Sie sind jetzt schon seit Tagen sauer auf mich. Das ist nicht zu ertragen», sagte er.

«Ich hatte Geburtstag, Signor Varisco, haben Sie das möglicherweise vergessen?»

«Ja, ja, ich habe es vergessen. Ist das so schlimm, Signorina Stefania?»

«Ich arbeite jetzt schon über ein Jahr hier, und da hätte ich erwartet …»

«Eben weil Sie schon seit mehr als einem Jahr hier arbeiten, hätte Ihnen auffallen müssen, dass ich weder frohe Weihnachten wünsche noch frohe Ostern oder ein gutes neues Jahr.»

«Ich weiß. Das ist mir durchaus aufgefallen.» Die Stimme der Frau klang aggressiv und nachtragend.

«Dann sagen Sie mir doch bitte, Signorina Stefania, aus welchem Grund ich Ihnen zum Geburtstag hätte gratulieren sollen!»

«Zum Beispiel, um deutlich zu machen, dass Ihnen etwas an mir liegt.»

«Zahle ich Ihnen denn kein gutes Gehalt?»

«Doch, tun Sie.»

«Und bin ich nicht immer nett zu Ihnen?»

«Doch, sind Sie.»

«Ich habe mich Ihnen gegenüber immer fair verhalten, Ihre gute Arbeit immer honoriert und mehr als einmal meine Anerkennung zum Ausdruck gebracht. Ist es nicht so?»

«Ja, Signor Varisco, so ist es. Aber ich habe etwas anderes erwartet.»

«Aber was denn bloß, Signorina Stefania? Ich habe Ihnen sogar vierteljährlich für jeden erfolgreichen Verkauf einen Bonus bezahlt.»

«Das stimmt.»

«Ich habe mich immer korrekt verhalten, war freundlich, höflich, und jedes Mal, wenn Sie einen freien Tag haben wollten, habe ich ihn genehmigt.»

«Darum geht es nicht.»

«Worum dann?» Varisco wurde allmählich laut.

«Ich fühle mich unsichtbar.»

«Unsichtbar?»

«Es ist Ihnen vollkommen gleichgültig, ob ich hier bin oder jemand anderes!»

«Ach du lieber Himmel, was soll ich denn tun?»

«Mich ansehen!»

«Aber ich sehe Sie doch an!»

«Nicht so, als wäre ich Ihre Sekretärin, sondern ... Muss ich Ihnen das wirklich sagen? Sondern wie man eine Frau ansieht.»

«Was wollen Sie mir denn damit sagen, Stefania?»

«Haben Sie das denn wirklich noch nicht begriffen? Ich habe mich in Sie verliebt!»

Es folgte ein Moment der Stille. Rocco lächelte. Dieser Besuch war fast so gut wie ein Abend im Teatro Sistina.

«Sie ...», brachte Varisco mühsam heraus.

«Ja. Seit Monaten! Und Sie haben es noch nicht mal bemerkt!»

«Ah, Sie glauben, *ich* wäre unaufmerksam? Hören Sie, Stefania, ich werde Ihnen jetzt etwas erklären! Meine Freunde, die hier ins Geschäft kommen und gern farbige Kleidung tragen, kapriziöse Handbewegungen machen, herumkichern und Entzückensrufe ausstoßen, für was haben Sie die denn gehalten? Für exzentrisch? Nein! Die sind schwul! Genau wie ich, Signorina Stefania! Ich bin schwul! Homosexuell! Eine Schwuchtel! Verstanden?»

Rocco hörte nervöse Schritte, die sich dem Vorhang näherten. Eilig trat er zurück und tat so, als interessierte er sich sehr für eine chinesische Vase. Stefania durchquerte mit errötetem Gesicht und gesenktem Blick das Geschäft, ohne den Besucher wahrzunehmen. Kurz darauf erschien auch Varisco. Er sah Rocco an.

«Ich habe leider mitgehört», gestand Rocco.

«Es tut mir leid. Das war eine extrem unangenehme Situation.»

«Sie kennen mich nicht, aber ich Sie. Ich bin Rocco Schiavone.»

Ein Lächeln erschien auf Variscos schönem Gesicht.

«Marinas Mann?»

«Ich muss gestehen, ich habe Sie zusammen mit meiner Frau gesehen und bin nicht wegen des Bildes hier.»

«Dann nehme ich an, dass Sie jetzt mehr als zufrieden sind. Darf ich Sie zu einem Espresso einladen?»

«Nichts lieber als das.»

Auf dem Weg zum nächsten Café gingen sie zum Du über, und nachdem sie bestellt hatten, wirkten sie wie zwei gute alte Freunde. «Aber ich muss zugeben, dass ich mich sehr amüsiert habe», sagte Rocco, während er ein wenig Zucker in seine Espressotasse gab.

«Ach wirklich? Aber das Mädchen ist echt irre. Sie läuft seit Wochen mit Trauermiene umher.»

«Sie hat sich verliebt», meinte Rocco und nippte an seinem Espresso.

«Aber wie kann sie? Schau mich doch an!»

«Mhm, was soll ich dir sagen. Du bist ein schöner Mann.»

«Wie viele heterosexuelle Männer kennst du, die zu einem karierten Jackett ein gestreiftes Hemd und eine gestrickte Krawatte tragen?»

«Wenige.»

«Eben. Aber entschuldige, hier ist es echt zu warm.» Domiziano zog sich das Jackett aus und legte es über einen Barhocker. Unter seinem Hemd zeichnete sich sein ausgeprägter Bizeps ab. «Wie geht es dir?», fragte er.

«Schlecht. Marina reagiert nicht auf meine Anrufe. Weißt du über alles Bescheid?»

«Ja», sagte Domiziano ernst und trank einen Schluck von seinem Espresso, ohne seinen Blick von Rocco abzuwenden.

«Was soll ich machen?»

«Ich weiß es nicht. Sie denkt über die Sache nach. Du hast sie offenbar sehr enttäuscht.»

«Ich könnte mir in den eigenen Hintern treten.»

«Spar dir das. Tu lieber etwas Konstruktiveres.»

«Und das wäre?», fragte Rocco hoffnungsvoll und wartete gespannt auf die Antwort.

«Geh zu ihr. Vielleicht nur, um sie zu einem Eis oder einem Drink einzuladen. Und bring sie zum Lachen. Sie muss nur einmal wieder deinen Duft riechen. Wobei ich das eigentlich gar nicht sagen sollte, weil ich ihr Freund bin, aber du fehlst ihr. Unendlich!»

«Aber ihr Handy ist dauernd ausgestellt.»

«Verdammt, Rocco! Geh zu ihr! Sie muss dich sehen. Du darfst nicht auf sie hören, spiel nicht nach ihren Regeln. Ignorier sie! Scheiß drauf! Du, der auch sonst keine Regeln kennt, machst dir jetzt ins Hemd? Bei Marina?»

«Ich weiß nicht. Ich bin irgendwie blockiert.»

«Du weißt doch, wo sie ist. Such sie bei der Arbeit auf, aber ohne irgendeine Ausrede in der Art von ‹Ich bin zufällig hier vorbeigekommen›! Geh zu ihr und sag ihr die Wahrheit. Tu was! Und wenn es nur mir zuliebe ist. Noch ein Abendessen mit einer in Tränen aufgelösten Marina, die nur von dir spricht, ertrage ich ehrlich gesagt nicht.»

Rocco grinste.

«Was gibt es da zu grinsen? Findest du es amüsant, dass deine Frau von dir spricht und weint?»

«Na ja, das lässt hoffen.»

«Du hast echt keine Ahnung von Frauen, Signor Vicequestore, würde ich sagen. Und jetzt muss ich zurück ins Geschäft. Weißt du, da hat sich jemand für das Gemälde von Petrazzi interessiert.»

«Nur aus Neugierde: Wie viel kostet es?»

«Als du reingekommen bist und ich gesehen habe, was du anhast, hätte ich dir den Preis niemals gesagt. Du siehst nicht wie jemand aus, der Geld hat. 65 000 Euro.»

«Bekomme ich Rabatt?»

«Nein. Ich würde es dir gar nicht verkaufen.»

«Und warum?»

«Bist du bekloppt, oder was? Wie würdest du das deiner Frau erklären?»

Rocco senkte den Blick. «Du hast recht. Danke, Domiziano.»

«Gern geschehen. Und hol dir Marina zurück. Ich hab heute Abend schon was anderes vor. Schließlich ist Sommer, und wenn ich jetzt nicht ausnutze, dass ich den ganzen Winter im Fitnessstudio verbracht habe, wofür, verdammt noch mal, hab ich dann gehungert und Gewichte gestemmt, um meine Bizeps zu trainieren und ein Sixpack zu haben, damit ich am Strand eine gute Figur mache?»

Rocco hatte De Silvestri, Zuccari und Munifici – die besten Männer im Kommissariat – zu sich gerufen, um eine Bestandsaufnahme zu machen. Seine Leute hörten ihm zu.

«Also, was haben wir? Zwei tote Jungen, wobei es möglicherweise um Drogen ging. Ein dritter, der mit den beiden befreundet war, Davide Mariotti, ist spurlos verschwunden. Die Sitzung ist eröffnet. Los, raus mit allem, was euch nicht schlüssig erscheint.»

Munifici, bei dem um elf Uhr morgens schon wieder der Bart spross, hob die Hand. «Bei dem ersten Toten, dem im Steinbruch, ist mir nicht klar, warum die Mörder die Leiche da gut sichtbar haben liegen lassen, wenn sie sie ein paar Meter weiter im See hätten versenken können.»

«Gibt es eigentlich etwas Neues zum Gesundheitszustand unseres Journalisten?», fragte Rocco.

Alle sahen De Silvestri an. «Geht es ihm besser? Kann man ihn befragen?»

«Soweit ich weiß, liegt er immer noch im Koma», entgegnete Alfredo. «Er spricht nicht, er hört nichts, gibt also weiterhin kein Lebenszeichen von sich, Dotto'.»

Rocco verzog enttäuscht das Gesicht. «Wissen wir irgendetwas über den Fingerabdruck?»

«Noch nichts», meinte Munifici. «Aber wenn Sie möchten, kann ich bei Gizzi von der Spurensicherung noch mal nachfragen.»

«Das scheint mir eine gute Idee zu sein. Und du, Zuccari? Irgendwelche Vorschläge?»

«Wie ich das Ganze sehe?»

«Genau, wie du das Ganze siehst.»

«Drei Muttersöhnchen ...»

«Zwei. Der dritte, Davide, nicht. Aber mach weiter.»

«Na ja, wenn die drei gedealt haben, hat das wahrscheinlich irgendwem nicht gefallen, und der hat sie beseitigt.»

«Stimmt. Nur wer?», fragte Rocco.

«Der, der in diesem Gebiet das Sagen hat.»

«Und genau das ist das Problem. Zurzeit ist Rom aufgeteilt. Das weiß ich, das wissen die Kollegen von der DIA – der Antimafia-Polizei –, und das wissen die Journalisten. Die Jungs haben das Zeug in Umlauf gebracht, waren aber keine etablierten Dealer. Das heißt, sie sind meiner Meinung nach nicht in fremdes Territorium eingedrungen.»

«Sehe ich genauso, Dottore», meinte Munifici. «Entweder sie haben jemandem Geld geschuldet …»

«Oder derjenige, der sie mit den Drogen versorgt hat, hat aus irgendeinem Grund entschieden, sie aus dem Weg zu räumen», wagte De Silvestri einen Vorstoß.

Rocco stützte das Kinn in die Hände, blickte auf die Tischplatte und meinte: «Irgendetwas ist uns entgangen, und dazu ist mir eine Sache eingefallen. Und zwar in Bezug auf den Mord im Marmorsteinbruch. Der Junge ist zwischen Mitternacht und halb eins gestorben. Zur selben Zeit ist Gigi das Scheißhaus mit der Ape zurückgekommen, nachdem er bei den Nutten an der Via Tiburtina war.»

«Mit der Ape?» Zuccari riss überrascht die blauen Augen auf.

«Ja. Er macht es auf der Ladefläche», erklärte Rocco. «Jedenfalls könnte das die Antwort darauf sein, warum sie die Leiche nicht in den See geworfen haben.»

«Möglich. Der Nachtwächter kam zurück, und um nicht gesehen zu werden, sind sie abgehauen.»

«Genau. Und dann haben wir einen zweiten Toten. Der an einem unbekannten Ort umgebracht und dann zur Via Fidenza gebracht wurde, die ganz in der Nähe seiner Wohnung liegt. Keiner hat etwas gesehen, sie haben schnell und präzise gehandelt. Allerdings frage ich mich, und jetzt hört gut zu …» Rocco stand auf und ging zum Fenster hinüber. «Sie bringen diesen armen Jungen in einem Marmorsteinbruch um. In der Nacht. Der Nachtwächter ist halb blind. Wie groß war da die Wahrscheinlichkeit, gesehen und anschließend wiedererkannt zu werden? Im Dunkeln?»

«Gering. Sogar sehr gering. Und nun?»

«Also, schlussfolgere ich, dass die Täter eine Riesenangst davor hatten, auch nur gesehen zu werden. Als ob ein kurzer Blick reichen würde, um sie am Arsch zu kriegen.»

Roccos Kollegen dachten über die Argumentation ihres Chefs nach.

«So ist es doch, oder? Und wer hat Angst, erkannt zu werden? Wenn auch nur von weitem?»

«Ein berühmter Schauspieler», schlug Zuccari vor.

«Jemand, der sehr groß ist?»

«Nein, Alfredo, dafür gibt es zu viele große Leute. Das reicht nicht. Es muss jemand sein, der eine Besonderheit an sich hat, die ihn von der Mehrheit der Menschen unterscheidet, auch auf eine Entfernung von zwanzig, dreißig Metern.» Rocco sah seine Männer einen nach dem anderen an. «Jemand, der allein vom Aussehen her zu erkennen ist, versteht ihr? Nicht wegen eines körperlichen Makels, sondern wegen etwas, was in Italien nur wenige haben. Die dunkle Hautfarbe!»

Den drei Polizisten ging ein Licht auf. «Es sind … Schwarze?», meinte Munifici.

«Ich denke, ja. Die Nigerianer kontrollieren einen Teil des Drogenhandels in der Stadt. Von wem sie das Zeug bekommen, weiß ich nicht, aber dass sie hier in Rom mit Drogen handeln.»

«Nigerianer ...» De Silvestri setzte sich. «Eine plausible Hypothese. Aber was ist mit dem Mord in San Giovanni? Warum sollten sie den Jungen dort auf der Straße abgelegt haben? Warum nicht an einem anderen Ort?»

«Weil sie ihn am hellichten Tag in der Nähe getötet haben und keine Möglichkeit hatten, ihn fortzubringen.»

«Aber warum haben sie nicht gewartet, bis es dunkel war?», fragte Munifici.

Rocco biss sich auf die Lippe. «Vielleicht weil Matteo den Braten gerochen hat. Sie hatten Giovanni beseitigt, und nun war er dran. Sie mussten schnell handeln, ohne Zeit zu verlieren. Bleibt die Frage, wo sie ihn getötet haben.» Rocco ließ sich auf den Sessel sinken. «Wobei ich glaube, dass der Tatort eine Treppe gewesen sein könnte, eine Außentreppe.» Die Kollegen sahen Rocco verständnislos an. «Ja. Das Opfer wurde angegriffen, hat auf einer Stufe gelegen, und der Mörder hat von unten zugestochen. Das ist der Grund, warum der arme Matteo Livolsi kein Blut am Hals hatte, dafür aber Schmutz an der Kleidung.»

«Dotto', ich muss eine Zigarette rauchen, sonst kann ich nicht mehr denken», sagte Zuccari. Rocco reichte ihm die Holzschachtel, die auf seinem Schreibtisch stand. Zuccari öffnete die Schachtel. «Darf ich?» Er nahm sich eine Zigarette. «Wie die duften ... Ich hab mich schon immer gefragt, was das für ein Tabak ist.»

«Hm, die sind ganz leicht. Da waren mal Cohibas drin.»

«Dann kommt der Duft daher», sagte Zuccari.

«Wiederhol das noch mal», erwiderte Rocco.

«Was?»

«Das, was du gesagt hast!»

Zuccari sah Munifici und De Silvestri fragend an. «Dass der Duft daher kommt. Warum?»

Rocco lächelte. «Warum? Weil die Schachtel geschlossen ist! Weil der Deckel aus Holz ist und den Geruch bewahrt.»

Roccos Männer konnten ihm nicht folgen. Ihr Chef hatte gerade etwas Offensichtliches erklärt, und sie verstanden nicht, worauf er hinauswollte.

«Wenn der Deckel ein Gitter, ein Käfig oder sonst wie offen wäre, würde der Geruch verfliegen. Richtig?» Rocco stand abrupt auf. «Los, Zuccari, an die Arbeit!»

«Okay, aber ich hab nichts begriffen», sagte Munifici.

«Das ist der Grund, warum du es nie weiter als zum Ispettore bringen wirst.»

Munifici wünschte seinen Chef zur Hölle, aber nur in Gedanken.

Rocco und Zuccari folgten Nino, dem Parkplatzwächter, durch die Tiefgarage. Wegen seines dicken Bauchs und seines Alters keuchte er laut vor sich hin. Die Säulen und die Wände hier waren rot gestrichen, und auf jeder Säule stand ein Buchstabe, um es den Mietern zu erleichtern, ihre Fahrzeuge wiederzufinden.

«Nino, rein aus Neugierde, was kostet so ein Stellplatz?»

«Kommt drauf an. Ein Einzelparkplatz zweihundertfünfzig, ein doppelter vierhundert und für ein Motorrad hundertfünfzig.»

«Ach du Scheiße …», meinte Zuccari. «Mit der Summe kann man in Viterbo ein ganzes Haus mieten!»

«Mit Terrasse», fügte Rocco hinzu.

«Ich weiß», gab der Parkplatzwächter zu, «aber hier in Rom und vor allem in San Giovanni gibt es nicht viele solcher Stellplätze.» In einer ausladenden Geste breitete er die Arme aus. Ihre Schritte hallten an der niedrigen Betondecke wider, an der Dutzende von rätselhaften Röhren verliefen.

«Und wie viele Autos stehen hier drin?»

«Wollen Sie wissen, was sich hier verdienen lässt?» Der Parkplatzwächter lachte. «Leider gehört die Garage nicht mir, sondern einer Bank. Hier stehen etwa hundertfünfzig Autos drin. Rechnen Sie selbst!»

«Donnerwetter!», rief Rocco aus.

«Ja. Und dazu gibt es eine Warteliste von mindestens dreißig Leuten.»

Zuccari schüttelte den Kopf. «Leute, die bereit sind, vierhundert Euro fürs Parken zu bezahlen?»

«Es geht ja nicht nur darum. Angenommen, jemand kauft sich, was weiß ich, einen Lexus, einen Mercedes oder einen Jaguar, was macht er dann? Ihn an der Straße parken? Also, wenn du Glück hast, wenn du wirklich Glück hast, ist dann nur eine Delle drin.»

«Stimmt. Und wenn man Pech hat, findet sich der Wagen in Tirana wieder», sagte Rocco. Der Parkplatzwächter lachte. «Genau so, Dottore, genau so.»

«Hören Sie, hat die Familie Livolsi hier auch einen Parkplatz gemietet?»

«Sie müssen mir das Fahrzeug nennen. Aber der Name sagt mir was.»

«Zuccari, weißt du, was für einen Wagen die Livolsis haben?»

Der Agente nahm seinen Notizblock aus der Tasche und blätterte darin herum. «Also … hier: einen roten Subaru Legacy.»

«Natürlich, sicher. Der steht erst seit einem Monat hier. Das weiß ich, weil es von dem Modell hier nur einen Wagen gibt. Warum fragen Sie?»

«Es hilft mir weiter», entgegnete Rocco.

«Also …» Nino blieb zwischen zwei Säulen stehen. «Sie haben gesagt, es geht um das Gitter zur Via Fidenza?»

«Genau.»

Der Mann drehte sich einmal um sich selbst, um sich zu orientieren. «Also, dann … müsste es … dort sein.» Er wies auf eine Stelle, die komplett im Dunkeln lag.

«Wer kommt hier rein?»

«In die Garage? Nur die, die einen Schlüssel haben. Aber um die Wahrheit zu sagen …»

«Lass hören.»

Vielleicht von der Dunkelheit bestärkt, durch die sie schritten, gestand der Parkplatzwächter: «Ich bin nicht immer in der Pförtnerloge. In meinem Alter muss man mindestens zwölfmal am Tag pinkeln gehen. Und es gibt auch nicht so viel zu tun. Außerdem lassen die Leute üblicherweise nichts Wertvolles im Auto.»

Schließlich blieben sie vor einer grauen Metalltür stehen. «Hier müsste es sein.» Nino öffnete die Tür. Sie führte in einen schmalen Gang, in dem sie nur hintereinander gehen konnten. Betonwände an den Seiten und das anhaltende leise Geräusch der Luft, die durch die Röhren zog. Hin und wieder war hinter den Wänden ein Gluckern zu hören. «Wussten Sie, dass hier drunter ein Fluss langfließt?»

«Solange der Fluss sich nicht gerade jetzt entscheidet, an die Oberfläche zu kommen, Nino», sagte Rocco.

Der Gang war lang, führte einmal um die Ecke und ging dann noch etwa dreißig Meter weiter. Es roch nach Schimmel und vergammelten Pilzen. «Wozu dient dieser Zwischenraum hier?»

«Ich glaube, das hat mit der Feuchtigkeit und den Heizungsrohren der Häuser zu tun. Und den Wasserrohren. Also mit der Haustechnik. Insgesamt gibt es drei davon. Und alle enden mit einem solchen Gitter. Einer Art Notausgang, verstehen Sie? Man weiß ja nie, könnte ja mal brennen ...»

Je weiter sie vorankamen, desto intensiver wurde der Gestank. Zu dem Schimmel- und Pilzgeruch kam ein süßlicher Aasgeruch hinzu. Eine Ratte, dachte Rocco. Am Ende mündete der schmale Gang in einen unterirdischen Raum. Eine Metalltreppe führte zu einem Gitter hinauf, über dem der Himmel zu erkennen war.

«Da wären wir. Da oben ist die Via Fidenza.»

Rocco breitete die Arme aus, um Nino und Zuccari den Zugang zu verwehren. «Ihr bleibt hier. Ich gehe allein!»

Nino trat, angesichts dieser Reaktion ein wenig erschrocken, einen Schritt zurück. Rocco betrachtete den Boden. Der Staub war verwischt. Irgendjemand war kürzlich hier gewesen. Er machte einen großen Schritt, um nicht auf den Boden zu treten, und setzte einen Fuß auf die Treppe. Suchend beugte er sich vor. Auf der fünften Stufe wurde er fündig: ein kleiner Blutfleck. Er blickte durch das Gitter der Treppenstufen und entdeckte etwa anderthalb Meter weiter unten noch einen wesentlich größeren Fleck. «Zuccari! Ruf Gizzi an. Sie haben den Jungen hier umgebracht.»

Zuccari nickte und griff nach seinem Handy. «Ich geh raus, hier gibt es kein Netz», sagte er und machte sich auf den Rückweg.

Nino war verwirrt. «Was ... was ist los?»

«Hier ist ein junger Mann erstochen worden. Er lag auf der Treppe, vielleicht hat einer der Täter ihn festgehalten, und der andere hat von unten zugestochen. Aber ein Detail muss ich noch prüfen.» Rocco stieg die drei restlichen Stufen bis zum Straßengitter hoch, wo man nur noch gebückt stehen konnte. Er stieß leicht mit dem Rücken an das Gitter, das sich sofort hob. Es führte, hinter einer Mülltonne verborgen, direkt auf den Gehsteig. Die Motorräder, zwischen denen sie den Toten gefunden hatten, waren etwa einen halben Meter entfernt. «Hier haben sie ihn rausgerollt ...», sagte er zu sich selbst. Er beugte sich wieder nach unten, zu dem Parkplatzwächter hin, der am Fuß der Treppe auf ihn wartete. «Nino, mach kehrt und geh nach draußen. Komm nicht hier rein. Wir sehen uns oben.» Der Mann nickte und verschwand in dem schmalen Gang wie eine alte Ratte, die sich in ihrem Bau verkriechen will. Ein Passant sah, wie Rocco mit einer Körperhälfte aus dem Loch herausragte. «Arbeiten Sie hier, oder was?», fragte er, doch Rocco gab keine Antwort. Er dachte nach.

Warum warst du hier unten, Matteo?

Sie mussten auf die Ankunft der Kollegen von der Spurensicherung warten. Die würden die Fußspuren im Staub und die Blutflecken untersuchen, nach Fingerabdrücken auf der Treppe fahnden und all die anderen Dinge erledigen, die mehrere Stunden Arbeit nach sich ziehen würden. Unnütze

Wartezeit für Rocco, der keine Lust hatte, so lange in der Via Fidenza zu bleiben, zu rauchen und Kaffee zu trinken. Zuccari telefonierte, an die Motorhaube des Autos gelehnt. Rocco sah auf die Uhr. Dann traf er eine spontane Entscheidung und ging zu seinem Kollegen hinüber. «Fahr mich zur Via San Giovanni in Laterano», forderte er ihn auf.

Zuccari bedeckte das Handy mit der Hand. «Wohin?»

«Zur Basilika San Clemente.»

«Keine Ahnung, wo die ist!»

«Banause. Beweg dich, ich zeig dir den Weg.»

Sie stiegen in den Wagen. Zuccari schnaubte und verabschiedete sich eilig von seinem Gesprächspartner.

Keine fünf Minuten später stieg Rocco aus dem Auto und überquerte die Straße. Er öffnete das schwarze hölzerne Eingangstor der Kirche und ging durch den Kreuzgang zu der Treppe zur Unterkirche.

Ihm zitterten die Knie. Vielleicht hatte er sich so spontan entschlossen, um nicht zu viel darüber nachzudenken. Denn manchmal führten zu viele Grübeleien nur in eine Sackgasse. Domiziano hatte klar und deutlich gesagt, dass er sich nicht an die Vorgaben halten, die Hindernisse überwinden sollte, die seine Frau ihm in den Weg gelegt hatte, um ihr in die Augen zu sehen, zu reden, zu verstehen, dass vielleicht nur mit einem Seufzer, einem Lächeln die Hoffnung bestand, sie wieder zu Hause zu haben, bei ihm, im selben Bett. Es war wie über ein zwischen zwei Wolkenkratzern aufgespanntes Seil zu laufen, wo ein Windstoß, ein Fehltritt, ein plötzlicher Schwindel genügen würden, und er wäre am Ende.

Rocco ging die Treppe hinunter.

Im Hauptschiff der Krypta standen vor einer Wand an der linken Seite ein paar mit weißem Tuch verhängte Baugerüste. Dahinter verbreitete eine Lampe einen gleichmäßigen Lichtschein. In der Stille waren nur das Knirschen des Holzes und das ungleichmäßige Kratzen eines Spachtels an der Wand zu hören. Marina war dort oben, bei der Arbeit. Was sollte er machen? Husten? Ihren Namen sagen? Den Blick auf den tausend Jahre alten Boden gesenkt und den stickigen Geruch nach Holz, Weihrauch und Terpentin einatmend, trat er näher. Er umrundete das Gerüst und sah zu ihr hoch. Marina stand auf einem der Laufbretter und war ganz auf die Wand konzentriert, sie trug ihre Brille und arbeitete an einem Fresko. Gebannt schaute er ihr zu. Sie war schön. Mit dem konzentrierten Blick, den Zähnen, die hin und wieder an der Unterlippe knabberten, die Haare mit Hilfe eines Bleistifts oder eines chinesischen Essstäbchens hochgesteckt. Schön, in dem reinen weißen Kittel, der das Licht der Lampe, das sie wie eine Aureole umgab, reflektierte. Ihr Haar wirkte heller, und die wenigen Staubkörner, die um ihr Gesicht tanzten, schienen Sterne und Kometen zu sein. Rocco spürte weder die Wärme noch die Feuchtigkeit, hatte weder Hunger noch Durst. Er war körperlos. Schweigend sah er ihr zu, atmete leise und lächelte wie ein Idiot.

«Willst du den ganzen Tag da rumstehen?», fragte Marina, ohne den Blick von dem Fresko abzuwenden. Rocco erwachte aus seiner Erstarrung.

«Na los, komm hoch …» Sie nahm die Brille ab. «Wie geht's?», fragte sie. Rocco zuckte nur ein wenig mit den Schultern. Marina hatte einen Spachtel in der Hand, an dessen Spitze ein dickflüssiges weißes Material zu erkennen war, Gips oder vielleicht Farbe. Damit wies sie auf das Fresko. «Schön, nicht?»

Rocco nickte. «Aber ich kenne es. Wo es diese berühmte Inschrift gibt ... der erste Comic der Geschichte, wenn man so will.»

«Ich war mir sicher, dass du es kennst. Jedenfalls stellt es die Legende des heiligen Clemens von Rom dar. Der Präfekt Sisinnius erfährt, dass seine Frau Theodora Christus anbetet. Daraufhin will er sie mit der Hilfe einiger Soldaten zurückholen, gerade als der heilige Clemens die Messe liest. Siehst du? Dieser hier mit den ausgebreiteten Armen, das ist der heilige Clemens. Nur dass Gott das nicht zulässt. Er blendet Sisinnius und die Soldaten, sodass sie nichts mehr sehen können und statt der Frau eine Marmorsäule mitnehmen. Sisinnius bleibt blind, um nicht sofort nach Hause zurückzufinden.» Marina sah Rocco in die Augen. «Eine schöne Geschichte, findest du nicht?»

«Konnte er nach seiner Heimkehr wieder sehen?»

«Ich weiß es nicht. Vielleicht.»

«Und war er einsichtig?»

«Theodora war nun ohnehin eine Christin.»

Rocco strich sich über seinen Zweitagebart. «Theodora hat einen Gott angebetet, den ihr Mann nicht kannte, wofür er sie bestrafen wollte.»

«Genau.» Marina bearbeitete mit dem Spatel einen Riss direkt neben dem Heiligen.

Rocco kratzte sich am Kopf. «Das ist eine schöne Metapher. Der Ehemann erblindet, weil er die Wahrheit nicht gesehen hat.»

«Mehr oder weniger. Die Frage ist nun, welcher Gott der

richtige ist. Die Götter von Sisinnius oder der Gott Theodoras?»

Rocco stellte sich auf das Brett neben Marina und trat dichter an das Fresko heran. Das war ziemlich effektvoll. Aus der Nähe besehen, wirkten die Dimensionen und Farben der Malereien und Figuren vollkommen anders. «Ich könnte es nicht sagen. Gewöhnlich ist der Gott, der sich durchsetzt, der richtige.»

Marina lächelte. «Geschichtlich betrachtet, ja. Aber entspricht das auch der Wahrheit?»

«Das ist eine schwierige Frage. Ich glaube, dass es nicht so ist, dass ein Gott recht und der andere unrecht hat. Auf ihre Weise sitzen sie beide im selben Boot.»

«Sie sprechen verschiedene Sprachen, sagen jedoch das Gleiche. Woran wir erkennen, ob unser Handeln recht oder unrecht ist.» Marina warf Rocco einen Blick zu, dann legte sie den kleinen Spatel in eine Holzkiste und griff nach einem feinen Pinsel, der mit einer öligen Substanz getränkt war. «Ich glaube nicht an Gott, aber ich denke, dass er uns eine Moral mit auf den Weg gibt.»

«In der Tat …»

Marina führte den Pinsel an die Wand, direkt neben einer Figur mit einem Hirtenstab. «Jetzt stelle ich dir noch eine Frage, Rocco: Gibt es auch in der Natur Gerechtigkeit?»

«Nein. Gerechtigkeit ist eine menschliche Sache.»

«Und irrt sie manchmal?»

«Wie alles, was menschlich ist.»

«Und wer von uns beiden irrt sich?» Marina nahm einen kleinen Schwamm, um vorsichtig einen winzigen Flecken Öl auf der Farbe aufzusaugen. «Dieses Fresko befindet sich seit tausend Jahren hier. Das ist eine sehr lange Zeit. Das könnte nun jemand missachten und mit weißer Farbe darüberstreichen. Oder man kann versuchen, es zu restaurieren, damit es möglichst weitere tausend Jahre überdauert. Damit zwei Idioten wie du und ich es irgendwann betrachten und über ihr Leben nachdenken können, darüber, was recht und was unrecht ist.» Marina legte den Schwamm hin und stützte die Hände auf die Knie. «Ob der Ehemann derjenige ist, der blind ist, oder die Frau es nicht richtig begriffen hat. Und ich glaube, wir werden darauf niemals eine gute Antwort finden, Rocco, weil uns die Liebe im Weg steht.»

«Davon verstehe ich nichts.»

«Ich auch nicht, Rocco.»

«Ich hatte Lust auf Sex.»

«Ich nicht.»

«Wann kommst du zurück nach Hause?»

«Wenn du es begriffen hast.»

«Du fehlst mir so.»

«Du mir auch, Rocco. Du mir auch.» Sie legte ihm die Arme um den Hals. Roch nach Shampoo und Terpentin. «Habe ich dir schon mal gesagt, dass deine Augen müde und ausdruckslos wirken?»

«Oh ja.»

«Du bist erschöpft. Warum gehst du nicht nach Hause?»

«Ich kann nicht. Ich hab ein dickes, fettes Problem am Hals.» Mehr sagte er nicht. Er sprach mit Marina nie über seine Arbeit. «Wie lange muss ich noch warten?»

Marina stieß einen tiefen Seufzer aus. «Ich weiß es nicht, Rocco. Glaub nicht, dass ich nachts schlafen kann. Ich liege wach und grüble. Am nächsten Morgen sage ich mir: Lass es gut sein, Marina. Drück ein Auge zu, kehr zurück nach Hause und leb weiter an der Seite dieses Mannes. Du hast ihn dir schließlich ausgesucht, oder? Irgendetwas Gutes muss er haben.» Sie lächelte. Und Rocco zitterten die Knie.

«Hab ich dir schon mal gesagt, dass du die schönsten Augen auf der ganzen Welt hast?», sagte er.

«Ja, aber das stimmt nicht.»

«Wer sagt das?»

«Ich.»

«Du irrst dich. Und jede Minute, die vergeht, ohne dass du bei mir bist, ist verschwendete Zeit.»

«Geh jetzt, Rocco. Ich verspreche, dass ich dich bald anrufe.»

Rocco küsste sie. Er fühlte sich lächerlich, aber sein Herz raste und schlug ihm bis zum Hals. «Findest du es nicht absurd, dass ich eine Gänsehaut habe, genau wie vor sechs Jahren?»

«Das liegt an der Feuchtigkeit. Wir befinden uns unter der Erde. Da dringt sie einem bis in die Knochen.» Sie lachte. «Geh jetzt nach oben. Ich muss arbeiten und du auch. Und wenn der Pfarrer kommt, bin ich in Erklärungsnot.»

«Wieso?»

«Weil du heute schon der vierte Mann bist, der mich auf diesem Brett küsst. Das ist selbst für einen irischen Dominikaner zu viel.»

Sie lachten.

«Dann muss ich jetzt also drei Männer töten. Könntest du mir die Namen sagen?»

«Nein. Weil du dazu fähig bist, das wirklich zu tun.»

Roccos Blick verdüsterte sich. Vielleicht machte Marina

Witze. Vielleicht aber auch nicht. Bei ihr wusste man nie, woran man war. «Du hast keine besonders hohe Meinung von mir.» Er stieg von dem Brett herunter.

Als er gerade den Boden berührte, rief Marina ihm nach: «Rocco?»

«Ja?»

«Das war cin Witz.»

«Sicher?»

Die Kollegen von der Spurensicherung hatten den Ort untersucht und waren schon wieder weg. Jetzt konnte auch Rocco sich dort umsehen. Er ging die schmutzige Treppe hinunter. Auf dem Boden hatte die Spusi den Abdruck eines Turnschuhs markiert und unterhalb der Treppe ein paar Blutflecken. Waren die Mörder Matteo hierher gefolgt? Wieso war er in diesen schmalen Gang geflohen? Es wäre doch viel einfacher gewesen, zum Eingang der Garage zu laufen und um Hilfe zu rufen. Dann hätte Nino, der Parkplatzwächter, es vielleicht gehört. Hier hereinzukommen bedeutete, sich den Mördern auszuliefern. Die Anwesenheit des Jungen an diesem Ort musste einen anderen Grund gehabt haben. Rocco begann in dem Licht, das durch das Gitter von der Straße hereinfiel, die Wände zu inspizieren. Er berührte sie. Graue Betonwände, aus denen ein paar Nägel und zwei Eisenstäbe hervorsahen. Rocco machte sein Feuerzeug an und kroch unter die Treppe, wo es noch dunkler war und noch unangenehmer roch. Je weiter er in die Dunkelheit vordrang, desto deutlicher war ein Tröpfeln zu hören. Zwischendurch musste er das Feuerzeug ausmachen, um sich nicht Daumen und Zeigefinger zu verbrennen. Er pustete über die Finger und wartete ein paar Sekunden. Dann machte er das Feuerzeug wieder an. Die Decke fiel immer weiter ab, sodass er nur noch gebückt weitergehen konnte. Er glaubte, dass diese Art Schacht, in dem er sich befand, an dieser Stelle enden würde, doch er führte weiter. Ein schwaches Licht schien hinter einer Ecke hervor. Dort unten war jemand. Rocco spürte, wie sein Herz schneller schlug. Er kniff die Augen zusammen und lauschte angestrengt in die Dunkelheit, doch nichts war zu hören. Also beschloss er weiterzugehen. Inzwischen war die Decke so niedrig, dass er nur noch auf Knien weiterkam. Von seiner khakifarbenen Chinohose konnte er sich wohl verabschieden. Auf allen vieren krabbelte er weiter nach vorn und bog um die Ecke. Er hob den Blick und hatte den weißen Overall eines Polizisten vor sich, der mit einer Taschenlampe den Boden absuchte. «Verdammt, was …?», fluchte Rocco.

Der andere wandte sich um. «Sind Sie das, Dottor Schiavone? Finzi, Spurensicherung. Kommen Sie mal und sehen Sie sich an, was ich hier gefunden habe …»

«Hättest du dich nicht irgendwie bemerkbar machen können? Ich hätte beinahe einen Herzinfarkt gekriegt!» Rocco näherte sich.

«Ich habe entdeckt, dass an dieser Stelle der Boden sauber ist. Schauen Sie mal …»

Der Agente hatte ein paar alte Steinplatten entfernt und war auf ein ziemlich großes Loch gestoßen. «Was ist das?»

«Ein Versteck», entgegnete Finzi.

«Hast du was darin gefunden?»

«Das!» Der Kollege hielt mit einer Pinzette eine leere Plastiktüte hoch. «Das klemmte hinter einem Rohr, das hier entlangführt.»

«Was ist das?»

«Ich nehme es mit, um es zu untersuchen. Aber ich bin mir ziemlich sicher, dass da Drogen drin waren. Koks, Heroin, ich weiß nicht …»

Im Licht der Taschenlampe wirkte das zufriedene Lächeln der beiden Polizisten gespenstisch. «Bravo, Finzi!»

«Das hätten Sie auch gefunden.»

«Mit einem Feuerzeug? So sollten wir uns jedenfalls in Zukunft nicht allzu oft begegnen, Finzi …»

«Sie haben recht, Dottore.» Finzi machte sich wieder an die Arbeit, während Rocco zurückkroch. «Meinst du, ich sollte mich gegen Tetanus impfen lassen?»

«Ich weiß nicht, auf jeden Fall würde ich mir die Hände desinfizieren.»

Rocco ging im Rhythmus der Ruderschläge, mit denen zwei junge Männer im Einklang das stille, dunkle Wasser des Sees im EUR-Viertel durchpflügten. Auf den Wiesen spielten etwa ein Dutzend johlende Kinder. Drei Monate Sommerferien waren für Familien mit kleinen Kindern heutzutage schwierig. Alle waren auf der Suche nach einem geeigneten Ort, um die Zeit totzuschlagen, wobei dieser künstliche See, auch wenn er nachts das Ziel von Junkies und Wasserratten war, zumindest vage an das Meer und die Berge erinnerte oder an was auch immer, das nicht wie ein Wohnblock mit Antennen auf dem Dach aussah oder nach erhitztem Asphalt und Pisse roch. In dem trüben, fauligen Wasser, auf dem Essensreste und tote Algen herumtrieben, spiegelte sich das Hochhaus des Eni-Konzerns wie in einer riesigen Benzinlache. Das Grün des Rasens schattierte ins Gelbliche, und die ungepflegten Bäume litten unter der Hitze. Rocco setzte sich auf eine Bank. Ein verliebtes Paar führte einen Cockerspaniel an der Leine. Auch dem Hund setzte die Wärme des späten Nachmittags zu, und seine Zunge hing bis auf den Boden. Rocco zündete sich eine Zigarette an.

Von wem hatten die Jungen das Koks bekommen? Wer benutzte die Nigerianer für den Straßenverkauf? Und waren die Mörder von Matteo und Giovanni auch Nigerianer gewesen? Davide, genannt Skin, musste der Verbindungsmann sein, sofern er noch lebte. Oder war auch er bereits mit einem Stich in den Nacken getötet worden und lag irgendwo außerhalb der Stadt in einem Graben? Rocco nahm sich noch einmal das Blatt mit den Notizen des Journalisten vor. Die beiden Initialen S. S. und L. B. Er musste ihnen so schnell wie möglich Namen zuordnen. Diese entscheidenden Details würden den Verlauf der Dinge in dieser beschissenen Sache endlich in die richtige Richtung lenken. Und der Code auf der Rückseite: SLR U 971197-8. Was konnte er bedeuten? Warum tat Alberto Ferri ihm und sich selbst nicht endlich den Gefallen, aus dem Koma zu erwachen? Wieso kannten die Mörder Matteos Versteck in der Tiefgarage? Wohin waren sie mit Giovanni unterwegs, als es ihm gelungen war, aus dem Auto zu fliehen, nachdem es möglicherweise zum Tanken angehalten hatte? Eine riesige Ratte, schwarz und mit gesträubtem Fell, huschte hinter dem niedrigen Zaun entlang und verschwand in einem Loch in der Erde. Rocco machte die Zigarette an der Schuhsohle aus, steckte die Kippe in die Tasche und erhob sich. Ihm drehte sich leicht der Kopf. Ganz in der Nähe befand sich ein hervorragender Eissalon. Vielleicht sollte er sein Gespräch mit Marina ein wenig feiern. Wenn es tatsächlich etwas zu feiern gab? Dessen war sich Rocco absolut nicht sicher. Aber ein Eis war trotzdem in Ordnung, vielleicht ohne Sahne, um mit diesem Verzicht sein Gewissen zu beruhigen und sich selbst glauben zu machen, nicht zu viele Kalorien zu sich zu nehmen. An seiner Taille bildete sich nach und nach ein Rettungsring, der nicht dabei helfen würde, Marina durch gutes Aussehen zurückzugewinnen. Dass er schließlich doch auf die Zuführung von schädlichem Zucker verzichtete, lag allerdings daran, dass sich auf dem Weg zur Eisdiele sein Handy meldete.

«Wer stört?»

«Dotto', ich bin's, Parrillo.»

«Was willst du?»

«Sie müssen zurück ins Büro kommen.»

«Dürfte ich auch den Grund für diese Dringlichkeit erfahren?»

«Hier ist jemand, der mit Ihnen reden möchte.»

«Und wer?»

«Ein gewisser Davide Mariotti.»

Skin!

Davide saß im Anzeigenbüro. Als Rocco eintrat, war Zuccari bei ihm und hatte dem Jungen einen Kaffee aus dem Automaten gebracht. Davide war bleich, beinahe kalkweiß, einschließlich der vielen Pickel auf seinen Wangen. Er hielt den Kaffeebecher auf den Knien mit beiden Händen fest. Dabei sah er aus, als friere er, obwohl die Klimaanlage in dem Raum schon seit 1998 kaputt war.

«Davide!», sagte Rocco. «Verdammt noch mal, wo warst du?»

Der Junge sah zuerst Zuccari, dann Rocco an. «Ich war bei einem Freund ... in Casalpalocco.»

«Um dich dort zu verstecken?»

Davide nickte.

«Erzähl mir, was los ist.»

Davide stieß einen tiefen Seufzer aus, senkte den Blick und begann: «Giovanni und Matteo haben sich in die Scheiße geritten. Ich hab es ihnen immer gesagt. Aber sie haben nicht auf mich gehört, haben behauptet, dass ich ein Hosenscheißer sei und dass man keine Angst haben darf, wenn man im Leben etwas erreichen will. Und dann, in jener Nacht ...»

«Stopp!», sagte Rocco. «Eins nach dem anderen. Wo kommt das Zeug her?»

«Das weiß ich nicht. Ich weiß nur, dass sie da rangekommen sind, weil Giovanni sich in Dinge eingemischt hat, die ihn nichts angingen. Eines Abends im Pub, als ich den Laden geschlossen und die Rollläden runtergelassen hab, standen er und Matteo und Giovannis Freundin draußen ...»

«Isabella?», fragte Rocco.

«Genau. Ja, ich glaub schon. Jedenfalls ist Giovanni ein eher ernster Typ. War ein ernster Typ», korrigierte Davide sich schluckend, «und er hat erzählt, dass er über die Arbeit seines Vaters auf etwas gestoßen ist, auf ein großes Ding. Mit dem man richtig viel Geld verdienen könnte. Ich hab unabsichtlich zugehört und gedacht, es wäre irgendeine harmlose Sache, deshalb hab ich mich da eingeklinkt. Ich dachte, es ginge um eine Investition oder so, um Geld, darum, irgendeinen Laden aufzumachen, was weiß ich. Aber Giovanni hat mir in die Augen gesehen und gesagt: ‹Davide›, oder ‹Skin› –

er und Matteo haben mich immer ‹Skin› genannt, wegen der Pickel, die ich nicht wegkriege.»

«Hast du es mal mit Schwefelseife versucht?», mischte sich Zuccari ein.

«Simone, wir reden hier nicht über Hautprobleme!», rief Rocco aus. «Weiter, Davide!»

«‹Skin›, sagte er, ‹wenn du mitmachen willst, in Ordnung, wenn nicht, dann verzieh dich!›»

«Und warum hast du dich nicht verzogen?»

«Keine Ahnung. Weil ich bescheuert bin, weil ich mir alles Mögliche vorstellen konnte, aber nicht, dass die mit Drogen handeln. Die Jungs waren in Ordnung, Giovanni hat nicht mal Joints geraucht. Also bin ich geblieben. Und hab zugehört. Giovanni wusste, woher er jede Menge Kokain kriegen konnte. Er wollte es sich holen und es verticken. Er hat von mehreren Kilogramm reinem Stoff gesprochen, die er verschneiden wollte, was er und Matteo aber erst noch lernen mussten.»

«Und wo war dieser Stoff?»

«Ich weiß es nicht, Dotto'. In der Nacht, in der sie ihn sich geholt haben, war ich nicht dabei. Ich hab im Pub auf sie gewartet, dann haben wir das Zeug aufgeteilt, und jeder hat seinen Anteil versteckt.»

«Wie viel war es?»

«Viel. Mir haben sie mehr als dreihundert Gramm gegeben.»

Rocco und Zuccari wechselten einen Blick. «Wo hast du es versteckt?»

«Ich hab es gar nicht erst mit nach Hause genommen, weil ich meine Eltern da nicht mit hineinziehen wollte. Nein. Ich hab es im Pub gelassen. Im Obergeschoss, in der Toilette, hinter dem Spülkasten.»

«Ist es noch dort?»

«Nein. An dem Tag, an dem ich erfahren habe, was Giovanni passiert ist, an dem Sie in den Pub gekommen sind und nach Giovanni gefragt haben, wissen Sie noch? Da hab ich mir vor Angst fast in die Hose gemacht und das Zeug im Klo runtergespült.»

«Sehr gut», meinte Zuccari.

«Weißt du, wer Giovanni und Matteo umgebracht hat?»

«Nein. Das weiß ich nicht. Ich hab keine Ahnung, wem sie das Zeug weggenommen haben, und schon gar nicht, wer die beiden umgebracht hat. Ich hab einfach nur Angst, Dottore. Vielleicht wissen die auch von mir. Dann muss man nur eins und eins zusammenzählen, und ich wäre der Nächste! Deshalb bin ich abgehauen.»

Rocco ging zum Fenster hinüber. «Du gehst nicht zurück nach Hause, sondern bleibst hier. Zuccari, haben wir ein Zimmer für Davide?»

«Da sind gerade zwei Transsexuelle drin. Sollen wir beim Staatsanwalt um Unterstützung bitten?»

«Nein», sagte Rocco. «Nur du und ich dürfen wissen, dass Davide bei uns ist.» Rocco wandte sich an den Jungen. «Du kommst mit zu mir nach Hause und bleibst da, bis die Sache vorbei ist.»

Davide nickte.

«Der Vicequestore hat eine schöne Wohnung!», meinte Zuccari, und Rocco bedachte ihn mit einem eisigen Blick.

«Sagen Sie meinen Eltern Bescheid? Dass es mir gutgeht?»

«Wieso? Hast du kein Handy?»

«Doch, sicher. Darf ich es denn benutzen?»

«Es reicht, wenn du deinen Eltern sagst, dass sie niemandem etwas erzählen sollen», erklärte Rocco mit einem Schulterzucken. Davide nahm sein Handy aus der Tasche und rief zu Hause an.

Die Sonne war untergegangen, und an ihrer Stelle leuchteten die Laternen am Lungotevere. Rocco hatte Davide das Gästezimmer gezeigt und ihn dann in der Wohnung zurückgelassen. Er hatte ihm sogar zwei Boxershorts und eine Chinohose geschenkt. Der Junge hatte sich vor den Fernseher gesetzt, um sich auf Sky einen Film anzusehen, und Rocco war auf seinen Motorroller gestiegen und nun Richtung Viale Parioli unterwegs, zur Wohnung der Massaris. Als er dort ankam, war der Portier gerade nicht da. An der Sprechanlage meldete sich eine männliche Stimme: «Ja?»

«Vicequestore Rocco Schiavone. Aufmachen!», sagte er.

«Was ist los? Warum so spät noch?»

«Stellen Sie keine Fragen, sondern machen Sie die Tür auf!», entgegnete Rocco in einem Ton, der keine Widerworte duldete. Dennoch sagte die Stimme aus der Sprechanlage: «Ich öffne erst, wenn mein Anwalt da ist.»

Rocco schlug mit der Hand gegen die Wand. «Gut, dann warten wir zusammen. Lassen Sie mich jetzt rein, oder soll ich mit einem Durchsuchungsbescheid wiederkommen?»

Der Mann dachte offensichtlich darüber nach. Dann öffnete er die Tür.

Enrico Massari, der Mann mit dem Cavour-Bärtchen, stand im blauen Hemd mit lockerem Kragen an der Tür. «Sie können nicht einfach hier auftauchen, um ...»

«Dottor Massari, Sie können Gott danken, dass ich allein gekommen bin, das können Sie mir glauben!»

Der Mann trat zur Seite und ließ ihn eintreten.

«Wann ist der Anwalt hier?»

«Ich habe ihn gerade angerufen. Er kommt in zehn Minuten. Dürfte ich wissen, worum es geht?»

«Sicher. Ihre Tochter ist der Schlüssel im Doppelmord an Giovanni Ferri und Matteo Livolsi», sagte Rocco ruhig in der Absicht, den stets korrekten Dottor Massari zu erschrecken. Was ihm gelang, denn dieser erbleichte. «W... Wie bitte?»

«Ihre Tochter weiß, warum ihr Freund getötet wurde. Hat sie Ihnen das nicht gesagt?»

«Nein ... Isabella hat mir nur gesagt, dass Giovanni in eine üble Geschichte reingeraten ist, die ...»

«Giovanni hat jemandem Kokain gestohlen, und dieser Jemand hat ihn dafür bezahlen lassen. Ihre Tochter kannte nicht nur Giovannis und Matteos Pläne, sondern weiß meiner Meinung nach auch, wem sie das Zeug geklaut haben!»

«Ich glaube wirklich nicht ...», versuchte Enrico Massari sich zu verteidigen und strich sich nervös über den Bart. «Ganz bestimmt nicht. Solche Dinge weiß Isabella nicht. Was sie mir erzählt hat, war ...»

«Ein Haufen Lügen!»

In diesem Moment öffnete sich die Doppeltür, die ins Wohnzimmer führte, und Isabella erschien in Shorts und einem weiten T-Shirt.

«Isabella!», sagte ihr Vater.

Das Mädchen biss sich auf die Lippe, kreuzte die Beine und starrte aufs Parkett. «Ich weiß nicht, wem sie es gestohlen haben, das schwöre ich!»

«Warte auf den Anwalt, Isa!»

Doch Isabella fuhr fort: «Giovanni hatte sich zusammen mit Matteo diese Sache in den Kopf gesetzt. Aber ich weiß nicht, woher sie das Zeug hatten.» Sie begann zu weinen. «Bitte glauben Sie mir. Das ist die Wahrheit. Ich hatte Angst. Eine solche Angst. Er wollte das Zeug hier bei mir verstecken …»

«In meinem Haus?», schrie Enrico. «Habt ihr den Verstand verloren?»

«Ich hab Nein gesagt, Papa. Also hat er es in die Wohnung seiner Mutter mitgenommen und es dort aufbewahrt.»

«Sollen wir uns nicht setzen?», fragte Rocco.

Enrico Massari wirkte wie versteinert. Er war nicht in der Lage, sich zu rühren. Schwer atmend sah er seine Tochter an, als ob er sich fragte, was dieses Mädchen mit den nackten Füßen in seiner Wohnung tat.

«Isabella, du bist genauso in Gefahr wie Giovanni und Matteo, ist dir das klar?», setzte Rocco noch einen drauf, nachdem die Mauer, die der Vater errichtet hatte, jämmerlich in sich zusammengefallen und der Moment gekommen war, die Truppen in die Burg zu schicken.

«Ich? War… warum?»

«Weil du weißt, wer sie sind, sie dich kennen, und nachdem sie deine beiden Freunde umgebracht haben, könnten sie das Gleiche auch mit dir machen. Das sind Verbrecher, die einer brutalen Organisation angehören. Denkst du etwa, die glauben dir, wenn du ihnen sagst, dass du nicht weißt, wo das Zeug ist? Denkst du, die sind so wie ich? Ruhige, besonnene Menschen? Die haben deine Freunde abgestochen wie Tiere! Die vergewaltigen dich, schneiden dich in Stücke und werfen dich irgendwo hin. So gehen die normalerweise vor!»

Enrico Massari zitterte. Er stützte sich auf einem antiken Nussholzschränkchen ab, was das Solideste war, das sich in Reichweite befand.

«Und dann muss ich zusammen mit den Kollegen von der Spurensicherung kommen und mir ansehen, welche Grausamkeiten sie deinem Körper angetan haben! Sie werden dir nicht glauben, Isabella», fuhr Rocco mit ernster Stimme fort, jedes Wort sorgfältig betonend. «Sie werden dir nicht glauben, weil sie zwar das Zeug von Giovanni und Matteo wiederhaben, aber ein Teil noch fehlt. Der Teil, den ihr an Davide weitergegeben habt, an Skin. Und der hat das Kokain vernichtet!»

«Ich habe niemandem irgendwas gegeben!», schrie Isabella verzweifelt. «Papà, bitte glaub mir! Sie haben mich da mit reingezogen, obwohl ich nicht mitmachen wollte. Mit so einem Scheiß will ich nichts zu tun haben. Papà ...!» Isabella rannte zu Enrico Massari hinüber, um sich in seine Arme zu stürzen. «Hilf mir, Papà! Ich wollte das nicht ... Ich wollte das nicht ...!» Sie vergrub ihr Gesicht an der Brust ihres Vaters, der, den entsetzten Blick auf die Wand gerichtet, begann, ihr übers Haar zu streichen.

«Glaub mir, Papà ... Ich hab nichts damit zu tun ...!»

«Ja, mein Schatz, ja. Ich glaube dir.»

«Was ist hier los?», unterbrach sie eine Stimme. Die Wohnungstür stand noch offen. Im rosafarbenen Hemd und ein wenig zerzaust trat der Anwalt ein. «Enrico!», sagte er. Dann sah er Rocco an. «Sie? Ich muss Sie wohl daran erinnern, dass …»

«Lass gut sein, Federico», beschwichtigte Enrico Massari. «Die Dinge liegen anders, als wir gedacht haben. Ich glaube, ich hoffe, dass Dottor Schiavone hier ist, um uns zu helfen, und nicht, um uns das Leben schwerzumachen.»

«Ich bin hier, um Ihrer Tochter das Leben zu retten.»

Der Anwalt sah Rocco verständnislos an.

«Lasst uns reingehen und uns hinsetzen», meinte Massari und schritt, die Tochter an sich gepresst, in Richtung Wohnzimmer.

Rocco, Enrico Massari, der Anwalt und Isabella nahmen rund um den Tisch Platz und sahen sich an, während ein Hausmädchen mit einer rosa-weiß gestreiften Schürze das Abendessen zubereitete.

«Mein Rat wäre, dass Isabella das Haus nicht mehr verlässt. Draußen ist es zu riskant für sie», sagte der Anwalt.

«Ich könnte Isabellas Freunden sagen, dass sie krank ist, dass sie eine Nierenkolik hat oder Fieber.»

«Das würde ich nicht tun, Dottor Massari», meinte Rocco. «Das riecht nach einer Ausrede und führt zu nichts. Ich nehme mal an, dass Sie irgendwo noch einen zweiten Wohnsitz haben.»

«Ja. In Argentario. Dort befindet sich meine Frau gerade.»

«Gut. Isabella sollte zu ihrer Mutter fahren», schlug Rocco vor.

«Zu diesem bescheuerten Roberto? Niemals!», meinte das Mädchen mit eisiger Stimme.

«Isa, das ist jetzt nicht der richtige Moment, um Probleme zu machen. Ich denke, davon haben wir schon genug, oder?», meinte Massari.

«Dein Vater hat recht», griff der Anwalt ein. «Das ist das Vernünftigste. Niemand wird es verdächtig finden, wenn Isabella verreist. Jetzt, im Sommer.»

«Und wenn sogar ich als Ehemann deiner Mutter Roberto ertragen habe, wirst du das wohl auch können.»

«Dieses braun gebrannte Arschloch mit seinem Segelfimmel und den beschissenen Golfschlägern!»

«Isabella!», rügte ihr Vater. «Es gefällt mir nicht, wenn du solche Dinge sagst.»

«Gut.» Rocco bemühte sich, die Lage wieder unter Kontrolle zu bringen. «Dann glaube ich dir mal, Isabella, dass du nicht weißt, wem das Kokain gehört. Und dass Giovanni dir auch nicht unbeabsichtigt irgendetwas darüber gesagt hat, wo er das Zeug herhatte. Außer, dass sein Vater an der Sache dran war.» Isabella schüttelte den Kopf. Rocco fuhr fort: «Auch wenn es mir schwerfällt, das zu glauben, hoffe ich, dass wir jetzt eine Übereinkunft haben! Vor allem angesichts unserer ersten Begegnung hier in diesem Wohnzimmer.»

«Zu der Zeit lagen die Dinge noch anders, Dottor Schiavone», wandte Enrico Massari ein. «Zu der Zeit bin ich noch davon ausgegangen, dass Isabellas Freunde in eine Auseinandersetzung zwischen rivalisierenden Banden geraten sind, in der es um den Diebstahl von ein paar Handys ging. Zumindest war es das, was sie mir erzählt hat.» Er sah seine Tochter an.

«Isabella, denk noch mal gut nach. Fällt dir wirklich

nichts ein? Hat Giovanni vielleicht mal von irgendwelchen Initialen gesprochen?» Rocco wiederholte die Buchstaben aus den Notizen des Journalisten: «S. S. und L. B. Sagt dir das irgendwas?»

Isabella schien kurz darüber nachzudenken. «Nein, Dottore, nichts.»

«Und auch von den Nigerianern hat er dir nichts erzählt?»

Isabella horchte auf. «Nigerianer?»

«Ja. Sie verkaufen Drogen an der Straße in einem Gebiet, in dem Alberto Ferri, Giovannis Vater, Nachforschungen angestellt hat.»

Isabella begann mit einem Ring zu spielen, den sie gerade vom Finger gezogen hatte. «Da war so ein Typ ... ein Schwarzer. Kräftig und mit Dreadlocks, der ist mal in den Pub gekommen und hat nach Giovanni gefragt. Das weiß ich, weil er mit einer Riesenkiste da war, schwarz, vielleicht ein Alfa, aber ich versteh nicht viel von Autos. Er war wütend, und ich hab nichts gesagt. Später habe ich es dann Giovanni gegenüber erwähnt ...»

«Und er?»

«Wie immer. Er hat mit den Schultern gezuckt und nichts drauf gegeben. Aber ich kann mich noch genau an den Typen erinnern. Er war schrecklich! Mit einer Narbe im Gesicht, genau hier ...» Sie deutete auf ihr rechtes Jochbein. «Das heißt, es war nicht genau zu erkennen, ob es eine Narbe oder ein Tattoo war. Ich weiß noch genau, dass er mit Steven geredet hat ... Steven arbeitet im Pub und ist auch Nigerianer. Also er ist in Rom geboren, aber seine Eltern kommen von dort.»

«Ich weiß, ich kenne ihn», sagte Rocco.

«Aber er wusste auch nicht, wer der Typ war. Er hat mir geraten, mich von diesen Leuten fernzuhalten. Und das hat er auch Giovanni gesagt.»

«Und der hat bloß mit den Schultern gezuckt.»

«Genau.»

«Scheiße!», murmelte der Anwalt. «Von denen hab ich schon gehört. Sie kontrollieren den Drogenhandel in einigen Gegenden der Stadt. Das sind gefährliche, skrupellose Banden.»

«Aber ich glaube, oder besser ich hoffe, dass das nur die Handlanger sind. Und ich will diejenigen drankriegen, die hinter dem Ganzen stecken. Die Clans, die sich das Gebiet aufteilen, gehören zur 'Ndrangheta und zur Camorra. Und dann sind da noch die Zigeuner. Es wird schwierig und gefährlich, an diese Leute ranzukommen, aber das muss ich in Kauf nehmen. Selbst wenn Giovanni, Matteo und Davide für die nicht mehr als Fliegenschiss sind.»

«Was heißt das alles?»

«Sehen Sie, Dottor Massari, bei diesen Leuten geht es um ziemliche Mengen. Aber ich habe trotzdem das Gefühl, dass wir es hier mit einer Art Zwischenhändlern zu tun haben, einer Bande Mistkerle, die vielleicht sogar von den großen Mafia-Clans geduldet werden und in einigen Bereichen fröhlich mit Drogen dealen. Denn wenn wir es mit der 'Ndrangheta oder der Camorra zu tun hätten, dann hätten wir die Leichen der Jungen nicht gefunden. Diejenigen, die die beiden umgebracht haben, sind Leute von der Straße, die für ein paar Tausend Euro die Drecksarbeit machen. Das heißt nicht, dass ich sie unterschätze, aber so sehe ich die Dinge.»

«Sollten wir dann nicht die Antimafia-Polizei einschalten?», fragte der Anwalt.

«Überlassen Sie das mir», entgegnete Rocco. «Von Ihnen erwarte ich, dass Sie Isabella beschützen, sie für eine Weile aus dem Verkehr ziehen, und ansonsten so weiterleben wie bisher. Ich bin nie hier gewesen, und der Anwalt kommt wegen irgendeines Streitfalls ins Haus, den Sie sich ausdenken können.»

Enrico Massari und der Anwalt nickten.

«Gut. Wenn es etwas Neues gibt, melde ich mich.»

«Bleiben Sie nicht zum Abendessen?»

«Vielen Dank für die Einladung, aber ich muss noch arbeiten.»

Das war eine Lüge, denn dieser Besuch war der letzte Punkt auf seiner Agenda gewesen. Doch er wollte Davide nicht zu lange bei sich zu Hause allein lassen. Rocco kehrte zurück in seine Wohnung und wurde von intensivem Essensduft empfangen. Der Tisch war für fünf Leute gedeckt. Davide hatte sich ein Geschirrtuch umgebunden und kam ihm lächelnd entgegen. «Heute Abend essen wir Spaghetti alle Vongole, und als zweiten Gang habe ich Thunfisch mit Kräutern gemacht. In Ordnung?»

«Wie bitte? Woher hast du denn das Zeug für das Essen? Warst du draußen? Und warum für fünf Leute?»

Davide wies auf die Terrasse. Die Tür stand offen. Rocco trat näher und fand dort auf den Liegen und im Sonnenstuhl seine Freunde vor. Als Sebastiano, Furio und Brizio ihn sahen, hoben sie grüßend ihre Bierflaschen. «Ave!», sagten sie im Chor.

«Könnt ihr mir das mal erklären?»

«Was sollen wir erklären?» Brizio griff nach der Flasche. Dann wischte er sich den Mund ab. «Wir waren einkaufen, denn in deinem Kühlschrank herrschte absolute Leere, und der Junge hat angeboten zu kochen ...»

«Er hat gesagt, dass er eine Ausbildung zum Hotelfachmann gemacht hat und davon träumt, Koch zu werden», meinte Furio, während er sich eine Zigarette anzündete.

«Und davon profitieren wir jetzt. Hast du gemerkt, wie gut das riecht? Dieser Rotschopf ist der Hammer!»

Rocco breitete hilflos die Arme aus. «Aber wie kommt ihr darauf, dass ich mit euch zu Abend essen will?»

Sebastiano setzte sich auf. «Weil du ansonsten einen trostlosen Abend in Gesellschaft deines schlechten Gewissens und der Nutten im Internet verbracht hättest. Sag mir eins, Rocco ...» Er senkte die Stimme. «Wer, zum Teufel, ist das?»

Rocco ging, ohne zu antworten, zurück in die Wohnung. Davide stand am Herd.

«Wie sind die hier reingekommen?», fragte er.

«Sie haben geklopft.»

«Und du hast die Tür aufgemacht?»

«Ja.»

«Davide, verdammt! Du wusstest doch gar nicht, wer die sind!»

Der Junge rührte mit einem Holzlöffel in dem Topf mit den Spaghetti. «Die sehen so aus, als könnte man ihnen vertrauen.»

«Die drei hältst du für vertrauenswürdig? Die? Hast du dir sie mal angesehen?»

«Durch den Spion, ja!»

«Und du hast dich nicht erschreckt?»

«Nein, warum?»

«Hast du eine Ahnung, was das für Leute sind?»

«Freunde von Ihnen, oder?»

Das stimmte. Die drei Halunken, die sich da auf seinen Sonnenliegen räkelten, waren seine Freunde. Seit jeher. Von Kind an, als sie noch auf der Piazza San Cosimato in Trastevere Fußball gespielt und sich vor dem Fenster der Damentoilette eines Restaurants, das auf den Vicolo del Cinque hinausging, heimlich einen runtergeholt hatten. Sie hatten alles geteilt. Die Armut, die Traurigkeit, die Freude, die Zigaretten, die Joints, die Mädchen und das Leben als Ehemänner. Sebastiano war der Bär, behäbig, aufbrausend, nachtragend und mit dickem Pelz. Furio war der Gepard, schnell, immer auf der Hut, wachsam und großzügig. Brizio war ein afghanischer Windhund, schön, stets perfekt frisiert, loyal, treu und ein Arschloch. Sie waren ein Teil von Roccos Familie, den Marina zähneknirschend akzeptiert hatte. Dann hatte sie sie nach und nach lieb gewonnen, in Bezug auf das, womit sie sich beschäftigten, ein Auge zugedrückt und das andere Auge gegenüber der Tatsache, dass drei Verbrecher die besten Freunde eines Vicequestore der Staatspolizei waren. Möglicherweise hasste sie die drei nun, davon überzeugt, dass sie der Grund dafür waren, dass ihr Mann krumme Dinger gedreht hatte. Denn Marina hatte noch nicht verstanden, dass Rocco auch ohne sie so war, wie er eben war. Dass er anders nicht leben konnte, dass jeder Versuch, sich zu ändern, gescheitert war, dass er mit der Zeit lediglich versucht hatte, mit den zwei gegensätzlichen Seelen in seiner

Brust zu leben. Er wollte niemals in die Situation kommen, zwischen Marina und seinen Freunden wählen zu müssen. Aber seine Frau, wenn sie es denn noch war, würde ihm auch nie ein derartiges Ultimatum stellen.

«Hast du die Muscheln wenigstens gut gewässert?»

Davide antwortete nicht. «Kümmern Sie sich lieber um den Wein. Ich habe zwei Flaschen Chardonnay in den Kühlschrank gelegt. Die Pasta ist in zwei Minuten fertig.» Davide sah Rocco genervt an. «Ich kann es nicht leiden, wenn man mir beim Kochen zuguckt!»

Rocco nickte und ging zum Kühlschrank, um den Weißwein herauszunehmen und auf den Tisch zu stellen.

Das Abendessen war wirklich gut. Davide in einem Pub hinter den Tresen zu stellen war absolute Verschwendung. Er hatte das gewisse Etwas, wie Sebastiano sich ausdrückte, das ihn, seinen Worten nach, an das Ristorante di Combusa in Positano erinnerte. Sie leerten vier Flaschen Wein, und zum Nachtisch aßen sie Langnese-Eis, das Rocco in Sechserpacks im Eisfach lagerte. In diesen Tagen ohne Marina war dieses Eis mehr als einmal für ihn gleichzeitig Frühstück, Mittag- und Abendessen gewesen.

«Und jetzt fragst du dich wahrscheinlich, weshalb wir uns hier zum Abendessen eingeladen haben, oder?», meinte Sebastiano, während er sein Eis aß.

«Nein, das habe ich mir abgewöhnt», entgegnete Rocco.

«Es ist nicht so, dass wir Mitleid mit dir haben, hier, so allein ohne Marina … gar nicht», sagte Brizio.

«Und auch nicht, dass wir nichts Besseres zu tun haben», fügte Furio hinzu.

«Nein, der Grund ist ein anderer. Und deshalb muss der Koch mal kurz auf die Terrasse verschwinden …», Sebastiano sah Davide an, «… die Tür schließen, sich Kopfhörer aufsetzen und laut singen …»

Nun blickten alle vier den Jungen an. Davide stand lächelnd auf. «Ich hab keine Musik.»

«Es reicht, wenn du weghörst. Denn ansonsten schneiden wir dir die Eier ab», erklärte Furio freundlich.

«Verstanden!» Davide ging hinaus auf die Terrasse und ließ die Tür angelehnt, woraufhin Brizio, um sicher zu sein, aufstand und den Fensterriegel schloss. Dann klopfte er an die Doppelverglasung und winkte Davide zu, der sich inzwischen eine Zigarette angezündet hatte.

«Gut. Also los.»

«Mir ist plötzlich etwas eingefallen, Rocco», begann Brizio, während er zum Tisch zurückkam. «Als Sebastiano mir von den beiden Initialen erzählt hat … S. S.: Sandro Silvestrelli!»

«Sandro Silvestrelli?», fragte Rocco. «Der Name sagt mir irgendwas.»

«Sandro Silvestrelli ist ein Stück Scheiße, mit dem sowohl ich als auch Sebastiano vor einiger Zeit mal zu tun hatten. Er hat es zusammen mit ein paar Slawen bei Tabakläden in der Emilia versucht. Nicht gerade erfolgreich.»

«Als er nach Rom gekommen ist, hat ihn erst mal niemand ernst genommen», fuhr Sebastiano fort. «Brizio und ich haben ihm mal ein paar Juwelen verkauft. Und er hat versucht, uns übers Ohr zu hauen.»

«Genau. Das ist ein richtiger Scheißkerl!», bekräftigte Furio.

«Und wieso seid ihr euch so sicher, dass er unser Mann ist?» Rocco zündete sich eine Camel an.

«Es ist eine Möglichkeit», meinte Furio. «Der Typ ist anscheinend auf einmal sehr reich geworden. Fährt im Porsche rum, lässt in Restaurants den Großkotz raushängen und vögelt Weißrussinnen, die tausend Euro pro Nacht kosten.»

«Dann hat er vielleicht irgendein erfolgreiches Ding gedreht und genießt jetzt die Früchte.»

«Das haben wir zuerst auch gedacht, Rocco», mischte sich Brizio ins Gespräch. «Aber dann ist uns eine Geschichte aus dem letzten Jahr eingefallen. Da hat Silvestrelli nämlich den Stoff für die Partys im Palazzo Madama besorgt.»

«Ah!» Rocco schnalzte mit der Zunge. «Was für ein Aufstieg!»

«Genau. Drogen und Nutten. An den üblichen Orten. Und er lässt es sich gut bezahlen.»

«Als ob die im Palazzo Madama jemals gut bezahlt hätten», meinte Sebastiano.

«Weiß Silvestrelli, wer ich bin?»

«Nein, Rocco, ich glaub nicht. Streng mal deine grauen Zellen an und denk nach, ob du ihm in den letzten Jahren irgendwo begegnet bist.»

Rocco kramte in seinem Gedächtnis und schüttelte den Kopf. «Erzählt mir, wie er aussieht, vielleicht hilft mir das auf die Sprünge.»

«Als wir noch mit ihm zu tun hatten, hatte er lange dunkle Haare wie ein Cheyenne-Indianer und war immer braun gebrannt.»

«Stimmt.» Brizio strich sich durchs Haar. «Deswegen

haben sie ihm den Spitznamen Cochise gegeben, nach dem Indianer-Häuptling. Aber er war ein Loser.»

«Vielleicht trägt er die Haare jetzt kurz. Aber pass auf …», meinte Furio, während er die Weinflasche abtropfen ließ, «… ich erinnere mich, dass er hier eine Narbe hatte.» Er zeigte unten auf seinen Hals. «Als ob er dort mal operiert worden wäre.»

«Stimmt. Und er hat eine platte Nase wie ein Boxer, obwohl er zuschlägt wie ein Mädchen.» Sebastiano grinste.

«Was grinst du so?», fragte Rocco.

«Weil die Nase ein Geschenk von mir ist. Die hab ich ihm verpasst, als ich rausgefunden hab, dass er uns in der Sache mit dem Schmuck über den Tisch ziehen wollte.»

«Vielleicht hat er sich die Nase wieder richten lassen, wenn ihr sagt, dass er zu Geld gekommen ist.»

«Und vielleicht hast du ein paar Fotos im Archiv.»

«Noch was Wichtiges!» Brizio schlug mit dem Messer gegen sein Glas, damit ihm alle zuhörten. «Ich weiß, dass er eine Tarnfirma hat, ein Möbelhaus an der Tiburtina, wo er alles Mögliche macht, außer Möbel verkaufen …»

«An der Tiburtina», sagte Rocco. «Das ist interessant. Dort haben wir Giovannis Leiche gefunden.»

Seine Freunde nickten. Rocco dachte kurz über die Sache nach, und die anderen drei wussten, dass man dann lieber den Mund hielt.

«Sandro Silvestrelli …» Rocco hob den Kopf. «Warum fragen wir nicht Davide nach Silvestrelli?»

«Wen?»

«Den armen Kerl, der gerade auf der Terrasse eine Zigarette nach der anderen raucht.»

Die drei Freunde blickten zur Terrassentür. Davide hatte sich ans Geländer gelehnt und blickte auf die Stadt. «Aber kann man ihm trauen?»

«Seba, der schwebt in Lebensgefahr, warum glaubst du sonst, dass er hier ist? Vielleicht sagt ihm der Name was.»

Brizio ging zur Tür, um Davide wieder reinzurufen. Als er eintrat, lächelte er. «Junge, was für ein Blick, Dotto' … Wenn man bei der Polizei so gut verdient, überleg ich mir auch, dort anzufangen.»

«Vergiss es, Davide», meinte Sebastiano. «Du hast ja keine Ahnung! Hör mal, wir sagen dir jetzt einen Namen, und du überlegst, ob er dir was sagt.»

«Lasst hören …»

«Aber du musst dich setzen, sonst krieg ich einen steifen Hals», sagte Rocco. Davide gehorchte. «Sandro Silvestrelli», meinte Rocco dann.

Davide verzog keine Miene. «Nein. Das sagt mir nichts.»

«Klingelt's bei dir, wenn ich ‹Cochise› sage?», versuchte Sebastiano sein Glück.

«Cochise? Nein, auch nichts. Ist das ein Indianer?»

Die vier Freunde sahen sich an. «Pass auf, Davide, dieser Mann hat eine Narbe, genau hier, unten am Hals. Er fährt mit teuren Autos und teuren Nutten rum», erklärte Furio.

«Ist immer stark gebräunt», fügte Brizio hinzu.

«Und er hat 'ne platte Nase wie ein Boxer.»

Davide starrte auf den Tisch. Man sah ihm an, dass er angestrengt nachdachte. Dabei bewegte er leicht die Lippen, als wiederhole er für sich noch mal die Einzelheiten, die er gerade gehört hatte.

«Nein. Das sagt mir alles nichts. Tut mir leid.»

«Er hat ein Möbelhaus an der Via Tiburtina», sagte Rocco.

Doch Davide schüttelte den Kopf. «Was sollte mir der Name denn sagen?»

«Außer zum Vongole-Kochen taugst du wohl nicht viel», meinte Brizio. Davide schlug schuldbewusst den Blick nieder.

«Wie willst du jetzt vorgehen, Rocco?», fragte Sebastiano ernst.

«Wenn du da in Uniform auftauchst, erfährst du jedenfalls gar nichts», wandte Furio ein.

«Du hast recht, Furio. Ich werd dran denken.»

«Wir könnten uns ein bisschen umschauen», bot Sebastiano an. «Ich weiß, wo ich Silvestrelli finden kann. Aber dort solltest du dich besser nicht sehen lassen, Rocco, weil sie dich möglicherweise kennen.»

«Dann weiß er auch, dass wir befreundet sind.»

«Ja, und? Geschäft ist Geschäft», meinte Sebastiano. «Wir beide sind seit vierzig Jahren befreundet. Und Furio, Brizio und ich machen trotzdem unser Ding, oder nicht?»

«Stimmt. Und je weniger ich davon erfahre, umso besser.» Rocco stand auf. Ging zum Fenster hinüber. «Also ich weiß nicht ... Dass da zwei Jungs von irgendeinem Scheißkerl umgebracht wurden, ist ja eigentlich nicht euer Problem.»

«Ich würde sagen, wir haben sogar drei Probleme», erklärte Furio. «Erstens, der Wein ist alle, weshalb es sich nicht lohnt, noch länger hierzubleiben. Zweitens mögen wir es gar nicht, wenn einer rumläuft und kleine Jungs abmurkst. Und drittens, und das ist das Wichtigste, müssen wir dem Kerl unbedingt einen Besuch abstatten. Denn in einem solchen Fall greift die Chitarrella-Regel.»

Davide wirkte amüsiert. «Und was soll das sein?»

«Kommt vom Kartenspiel: Lieber einmal unauffällig gucken, als ewig grübeln. Wir fahren jetzt zu diesem Möbelladen.»

«Was … jetzt?», meinte Brizio.

«Jetzt», entgegneten Sebastiano und Furio beinahe unisono.

Rocco sah seine Freunde an und hätte sie am liebsten umarmt. Aber das verkniff er sich.

Brizio saß am Steuer, Sebastiano auf dem Beifahrersitz, und Rocco und Furio hatten es sich hinten bequem gemacht. Es war ein warmer Abend, und die Klimaanlage lief bei geschlossenen Fenstern. Sie hatten gerade die Ringautobahn, die um die Stadt führte, hinter sich gelassen und gelangten auf die Via Tiburtina, wo der sowieso spärliche Verkehr noch weniger wurde.

«Wenn es doch immer so wäre!», murmelte Brizio, der sich auf die Straße konzentrierte. «Stellt euch die Via Tiburtina so leer mal – was weiß ich? – an einem Montagmorgen vor!»

Keiner reagierte. Der leise schnurrende schwarze Mercedes roch noch neu und nach Leder, und die entlang der Straße gepflanzten Bäume sausten vorbei und wirkten wie Soldaten in Habachtstellung.

«Als ich klein war, konnte man hier schon die ersten Glühwürmchen sehen», sagte Furio und blickte aus dem Fenster.

Keiner sagte etwas.

«Darf ich rauchen?», fragte Sebastiano.

Brizio schüttelte den Kopf. «Stella hasst es, wenn es im Auto nach Rauch stinkt. Außerdem ist der Wagen erst drei Monate alt, und du willst ihn schon verpesten?»

Sie fuhren an dem Marmorsteinbruch vorbei. Zwei Neonlaternen beleuchteten das Tor. «Hier. In diesem Steinbruch haben wir Giovanni gefunden», sagte Rocco.

Die anderen beschränkten sich auf einen kurzen Blick.

Sie ließen den bläulichen Lichtfleck hinter sich in der dunklen Nacht. Ein Stück weiter, nach einer Kurve, passierten sie die Tankstelle, die auf der Rückseite des Marmorsteinbruchs lag. «Ist es noch weit, Seba?»

«Nein. Wenn ich mich recht erinnere, sind es nur noch ein paar Kilometer.»

«Wie ist der Plan?», fragte Brizio.

Sebastiano begann, die Sache zu organisieren. «Also, ich würde sagen, du, Brizio, bleibst im Auto und wartest mit laufendem Motor. Furio, Rocco und ich gehen rein. Furio bleibt am Tor stehen, während Rocco und ich uns umschauen.»

«Okay», meinte Brizio.

«Warum soll ich draußen bleiben?»

«Weil wir nicht wissen, ob der Laden bewacht wird. Aber falls ja, ist es gut, wenn jemand das im Blick hat.»

«Warum bleibst du dann nicht am Tor, Seba?», protestierte Furio.

«Weil ich durch meine Größe leichter zu sehen bin.»

«Also bleib ich draußen und kraul mir die Eier. In Ordnung. Aber beim nächsten Mal übernimmst du diesen Job.»

«Beim nächsten Mal?», fragte Rocco.

«Ja. Oder glaubst du, das ist der letzte Scheiß, den wir zusammen machen?»

«Da. Das da ist das Möbelhaus!», meinte Sebastiano und wies mit dem Finger darauf. «Früher muss das mal eine Fabrik gewesen sein.» Zwei identische Gebäude mit Flachdach und an der Seite ein gemauerter Schornstein, umgeben von einem Zaun aus Eisen und Beton. Sie fuhren an dem Schornstein vorbei und spähten in den Hof. Dank einiger starker Halogenscheinwerfer war es beinahe taghell. Hinter drei dunklen Fenstern konnte man die Möbel im Inneren erkennen. Neben dem Haupteingang – einem zweiflügligen Tor aus Glas und Metall, das ebenfalls im Dunkeln lag – befand sich ein kleines erleuchtetes Fenster. Davor standen zwei Lieferwagen mit der Aufschrift *Mobili Silvestrelli.* Brizio fuhr langsamer, damit sich Rocco das Tor ansehen konnte.

«Überwachungskameras am Eingang.»

«Ja», bestätigte Sebastiano. «Und werft mal einen genauen Blick auf die beiden Seiten des Tors. Könnt ihr die kleinen Quader mit den Lichtern erkennen?»

«Und?»

«Sensoren. Ich würde es eher von hinten versuchen …»

Sie fuhren noch etwa hundert Meter weiter, dann parkte Brizio hinter einer Kurve am Straßenrand. «Gut. Ich bleibe dann hier und dreh schon mal um in Richtung Innenstadt. Wir bleiben über die Handys in Kontakt.»

Furio und Sebastiano öffneten die Autotüren. «Hast du eine Lampe, Bri'?»

Brizio öffnete das Handschuhfach und gab Sebastiano eine kleine Taschenlampe. Der probierte sie gleich aus. Sie funktionierte.

«Die hab ich bei den Chinesen gekauft», erklärte Brizio, «verlass dich also nicht zu sehr darauf.»

«Wo ist das Werkzeug?»

«Hinten.» Brizio öffnete den Kofferraum.

Sebastiano nahm die Werkzeugkiste heraus, griff nach der Zange, überprüfte sie kurz und schloss den Kofferraum wieder. «Los!», sagte er, und die drei Freunde setzten sich in Bewegung. Sie überquerten die Via Tiburtina, stiegen über die Leitplanke und verschwanden. Brizio bereitete den Wagen mit ausgeschalteten Scheinwerfern auf einen schnellen Aufbruch vor.

Nun, da die Lichter der Stadt in weiter Ferne lagen, schienen die Sterne zu explodieren wie ein Feuerwerk. Rocco betrachtete sie, während sie über die große Wiese zur Rückseite des Grundstücks schlichen. Wie oft hatte er sich schon vorgenommen, sich mit den Sternen näher zu beschäftigen, um diese Glühwürmchen benennen zu können, und jedes Mal hatte er das Vorhaben wieder aufgegeben. Er erinnerte sich noch gut an jene Nacht auf einem Hügel in Montelibretti, wo ein Astronom mit einem Laserpointer nacheinander auf jeden Stern am Himmel gezeigt, seinen Namen genannt, seine Geschichte erzählt und die Formationen beschrieben hatte, zu denen er gehörte. Rocco und Marina waren völlig fasziniert von dieser Betrachtung des Himmels gewesen und von dem Gedanken an die Entfernungen, an die Stille und jene leuchtenden Punkte, die seit jeher Armeen, Seefahrer und Verliebte leiteten. Als weit entfernte Augen und ewige Zeugen der Geschicke der Menschheit hatten sie Momenten des größten Ruhms und der schlimmsten Ruchlosigkeiten beigewohnt. Und sie waren immer noch da. Auch wenn der eine oder andere möglicherweise erloschen war.

«Jetzt guck wieder nach unten, sonst stolperst du noch!», rief Sebastiano ihn zur Ordnung.

Rocco grinste.

Das Licht war spärlich, da nur ein Viertel des Mondes am Himmel stand, was ihnen durchaus entgegenkam. Nachdem sie einige Dornenbüsche, herumliegenden Müll, ein paar Gräben und einen kleinen Bach überwunden hatten, erreichten sie ihr Ziel. Furio prüfte die Zaunpfähle. Bombenfest. «Diese Pfähle sind noch nicht alt. Die haben sie gerade erst hier eingesetzt.»

«Der Zaun ist auch brandneu», meinte Sebastiano.

«Aber wenigstens sind hier keine Kameras und Sensoren», fügte Rocco hinzu.

«Sieht so aus.» Furio ließ den Blick über den Metallzaun schweifen. «Und keine Alarmanlage. Probieren wir's.»

«Dafür sind die da, Furio.» Rocco wies auf zwei schwarze Schatten, die unter dem Dach des Gebäudes lagen.

«Verdammt, was ist das?», fragte Furio.

«Rottweiler, würde ich sagen. Wenn auch nicht ganz reinrassig. Der rechte zum Beispiel scheint einen Schäferhund unter seinen Vorfahren gehabt zu haben. Ich weiß nicht, ob …»

«Rocco, es hätte gereicht, ‹Hunde› zu sagen! Wer, zur Hölle, interessiert sich für die Rasse?» Furio mochte keine Hunde. Er respektierte sie, hatte sich aber noch nie mit einem angefreundet. Sein Vater hatte einen Cockerspaniel gehabt, er hieß Andrea und war nicht ganz dicht. Hin und wieder war er ohne plausiblen Grund plötzlich aggressiv geworden. Manchmal hatte er sich eine halbe Stunde lang den Bauch streicheln lassen und fröhlich mit dem Schwanz gewedelt, um dann unvermittelt mit gebleckten Säbelzähnen bellend, knurrend und sabbernd anzugreifen. Die Bestie war völlig unberechenbar gewesen. Hatte niemanden respektiert und alle geliebt. Furio wurde dreimal in die Nase und zweimal in die rechte Hand gebissen, bis er eines Tages beschloss, dass er mit Andrea nichts mehr zu tun haben wollte. Und als Furios Vater ihm befahl, mit dem Hund rauszugehen, hatte er ihn einfach irgendwo in Trastevere von der Leine gelassen. Alles ging gut, bis zum Heiligabend 1976, als Andrea glücklich und frei eine Taube verfolgte und von einem Bus der Linie 23 überfahren wurde, sodass von dem psychotischen Cocker nur noch ein Büschel blondes Fell übrigblieb, das am Kotflügel des Fahrzeugs klebte.

«Ich hasse Hunde.»

«Was ich niemals verstehen werde, Furio!»

«Ich bin als Kind gebissen worden.»

«Na und, das bin ich auch», meinte Rocco und legte die Hände an den Zaun. «Aber ich liebe Hunde.»

«Dann zeig mal, wie du das Problem mit den Wachhunden in den Griff kriegst.»

«Du musst ihnen zeigen, dass du stärker bist.»

«Und wie? Soll ich eine Zeichnung machen?»

«Sieh zu und lerne, du Blödmann.» Rocco nahm sich einen Stock. «Gib mir die Zange, Seba!»

Der Freund reichte sie ihm. Dann kletterte Rocco am Zaun hoch und schob seine Clarks in die Drahtmaschen. Die Hunde blieben ungerührt liegen. Sebastiano und Furio sahen zu, wie sich ihr Freund in das selbstmörderische Abenteuer stürzte. «Lass dir nicht die Eier abbeißen!», riet Sebastiano.

«Vererbst du mir dein signiertes Foto von Cordova?», fragte Furio.

«Ich will die Feuerzeugsammlung. Die hast du mir versprochen!»

«Ihr könnt mich beide mal am Arsch lecken.» Rocco war oben am Zaun angekommen. Dort verlief ein Stacheldraht, den er nun beseitigen musste. Er griff nach der Zange und wollte gerade den Draht durchschneiden, als die Scheinwerfer eines Autos in der Dunkelheit aufleuchteten.

«Stopp!», zischte Sebastiano. Rocco hielt inne. Sie sahen alle zum Eingang hinüber. Ein in Schwarz gekleideter Mann öffnete das Fabriktor und ließ einen Lieferwagen hindurch. Rocco war viel zu gut zu sehen und kletterte schnell wieder vom Zaun herunter.

«Wer ist das denn?» Sebastiano lief gebückt auf den Eingang zu. Furio und Rocco folgten ihm. Die beiden Hunde lagen immer noch in der Dunkelheit. Die drei Freunde rannten etwa zwanzig Meter bis zum Haupteingang. Der Lieferwagen hatte angehalten. Ein Mann war ausgestiegen und rauchte. Er war groß, glatzköpfig und hatte einen schwarzen Schnurrbart. Sebastiano sah genauer hin.

«Was ist?», fragte Rocco.

«Nichts ... Ich dachte ... Nein, nichts.»

Der Mann warf die Zigarettenkippe auf den Boden und schlug dem Wächter kameradschaftlich auf die Schulter, als der ihn ins Gebäude einließ.

«Was machen wir?», fragte Furio.

«Erst mal gar nichts. Warten wir ab.»

Im Gebäude wurde kein Licht angemacht. Die drei Freunde verharrten geduckt, ohne den Blick vom Haupteingang abzuwenden. «Aber ich kenn den Typen ...», flüsterte Sebastiano. «Den, der mit dem Lieferwagen gekommen ist.»

Rocco und Furio sahen ihn an.

«Mir fällt nur nicht ein ...»

Irgendwo in der Dunkelheit schrie eine Eule. Der Mond leuchtete nach wie vor einsam und stumm inmitten des schwarzen Tuchs, das der Himmel war.

«Meine Beine sind eingeschlafen», sagte Furio.

«Streck sie aus», riet Rocco, «sonst kannst du nachher nicht laufen, wenn du hochkommst.»

Furio streckte sich. Eine Seitentür öffnete sich. Der Mann mit dem Schnurrbart trat, gefolgt von dem Wächter, heraus. Er hatte zwei Kartons in den Händen, die er zu dem Lieferwagen brachte. Rocco griff nach seinem Handy. «Wir müssen uns beeilen!» Er lief zurück in Richtung Straße. Sebastiano und Furio folgten ihm, während Rocco mit dem Handy in der Hand über Gräben und Büsche sprang. «Brizio, hörst du mich? Ich bin's, Rocco.»

«Und? Braucht ihr noch lange?»

«Da fährt gleich ein Lieferwagen vom Gelände. Wir sind auf dem Weg, mach den Motor an und lass das Licht aus.»

«Verstanden.»

Inzwischen war der Lieferwagen losgefahren und bereits am Tor. Als Rocco, Sebastiano und Furio über die Leitplanke sprangen, bog das Fahrzeug schon Richtung Rom ab. Brizio wartete mit laufendem Motor auf sie. Die drei sprangen in den schwarzen Mercedes, der dem Lieferwagen mit ausgeschalteten Scheinwerfern in einem Abstand von etwa fünfzig Metern folgte.

«Und jetzt?», fragte Brizio.

«Jetzt folgen wir dem Typen eine Weile.»

«Das war dann wohl ein Griff ins Klo!», sagte Sebastiano.

«Vielleicht auch nicht, Seba», meinte Rocco, während Brizio schließlich doch das Licht anmachte. «Wachhunde, ein Nachtwächter, möglicherweise Sensoren auch auf der Rückseite, vorne Videoüberwachung ...»

«Was meinst du damit, Rocco?»

«Alles brandneu, erst seit kurzem installiert. Scheint euch das nicht leicht übertrieben für einen Möbelladen?»

«In der Tat», stimmte Furio zu. «Leicht übertrieben.»

«Willst du damit sagen, dass wir recht hatten?», fragte Brizio.

«Ich weiß nicht. Ich will damit sagen, dass die Sache stinkt, zumindest das ...»

Der Lieferwagen fuhr weiter Richtung Rom.

«Bleib auf Abstand, Brizio», sagte Furio, der vom Beifahrersitz aus die Rücklichter des Wagens im Auge hatte.

«Wieso seid ihr so auf diesen Lieferwagen fixiert?», wollte Brizio wissen.

«Weil mir eine Warenabholung um diese Uhrzeit etwas seltsam erscheint, oder?», entgegnete Rocco, während er sich auf der Rückseite eines Kassenbons das Kennzeichen notierte.

«Luigi Baiocchi!», brüllte Sebastiano auf einmal, so überraschend, dass Brizio in die Eisen trat.

«Wovon redest du?»

«Der Mann in dem Lieferwagen, der mit dem Schnurrbart, mir ist wieder eingefallen, wer das ist. Ich kenne ihn. Das ist Luigi Baiocchi.»

«Ach du Scheiße ...», meinte Brizio.

«Du hast recht, stimmt. Ich hatte auch das Gefühl, den zu kennen.» Furio drehte sich zu Rocco und Sebastiano um. «Luigi Baiocchi …»

«Der hatte doch mal was mit Ersatzteilen für Autos zu tun», meinte Sebastiano.

«Früher mal. Dann hat er mit der Hehlerei angefangen. Aber im großen Stil. Musikanlagen, elektronische Haushaltsgeräte, Computer», zählte Furio auf, während Rocco sich eine Zigarette anzündete.

«Verdammt, Rocco, ich hab doch gesagt, dass der Wagen neu ist!», protestierte Brizio, woraufhin Rocco das Fenster öffnete und den Rauch nach draußen blies.

«Luigi Baiocchi ist ein Feigling», fuhr Furio fort. «Einer, der den Leuten in den Rücken schießt.»

«Erklär mal genauer, Hehlerei in welchem Sinne?», erkundigte sich Rocco.

Sebastiano schaltete sich ein: «Er und ein Freund, Corrado Pizzuti, die Ratte, so ein Kleiner mit 'ner hässlichen Visage, haben Leute in Civitavecchia gekannt, am Hafen. Und so sind sie an die Container rangekommen, die aus Japan.»

Rocco schnippte die Zigarettenkippe nach draußen und schloss das Fenster. «Habt ihr's begriffen?», fragte er seine Freunde. Die schüttelten die Köpfe. «Luigi Baiocchi: L.B. Und Sandro Silvestrelli ist S.S.»

«Scheiße, das stimmt!»

«Das könnte auch Zufall sein, Seba, aber eigentlich glaube ich nicht an Zufälle.»

«Jetzt müssen wir nur noch herausfinden, was diese seltsame Zeichenfolge bedeutet, die der Journalist sich notiert hat», sagte Furio. «Weißt du die noch?»

«Ich hab die so oft gelesen, dass ich sie inzwischen auswendig kann: SLR U 971197 Bindestrich 8.»

«Setz die Zahlen mal beim Lotto. Man weiß ja nie», schlug Brizio vor.

Sie fuhren am Gefängnis von Rebibbia vorbei, wo die schweren Jungs einsaßen, woraufhin Furio, Brizio und Sebastiano sich in einer abergläubischen Geste an die Eier fassten. Dann überquerten sie den Ponte Mammolo und erreichten die Via Pietralata. Mehrere Autos drängten sich zwischen sie, aber Furio blieb konzentriert an dem Lieferwagen dran. «Der biegt auf die Via dei Monti Tiburtini ab.»

«Wir auch», meinte Brizio.

Der Lieferwagen fuhr in die Via Meda, und Brizios Mercedes folgte ihm. In der Via Bardellini angekommen, bog der Lieferwagen ein paarmal überraschend ab.

«Ich würde sagen, der hat uns bemerkt», sagte Brizio.

«Bleib dran!»

Der Lieferwagen wandte sich im Labyrinth der Straßen unablässig nach rechts und links. Dann nahm er eine Einbahnstraße gegen die Fahrtrichtung und gab Gas. Es war offensichtlich, dass Luigi Baiocchi sie bemerkt hatte.

«Was machen wir? Sollen wir ihn anhalten?»

«Nein, Brizio. Fahr ihm weiter hinterher. Er weiß ja nicht, wer wir sind.»

Dann, in der Via Yambo, war der Lieferwagen auf einmal verschwunden.

«Verdammt, wo ist der?», fluchte Sebastiano. Drei Straßen weiter entdeckten sie den Wagen wieder, wo er mit ausgeschaltetem Licht und hoher Geschwindigkeit erneut gegen die Fahrtrichtung fuhr.

«Da!», rief Furio.

Brizio wendete und versuchte, das Fahrzeug einzuholen, als plötzlich ein Motorrad ohne Kennzeichen aus der Dunkelheit angeschossen kam und die Via Facchinetti in entgegengesetzte Richtung entlangraste. Auf dem Soziussitz klemmten die beiden Kisten aus dem Möbelhaus.

«Scheiße!», brüllte Brizio. «Was machen wir?»

«Den kriegen wir nie», sagte Rocco. «Mit dem Motorrad hängt der uns locker ab.»

Brizio bremste. «Weiter dem Lieferwagen hinterher?»

«Nein. Es reicht. Lasst uns nach Hause fahren. Ich hab genug gesehen. Wir sind jetzt im Vorteil. Das müssen wir ausnutzen.»

Brizio nickte und wendete, um wieder in Richtung Via Tiburtina zu fahren. «Und wieso sind wir bitte im Vorteil?»

Rocco antwortete nicht gleich. Er hing seinen Gedanken nach. «Das Ganze war arrangiert», sagte er. Die Freunde warteten schweigend auf die Fortsetzung. «Wenn einer mitten in der Nacht mit dem Lieferwagen zwei Kisten in einem Möbelladen abholt, uns dann abhängt und sie an einen Mann auf dem Motorrad übergibt, ist das nicht zufällig so passiert.»

«Du hast recht», stimmte Sebastiano zu. «Als ob Luigi Baiocchi Bescheid gewusst hätte.»

«Das war wirklich kein Zufall. Die waren vorgewarnt.» Brizio schaltete zurück und fuhr am Verano-Friedhof um die Kurve.

«Heißt das, sie haben uns über die Videoüberwachung entdeckt, der Nachtwächter hat Alarm geschlagen, und sie haben vorsichtshalber die Kisten weggebracht?»

«Ich weiß nicht, Furio. Könnte sein.»

«Ob die befürchtet haben, dass wir was entdecken könnten?», fragte Sebastiano.

Doch Rocco antwortete nicht und sagte kein Wort mehr.

Als Rocco in seine Dachwohnung in der Via Poerio zurückkam, war alles aufgeräumt. Davide hatte den Tisch abgedeckt und das Geschirr abgewaschen. Nun saß er in einem Sessel vor dem eingeschalteten Fernseher. «Entschuldigung, ich habe gerade ...»

«Ganz ruhig, Davide. Ganz ruhig. Du hast alles wieder aufgeräumt. Danke, aber ich habe eine Putzfrau.»

Davide grinste.

«Was schaust du dir da an?»

«Einen alten Western.»

«Und wie ist er?», fragte Rocco. Gerade war auf dem Bildschirm zu sehen, wie eine Gruppe wilder Indianer eine Postkutsche überfiel.

«Ich weiß nicht. Bisschen langweilig. Es passiert nicht viel. Und ich mag auch keine Schwarzweißfilme. Ich weiß nicht, das wirkt so unecht. Wie war's bei Ihnen?»

«Nichts. Ein Griff ins Klo ...» Rocco ging nachdenklich in die Küche, um sich ein Glas Wasser zu nehmen. «Ich geh schlafen. Mach den Fernseher aus, wenn du genug hast.»

«Jawohl. Und danke», meinte Davide.

Rocco ging ins Bad, zog sich aus und kroch ins Bett. Er starrte an die Decke und lauschte seinem Atem. Der Fernseher im Wohnzimmer leistete ihm Gesellschaft. Plötzlich brach der Ton ab. Offensichtlich hatte Davide ausgeschaltet. Rocco hörte, wie der Junge durchs Wohnzimmer hinüber zum Gästezimmer ging und die Tür schloss. Rocco sah auf die Uhr. Es war zwei Uhr morgens. Er beschloss, mindestens eine Stunde zu warten, bis Davide tief und fest schlief. Es war heiß, und das offene Fenster brachte gar nichts. Die Luft stand. Rocco hörte das leichte Tröpfeln der automatischen Gießanlage. Eine nervige Möwe schrie zweimal in die Nacht. Rocco drehte sich auf dem Kissen herum und sah aus dem Fenster. Eine Schicht aus Staub und Rauch färbte den Himmel grau und verdeckte die Sterne. Er könnte lesen, aber das würde nichts bringen. Seine Gedanken würden ihm keine Ruhe lassen, und er würde sich sicher nicht auf den Roman konzentrieren können, mit dessen Lektüre er vor einem Monat auf Marinas Drängen hin angefangen hatte. Bisher hatte er es gerade mal bis Seite dreiundsechzig geschafft. Er sah auf die Uhr. Halb drei. Noch dreißig Minuten, in denen er sich im Bett herumwälzen musste. Ob Marina schlief? Oder genau wie er wach war? Vielleicht dachte sie an ihr Gespräch in der Krypta von San Clemente. Eine schöne Geschichte, die von Theodora und dem Präfekten Sisinnius, der gemeinsam mit seinen Soldaten von dem Heiligen geblendet wurde, die daraufhin anstatt der Frau eine Säule mit nach Hause nahmen. Ob das eine Metapher war? War diese Legende an ihn gerichtet gewesen? Hatte er das mit nach Hause genommen? Ein Stück Marmor? Nein, das konnte nicht sein. Seine Frau musste freiwillig zu ihm zurückkehren, wenn sie es wollte, musste die Augen schließen und ihm verzeihen. In gewisser Weise musste sie blind sein. Wie die Soldaten des römischen Präfekten. Bei ihnen beiden war es andersherum. Marina hatte entdeckt, dass ihr Mann einen anderen Glauben hatte, und ihn dann verlassen.

Und um zurückkehren zu können, musste sie blind und vielleicht auch ein wenig stumm werden. Dort war es der Heilige, der das Wunder bewirkte, die Magie des Blendens. Hier nicht. Ihm oder seiner Frau würde niemand helfen. Sie mussten es allein schaffen. Dabei fiel ihm eine Strophe aus einem Lied ein: *È un mondo adulto. Si sbaglia da professionisti – Es ist eine Welt der Erwachsenen. Wir irren uns als Profis*. Wir sind verantwortlich für unsere Entscheidungen, wir sind keine Kinder mehr und brauchen keinen Vater, dem wir die Schuld geben oder dem wir uns anvertrauen können, um gerettet zu werden. In dieser Sache gab es keinen heiligen Clemens und auch keinen Gott. Es gab nur ihn und seine Frau, die sie sich nackt gegenüberstanden, um sich zu betrachten und zu begreifen, ob sie den Weg gemeinsam weitergehen wollten oder nicht.

Drei Uhr. Rocco stand leise auf. Immerhin war der Boden kühl. Er verließ das Schlafzimmer. Die Wohnung war dunkel, doch durch die Fenster fiel ein wenig Licht herein. Er ging zum Gästezimmer hinüber und legte das Ohr an die Tür. Das tiefe, gleichmäßige Atmen des Jungen war zu hören. Vorsichtig drückte Rocco die Klinke herunter. Davide lag im Bett auf der Seite und schlief mit einem Arm über dem Kopf. Er hatte die Fensterläden geschlossen. Sein Handy lag neben der Wasserflasche auf dem linken Nachttisch. Ein Schritt nach dem anderen, vorsichtig die Füße aufsetzend, schlich Rocco darauf zu. Er nahm es und zog sich zurück, ohne dabei den Blick von dem ruhig weiterschlafenden Jungen abzuwenden. Leise schloss er die Tür hinter sich und ging vom Flur ins Wohnzimmer. Er öffnete die Liste der Anrufer, um die letzten Aktivitäten nachzuvollziehen. Um 23.05 hatte Davide eine Nummer angerufen, die unter dem Namen Emeka gespeichert war, und um 1.35 hatte er von demselben Kontakt einen Rückruf erhalten. Rocco notierte sich die Nummer. Dann ging er wieder ins Gästezimmer zurück, legte das Telefon auf den Nachttisch und verließ mit der Leichtigkeit eines Schmetterlingsflügels den Raum.

Die Stunden, die ihm noch blieben, schlief er. Unruhig und in der klebrigen Wärme schwitzend. Bevor er ging, legte er Davide einen Zettel hin und verließ dann die Wohnung.

Im Kommissariat grüßte Rocco den Agente, der gerade Pförtnerdienst hatte, und ging zu seinem Büro. De Silvestri kam ihm auf dem Gang entgegen. «Buongiorno, Dottore. Ich habe eine gute und eine schlechte Nachricht.»

«Madonna, Alfre', ich bin doch gerade erst reingekommen!»

«Ich fange mit der schlechten an, die wirklich schlecht ist!»

Um sich zu wappnen, atmete Rocco tief durch. «Schieß los!»

«Alberto Ferri, der Journalist, ist letzte Nacht gestorben.»

«Scheiße!» Rocco schlug mit der Faust gegen die Tür. «Er war der Einzige, der ein wenig Licht ins Dunkel hätte bringen können. Können wir denn nicht ein Mal Glück haben, ein einziges Mal!» Dann sah er seinen Kollegen an. «Das tut mir echt leid, verdammt noch mal!»

«Wie geht es Davide?»

«Der schläft noch, der Glückliche. Und er ist ein begnadeter Koch.»

«Sie dagegen haben dunkle Ringe unter den Augen.»

«Schwamm drüber, Alfre', was ist mit der guten Nachricht?»

«Gizzi hat angerufen.»

Rocco schüttelte den Kopf. «Was ist an dieser Nachricht gut?»

«Das, was er Ihnen erzählen wird.»

Rocco verzog unwillig das Gesicht. «Na, dann ruf ich ihn mal an.» Er trat in sein Büro, blieb dann jedoch noch einmal stehen und rief seinen Kollegen zurück. «Alfredo!»

«Ja?», fragte dieser und drehte sich wieder um. Rocco steckte eine Hand in die Tasche. «Ich wüsste gern, wessen Handynummer das ist. Sie war unter dem Namen ‹Emeka› gespeichert. Dauert das lange?»

«Kommt postwendend.»

«Was gibt's, Gizzi?»

«Du hast ein Riesenschwein, Schiavone!»

«Lass hören …»

«Der Fingerabdruck an dem Tankautomaten in der Nähe des Marmorsteinbruchs … Wir konnten ihn zuordnen. Er ist von einem gewissen Luigi Baiocchi. Einige Vorstrafen. 2002 zum Beispiel …»

«Den kenne ich, Gizzi, den Lebenslauf kannst du dir sparen. Ist es sicher, dass er es ist?»

«Beim daktyloskopischen Vergleich konnten ganze siebzehn Übereinstimmungspunkte nachgewiesen werden. Es ist also ziemlich sicher. Luigi Baiocchi hat an dem Abend des Verbrechens an diesem Automaten getankt. Wie klingt das?»

«So gut wie Schuberts Ave Maria, Gizzi. Eine gute Nachricht, danke.»

«Ist mein Job.» Das Gespräch war beendet.

Rocco legte die Hände auf den Schreibtisch. Der Moment für den ersten Joint des Tages war gekommen. Danach würde er Sasà D'Inzeo anrufen. Während er den Joint anzündete, überlegte er, ob er noch einmal zu dem Möbelladen fahren sollte, ganz unauffällig vielleicht. Er war davon überzeugt, dass Silvestrelli Bescheid wusste. Und der Grund dafür war in Davides Handy zu finden. Wessen Nummer der Junge letzte Nacht wohl angerufen hatte, als er allein war? Er musste es noch mal im Möbelhaus versuchen. Wenn auch nur, um ein bisschen herumzuschnüffeln, sich umzusehen, den Gestank zu atmen von dem, was da faul war. Er warf den halbgerauchten Joint aus dem Fenster, und gleich darauf klopfte jemand an die Tür. Rocco rief nicht herein, da der Marihuanageruch noch zu stark war. Er ließ trotz laufender Klimaanlage das Fenster offen und ging zur Tür. Es war Parrillo. «Darf ich reinkommen?»

«Nein. Was ist?»

«De Silvestri hat keine Registrierung für die Handynummer gefunden.» Parrillo faltete den Zettel auseinander, den er in der Hand hatte. «Die unter ‹Emeka› eingetragen war.»

«War ja klar! Was für ein scheiß Name ist das überhaupt, Emeka?»

«Keine Ahnung. Hört sich nicht italienisch an.»

«Bravo, Parrillo, damit hast du eindeutig dein detektivisches Gespür unter Beweis gestellt, das dich in die Reihen der Polizei geführt hat. Und was für eine Nationalität ist es dann?», fragte sich Rocco, während er zum Computer ging, um schnell mal im Internet nachzusehen.

«Äh!»

«Ah ja, hier zum Beispiel gibt es einen Fußballspieler, der Emeka heißt und in Lagos geboren ist.»

Parrillos Miene hellte sich auf. «Ach so, Lagos, das ist Vietnam, oder?»

«Madonna, Parrillo! Lagos, nicht Laos. Lagos ist die Hauptstadt von Nigeria!»

«Dann ist er Afrikaner!»

«Leck mich am Arsch, Parrillo. Jedenfalls vielen Dank!» Rocco klopfte dem Kollegen auf die Schulter und verließ den Raum.

«Aber ich hab doch nichts getan!»

«Genau», rief Rocco ihm zu, während er eilig durch den Gang des Kommissariats lief.

«Alfredo, kannst du mir eine clevere weibliche Kollegin organisieren, die mich begleitet.»

«Wohin?»

«Auswärts. Wer steht da zur Verfügung?»

«Clever?»

«Genau.»

«Luisella?»

«Alfre', ich hab gesagt ‹clever›. Da ist Luisella keine Option.»

«Moment, lassen Sie mich nachdenken ...» De Silvestri legte die Hand ans Kinn.

«Und möglichst hübsch. Auch das schließt Luisella aus.»

«Warum hübsch?»

«Sie muss als meine Frau durchgehen.»

«Sie haben ja eine hohe Meinung von sich!»

«Schau dir Marina an und sag mir, ob ich falschliege. Vergiss es, ich weiß, dass ich heute nicht viel hermache, aber, Alfre', lass dir gesagt sein, dass ich gut ankomme. Ich weiß nicht, warum, aber ich komme bei den Frauen an.» Rocco zwinkerte seinem Kollegen zu.

«Ich hab's! Sie hat vor einem Monat erst angefangen.»

Rocco sah De Silvestri schräg an. «Vor einem Monat hat hier eine hübsche, clevere Kollegin angefangen, und ich bin der Letzte, der davon erfährt? Alfredo, was ist los?»

«Zu viel Arbeit, Dottore. Soll ich sie herbitten?»

«Ja, aber in Zivil.»

«Buongiorno.» Rocco sah auf. Schneeweiße Zähne in Kontrast zu einem gebräunten Teint, kastanienbraune Locken und Sommersprossen auf Nase und Wangen. Er stand auf: «Schiavone. Herzlich willkommen.»

«Agente Elena Dobbrilla.»

Sie gaben sich die Hand. Elenas war eiskalt.

«Wir werden zu einem bestimmten Ort fahren. Und ich bitte dich um das Opfer, so zu tun, als wärst du meine Frau. Geht das?»

«Solange ich nur so tun muss ...», entgegnete die Kollegin.

Rocco lächelte, und sie verließen das Büro. Dunkle Wolken verdichteten sich am Himmel über Rom. Ein Donner kündigte an, dass in Kürze der übliche tropische Regenguss niedergehen würde.

Vom Regen durchnässt, der sie auf dem Weg vom Parkplatz zum Möbelhaus erwischt hatte, betraten Rocco und Elena das Gebäude. Darin war es ausgesprochen kühl, sodass Elena fröstelte.

«Einen Schirm haben Sie wohl nicht?», fragte sie und wischte sich die Hände an der grauen Jeans trocken. Ihre Jogginschuhe waren genauso nass wie ihr Haar, das nun nicht mehr gelockt war und nach hinten gestrichen, sodass ihre Augen umso mehr zur Geltung kamen.

«Kann ja kein Mensch ahnen, dass es im Juli regnet.»

«Ich weiß, Dottore, aber so geht es ja schon seit Tagen ...»

«Gut, wollen wir jetzt arbeiten oder diese schwachsinnige Unterhaltung über das Wetter fortführen?»

In der Luft hing ein starker Geruch nach Wachs und Holzöl. Das Geschäft war in einer riesigen, etwa tausend Quadratmeter großen Halle untergebracht und vollgestopft mit Möbeln im Ethno-Stil. Einige Kunden beschäftigten sich mit Stoffmustern und begutachteten aufmerksam Schubladen, Türen und Schlösser. Die verschiedenen Bereiche waren nach der Herkunft der Möbel aufgeteilt: Thailand, China, Indien, Mexiko. Die strahlenden Farben und die floralen Muster würden Marina gefallen, dachte Rocco.

«Wissen die, wer Sie sind?»

«Wahrscheinlich, Elena.»

«Und was machen wir hier?», fragte die Kollegin Rocco leise.

«Wir sehen uns um. Brauchst du nicht noch Möbel?»

«In meine Einzimmerwohnung passt nicht mal mehr ein Nagel rein, Dottore.»

Sie gingen zwischen den Möbeln umher. Elena öffnete hin und wieder eine Schublade und blickte hinein.

«Was hoffst du zu finden?», fragte Rocco.

«Och ... Ich mache, was Sie gesagt haben. Ich tue so, als ob mich das Zeug hier interessiert ... aber diese Möbel kosten ein Vermögen!»

«Das sind ja auch ethnische Möbel», entgegnete Rocco und zwinkerte ihr zu.

Ein Mann trat zu ihnen. Er trug ein strahlend weißes Hemd und lächelte sie an. Sein langes Haar hatte er zu einem Zopf gebunden, und ein Spitzbärtchen schmückte sein Kinn wie eine Spitzenborte. «Kann ich Ihnen helfen?»

«Wir schauen uns nur ein wenig um. Sind die Möbel antik?», fragte Rocco.

«Einige ja, andere nicht. Damit erklärt sich die große Preisspanne zwischen den Möbeln. Zum Beispiel ...» Er ging zu einem schwarzen chinesischen Schrank hinüber. «... dieser ist antik. Ende neunzehntes Jahrhundert. Und kostet sechstausend Euro. Der daneben, der blaue, nur tausendzweihundert. Der wurde von unseren Handwerkern hergestellt.»

«Ihren Handwerkern?»

«Ja, wir arbeiten mit mehreren Möbeltischlern an verschiedenen Orten der Welt zusammen. Suchen Sie etwas Bestimmtes?»

Elena sah Rocco an und zeigte dann ihr schönstes Lächeln. «Anrichten und Kommoden. Ich würde mir gern welche im mexikanischen Stil ansehen. Mein Vater und ich müssen ein Hotel einrichten ... unser Hotel in Bracciano.»

Rocco warf ihr einen bösen Blick zu.

«Was ist, Papà?»

«Nichts …», meinte Rocco.

«Gut, dann hier entlang!», sagte der Verkäufer, der sich wahrscheinlich ein lohnenswertes Geschäft erhoffte, mit leuchtenden Augen. Mit einer energischen Geste wies er auf den gegenüberliegenden Teil der Halle. Die lateinamerikanischen Möbel befanden sich an der am weitesten entfernten Wand des Gebäudes neben den Innenfenstern zu den Büros.

Sehr gut, Elena!, dachte Rocco.

Sie hatte die mexikanischen Möbel gewählt, weil sie von dort aus einen besseren Blick auf die Ausstellungsfläche und die Räume hinter den Fenstern hatten.

«Wollten wir nicht ein Ehepaar sein?», flüsterte Rocco seiner Kollegin zu.

«Ich denke, so ist es wesentlich glaubwürdiger.»

«Blöde Kuh.»

Elena lachte leise.

«Bitte schön … Hier haben wir ein paar Anrichten aus Chiapas. Auf die angegebenen Preise gibt es einen Rabatt von dreißig Prozent», sagte der Verkäufer lächelnd. «Und wenn Sie eine größere Menge abnehmen, erhöht das den Rabatt nochmals um fünfzehn Prozent.» Er übergab Rocco eine Visitenkarte: *Fabio Inchingolo, Verkaufsleiter.* Gefolgt von einer Telefonnummer und einer Mailadresse. Rocco steckte die Karte ein. «Sehr gut», sagte er.

«Papà, sieh dir diese wundervolle Anrichte an. Die würde Mamma sicher gefallen!»

«Denkst du?»

«Die würde an der Rezeption sicher toll aussehen.»

«Ihre Tochter hat recht», brachte Fabio Inchingolo sich ein und richtete sich das lange, zurückgegelte Haar. «Als

Hingucker für einen gerade eingetroffenen Gast wäre dieses Stück ideal.»

«Meine Tochter hat keine Ahnung», entgegnete Rocco. «Die Rezeption ist minimalistisch, wie oft soll ich dir das noch sagen, Elena? Dort hängt nicht mal ein Schlüsselbrett. Es gibt nur einen Concierge, der den Gästen die Schlüsselkarten überreicht. Also halt den Mund, Elena, Liebes, und lass deinen Vater reden!»

Der Verkäufer, der sich offensichtlich unwohl fühlte, kratzte sich den Bart. «Ich verstehe. Dann lasse ich Sie mal lieber allein.» Eilig verschwand er hinter einer riesigen gelbblauen Anrichte.

«Gut gespielt, Chef.»

«Ich muss mich hier mal umsehen. Könntest du für etwa zehn Minuten den Schönling ein bisschen ablenken?»

«Aber sicher ... Papà!»

Rocco biss sich auf die Lippe. «Das wird noch ein Nachspiel haben, Agente Dobbrilla. Denn früher oder später kehren wir ins Kommissariat zurück.»

Elena wandte sich abrupt um und ging auf den Verkäufer zu, der neben einem Tisch für zwölf Personen aus blauem Holz mit Margeritendekor wartete.

«Könnten wir uns mal über den Transport unterhalten?», fragte sie. «Wir sind an einigen Möbeln sehr interessiert. Vor allem an Schlafzimmern. Im indonesischen Stil.» Der Mann lächelte und wies auf einen anderen Flügel des Geschäfts. «Dort entlang. Ihr Vater?»

«Vergessen Sie ihn ... das machen wir beide. Sie hätten nicht vielleicht ein Handtuch für mich?»

Rocco wartete, bis die beiden hinter den Anrichten verschwunden waren, und näherte sich dann den Fenstern zu den Büros. Er spähte hindurch. Eine junge Frau saß an einem Schreibtisch und begutachtete irgendwelche Papiere. Außer dem Schreibtisch standen nur noch zwei Aktenschränke in dem Raum. Rocco sah sich in der Ausstellungshalle um. Fabio Inchingolo und Elena waren bei den indonesischen Möbeln angekommen und unterhielten sich. Rocco nahm die Visitenkarte des Verkäufers zur Hand und gab die angegebene Nummer der Zentrale in sein Handy ein. Kurz darauf sah er, dass die junge Frau im Büro ans Telefon ging.

«Möbel Damai, was kann ich für Sie tun?»

«Salve, Restelli mein Name ... Ich habe ein Problem mit einer Lieferung. Könnte ich bitte mit Signor Inchingolo sprechen?»

«Einen Moment, ich stelle durch.»

Rocco beobachtete, wie die Sekretärin auf einen Knopf drückte und wartete. Im selben Moment klingelte im Büro des Verkaufsleiters das Telefon. Der jedoch war gerade damit beschäftigt, Elena ein Himmelbett zu zeigen.

«Entschuldigen Sie, er geht nicht ran ... Er ist sicher gerade mit einem Kunden in der Ausstellungshalle unterwegs.»

«Hören Sie, es ist wirklich extrem dringend. Ich stehe mit dem Lastwagen mitten auf der Straße in der zweiten Reihe ... Könnten Sie so nett sein und nach ihm suchen?»

Die junge Frau verdrehte die Augen, schob genervt den Stuhl zurück und verließ mit dem schnurlosen Telefon in der Hand den Raum. Hinter ihrem Rücken schlüpfte Rocco in das leere Büro. Er stürzte sich auf die Lieferscheine und begann, die Unterlagen durchzublättern. Sämtliche Möbel kamen aus China und Indien. Neben den Transportunternehmen waren Summen in Fremdwährung angegeben. Rocco warf durchs Fenster einen Blick in den Ausstellungsraum und sah, dass die junge Frau bei den indonesischen Möbeln angekommen war und dem Verkäufer das Telefon übergab. «Pronto?», tönte es gleich darauf aus seinem Handy, doch er antwortete nicht. Stattdessen eilte er zu dem ersten der Aktenschränke hinüber und öffnete ihn. Darin befanden sich ausschließlich Rechnungen aus 2006, dem Vorjahr. Namen von Lieferanten und Kunden, nichts Interessantes.

«Pronto? Wer ist da?»

«Fratte zecherle in Farbens?», nuschelte Rocco, während er den zweiten Aktenschrank öffnete.

«Wie bitte? Ich versteh Sie nicht!»

«Geben Sie mir ...», dann sagte er nichts mehr. Der Schrank war leer, bis auf zwei Ordner mit der Aufschrift *Transportunternehmen*. Er sah, dass die junge Frau mit eiligem Schritt zurück zum Büro kam. Damit saß er in der Falle. Wenn er jetzt den Raum verließ, würde sie ihn sehen. Er griff nach einem der Ordner, öffnete das Fenster nach draußen und kletterte in dem Moment, als die Sekretärin wieder an ihren Arbeitsplatz zurückkehrte, hindurch.

Draußen unter dem Fenster hockend, sah Rocco sich um. Es regnete nicht mehr. Er befand sich auf der Rückseite des Gebäudes, nicht weit von dem Zaun entfernt, von dem aus er und seine Freunde in der Nacht Luigi Baiocchi beobachtet hatten. Um nicht gesehen zu werden, lief er geduckt ein Stück nach vorn. Dann richtete er sich auf und ging mit der Akte unter dem Arm auf den Eingang zu. Er konnte die Sicherheitskameras in seinem Rücken regelrecht spüren, gab sich aber betont ruhig und ging weiter.

Dann standen sie vor ihm.

Er hatte richtig geschätzt. Es waren zwei Rottweiler, wobei der rechte nicht reinrassig war. Sie versperrten ihm den Weg, sahen ihn mit kaltem, mörderischem Blick an und fletschten geifernd die Zähne. Lautlos, mit angespannten Muskeln, einem vom Regen glänzendem Fell, weißen Zähnen – zwei scharfe Waffen.

Keine Angst, keine Angst, keine Angst!, dachte Rocco und ballte unauffällig die Fäuste. Was, wenn er den Blick senkte und damit seine Unterwerfung zeigte? Wie würden sie reagieren? Oder sollte er ihnen weiterhin in die Augen schauen? Und wenn sie das als Herausforderung ansahen?

Sich zurückziehen, ohne sie aus den Augen zu lassen, ihnen deutlich machen, dass keine Gefahr bestand, sondern dass man ihr Revier respektierte. Ihnen niemals den Rücken zuwenden!, sagte er sich. Sich umzudrehen wäre unverzeihlich und käme einer klaren Aufforderung zum Angriff gleich.

Oder sollte er auf sie zugehen?

«Verschaff dir Respekt, mach ihnen Angst!», fielen ihm die Worte Rossettinis wieder ein, seines Kollegen von der Hundestaffel, der mehr Zeit mit verrückten Hunden verbrachte als mit Menschen. «Verschaff dir Respekt!»

Leichter gesagt als getan, dachte Rocco. Aber tatsächlich ging es ums Sagen, um ein einzelnes Wort, ein deutsches Wort, das Rossettini in solchen Fällen benutzte. Rocco schrie es, mehr aus Verzweiflung als aus wirklicher Überzeugung: «Platz!»

Es funktionierte.

Die Biester setzten sich, schlossen die Mäuler, wedelten mit ihren gestutzten Schwänzen und leckten sich beschämt die Lefzen. Langsam ging Rocco auf die Rottweiler zu und betrachtete sie, die riesigen Köpfe, den schäumenden Speichel in den Winkeln der Mäuler. Er sagte nichts. Langsam, einen Fuß vor den anderen, bis er nur noch einen Meter von den beiden Wachhunden entfernt war. Die noch immer mit den Schwänzen wedelten und kein drohendes Knurren von sich gaben. «Platz!», wiederholte er leiser. Der größere der beiden streckte den Kopf vor. Rocco streichelte ihn vorsichtig. Das Tier hatte sich ihm unterworfen. Das Wesentliche war geschafft. Nun musste er nur noch das Tor an der Vorderseite des Gebäudes erreichen. Er ging an den Hunden vorbei und näherte sich, ohne die Tiere aus den Augen zu lassen, dem Tor. Die Hunde blieben sitzen und wandten die dicken Köpfe, um ihn im Blick zu behalten. Sie warteten auf einen Befehl, den Rocco jedoch nicht mehr wusste. Es war schon ein Wunder, dass er sich an das Wort «Platz!» erinnert hatte. Er griff mit der rechten Hand nach dem Metall. Geschafft! Nun musste er nur noch den Riegel zurückziehen. Das tat er, öffnete das Tor und brachte sich jenseits des Zauns in Sicherheit. Er stieß einen Pfiff aus, woraufhin die beiden Hunde zu ihrem im Schatten liegenden Refugium zurücktrotteten, zu ihrer Hütte.

Rocco wischte sich über die schwitzende Stirn und kehrte zur Ausstellungshalle zurück, wobei er sich die Akte hinter dem Rücken in die Hose schob und sie mit seinem Shirt bedeckte.

Die Kälte der Klimaanlage schnitt wie eine Messerklinge in seine schweißbedeckte Haut. Er fröstelte und sah, dass Elena immer noch mit dem Verkäufer sprach. Eilig ging er auf sie zu.

«Papà!»

«Dottore?»

«Du bist … Du bist so bleich …»

«Ja, mir geht's nicht so gut. Der Magen.»

«Papà isst gern Krapfen mit Cremefüllung!»

«Dann ist es ja kein Wunder, dass es Ihnen nicht gutgeht!», meinte der Verkäufer.

«Gehen wir, Elena?»

«Sicher», sagte die Kollegin. Zum Abschied gab sie Fabio Inchingolo die Hand.

«Dann warte ich darauf, dass Sie sich melden!»

«Sicher, spätestens übermorgen», rief Elena ihm zu, während sie Rocco folgte, der auf den Ausgang zuschritt.

«Möchten Sie Prospekte mitnehmen?»

«Ich hab alles hier gespeichert!» Sie tippte sich an die Stirn. «Im Gedächtnis! Vielen Dank noch mal!»

Als sie wieder im Auto saßen, schnüffelte Elena ein paarmal, während sie den Sicherheitsgurt anlegte. «Dottore, ich will Sie nicht beleidigen, aber Sie riechen ein wenig streng …»

«Lass gut sein, Elena. Pures Adrenalin. Du hast keine Ahnung, was ich hinter mir habe. Wir fahren jetzt wieder ins Kommissariat.» Er zog den Ordner hervor.

«Was ist das denn?»

«Das weiß ich noch nicht. Vielleicht nichts weiter.» Er überflog die Papiere. «Das ist die Transportfirma, mit der sie arbeiten. Rechnungsnummern … Lieferscheine …» Konzentriert blätterte er durch die Unterlagen.

«Sie wirken erschreckt. Was war los?»

«Ich musste mit zwei monströsen Wachhunden fertigwerden. Und dabei hab ich ein Riesenschwein gehabt, Töchterchen. Apropos …»

«Ich weiß schon. Das war ein Scherz. Sind Sie jetzt beleidigt?»

«Warum sollte ich? Ich hätte gern eine Tochter wie dich!»

Sie lachten.

Dann sah er es, wie ein Blitzlicht leuchtete es vor ihm auf. Auf einem der Lieferscheine. Neben dem Namen des Transportunternehmens stand die Zeichenfolge: SLR U 971197-8.

«Verdammt!», rief er aus.

«Was ist los? Haben Sie etwas Interessantes entdeckt?»

«Oh, ja!», meinte Rocco und griff nach seinem Handy. «De Silvestri, ich bin's, Rocco. Ich muss mit jemandem von der Eisenbahn sprechen. Das heißt, warte …» Rocco dachte einen Moment nach. «Nein, ich hab's mir anders überlegt. Mit jemandem von der Hafenbehörde. In Civitavecchia … Ich bleib dran …»

«Was hat denn die Hafenbehörde von Civitavecchia damit zu tun?», fragte Elena, während sie auf die Straße achtete. Rocco machte ihr ein Zeichen, still zu sein. «Pronto? Schiavone, Staatspolizei …»

«Gardini, Primo Maresciallo, Oberstabsbootsmann der Marine, was kann ich für Sie tun, Dotto' …»

«Hören Sie, ich lese Ihnen jetzt eine Zeichenfolge vor. Vielleicht könnten Sie mir erklären, worum es sich handelt.»

«Gern», meinte der Primo Maresciallo. Rocco nannte die Zeichenfolge, die er in den Aufzeichnungen des Journalisten gefunden hatte und inzwischen auswendig kannte: «SLR U 971197-8.»

«Das ist leicht. Das ist ein alphanumerischer Code, auch Bic genannt. Damit werden die Transportcontainer bezeichnet. Genauer gesagt: Das Erste ist das Alpha Prefix, auch Owner Code genannt, und dahinter verbirgt sich der Eigentümer. Das U ist der Produktgruppenschlüssel. 971197 ist die Registriernummer des Containers, und die Zahl am Ende ist die Prüfziffer.»

«Hören Sie, kann man daraus schließen, wem der Container gehört?»

«Sicher. Was genau brauchen Sie? Sämtliche Container sind in einer Liste verzeichnet. Wenn Sie eine Minute warten, gebe ich Ihnen alles durch.»

«Gut, ich warte.» Rocco hörte das Klacken einer Tastatur, der Maresciallo hatte mit der Suche begonnen. Der Verkehr auf der Ringstraße hatte zugenommen, und auf der Höhe von San Lorenzo gerieten sie in den üblichen Stau. «Das kann eine halbe Stunde dauern», meinte Elena.

«Haben wir eine Alternative?»

«Einen Hubschrauber.»

Die Stimme des Primo Maresciallo war wieder zu hören: «Also, Dottor Schiavone. Der Name des Eigentümers ist Silvestrelli.»

Rocco schlug triumphierend mit der Faust aufs Armaturenbrett.

«Den Unterlagen zufolge wird der Container hier im Hafen ankommen, und zwar … übermorgen. Noch was?»

«Wissen sie, woher der Container kommt?»

«Sicher. Aus Mexiko.»

«Vielen Dank, Gardini. Das waren wertvolle Informationen. Und dieses Gespräch hat nie stattgefunden.»

«Kein Thema. Irgendetwas sagt mir, dass wir uns bald persönlich kennenlernen werden.»

«Sieht ganz so aus.» Rocco beendete das Gespräch. «Heute ist ein wunderbarer Tag, Elena: der Ausflug mit dir zum Möbelhaus, die Nachrichten am Telefon. Fehlt nur noch eine Kleinigkeit, um mich zu einem rundum glücklichen Mann zu machen.»

«Darf ich fragen, was?»

«Dass meine Frau zu mir zurückkommt.»

«Das nennen Sie eine Kleinigkeit?»

Die umfangreichen Recherchen Zuccaris und De Silvestris hatten nichts ergeben. Keine Spur von dem mysteriösen Emeka. Es war ihnen nicht gelungen, herauszufinden, wer sich hinter diesem Namen verbarg.

«Und wie finden wir den nun?», fragte Zuccari und drehte die Papiere in seinen Händen.

Rocco schnaubte. «Immer die alte Geschichte mit dem Berg und dem Propheten, so eine Scheiße!» Zuccari sah ihn an, ohne ein Wort zu verstehen. «Simone, hast du Zivilkleidung hier?»

«Jeans und T-Shirt.»

«Gut. Nimm meinen Motorroller und komm mit. Und sag zu Hause Bescheid, dass es spät wird.»

Zuccari stand auf und schüttelte den Kopf. «Die Schrottkiste brauche ich nicht, ich hab mein eigenes Motorrad. Sie müssen mir nur noch sagen, wo es hingeht.»

«Ich hab großartige Neuigkeiten, Davide», sagte Rocco, als er in der Wohnung ankam. Er zog den Leinenlappen aus, der vor dem Regenguss mal ein Jackett gewesen war, knüllte ihn zusammen und warf ihn, aufs Bidet zielend, ins Badezimmer.

Davide saß am Tisch und las Zeitung. «Und welche?»

«Wo hast du denn die Zeitung her?»

«Die hat Inna mitgebracht. Die Putzfrau. Sie hatten ihr gar nicht gesagt, dass ich hier bin, deswegen hat sie fast einen Herzinfarkt gekriegt.»

«Das geschieht ihr recht, die soll hingehen, wo der Pfeffer wächst. Also, Davide, die wunderbare Nachricht!»

«Schießen Sie los!»

«Wir haben sie.»

Im Blick des Jungen leuchtete Panik auf. «Wen haben Sie?»

«Die Mörder von Matteo und Giovanni. Sie haben schon gestanden. Und willst du wissen, wer es war?»

«Wer?», fragte Davide und versuchte seine Angst zu überspielen.

«Zwei Scheiß-Chinesen. Deine Freunde sind in eine illegale Spielhölle auf der Piazza Vittorio hineingeraten. Völlig verrückt. Das hatte nichts mit den Drogen und den anderen Dingen zu tun, von denen du mir erzählt hast. Die waren einfach nur spielsüchtig und haben diesem Chuen-Lai, oder wie der Kerl heißt, der sie um die Ecke gebracht hat, eine Menge Geld geschuldet.» Rocco setzte sich an den Tisch. «Traurig, nicht?»

«Ja, traurig. Und nun ...»

«Und nun, mein Freund, bist du frei zu gehen, wohin du willst. Niemand hat es auf dich abgesehen. Du bist nicht in Gefahr.» Rocco lächelte. «Und ich bin froh, dass die Sache so ausgegangen ist, Davide. Natürlich tut es mir leid für deine Freunde, aber ich freue mich für dich. Du kannst jetzt ins Old England zurückkehren, wo Steven seit Tagen allein arbeitet und kurz davor ist durchzudrehen!»

Rocco schlug dem Jungen freundschaftlich auf die Schulter. Der stand zögernd und leicht schwankend auf. «Was machen wir mit den Sachen?» Er wies auf die Hose, die Rocco ihm gegeben hatte.

«Behalt sie. Ich schenk sie dir. Ich geb dir auch das Geld fürs Taxi. Los, Davide, deine Eltern warten auf dich!»

Simone Zuccari stand mit vor der Brust verschränkten Armen im Schatten einer üppigen Magnolie, als sein Handy klingelte. «Bin vor Ort, Chef!»

«Gut, jetzt gleich kommt ein Taxi, in das Davide einsteigt. Bleib an ihm dran, verstanden?»

«Verstanden. Aber ich hab nicht mehr viel Benzin.»

«Dann geh tanken!»

«Muss ich das bezahlen?»

«Madonna, Zuccari, ich geb dir das Geld später wieder! Das erledigen wir, wenn der Krieg gewonnen ist, okay?»

«Welcher Krieg, Dottore?»

«Ich hab dich für schlauer gehalten, Simone ...»

«Können wir hier rausgehen und draußen miteinander reden?», fragte Rocco, zwischen den Zeitungsstapeln stehend, während Sasà D'Inzeo vor dem Fenster rauchte.

«Nun sieh dir dieses Elend an! Hässliche Gebäude, Autos, angerostete Werbetafeln. Ich bin auf dem Dorf geboren, zwischen Kühen. Das hier ist nichts mehr für mich. Wenn ich in den Ruhestand gehe, nehme ich Clara mit und kehre zurück aufs Land.» Er wandte sich um und sah Rocco an. Dabei stieß er unabsichtlich einen Stapel Zeitungen um, die zu Boden fielen. Er bückte sich nicht, um sie aufzuheben. «Nach Gualdo Tadino, in Umbrien. Warst du mal dort?»

«Nein. Ist es schön da?»

«Natürlich, das ist Umbrien, reicht das noch nicht für dich?», entgegnete der Staatsanwalt mit einem Schulterzucken. «Und du?»

«Meine Frau und ich wollen in die Provence ziehen.»

Sasà D'Inzeo schnalzte mit der Zunge. «Wunderschön! Habt ihr euch schon für einen Ort entschieden?»

«Ganz oben auf der Liste stehen im Moment Saint-Paul-de-Vence und Grasse, aber am Horizont ist gerade Ramatuelle aufgetaucht.»

«Dort ist Gérard Philipe beerdigt. Ich war mal da. Ganz wunderbar, aber zu nah an Saint-Tropez, was ich ehrlich gesagt hasse.»

«Ich auch. Aber auf dem allerletzten Platz ist bei mir Aix-en-Provence. Könnten wir jetzt bitte dieses Büro verlassen, weil ich dir dringend etwas erzählen muss?»

«Was ist denn mit diesem Büro nicht in Ordnung?»

«Es stinkt. Und diese ganzen Zeitungen sind eklig.»

Sasà D'Inzeo seufzte. «So ein Scheiß! Okay, gehen wir in die Bar. Lust auf ein Tramezzino?»

«In Zellophan verpackt oder mit einem Tuch bedeckt?»

Der Staatsanwalt sah Rocco streng an. «Glaubst du etwa, ich würde in eine Bar gehen, wo die Tramezzini in Zellophan eingepackt sind? Das betrachte ich als persönliche Beleidigung, Schiavone!»

Als sie den Raum verließen, knallte wegen der Zugluft ein Fenster zu und sorgte dafür, dass drei weitere Stapel mit Zeitungen umkippten. Sie fielen wie vertrocknetes Laub zu Boden.

«Ich weiß den Namen von einem der Mörder der beiden Jungen, aber sehr bald werde ich noch viel mehr über ihn wissen», begann Rocco, während er am ersten Bissen Tramezzino kaute.

«Wie heißt er?»

«Emeka. Er ist Nigerianer.»

«Mit Thunfisch und Artischocken liegt man immer richtig.» Auch der Staatsanwalt biss in sein Tramezzino. «Wie bist du an den Namen gekommen?»

«Davide Mariotti, der dritte Junge, der in die Sache verwickelt ist, war bei mir zu Hause. Jetzt hör zu: Gestern Abend war ich mit meinen Freunden ...»

«Tolle Leute ...»

«Nur dank ihnen, lieber Sasà, und dank der Aufzeichnungen von Alberto Ferri, dem Journalisten, wissen wir, wer die Jungen womöglich mit dem Stoff versorgt hat. Wir haben Sandro Silvestrelli als potenziellen Verdächtigen identifiziert. Er hat ein Möbelhaus an der Via Tiburtina.»

Sasà sah Rocco aufmerksam an, während er langsam und sorgfältig kaute.

«Daher haben wir gestern Abend beschlossen, diesem Möbelhaus einen Besuch abzustatten. Und dabei sind wir auf einen alten Bekannten aus den Reihen der Knastbrüder gestoßen, Luigi Baiocchi, der eilig ein paar verdächtige Kisten weggeschafft hat. Ach ja, fürs Protokoll: Sein Fingerabdruck war klar und deutlich an dem Tankautomaten in der Nähe des Marmorsteinbruchs zu finden, wo meiner Meinung nach die Mörder mit dem armen Ferri im Auto angehalten haben, um zu tanken.»

«Das sind in der Tat seltsame Zufälle. Vor allem, dass der Typ ausgerechnet in der Nacht, in der du da aufkreuzt, verdächtige Kisten in dem Möbelhaus abholt.»

«Genau.» Rocco rieb sich die Hände und schluckte den letzten Bissen Tramezzino herunter. «Wir haben versucht, ihn zu verfolgen, aber er hat es bemerkt – meiner Meinung nach, weil er vorgewarnt war – und hat die Kisten einem Typen auf einem Motorrad ohne Kennzeichen übergeben, der dann im Labyrinth der Straßen verschwunden ist.»

Auch der Staatsanwalt hatte aufgegessen. Er hob die Hand, um sich beim Kellner bemerkbar zu machen. Draußen brannte die Sonne erbarmungslos vom Himmel, und der Verkehr schien sich ein wenig beruhigt zu haben. «Red weiter, Rocco. Ich nehm noch eins. Du auch?»

«Ja, ich auch. Außerdem wurde das Möbelhaus mit einem funkelnagelneuen Alarmsystem ausgestattet, und es gibt einen Nachtwächter. Jetzt stellt sich folgende Frage, auf die ich die Antwort bereits kenne …»

«Dann brauchst du sie mir ja gar nicht erst zu stellen.»

«Jetzt stellt sich folgende Frage», nahm Rocco ungeduldig den Faden wieder auf. «Wieso wussten die Bescheid? Die Antwort: Davide. Der bei mir zu Hause war und mit dem ich über diesen Silvestrelli geredet hatte. Als ich zurück war, habe ich mir unbemerkt sein Handy ausgeliehen und entdeckt, dass er eine bestimmte Nummer angerufen hat und von jemandem mit dieser Nummer zurückgerufen wurde.

Der Nummer von diesem Emeka, möglicherweise ein Komplize von Davide, der wegen seiner Pickel ‹Skin› genannt wird und uns einen ganz schönen Bären aufgebunden hat. Es ist offensichtlich, dass er den Nigerianer informiert hat, der daraufhin Luigi Baiocchi warnen konnte. Die Kette ist klar, oder?»

Der Barista mit der roten Weste trat an ihren Tisch. «Sie wünschen, Dotto'?»

«Bringst du mir noch ein Tramezzino mit Thunfisch und Artischocken. Und du, Rocco?»

«Ich hätte gern eins mit Ei und Tomate.»

Der junge Mann ging wieder. Rocco fuhr fort: «Ich rekapituliere: Das erste Opfer, Giovanni, wird verprügelt. Vielleicht redet er, vielleicht auch nicht. Jedenfalls entwischt er auf dem Weg zu diesem Möbelhaus aus dem Auto. Sie bringen ihn um. Wie sind sie überhaupt auf Giovanni gekommen? Ich vermute, durch die Recherchen seines Vaters. Dann hat Davide Angst bekommen und geredet. Und sie haben Matteo getötet. Im Anschluss haben sie Davide gezwungen, herauszukriegen, wie viel wir wissen. Und der hat bei mir zu Hause herumspioniert. Angeblich ist er aus freien Stücken spontan ins Kommissariat gekommen. Davide war von Anfang an suspekt. In einem Chat habe ich entdeckt, dass die beiden anderen Jungen sich darüber ausgetauscht haben, dass man ihm nicht trauen kann.»

«Also ist dieser Davide keineswegs der Unschuldige, den Livolsi und Ferri mit reingezogen haben, sondern er ist möglicherweise über den Drogenhandel voll im Bilde.»

«Oder sie haben ihn erwischt, er hatte die Hosen voll und hat die Seiten gewechselt», meinte Rocco.

«Stimmt, das ist auch möglich. Was tun wir jetzt?»

«Jetzt kommt der interessanteste Teil.» Rocco steckte die Hand in die Tasche und holte die Aufzeichnungen des Journalisten heraus. «Das ist von Alberto Ferri, der an einer Sache dran war, in der es um Heroin- oder Kokainhandel in dieser Gegend geht. Siehst du, was er hier notiert hat?»

Er gab dem Staatsanwalt das Blatt Papier. «Ich verstehe kein Wort.»

«Das Wichtigste ist der Code da unten.»

D'Inzeo las: «SLR U 971197-8.»

«Das ist die Nummer eines Containers. Sie sagt uns, wer der Eigentümer ist, in diesem Fall Silvestrelli. Die anderen Zahlen geben Aufschluss über die Ladung und den Transportweg. Und dieser Container voller Möbel kommt übermorgen im Hafen von Civitavecchia an.»

Der Staatsanwalt gab Rocco das Blatt Papier zurück, während der Barista mit den Tramezzini kam. «Thunfisch und Artischocken, und das ist Ei und Tomate.» Er stellte die beiden Teller ab und ließ seine Gäste wieder allein.

«Das heißt, wir machen uns auf den Weg nach Civitavecchia.»

«Ich würde sagen, ja, Sasà. Ganz ruhig und unauffällig und schauen uns diesen Container mal an. Aber ich will den Nigerianer noch nicht festnehmen, nicht bevor das Zeug angekommen ist. Ich will nur wissen, wo er ist und wo ich ihn später finden kann.»

«Sehr gute Arbeit.» D'Inzeo biss in sein Tramezzino. «Fast so gut wie dieses Tramezzino.»

«Na ja, ich hab schon bessere gegessen.»

«Was soll's, ich auch, aber dass es hier, gleich neben dem

Gericht, solche Tramezzini gibt, ist schon ein Wunder, oder? Sollen wir uns danach eins mit Spinat teilen?»

«Klar.»

Auf dem Kunstledersofa in seinem Büro sitzend hatte Rocco sich zum Zeitvertreib einen schönen, dicken, leckeren Joint gebaut. Der Arbeitstag war vorbei, und solange Zuccari noch nicht von sich hören ließ, gab es nichts anderes zu tun. De Silvestri und Parrillo hatte er nach Hause geschickt, Elena dagegen hatte er die Anzeigen aufgedrückt. Er konnte sie nicht einfach so davonkommen lassen, ein wenig Schreibkram war das Mindeste. Und wie jedes Mal, wenn er nicht mehr mit der Arbeit beschäftigt war, versammelten sich seine Gedanken wie Zugvögel vor dem Abflug alle auf demselben Baum: Marina. Er hatte davon abgesehen, sie anzurufen, wartete lieber auf ihr finales Urteil – schuldig oder Freispruch –, während er in dem Sumpf wühlte, mit dem er tagtäglich zu tun hatte. Es waren seltsame Tage gewesen. Heiße Tage mit plötzlichen Regenfällen, Tage der Sehnsucht und vor allem Tage im Dreck. Dreck von ganz unten, von gewaltsamen Toden, vom Abschaum der Abwasserkanäle, der ihn jederzeit beschmutzen konnte, und das bisschen Marihuana reichte längst nicht mehr aus, das Gefühl dieses an ihm klebenden Drecks loszuwerden. Der Marmorsteinbruch, die Tiefgarage, der Mistkerl, der für ein paar tausend Euro zwei zwanzigjährige Jungen abstach. Diese beiden Dummköpfe, die, ohne es zu merken, in einen bodenlosen Sumpf geraten waren. Er warf die Kippe aus dem Fenster. Schon wieder bekam er Lust auf ein Eis. Er hatte die Wahl: zurück zu diesem falschen See und ein Schoko- und Pistazieneis von der Eisdiele oder das übliche Cornetto von Langnese aus der Bar gegenüber dem Kommissariat. Rocco griff nach seinem Schlüsselbund und verließ das Büro. Der Gang war leer, lediglich aus dem Raum, in dem Elena arbeitete, war das Klacken der Tastatur zu hören. Er lächelte.

Wie lautlose Schlangen waren schwarze Wolken herangekrochen und verdunkelten plötzlich den Himmel. Rocco hatte noch nicht mal die Straße überquert, da dröhnte schon der erste Donner zwischen den Hochhäusern und dem mit einer Plane bedeckten Gerüst einer Baustelle, auf der gerade eine futuristische Konstruktion in Arbeit war, die wohl niemals Gestalt annehmen würde und passenderweise «Nuvola» hieß – die Wolke. Rocco blickte in den Himmel. Ein Regentropfen landete genau in seinem Auge. «Scheiße ...» Wie es sonst eigentlich nur in tropischen Ländern üblich war, rauschte plötzlich das Wasser herab, ohne den Menschen, die vor wenigen Sekunden noch unbehelligt über die Gehsteige flaniert waren, die Möglichkeit zu geben, sich irgendwo in Sicherheit zu bringen. Ein tropischer Platzregen ging auf Mensch und Tier nieder. Rocco gelang es, sich unter eine der Pinien zu flüchten, die die Via Cristoforo Colombo säumten. Einen Augenblick lang dachte er an die Gefahr, in die er sich begab, falls ein Blitz in den Baum einschlagen sollte, kümmerte sich aber dann nicht weiter darum. Er beschloss, dass während eines Sommergewitters von einem Blitz getroffen und verkohlt zu werden eine schöne Art und Weise war, die Erde zu verlassen. Mit dem Rücken an die Rinde des Stammes gelehnt, betrachtete er die wenigen Tropfen, die die dichten Nadeln des Baums durchdrangen.

Sein Hemd war patschnass, genauso wie seine Hose und seine Haare. Der Asphalt der Straße war ein schäumender See, den die Autos durchpflügten wie Motorboote und dabei aufwirbelndes Kielwasser hinter sich herzogen. Ein leichter Wind kam auf, der rechts und links an dem Wolkenbruch entlangstrich und bei Rocco eine Gänsehaut verursachte. Ein erneuter, noch lauterer Donner verkündete, dass das Unwetter nicht so schnell vorüberziehen würde. Auf der anderen Straßenseite hatten sich zwei Jungs auf ihren Mofas unter das Dach einer Bushaltestelle geflüchtet. Mit einer Zigarette im Mund standen sie da und lachten, sie hatten ihre Helme abgenommen und hielten mit geschlossenen Augen die Gesichter in den Regen. Rocco hatte Lust, es ihnen nachzutun. Er rückte ein Stück von dem Baumstamm ab, schloss ebenfalls die Augen und wartete auf die kalten Tropfen auf seinem Gesicht. Sie waren eisig. Er spürte, wie sie in den Kragen seines Poloshirts liefen, in seine Nasenlöcher tropften, auf seine geschlossenen Lider und seine Stirn. Nach und nach gewöhnte sich die Haut an die eiskalten Finger, die ihm über den Nacken hinweg den Rücken hinunterkrabbelten. In diesem Moment klingelte sein Handy und unterbrach schlagartig die Freiluftdusche. Er trat zwei Schritte zurück und griff mit regennasser Hand nach dem Telefon. Ein Blick auf das Display verriet ihm, wer der Anrufer war. Marina.

«Pronto?»

«Amore … wo bist du?»

«Unter Wasser. Ich bin gerade auf dem Weg, mir ein Eis zu holen.»

Marina lachte. «Rocco …»

«Ja?»

«Ich bin zu Hause.»

Rocco wartete nicht darauf, dass das Wetter sich beruhigte. Er nahm den Motorroller und fuhr zur Via Poerio. An der Ampel in der Via Marmorata riskierte er sein Leben und ein weiteres Mal, als er über die Schienen der Tram in der Via Girolamo Induno schlitterte, dann bog er bei Rot in den Viale Trastevere ab und, als wäre das noch nicht genug, riskierte auch noch das Leben von Ugomaria, dem Eigentümer der Trattoria Ar Buco in der Via Garibaldi, der gerade im Laufschritt die Straße überquerte, um nicht nass zu werden.

«Bist du bekloppt!», rief dieser ihm zu.

«Entschuldige, Ugo!», entgegnete Rocco und hob kurz die Hand.

«Du kannst mich mal!», rief ihm der betagte Koch hinterher, als er sich von oben bis unten mit Wasser und Schlamm bespritzt auf den Gehsteig rettete.

Rocco ließ den Motorroller unten vor dem Haus stehen und rannte hinein. Als Ines, die Concierge, ihn an der Portiersloge vorbeistürzen sah, schlug sie die Hände über dem Kopf zusammen. «Dotto', Sie machen alles nass!»

Doch Rocco reagierte nicht und rannte, ohne auf den Aufzug zu warten, was zu lange gedauert hätte, ins Treppenhaus, um zu Fuß in den fünften Stock hinaufzulaufen. Bereits in der zweiten Etage musste er eine Pause einlegen. Die Zigaretten und das viele Sitzen machten es ihm unmöglich, in diesem Tempo weiterzurennen. Mit rasendem Herzen, zu viel Speichel im Mund und vollkommen außer Atem, lehnte er sich an die Wand und rief den Aufzug, froh darüber, dass seine schlechte Kondition verhinderte, dass er Marina noch mitleiderregender gegenübertreten würde als ohnehin schon.

Das Erste, wonach er Ausschau hielt, als er die Wohnung betrat, war ihr Koffer. Aber im Flur stand er nicht. Und das war ein schlechtes Zeichen. Er schloss die Tür und eilte ins Wohnzimmer. Marina stand, die Arme vor der Brust verschränkt, vor dem Fenster und sah nach draußen, wo das Sommergewitter die Stadt unter Wasser setzte. Der Himmel war grau, aber es zeigten sich bereits einige azurblaue Löcher, die darauf hoffen ließen, dass bald wieder die Sonne schien. Seine Frau drehte sich um und sah ihn an.

«Marina …»

Sie brach in Gelächter aus. «Warum trocknest du dich nicht ab, wenn du im Schwimmbad warst?»

Rocco riss sich das Hemd vom Leib. «Ich zieh mich um. Wartest du so lange?»

Marina nickte.

Eine Minute später war er wieder im Wohnzimmer und trocknete sich mit einem Strandbadetuch, das er im Schrank gefunden hatte, die Haare.

«Wie geht's deinen Eltern?», fragte er. Er wollte Zeit gewinnen, denn er hatte Angst, das zu hören, was seine Frau ihm sagen würde.

«Lass gut sein.»

Es hatte aufgehört zu regnen. Marina trat vom Fenster weg. Sah ihn an.

«Bitte sprich dein Urteil, ich kann nicht mehr!»

«Was für ein Urteil?»

«Tod oder Leben?», fragte Rocco und legte das Handtuch aufs Sofa.

Marina streckte die Arme aus. «Komm her.»

Rocco stürzte auf seine Frau zu, ohne auf den Buchara zu achten, der ein schöner Teppich war, aber den Nachteil hatte, dass die rechte Ecke immer ein wenig an den Bodenfliesen haftete. Er blieb an dem Teppich hängen, stolperte und fiel der Länge nach seiner Frau zu Füßen. Marina bückte sich lachend und umarmte ihn. «Madonna, Rocco, kannst du nicht ein Mal so reagieren, wie man es erwartet?»

«Nein.»

Sie umarmte ihn fest. Und Rocco spürte, dass sein Herz wieder zu schlagen begann und seinen Blutkreislauf in Gang setzte. Die Lungen endlich wieder voller Luft, sein ganzer Körper durchströmt vom Sauerstoff, als würde er aus einer tiefen Benommenheit erwachen, so wie am allerersten Sommertag am Meer, wenn die welke Haut endlich wieder Luft und Sonne atmete. Marina sah ihm in die Augen, und er verlor sich in den ihren. Im Gewitterlicht schienen sie beinahe grau geworden und schillerten silbern. Rocco öffnete den Mund, doch Marina legte ihm den Finger auf die Lippen. «Bitte sag nichts.» Er versuchte es erneut, aber seine Frau verbat es ihm auch ein zweites Mal.

«Ich halte es nicht aus ohne dich», murmelte Marina. Sie umfasste seinen Kopf und barg ihn an ihrer Brust. Der Kontakt mit Marinas Busen vernebelte ihm die Sicht. Das Leid, die Sehnsucht und die Angst fielen von ihm ab und wichen einem stummen und blinden Verlangen. Er begann, ihren Hals zu küssen.

«Nein, nein. Warte. Warte, Rocco.»

Doch er hörte nicht auf sie. Das zweite Gehirn des Mannes, das sich unterhalb der Gürtellinie befindet, hatte bereits die Führung übernommen.

«Warte, hörst du mir zu?»

Er knabberte an ihrem Ohrläppchen und kitzelte sie gleich danach mit der Zunge am Ohr.

«Nein, stopp, aufhören. Wir müssen reden. Vorher müssen wir reden.»

«Worüber?», murmelte Rocco.

«Verdammt, ich hab tagelang gegrübelt, und jetzt willst du nicht hören, was ich dir zu sagen habe?»

«Was auch immer es ist, die Antwort ist Ja. Du hast recht, und ich werde es tun!» Er war dazu übergegangen, in ihren Hals zu beißen.

«Nein, ich mein das ernst.» Sie versuchte mit den Händen, seine Arme von sich zu lösen, die zu Tentakeln eines Kraken geworden waren. Seine linke Hand war bereits unter ihrem Shirt, glücklich, auf keinen BH gestoßen zu sein. Die andere fuhr über ihre Hüfte und suchte sich einen Weg unter ihren Rock. Und je näher sie ihrem Ziel kam, desto wärmer wurde es, und sein zweites Gehirn übernahm endgültig das Kommando.

«Können wir bitte vernünftig sein.»

«Amore, das ist uns noch nie gelungen ... Schau uns doch an», sagte er und küsste ihr Gesicht, ihre Augen, ihre Wangenknochen. «Ich bin gerade gestolpert und hätte mir beinah den Knöchel gebrochen, wir liegen auf dem Boden wie zwei Kinder, ich scheuere mir die Knie an dem Scheißteppich auf, bin immer noch klatschnass und kapiere überhaupt nichts. Wie kannst du da vernünftig sein wollen?»

Er biss ihr in die Lippen.

«Pass auf, wenn ... wenn ich anfange zu bluten, bist du erledigt ...»

Er küsste sie mit der gesamten Zunge, die ihm zur Verfügung stand.

«Nein!» Mit einem Ruck machte Marina sich von ihm los und stand auf. «Du kommst jetzt mit aufs Sofa und hörst dir an, was ich zu sagen habe.»

«Kann ich hier auf dem Teppich bleiben?»

«Warum?»

«Um dir wirklich zuzuhören. Das geht von hier unten aus besser.»

Marina lächelte und machte es sich auf dem Sofa bequem. Draußen klarte der Himmel auf. «Aber öffne das Fenster», sagte er.

«Warum?»

«Weil es nach dem Regen immer so gut riecht.»

«Dann mach du es doch auf!», sagte sie in herausforderndem Ton.

Rocco kniff die Lippen zusammen. «Na gut. Willst du einen Mann sehen, der komplett von Sinnen ist?» Er stand auf, halb vornübergebeugt, um die komische Wirkung seiner Erektion zu mildern. Was ihm nicht gelang.

Seine Frau sah zu, wie er durchs Wohnzimmer tappte, das Fenster öffnete und zurückkam, um sich hinzusetzen. «Entschuldige, aber warum solltest du jetzt noch auf dem Teppich sitzen? Das Hauszelt hat ja nun jeder gesehen.»

Das stimmte. Also setzte er sich neben seine Frau. Mit entsprechendem Sicherheitsabstand. Er griff wieder nach dem Handtuch und trocknete sich die Haare. Marina streifte die Schuhe ab, zog die Knie an und legte die Füße aufs Kissen. «Ich kann ohne dich nicht leben», sagte sie und spielte mit dem Saum ihres grünen Rocks. «Und ich habe nachgedacht. Ich habe in den letzten Tagen ohne Ende nachgedacht. Über die Dinge, die du mir über deine Kindheit gesagt hast, über deine Freunde. Letzte Woche habe ich das für Ausreden gehalten. Ausreden, die ein Kind vorbringt, wenn es mit der Hand in der Keksdose erwischt wird. Aber du bist kein Kind. Und Kekse hast du noch nie gemocht. Es ist nicht meine Schuld, dass du eine schwierige Kindheit hattest. Aber ich habe es verstanden. Armut ist keineswegs schön. Nicht hier, bei uns, wo gleich von Not und Elend die Rede ist. Und das ist unerträglich. Ich habe dir zugehört und an dich gedacht. Ich habe immer gewusst, wer deine Freunde sind. Habe immer gewusst, woher du kommst. Dass du das Leben auf der Straße gelernt hast. Und dass man gewisse Laster niemals loswird. Aber ich bitte dich nun, und ich sehe dir dabei in die Augen, sie aufzugeben. Sie für immer zu vergessen. Weil ich das anders nicht ertrage. Ich sehe in dir keinen Helden, keinen Kavalier ohne Fehl und Tadel, aber ich kann einfach nicht damit leben, wenn du dich auf Kosten von anderen bereicherst. Und das liegt nicht daran, dass du eine Uniform trägst, ein Polizist bist, das wissen wir beide. Sondern daran, dass ich dich so einfach nicht mag. Auch wenn du nur reiche und unehrenhafte Menschen bestiehlst. Ich hab generell etwas gegen Diebstahl. Ich kann das nicht ertragen. Du musst mir schwören, so etwas nie wieder zu tun!»

Rocco nickte schweigend.

«Und diese Wohnung … Das Geld, womit du sie bezahlt hast …»

«Nein!», unterbrach Rocco. «Warte! Dein Vater hat uns einen Teil des Geldes gegeben.»

«Und der größere Teil, woher kommt der? Rocco, tisch mir jetzt keinen Unsinn auf! Nicht jetzt!»

Marinas Ermahnung klang wie eine Drohung.

«Ein bisschen davon stammt wirklich von dem Geschäft meines Vaters.»

«Und der Rest?»

«Ein bisschen hier, ein bisschen da …»

«Also?»

«Was willst du? Wenn du möchtest, verkaufe ich die Wohnung. Ich verkaufe sie gleich morgen, wenn du es nicht erträgst, hier zu sein. Ich hänge nicht an der Wohnung. Morgen beauftragen wir eine Agentur, geben deinem Vater das Geld zurück und …»

«Darum geht es nicht. Ich frage dich, wie viele Leute weinen sich jetzt die Augen aus, weil wir diese Dachwohnung haben?»

«Du meinst abgesehen von deinem Vater?»

«Sei ernst!»

«Also, ganz sicher weinen die beiden Hehler, die gestohlenen Schmuck eingeschmolzen und weiterverkauft haben. Und ein Schuldeneintreiber aus Ostia, der Schutzgeld gefordert hat.»

«Hast du ihn erwischt?»

«Ja.»

«Und dir das Schutzgeld unter den Nagel gerissen?»

«Nein. Rein technisch gesehen, ist das anders gelaufen.»

Marina setzte sich bequemer hin. «Ich bin ganz Ohr.»

Rocco stöhnte. «Ich habe mit dem Boss geredet, ihm gesagt, er soll aufhören, die Geschäftsinhaber zu bedrohen. Er hat mir versprochen, dass er das nicht mehr tut. Doch die Sache ging trotzdem weiter. Dann haben wir uns die beiden vorgenommen, den Geldeintreiber und den Boss, und, sagen wir, in dem Haus von dem Boss haben wir viele interessante Dinge gefunden und sie mitgenommen. Vor allem ein paar antike Jadeskulpturen und einen schönen Wandteppich aus dem sechzehnten Jahrhundert. Die wir an Freunde von Seba in der Schweiz verkauft haben.»

Marina schüttelte den Kopf.

«Die beiden haben geweint. Aber glaub mir, nicht besonders viel.»

«Und die Geschäftsinhaber in Ostia?»

«Zahlen kein Schutzgeld mehr. Oder vielleicht zahlen sie es jetzt wieder, das weiß ich nicht.»

«Und die Eigentümer des Schmucks?»

«Verdammt, Mari, ich bin doch nicht Robin Hood!»

«Schluss damit.»

«In Ordnung.»

«Schwör es mir!»

«Ich schwöre es. Sind wir jetzt mit dem nervigen Scheiß fertig und können uns unterhaltsameren Dingen widmen?»

Marina musste lachen, und Rocco stürzte sich auf seine Beute. Marina war wieder zu Hause, der Himmel war türkisblau, und der Duft der nassen Erde aus den Töpfen der Blumen und des Zitronenbaums erfüllte den Raum.

«Aber wo ist dein Koffer?», fragte Rocco, während er Marina über den Busen leckte.

«Ich hab ihn bereits ausgepackt», flüsterte seine Frau.

«Dann hätte ich dir also auch sagen können ... dass ich nicht mit diesen Dingen aufhöre ...»

«Ich warne dich!» Und sie verschloss seinen Mund mit ihren Lippen.

«Wo bist du?» Er öffnete die Augen. Das Bett neben ihm war leer. «Marina?»

Er hörte, dass sie im Wohnzimmer telefonierte. Der Wecker zeigte 8.30 Uhr an. Stöhnend befreite er sich aus dem Laken und setzte die Füße auf die Fliesen. Die Temperatur war bereits überdurchschnittlich hoch. Er streckte seinen Hals, hörte Gesprächsfetzen von Marinas Telefonat – «... So ein Arsch ... Mhm ... mhmm ... nein, okay, total bescheuert!» – und in der Ferne die Geräusche der Stadt, die bereits vor ein paar Stunden erwacht war. Schließlich erhob er sich.

Als Rocco die Küche betrat, saß dort Marina mit dem schnurlosen Telefon in der Hand, sie hatte eine riesige Tasse Kaffee vor sich und knabberte an einem Keks. «Lucia, warum verzeihst du ihm immer wieder? Was erwartest du denn noch von Stefano?»

«Buongiorno, Amore ...» Rocco trat hinter sie und küsste ihren Hals. Marina lächelte und schloss die Augen wie eine zufriedene Katze. Ein Sonnenstrahl schien auf ihr Dekolleté. Rocco bekam sofort wieder Lust, mit ihr zu schlafen. Er begann an ihrem linken Ohrläppchen zu knabbern. Marina entzog sich und telefonierte weiter. «Glaubst du denn, dass deiner Tochter noch nicht aufgefallen ist, wie ...» Sie bedeckte das Telefon mit der Hand. «Rocco, bitte, ich spreche gerade mit Lucia!» Dann fuhr sie fort: «... wie es zwischen dir und Stefano steht?»

Doch Rocco gab nicht auf. Er war zu ihrem Hals hinuntergewandert, während seine rechte Hand sich bereits besitzergreifend auf ihre Brust gelegt hatte. Marina gab ihm einen Klaps auf den Handrücken, doch auch davon ließ er sich nicht abhalten. «Hör gut zu, Lucia, wir müssen uns unbedingt sehen. Um eins mache ich Mittagspause ... Ja, treffen wir uns bei Chiara. Bis dann ... ja ...»

«Sag ihr, dass sie dich am Arsch lecken kann», murmelte Rocco Marina ins Ohr.

Seine Frau lächelte. «In Ordnung, Lu ... bis später!» Und beendete das Gespräch. Rocco umarmte sie von hinten, und seine Hände suchten sich einen Weg unter ihr seidenes Nachthemd. «Nein, bitte, Rocco ... selbst abgesehen davon, dass du dir noch nicht die Zähne geputzt hast.»

«Na und?»

«Du rauchst und hast furchtbaren Mundgeruch. Komm, ich mach dir einen Kaffee.» Marina versuchte, sich aufzurichten, aber Rocco hatte seinen Arm bereits um ihre Taille geschlungen. «Wir haben keine Pads mehr.» Er drehte sie auf dem Barhocker um und lehnte seine Stirn an ihre. «Ich liebe dich.»

«So nah siehst du aus wie ein Uhu ...»

«Ich liebe dich trotzdem.»

«Mit schielenden Augen.»

«Und ich liebe dich für immer und ewig.»

«Das ist wunderbar und macht mich sehr glücklich, aber es ist halb neun, ich muss wegen der Ergebnisse einer Blutuntersuchung noch zu meiner Mutter und dann zur Arbeit, genau wie du. Und vergiss nicht, dass heute Abend meine Kollegen zum Essen kommen.»

«So was Doofes, kaum bist du zurück, musst du Leute zum Abendessen einladen!»

«Das stand schon fest, bevor …»

«Aber weißt du, welchen Platz ein Essen mit Kollegen auf der Skala der Dinge einnimmt, die mir auf den Sack gehen?»

«Soll ich wieder zu Mamma ziehen?»

«Nein! Los, wir beeilen uns.»

«Ach, komm …»

Rocco kippte den löslichen Kaffee seiner Frau runter und küsste sie. «Jetzt schmecke ich nach Kaffee. Besser?»

Marina ergab sich. Rocco fegte die Kekse, die Zuckerdose, Servietten und zwei Pfirsiche von der Arbeitsplatte und hob Marina hinauf. «Wir haben auch ein Bett …»

«Vergiss das Bett! Jetzt und hier ist mein Motto. Man lebt nur einmal!»

Rocco ging beschwingten Schritts durch den Gang im Kommissariat und lächelte, was Parrillo und De Silvestri sofort misstrauisch machte. Denn wenn der Vicequestore sich so verhielt, musste man sich Sorgen machen. Die beiden grüßten flüchtig zurück und verschwanden dann im Passamt. Der Einzige, der ihm nicht aus dem Weg gehen konnte, war Zuccari, der Neuigkeiten für ihn hatte. Er wartete am Ende des Gangs, direkt vor Roccos Bürotür.

«Dottore, buongiorno.»

«Zuccari! Schön … was gibt's Neues?» Gefolgt von dem Agente betrat er sein Büro.

«Ich hab ja Davide Mariotti verfolgt, nachdem er vor Ihrem Haus ins Taxi gestiegen ist.»

«Schieß los!» Rocco ließ sich auf den Sessel fallen.

«Zuerst ist er bei sich zu Hause gewesen. Für zwei Stunden. Dann hat es angefangen zu regnen, und ich hab mich in einer Bar direkt vor dem Haus in Sicherheit gebracht. Dort hab ich zwei Espresso getrunken, ein Cornetto gegessen und ...»

«Du musst mir nicht jedes Detail erzählen. Also weiter.»

«Nein, das ist wichtig. Denn beim dritten Cornetto hat der Barista zu mir gesagt: ‹Drei Cornetti hintereinander schafft sonst nur Davide.› Ich hab lächelnd entgegnet: ‹Davide Mariotti?› – ‹Ja›, meinte er. ‹Er und der Neger essen zehn Stück, wenn sie hier sind.›»

«Hat er genau das gesagt? ‹Er und der Neger?›», fragte Rocco.

«Ja, Dottore. Was dazu ja auch noch politisch inkorrekt ist. Besser wäre ‹Schwarzer› oder ‹Afrikaner›.»

«Schon klar. Weiter.»

«Wir haben uns länger unterhalten, und am Ende wusste ich, dass die beiden oft in dieser Bar zusammen frühstücken. Früh am Morgen, bevor sie zur Arbeit gehen. Davide zumindest, weil ich ja nicht weiß, was der Schwarze macht.»

«Dann bist du, wenn ich das richtig verstehe, heute Morgen ...»

«Um sechs war ich in der Bar und hab gewartet. Dann ist Davide gekommen, hat sich hingesetzt und zwei Cornetti gegessen. Anschließend ist der andere aufgetaucht.» Zuccari griff nach seinem Handy. Tippte darauf herum und gab es Rocco. «Hier, ich hab ein Foto gemacht.»

Einander gegenübersitzend, sahen Davide und der Schwarze sich an. Der Schwarze war groß und muskulös, hatte Dreadlocks und auf dem rechten Wangenknochen eine Narbe.

«Sehr gut, Zuccari.»

«Dann ist Davide gegangen, und ich bin dem anderen gefolgt.»

«Und da du jetzt hier bist, bedeutet das wohl, dass er dich abgehängt hat.»

«Im Gegenteil, Dottore. Ich weiß, wo er wohnt. Er teilt sich mit zwei anderen Nigerianern eine Wohnung an der Piazza dell'Alberone.»

«Könntest du mir das Foto, das du mit dem Handy gemacht hast, ausdrucken?»

«Sicher. Sonst noch was?»

«Ja, nimm dir den Rest des Tages frei. Das hast du super gemacht.»

«Meinen Sie das ernst?»

«Bin ich einer, der Witze macht? Aber eine Aufgabe habe ich vorher noch. In einer Stunde brauche ich alle Agenti im Passamt.»

«Und was sollen wir tun?»

Ispettore Munifici sowie die Agenti Zuccari, Parrillo und De Silvestri waren wie gewünscht alle ins Passamt gekommen. Rocco hatte jedem von ihnen ein Klemmbrett gegeben. Alle schwiegen gespannt und sahen sich an, ohne zu wissen, worum es ging. Schließlich begann Rocco mit seiner Erklärung:

«Jetzt hört mir alle genau zu. Morgen haben wir eine schwierige Sache vor uns. Wir fahren alle ans Meer. Genauer gesagt, zum Hafen von Civitavecchia, und warten dort auf eine Lieferung aus Mexiko. Wenn ihr euch die Blätter auf dem Klemmbrett anschaut, erfahrt ihr die Details.»

Die Kollegen schauten in die Unterlagen.

«Die mysteriöse Zahlenfolge bezeichnet den Container, der uns interessiert. Er gehört Silvestrelli, der offiziell der Eigentümer von dem Möbelhaus an der Via Tiburtina ist ...»

In diesem Moment trat, ohne anzuklopfen, Elena ein. «Entschuldigung ...»

«Wir sind in einer Besprechung. Warum klopfst du nicht an?», rügte Munifici sie.

«Weil ich gedacht hab, hier ist keiner.»

Rocco sah die junge Frau an. «Schon gut, komm rein, Elena, das wird deine Feuertaufe. Bitte, meine Tochter, nimm Platz.»

Lächelnd schloss Elena die Tür hinter sich. «Worum geht's?»

Munifici schnaubte und fasste dann kurz alles zusammen. Anschließend ergriff Rocco wieder das Wort. «Also, ich hab gerade gesagt, dass Silvestrelli, der Eigentümer des Möbelhauses, diese Lieferung erwartet. Und inzwischen bin ich davon überzeugt, dass in dem Container nicht nur Möbel sind.»

«Was denn sonst? Drogen?», fragte Munifici.

«Genau, Munifici. Und die müssen wir finden und diese Leute festnehmen.»

Zuccari hob die Hand.

«Ja, Simone?»

«Eine Frage: Wer wird dort auf die Lieferung warten?»

«Das weiß ich nicht. Silvestrelli sicher. Seht euch die Unterlagen auf dem Klemmbrett genau an, die ich euch gegeben habe. Da ist ein Foto von ihm dabei, das auf einer Shabby-Chic-Party hier in Rom aufgenommen wurde, auf dem er lacht, zusammen mit einer nicht mehr ganz taufrischen Wuchtbrumme.»

Elena schaute auf das Bild und lachte. «Die Dame, die Sie Wuchtbrumme nennen, ist die Frau eines Abgeordneten.»

«Na und? Ihr dürft nicht vergessen, dass das Foto schon ein Jahr alt ist. Da war Sandro Silvestrelli noch eine arme Socke, die Cochise genannt wurde, jetzt hat er kurze Haare und dank eines Freundes von mir eine lädierte Nase.»

«Und wer wird sonst noch da sein?»

«Vielleicht Luigi Baiocchi, möglicherweise Emeka, der auf dem zweiten Foto auf dem Klemmbrett zu sehen ist, das wir Zuccaris Scharfsinn und den Cornetti in einer Bar zu verdanken haben.»

«Danke ...», sagte dieser.

«Wir werden nicht allein sein. Zusammen mit der Staatsanwaltschaft organisieren wir gerade eine hübsche Razzia mit den Kollegen von der Drogenfahndung. Sonst noch Fragen?»

«Um wie viel Uhr?», erkundigte sich Parrillo, der bis dahin geschwiegen hatte.

«Morgen früh um fünf am Hafen. Aufbruch hier ist um vier. Oder hast du was anderes vor, Parrillo?»

Der Agente drückte sich vor der Antwort. Er kratzte sich den Lockenkopf und sah die anderen an. «Dann gehen wir alle heute mal früh schlafen, oder?»

Keiner reagierte. Alle sahen ihn mit leerem Blick an.

«Gut, nachdem auch Parrillo an Bord ist, habt ihr jetzt alle frei. Geht nach Hause. Außer dir, Alfredo.»

De Silvestri nickte. «Befürchten Sie, dass mir die feuchte Luft am Hafen in die Knochen zieht?»

«Nein. Ich befürchte, dass hier ein Riesenchaos ausbricht, wenn nicht jemand mit Sachverstand die Stellung hält.»

«Das weiß ich sehr zu schätzen, Vicequestore.»

«Und jetzt muss der Chef, also ich, zwei sehr langweilige Dinge tun. Beim Hafen vorbeifahren und nach dem Rechten sehen, damit die Party steigen kann.»

«Und das zweite?»

«In den Pub gehen. Elena?»

«Komme ...»

Das Old England war leer. Zur Mittagszeit, wenn die Sonne am höchsten stand, kam keiner auf die Idee, das Haus zu verlassen, und schon gar nicht, um Alkohol zu trinken. Rocco hatte den Motorroller so geparkt, dass er vom Pub aus nicht zu sehen war.

«Da drin arbeitet ein junger Schwarzer namens Steven», erklärte er seiner jungen Kollegin, «nimm ihn zur Seite und lotse ihn nach draußen.»

«Soll ich ihm sagen, dass Sie auf ihn warten?»

«Ja. Sag ihm einfach nur, dass der Bulle da ist. Aber achte darauf, dass der andere dich nicht bemerkt, Davide, ein Rothaariger mit Pickeln. Er arbeitet mit Steven zusammen.»

«Okay.» Elena übergab Rocco den Helm und überquerte die Straße.

«Elena, denk dran. Der andere darf nichts merken.»

«Sie müssen mir nicht zweimal das Gleiche sagen.»

Im Schatten des Gebäudes war die Hitze beinahe erträglich. An vielen Häusern waren die Fensterläden geschlossen, was darauf hindeutete, dass die meisten Leute die Hauptstadt bereits verlassen hatten und aufs Land gefahren waren. In der kleinen Straße, in der kaum ein Auto fuhr, waren nur die Geräusche der Klimaanlagen zu hören. Roccos Hemd klebte an seinem verschwitzten Rücken, und die Sonne wurde von den parkenden Autos reflektiert, was Rocco dazu zwang, die Augen zusammenzukneifen, als hätte er in eine Zitrone gebissen. Er hatte Durst und verzichtete lieber darauf, sich eine Zigarette anzuzünden. Nach ein paar Minuten kamen Elena und Steven aus dem Pub. Der junge Mann wirkte gut gelaunt und blickte gleich zu Rocco hinüber. Mit schnellem Schritt gingen sie durch die Sonne, die auf die Straße schien, in den Schatten des Gebäudes hinüber. «Dottore, wie geht es Ihnen? Davide hat mir alles erzählt. Sie haben sie erwischt. Waren das wirklich Chinesen?», fragte der junge Mann.

Rocco antwortete nicht. Er steckte die Hand in die Tasche. «Es scheint, dass wir beide dazu verdonnert sind, uns ständig zusammen Fotos anzusehen.» Er übergab Steven den Ausdruck. «Kennst du den?»

Steven betrachtete das Foto von Emeka. Dann sah er die beiden Polizisten an. «Das soll ein Witz sein, oder?»

«Nein, also kennst du ihn?»

Steven gab Rocco das Foto zurück. Seine Hand zitterte. «Hören Sie, Commissario ...»

«Vicequestore.»

«Entschuldigung ... Vicequestore ... Ich weiß nicht, wie er heißt, nur, dass er manchmal ins Pigneto-Viertel kommt. Zusammen mit einem anderen ...»

«Dealt er?»

«Nein. Damit gibt der sich nicht ab. Der ist eine Nummer größer. Da will ich mich nicht einmischen. Diese Leute sind gefährlich.»

Steven schwitzte, und das nicht nur wegen der Hitze.

«Niemand wird etwas erfahren, Steven. Sag mir nur, wer das ist.»

«Einer, der was zu sagen hat. Wenn er ins Viertel kommt, machen sich die anderen in die Hose. Ich hab schon mehrfach gesehen, wie er Chuwku bedroht hat.»

«Wer ist Chuwku?»

«Der, bei dem ich das Gras kaufe.»

«Steven, ich hab dir schon mal gesagt, dass das, was du da kaufst, kein Gras ist. Das ist Mist.»

«Was auch immer, Vicequestore, aber der mit der Narbe ist einer von denen, denen man besser nicht in die Augen sieht.»

Rocco steckte den Ausdruck mit dem Foto wieder ein. «Mit wem ist er unterwegs?»

«Mit einem, der genauso ein Tier ist. Ein Schrank. Mit Glatze.»

«Auch ein Nigerianer?»

«Ich denke schon, aber den hat noch nie jemand reden hören. Der ist stumm. Genauso wie ich heute besser den Mund gehalten hätte. Bringen Sie mich nicht in Schwierigkeiten!»

«Der mit der Narbe heißt Emeka.»

Steven zog die Schultern hoch. «Emeka. Und was soll ich mit dem Namen?»

«Der sagt dir nichts?»

«Gar nichts. Wahrscheinlich ist er auch Nigerianer, genau wie ich.»

Rocco sah Steven in die Augen. «Ich denke, du weißt was. Aber du willst es mir nicht sagen …»

Steven kratzte sich am Hals. «Ich schwör's.»

«Und wieso weißt du dann, dass der Glatzkopf stumm ist?»

Der Junge antwortete nicht.

«Jetzt hör mir mal gut zu: Davide, dein Kollege, ist ein Freund von denen. Entweder sagst du mir jetzt alles, was du weißt, oder ich gehe da rein, schnappe mir Davide und erzähl ihm ein paar Takte; dann sag ich ihm, dass du mir den Namen des Nigerianers verraten hast. Dass du ihn kennst und so weiter …»

Steven begann heftig zu zittern. «Bitte, warum tun Sie mir das an?»

In Elenas Blick lag Mitleid. In Roccos dagegen nicht. «Weil du reden musst, Steven! Und das, was du sagst, wird unter uns bleiben. Ich gebe dir mein Wort.»

Steven brach in Tränen aus und schlug die Hände vors Gesicht. Als sein Schluchzen sich allmählich beruhigte, wischte er sich mit dem Unterarm die Tränen ab. «Ich … An dem Abend, an dem Sie zum ersten Mal hier waren.»

«Ja?»

«Davide und ich hatten den Laden gerade geschlossen. Auf einmal sind sie wie aus dem Nichts aufgetaucht.»

«Wer?»

«Die beiden Schwarzen. Ich weiß nicht, was sie wollten. Sie haben Davide zur Seite genommen. Der hat den Pub wieder aufgeschlossen und mir gesagt, ich soll draußen bleiben. Ich hab dann mit dem Glatzkopf vor der Tür gewartet, dem Stummen. Als ich gelächelt und etwas gesagt habe, hat er nicht reagiert. Der hat mich nur mit geröteten Augen angeguckt. Kurz darauf ist Davide mit dem mit der Narbe wieder rausgekommen, der sich irgendwas in die Tasche gesteckt hat. Und dann sind die beiden genauso plötzlich wieder verschwunden, wie sie gekommen sind. Ich hab Davide gefragt, wer die beiden waren, aber er hat mir gesagt, ich soll mich um meinen eigenen Kram kümmern und dass ich die beiden nie gesehen habe, wenn ich an meinem Leben hänge.»

Rocco seufzte. Er griff nach seinen Zigaretten und bot auch Steven eine an. Dann gab er zuerst ihm und dann sich selbst Feuer. «Was, glaubst du, haben sie mitgenommen?»

«Ich weiß es nicht. Ein Päckchen. Auf keinen Fall Geld, weil in der Kasse nach dem Tagesabschluss kein Cent mehr war.»

«Weißt du, was an diesem Abend passiert ist? Davide hat seinen Arsch gerettet. Das ist alles.» Rocco sah seine Kollegin an. «Verstehst du, was das heißt?»

«Ich denke schon.»

«Gut, Steven. Geh jetzt wieder an die Arbeit. Wir beide sind uns hier nie begegnet. Und wir haben nicht über all das geredet. Jedenfalls bis morgen früh. Ich verspreche dir, dass übermorgen alles vorbei ist.»

Steven nickte, warf die Zigarettenkippe auf den Boden, wandte sich um und ging zurück in den Pub.

«Ehrlich gesagt, hab ich gar nichts verstanden», meinte Elena.

«Davide hatte den Stoff hier im Pub hinter der Toilettenspülung versteckt. Er hat das Zeug zurückgegeben und ist noch mal davongekommen.»

«Ja, das hab ich kapiert», meinte Elena. «Aber wie haben die beiden Schwarzen den Diebstahl entdeckt?»

«Ich nehme an, dass Davide alles ausgeplaudert und seine Freunde, die ihm zu Recht misstraut haben, damit ans Messer geliefert hat. Vielleicht haben Emeka und seine Kumpane es auch durch Zufall entdeckt, oder sie sind dem Journalisten gefolgt. Jedenfalls haben sie es gewusst. Gehen wir. Hier haben wir nichts mehr zu tun.»

An der ersten Ampel meldete sich Roccos Handy. Eilig griff er danach und klemmte es sich unter den Helm.

«Wer stört?»

«Begrüßt man so seine Ehefrau? Ich bin's.»

«Amore.»

«Vergiss nicht das Essen heute Abend.»

«Nein ... Auf keinen Fall. Um neun?»

«Glaubst du, du bist einer der Gäste? Tu mir den Gefallen und sei spätestens um acht zu Hause. Nein, sagen wir um halb acht. Wir müssen ja noch den Tisch decken und uns um den Wein kümmern ...»

«Ich muss erst noch nach Civitavecchia. Danach komme ich sofort, Amore. Ich tu, was ich kann.»

«Dann besorge ich den Wein. Aber komm nicht allzu spät.»

Rocco schnaubte. «Hör mal, können Sebastiano, Furio und Brizio auch kommen?»

«Nein.»

«Warum nicht?»

«Komm, Rocco, das müssen wir ja wohl nicht mehr diskutieren! An einem Abend laden wir meine Freunde ein und an einem anderen deine. Alle zusammen funktioniert nicht, wie du weißt.»

«Warum? Sind Seba, Furio und Brizio Menschen zweiter Klasse?»

«Meine Freunde haben Angst vor Sebastiano, Furio und Brizio.»

«Wirklich?»

«Oder kannst du dir vorstellen, wie Sebastiano mit Professor Ardenzi über die Malereien von Sassetta spricht? Oder mit Mezzalupi über die letzte Installation von Bill Viola?»

«Nein, du hast recht. Und was ist mit mir?»

«Was soll mit dir sein, Rocco?»

«Ich meine, worüber soll ich mit deinen Freunden reden? Über Tottis Meniskusprobleme?»

«Mhm, warum nicht? Ardenzi hat, als er jung war, bei SPAL Ferrara gespielt.»

«Hör mal, ich habe sämtliche Panini-Alben aus den siebziger Jahren, und ich hab noch nie ein Bild von Ardenzi gesehen.»

«Ich weiß. Ich hab das auch immer für ein Märchen gehalten.»

«Natürlich ist es das. Und weißt du, warum, Marina? Weil Ardenzi schon seit Jahren hinter dir her ist!»

«Du hast ja nicht gerade eine hohe Meinung von mir, Rocco, wenn du denkst, es reicht, bei SPAL zu spielen, um mich rumzukriegen.»

«Aber ich hab dich rumgekriegt, und ich hab nur bei SS Romulea in Trastevere gespielt und nicht mal wirklich gut.»

«Scheißegal, in Fußballshorts siehst du einfach unwiderstehlich aus.»

Rocco lachte. «Du auch.»

«Findest du? Wir sehen uns dann zu Hause! Weiß oder rot?»

«Das kann Ardenzi entscheiden.»

Lachend steckte er das Telefon wieder in die Tasche.

«Sie ist also wieder da.»

«Allerdings.»

«Das freut mich.»

«Mich erst. Ich setze dich jetzt im Kommissariat ab und fahre mit De Silvestri nach Civitavecchia. Nicht vergessen, wir sehen uns morgen.»

«Sie wollen mich in der Mannschaft haben?»

«Früher oder später musst du ja mal raus auf den Rasen, oder?»

Auf der kühlen Terrasse sitzend, wo die chinesischen Fackeln brannten und das Citronella die Mücken abhielt, genoss Rocco die frische Brise, die sich zur Freude aller pünktlich eingestellt hatte. Marina war wunderschön. Sie trug ein kurzes grün-gelbes Kleid mit Rückenausschnitt, ein leichtes Make-up, und die zarte Bräune betonte ihre leuchtenden Augen und ihre perfekten Zähne. In diesem Moment brachte sie eine riesige Vorspeisenplatte zum Tisch. «Voilà, gefüllte Weinblätter und ein bisschen Sushi.»

«Wunderbar!» Ardenzi klatschte in die Hände und warf mit einer Kopfbewegung seinen inzwischen ergrauten Haarschopf zurück.

«Die hab ich natürlich nicht selbst gemacht, sondern gekauft. So wie alles andere, was wir gleich essen werden!» Marina stellte die Platte auf den Tisch, während Rocco den Wein einschenkte. Mezzalupi und seine Frau, die die sechzig bereits überschritten hatten, rauchten noch und beeilten sich jetzt, die Zigaretten auszumachen. Alba dagegen nahm sich von den Taralli Pugliesi und zerkaute das Knabbergebäck langsam und methodisch. Sämtliche Kollegen und Vorgesetzte von Marina saßen um den Tisch. Rocco fühlte sich wie das fünfte Rad am Wagen.

«Also ich hab diese Sache noch nicht kapiert.» Alba hatte sich an einer Frage festgebissen, bei der es ums Silvesterfeiern ging. «Wenn ich in Tokio Silvester feiere und gleich danach einen Flug nehme und in die Zeitzone auf der anderen Seite der Erde reise, wie oft kann ich dann unterwegs das neue Jahr begrüßen, vorausgesetzt, die Flieger sind pünktlich?»

«Du musst die Zeitverschiebung und die Flugzeit berechnen. Aber du bist langsamer», sagte Gino Mezzalupi und biss in das erste gefüllte Weinblatt. «Weil du, wenn du von Osten nach Westen unterwegs bist, entgegengesetzt zur Erdumdrehung fliegst. Wenn du von Westen nach Osten reist, bist du schneller.»

«Okay», ergriff Ardenzi das Wort, «aber dann bekommst du weniger Jahreswechsel mit. Weil die Sonne im Osten aufgeht. Nein, um möglichst häufig Silvester zu feiern, musst du von Tokio aus nach China fliegen, dann in den Mittleren Osten, dann nach Europa, und dann müsstest du dir auf dem halben Weg nach Amerika etwas suchen.»

«Eine Raststätte?», meinte Marina.

«Genau, dann kannst du dort wenigstens eine Pizza essen», fügte Rocco hinzu, aber Ardenzi ging nicht darauf ein. «Und dann in die Staaten. Wenn du richtig gut bist und perfekt organisiert, kannst du so sechsmal Silvester feiern.»

«Ein Albtraum», meinte Silvana Mezzalupi, während sie den aus dem Sushi gerutschten Lachs wieder einbaute.

«Wahrscheinlich könnte man zum Feiern den Flieger gar nicht verlassen», schloss Alba, «und müsste irgendein Tiefkühlzeugs essen.»

«Apropos, Marina, der nächste Gang?»

«Apropos was, Rocco?»

«Tiefkühlzeugs ...»

Marina schluckte einen Bissen gefülltes Weinblatt hinunter und würdigte Rocco keinerlei Antwort. Mezzalupi füllte sein Glas. «Ich erinnere mich an ein Silvester in London im Jahr 1984, damals war ich so um die dreißig ... meine Freunde und ich wollten ins Hippodrome gehen, eine Diskothek, die damals angesagt war. Dummerweise habe ich unterwegs meine Freunde verloren und konnte mich nicht mehr erinnern, wohin wir wollten. Jedenfalls bin ich mit dem Taxi von einer Diskothek zur nächsten gefahren und hab meine Freunde nirgendwo in der Schlange am Eingang entdecken können ... Erinnerst du dich noch?», wandte er sich an seine Frau.

«Ja, und die anderen haben das sicher auch nicht vergessen.»

«Ich will dir nicht zu nahe treten, Gino, aber das hast du schon mindestens siebenmal erzählt», sagte Marina.

«Ja, du bist aus dem Taxi gestiegen und hattest einen Mantel an, dann bist du auf rechtsextreme Skins getroffen, die handgreiflich geworden sind ...», erzählte Alba gelangweilt, während sie am letzten Stück Sushi kaute.

«Ah, gut, tut mir leid ...» Mezzalupi hob entschuldigend die Hände. «Dann müsste Alba jetzt von ihrem Neujahrsfest in Nairobi erzählen.»

Alle lachten, denn auch das war eine Geschichte, die sie schon sehr oft gehört hatten.

«Wo du dich verlobt hast», sagte Mezzalupi und hob sein Glas.

«Ja, und der Typ hat mich dann im Flieger zurück nach Rom sitzengelassen», erklärte Alba und prostete ihm zu.

In diesem Moment klingelte Roccos Handy. «Entschuldigt …» Er erhob sich, verließ die Terrasse und ging ran.

«Ja?»

«Ich bin's, Sasà, störe ich?»

«Und wie! Meine Frau hat ihre Kollegen und ihre Chefs zu uns zum Essen eingeladen.»

«Ah. Dann ist sie wieder zurück!»

«Wundert dich das?»

«Ja. Also, Rocco, pass mal auf wegen morgen.»

Marina ging an ihm vorbei. «Entschuldige, Amore, ich schwöre dir, dass du sie in den nächsten sechs Monaten nicht mehr ertragen musst.» Sie ging in die Küche, um den nächsten Gang zu holen. Rocco lächelte.

«Wegen morgen, Sasà, war ich heute im Hafen. Ich hab mit den Kollegen von der Hafenbehörde gesprochen …»

«Aber bist du dir sicher, dass du nicht noch mehr Leute brauchst?»

«Nein. Ich hab noch mal drüber nachgedacht. Wir machen das schon. Es sind ja noch zwei Kollegen von der Hundestaffel dabei. Und wenn du mich unterstützen willst, dann sag bei der Finanzpolizei Bescheid. Vielleicht brauchen wir sie anschließend. Aber den Container nehm ich mir alleine vor.»

«Die Firma, die mit dem Ausladen beauftragt ist, heißt Stockmar und sitzt direkt am Hafen.»

«Gut. Hast du sie informiert?»

«Nein, Rocco. Ich wollte erst mal dir Bescheid sagen. Denn rate mal, wer bei denen im Vorstand sitzt?»

«Ich bin ganz Ohr.»

«Silvestrelli.»

«Sieh an! Danke, Sasà.»

«Keine Ursache, ist mein Job. Ich werde auch da sein. Diese Geschichte lasse ich mir nicht entgehen. Was gibt's bei euch zu essen?»

Im selben Moment ging Marina mit einem Tablett an Rocco vorbei. «Sieht aus wie ...» Er wandte sich an seine Frau. «Was ist das?»

«Couscous.»

«Couscous», teilte er dem Staatsanwalt mit.

«Selbst gemacht?»

«Machst du Witze? Das ist aus dem Restaurant in der Via dei Quattro Venti. Warum?»

«Weil Couscous so aussieht, als wäre es leicht zu kochen, aber das ist nicht so.»

«Sasà, das Essen wird kalt. Hast du noch was Wichtiges?»

«Willst du wissen, was ich esse?»

«Sag ...»

«Seezunge. Einfach so. Ohne Mayonnaise, ohne Wein, ohne Brot mit zwei – genau zwei – Salzkartoffeln.»

«Ich lach mich tot. Und warum das? Warst du beim Arzt?»

«Ja ... meine Triglyceride sind zu niedrig.»

«Guten Appetit.»

«Leck mich.» Mit diesen Worten war das Gespräch beendet.

Rocco trat wieder auf die Terrasse hinaus, wo Marina ihren Freunden gerade das Essen servierte.

«Da kommt also dieser wunderschöne hölzerne Konagama-Buddha im Museum an, eine polychrome Skulptur aus dem siebzehnten Jahrhundert, bei der dir die Luft wegbleibt. Ich war schon total aus dem Häuschen.» Während die anderen kauten, saß Ardenzi mit der Gabel in der Hand da und redete. «Ein Meter zehn hoch. Angeblich sollte er aus einem Tempel in der Provinz Nan stammen. Stellt euch die Szene mal vor: der Kurator, der Konsul, alle in Anzug und Krawatte, in einer Reihe vor der Statue. Daraufhin bin ich etwas näher herangegangen und hab gleich gespürt, dass da irgendwas nicht stimmt.»

«Wodurch?», fragte Alba, bevor sie einen Bissen herunterschluckte, den sie im Mund hatte.

«Ich weiß auch nicht. Kennst du das, wenn man sich irgendwie unwohl fühlt, aber nicht weiß, warum?»

«Etwa so, wie wenn man mit dir an einem Tisch sitzt?», erkundigte sich Rocco.

«Ja, zum Beispiel. Nein, im Ernst. Irgendetwas kam mir seltsam vor. Als die Zeremonie vorbei war, wurde die Statue wieder eingepackt und so weiter, aber ich habe Floridi angerufen und ihn gebeten – auf meine Kosten natürlich –, eine molekulare Spektroskopie zu machen.»

«Und was ist dann passiert?»

«Das Schlimmste, Marina. Es hat sich herausgestellt, dass die Statue aus dem zwanzigsten Jahrhundert stammt!»

«Mist!», meinte Gino Mezzalupi.

«Ja. Also was tun? Als Erstes bin ich zu dem Kurator gegangen. Der hat gleich abgewinkt. Die halbe Regierung war da involviert, jede Menge Leute aus den Botschaften, eine Riesensache!»

«Okay», mischte Rocco sich ein. «Aber die Statue war eine Fälschung. Vielleicht war sie wirklich wunderschön, aber nicht aus dem fünfzehnten Jahrhundert.»

«Deshalb hab ich das auch offiziell gesagt. Ihr könnt euch nicht vorstellen, was daraufhin los war. Das Fax ist beinahe explodiert, Mails, das Telefon ist heiß gelaufen. Ich habe die Ergebnisse der Analyse vorgelegt, und man hat mich gefragt, warum ich sie hab machen lassen. Könnt ihr euch das vorstellen? Ich entdecke diesen Hammer, und die werden nervös, weil ich das herausgefunden hab!» Endlich widmete sich Ardenzi seinem Essen. Die anderen warteten, um den Rest zu hören. «Und dann?»

«Und dann nichts. Der Buddha verstaubt noch immer im Lager. Und in vierhundert Jahren ist er dann tatsächlich ein archäologischer Fund.»

«Unfassbar!», meinte Alba. «Übrigens, das Couscous ist hervorragend. Kompliment, Marina.»

Rocco sah Marina an und sagte grinsend: «Das Kompliment gebührt ja eigentlich dem Koch im Restaurant.»

«Ah», meinte Silvana Mezzalupi leicht säuerlich. «Sieht er gut aus?»

«Er ist sechzig.»

Alba nahm die Tatsache hin und schüttelte den Kopf.

«Okay, aber dir gebührt natürlich trotzdem ein Kompliment dafür, dass du dieses Essen gekauft hast», sagte Rocco.

Marina schnitt ihm eine Grimasse.

«Was solche Statuen angeht ...», nahm Ardenzi den Faden wieder auf, «... der gesamte Museumsrat ist ja schon im letzten Jahr beinahe über diese römische Kopie gestolpert. Dabei hatte die Venus unter der Achsel eine kleine Bosse, sage ich euch, deutlicher geht's ja wohl nicht!»

Rocco verstand nicht. «Was ist denn bitte eine Bosse?»

«Nichts, mein Schatz, lass gut sein, iss schön weiter, diese Dinge sind zu hoch für dich.»

Rocco gehorchte.

«Und das hat sie nicht überzeugt?», fragte Gino Mezzalupi.

«Nein, so wie es aussieht, nicht! Aber weißt du was? Bevor sich da was ändert, bin ich im Ruhestand, und besser ist das.»

«Aber selbst wenn das nur eine römische Kopie war ...», begann Rocco, «... das ist doch auch schon etwas Besonderes, oder liege ich da falsch?»

Ardenzi sah ihn an. «Sicher. Aber das muss man dann, verdammt noch mal, auch angeben. Du kannst nicht einfach sagen, das ist ein Werk von Praxiteles, wenn es von, was weiß ich, irgendeinem Marco Tullio Decurione ist.»

«Und wer ist das?»

«Eben.»

«Apropos Fälschungen, Ardenzi, wie wäre es, wenn du uns ein für alle Mal die Wahrheit sagst?»

«Worüber, Rocco?»

«Stimmt es oder stimmt es nicht, dass du in den siebziger Jahren bei SPAL gespielt hast?»

Sämtliche Blicke richteten sich auf Ardenzi, der sich Zeit nahm. «Ich bin im Jahr 1972 direkt aus der Jugendmannschaft von Tarent rübergewechselt zur Società Polisportiva Ars et Labor – daher die Abkürzung SPAL. Der neue Trainer Mario

Caciagli wollte mich in seinem Club haben. Wir haben die Mannschaft in die Serie B gebracht. Die Spieler zu der Zeit waren …» Er sah zur Decke. «… lasst mich nachdenken … Vecchiè, Marconcini im Tor, Cariolato, Ragonesi …»

«Fehlt noch dein Name …»

«Ich hab auf der Bank gesessen», erklärte Ardenzi.

«Warum hab ich dann noch nie ein Panini-Klebebild von dir gesehen?»

«Weil ich nur Reserve war. Und als Guido Capello dazukam, war es für mich schon vorbei.»

Rocco sah Ardenzi an. Er wusste wirklich viel, vielleicht stimmte es doch. «Und warum war es für dich vorbei?»

«Ein Trainingsunfall. Ich war einundzwanzig Jahre alt und hab mir das Schien- und das Wadenbein gebrochen. Das war's dann mit der Karriere.»

«Auf welchem Platz war SPAL in der Meisterschaft 1973/74?», hakte Mezzalupi nach.

«Ach du Scheiße! Warte, ich muss in meinem Gedächtnis kramen. 1973, da war ich zwanzig Jahre alt und war … Ja, ich erinnere mich. Da haben wir schlecht abgeschnitten, waren ziemlich weit hinten. Auf dem zehnten Platz vielleicht, so genau weiß ich das nicht mehr.»

Alle schwiegen. Tatsächlich wies alles darauf hin, dass die Sache stimmte.

«Du bist also nicht so wie die Buddha-Statue?», fragte Marina.

«Nein, Marina, ich bin echt. Aber warum sollte ich mich rühmen, bei SPAL gespielt zu haben, wenn ich nur in einem einzigen Spiel für fünfzehn Minuten eingesetzt wurde, die auch nicht gerade denkwürdig waren?»

«Ich weiß nicht. Aber das ist schon cool», sagte Alba, die Ardenzi nun mit anderen Augen sah. «Du hast bei SPAL gespielt, hast einen Doktortitel in Antike Sprachen und Kulturen … Wenn du nicht mein Chef wärst …»

«Du würdest mich sicher beim ersten Versuch gleich wegen sexueller Belästigung anzeigen.»

«Probier's aus. Mal sehen.» Sie lächelte ihm zu.

«Mir wird schlecht, wenn ich das höre. Was hast du als nächsten Gang eingekauft?», fragte Silvana Mezzalupi.

«Parmigiana di Melanzane. Aber die ist selbst gemacht.»

«Sollen wir gleich zum Nachtisch übergehen?», schlug Rocco vor.

Marina warf mit der Serviette nach ihm.

In der Stille der Nacht lagen sie nebeneinander und starrten an die Decke. Sie hatten die Teller draußen auf dem Terrassentisch stehen lassen, darum würde sich Inna am nächsten Tag kümmern. In der Küche sah es aus, als hätte dort ein Erdbeben der Stufe neun gewütet, aber auch das würde Inna wieder hinkriegen; genauso wie sie die Aschenbecher ausleeren, die Gläser auf dem Wohnzimmertisch abräumen und die beiden Gemälde aus der venezianischen Schule wieder aufhängen würde, die Mezzalupi sich unbedingt im entsprechenden Licht hatte ansehen wollen, um die Leinwand zu prüfen. Sie hatten sich geduscht, miteinander geschlafen und lagen nun beide mit dem Blick zur Decke auf dem Rücken.

«Bist du müde?», fragte Rocco.

«Nein. Und du?»

«Kein bisschen. Dabei muss ich in etwa einer Stunde schon wieder aufstehen.»

«Tut mir leid. Wenn ich das gewusst hätte, hätte ich meine Kollegen zu einem anderen Termin eingeladen. Aber das stand jetzt schon so lange fest.»

«Das heißt, du bist nach Hause zurückgekommen, weil dieses Abendessen schon seit so langer Zeit geplant war?»

«Blödmann. Hast du die Pads für die Kaffeemaschine gekauft?»

«Nein.»

Marina seufzte. «Erinnerst du dich an die Geschichte vom heiligen Clemens und der Säule?»

«Klar erinnere ich mich.»

«Damit will ich sagen, dass ich wieder zu Hause bin und keine Säule.»

«Ich weiß, Marina. Aber ich wäre nie mit einer Truppe Prätorianer hinter dir hergeeilt, um dich zurückzuholen.»

«Doch. Du bist mit den Prätorianern zu mir gekommen. Nur dass ich diejenige bin, die die Augen zumacht.»

«Kannst du dir einen seit langer Zeit verlassenen Ort vorstellen? Was weiß ich, ein Haus, einen alten Eisenbahnwaggon, ein Auto, das irgendwo abgestellt wurde?»

«Nein, warum?»

«Weil diese Dinge leblos sind, tot, als hätten sie die Wärme verloren, die die Nähe zu den Menschen ihnen gibt. Und genau so war es hier, als du nicht da warst.»

«Ich hab dich heute beim Essen beobachtet.»

«Ich weiß. Ich dich auch.»

«Und weißt du, was ich gedacht hab?»

«Wenn es etwas Schönes ist, dann sag es mir, wenn nicht, dann lass es bleiben.»

«Dass ich dich liebe.» Marina drehte sich auf die Seite und

betrachtete das Profil ihres Mannes. «Findest du das nicht absurd?»

«Absolut nicht. Wie könntest du mich nicht lieben? Na ja, ich hab nicht bei SPAL gespielt, aber …»

«Vergiss SPAL. Da hat man seine Prinzipien und tut alles, um sie einzuhalten, und dann kommt die Liebe, und du entschuldigst alle möglichen Dinge, vielleicht zu viele.»

«Nein, auch da gibt es Grenzen. So wie Hitler zum Beispiel, den kann man nicht lieben», sagte Rocco.

«Und trotzdem hat es eine Frau gegeben, die ihn geliebt hat.»

«Ja, aber das liegt an euch, nicht an uns. Ich meine, an euch Frauen.»

«Aha, weil eure Gehirne, denn ihr habt ja zwei, nur die Hälfte von dem verstehen, mit dem sich die Gehirne von Frauen beschäftigen, seid ihr bessere Menschen, oder was?»

«Möglich, aber ich bin nicht Hitler.»

«Nein. Das denke ich auch nicht. Du bist größer, siehst besser aus, hast keinen Schnurrbart …»

«Sonst noch was?»

Marina streichelte seine Brust.

«Musstest du wirklich die Augen schließen, um nach Hause zurückzukommen?»

«Ein bisschen. Aber jetzt sind sie offen, und ich sehe neben mir einen Mann, den ich liebe und den ich wahrscheinlich immer lieben werde.»

«Ich hab eine Erektion.»

«Kannst du nicht ein Mal an etwas anderes denken?»

«Zum Beispiel?»

«Wie wäre es mit einer dreitägigen Pause?»

«Was soll das denn sein?»

«Eine Wette.»

«Das gefällt mir nicht.»

«Komm ... Ich wette, dass du keine drei Tage durchhältst.»

«Forderst du mich heraus, Mari'?»

«Genau.»

«In Ordnung. Worum wetten wir?»

«Um ein Eis von Romoli in der Via Eritrea, eins mit Sahne.»

«Okay, aber wir müssen ein paar Regeln festlegen, genauer gesagt, drei: Erstens, du darfst mich nicht provozieren.»

Marina rückte an ihn heran und legte das Kinn auf seine Brust. «Was meinst du damit?»

«Dass du nicht halb nackt durch die Wohnung läufst.»

«Muss ich eine Burka tragen?»

«Sozusagen. Du darfst keine tiefausgeschnittenen kurzen Kleider tragen, keine hohen Absätze und dir nicht vor dem Fernseher die Beine eincremen.»

«Gut, was noch?»

«Zweitens: Wir schlafen in getrennten Betten.»

«Spinnst du?»

«Sonst muss ich am Fußende schlafen.»

«Ich schlafe in meinem Bett. Dann musst du ausziehen.»

«Dann ziehe ich aus.»

«Drittens?»

«Morgens küssen wir uns nur auf die Wangen. Viertens ...»

«Du hast von drei Regeln gesprochen.»

«Das war gelogen. Viertens: Du darfst beim Lesen keine Brille tragen und nicht am Stift lutschen.»

«Du bist echt ein Tier.»

«Ich komme aus Trastevere.»

«Aber wie soll das gehen, Rocco? Ohne Brille seh ich ja nichts.»

«In meiner Gegenwart wird die Brille nicht aufgesetzt.»

«Und seit wann erregt es dich, wenn ich meine Brille trage?»

«Schon immer. Wenn du diese Wette wirklich willst, musst du diese vier Regeln akzeptieren.»

Marina dachte darüber nach. «In Ordnung. Aber dann erhöhen wir den Einsatz. Dann wetten wir um mehr als nur ein Eis.»

«Wenn ich die drei Tage durchhalte, gibst du mir ein Eis aus. Wenn ich es nicht schaffe …»

«Wenn du es nicht schaffst, feiern wir Weihnachten mit meinen Eltern.»

Rocco schlug eine Hand vor die Augen. «O Gott …»

«Und?»

«Weihnachten mit deinen Eltern?»

«Mit Geschenken und allem Drum und Dran. Und außerdem …»

«Wie, außerdem?»

«Du hast die vierte Regel hinzugefügt, oder? Also füge ich die zweite Bestrafung hinzu. Aber so stark, wie du bist, wirst du bestimmt gewinnen.»

«Lass erst mal die zweite Bestrafung hören.»

«Vom Beginn der Spielsaison an bis, sagen wir, zum Ende der Hinrunde sind AS Rom und Lazio und solche Dinge hier zu Hause tabu, kein Torgeschrei, keine Schiedsrichterschelte und kein Abseitsgebrüll. Schlägst du ein?»

Rocco schnaubte. «Bis Ende November?»

«Ja. Keine Spiele in meiner Gegenwart. Bist du immer noch dabei?»

Rocco überlegte. «Klar, bin ich dabei. Ich hab vor nichts Angst! Okay. Ab morgen?»

«Ab morgen für drei Tage.»

«Die Hand drauf.»

Marina streckte ihm ihre entgegen, was Rocco ausnutzte, um sie auf seine Bettseite zu ziehen.

«Komm, Rocco, es ist schon nach drei Uhr. In einer Stunde musst du aufstehen.»

«Die Antwort ist: Scheiß drauf!» Er küsste sie. Marina wehrte sich nicht, und ihr fiel nicht auf, dass Rocco weinte. Erst als eine salzige Träne auf ihre Lippe tropfte, sah sie ihren Mann an und bemerkte die feuchten Augen. «Weinst du, Amore?»

«Ja.»

«Das solltest du nicht ... Du sollst lächeln.»

«Mach ich ja. Irgendwo in mir drin lache ich.»

«Ich liebe dich.»

«Ich dich auch. Du bist mein Leben. Aber Ruhe jetzt, wir haben noch etwas vor ...» Er küsste zuerst ihr Kinn, streichelte dann mit den Lippen ihre Brüste und glitt weiter hinab. Marina ließ ihn machen und griff in sein Haar. Sie lächelte, weil sie wusste, dass dieser nicht zu bändigende Unhold sie niemals verlassen würde und sie ihn nicht. Sie würden in den Jahren, die noch vor ihnen lagen, zusammenbleiben und Hand in Hand ihren Weg gehen, lächelnd, in dem Wissen, dass man sich dem Leben nicht widersetzen kann. Dann lösten sich ihre Gedanken auf wie Papier im Regen, und sie liebten sich, wobei sie nur das Klopfen ihrer Herzen, ihre Nerven und ihre Muskeln spürten. Sie nahmen sich Zeit, schwitzten, keuchten und schliefen miteinander, als wäre es das letzte Mal.

Im Osten zeigten sich die ersten hellen Sonnenstrahlen. Das Meer war ein einziger großer Tintenfleck, und die frische Brise sorgte für Gänsehaut. Die nächtlichen Lichter im Hafen brannten noch und beleuchteten die ersten Menschen und Transportmittel, die bereits unterwegs waren. Sogar ein paar Touristen waren schon da und reihten sich in die Warteschlange für die Überfahrt nach Sardinien ein. Im Gebäude der Hafenbehörde trank Rocco Kaffee aus einem Plastikbecher. Sasà D'Inzeo verließ gerade zusammen mit Capitano Nunzi – einem kleinen Mann mit grau meliertem Haar und einem schönen weißen Bart – dessen Büro. «Der Container wurde bereits ausgeladen. Jetzt muss er noch durch den Zoll.»

«Wie sieht der Plan aus?», fragte der Staatsanwalt.

«Wir nehmen ihn uns getrennt von den anderen vor und durchsuchen ihn von oben bis unten. Wie viele Leute haben Sie mitgebracht?»

«Wenige», antwortete der Staatsanwalt.

«Haben Sie eine Ahnung, wie viele Dinge in einen Container passen?»

«Ich kann es mir vorstellen», meinte Rocco. «Aber wir wollen trotzdem jedes einzelne Teil ausladen und begutachten. Sicher wird der Eigentümer hier auftauchen. In diesem

Fall bitte ich Sie und Ihre Behörde, ihn so lange wie möglich festzuhalten.»

«Da ich selbst auf diesem Gebiet kein Experte bin, habe ich Gardini und zwei Unterstabschefs abgestellt, Ihnen zu helfen. Alles absolut vertrauenswürdige Männer. Bleibt jedoch ein Schwachpunkt.»

«Und der wäre, Capitano?»

«Die Zollkontrollen sind sonst nicht so eingehend. Das könnte verdächtig erscheinen.»

«Dann wäre es gut, wenn Sie sich für diesen Fall eine überzeugende Begründung ausdenken könnten, eine besondere Anweisung von der obersten Hafenbehörde oder dem Finanzamt ...»

«Ich werde es versuchen.» Der Capitano zuckte mit den Schultern und verließ dann den Raum. Rocco knüllte den Plastikbecher zusammen und warf ihn in den Papierkorb. «Komm, Sasà, legen wir los!»

Die Hafenarbeiter hatten den Container auf dem Kai abgestellt. Er war rot. Durch das Fenster in dem kleinen Büro sah Rocco Ispettore Munifici, der nervös auf die Ankunft des Zollbeamten wartete. Elena dagegen hatte sich im Schatten an eine der Metallwände gelehnt. Der Staatsanwalt war seit zehn Minuten im Bad. Die Sonne schien nun mit voller Kraft, und trotz der Nähe des Meeres stieg die Temperatur von Minute zu Minute weiter an. Die Möwen schrien, und in der Ferne war das Signalhorn eines Schiffs zu hören. Ein Mitarbeiter der Hafenbehörde trat heran und öffnete die Doppeltür aus Metall. Zum Ausladen kam ein Kollege mit einem Gabelstapler angefahren. Munifici machte sich bereit.

Rocco griff nach dem Funkgerät. «Schiavone hier. Hörst du mich, Simone?»

«Laut und deutlich ...»

Die beiden Agenti Zuccari und Parrillo hatten sich auf Roccos Anweisung hin auf der Straße zum Hafen postiert.

«Wir haben den Container geöffnet. Los geht's ...»

«Auch hier gibt es Neuigkeiten. Ein schwarzer BMW nähert sich. Gefolgt von einem Lkw mit Hänger.»

«Gut, von jetzt an Augen und Ohren auf!»

Einige verpackte Gegenstände waren bereits ausgeladen. Munifici und Elena waren zusammen mit zwei Männern der Hafenbehörde dabei, die Verpackungen zu entfernen. Der blinkende schwarze BMW fuhr heran und blieb etwa zwanzig Meter von dem Container entfernt stehen. Silvestrelli stieg aus dem Wagen. Rocco erkannte ihn sofort. Sportlicher Anzug, Sonnenbrille, feucht glänzende Haare und eine Zigarette zwischen den Lippen. Sein Begleiter hatte offensichtlich zu viele Gangsterfilme gesehen: schwarzes Shirt, Sonnenbrille und zur Schau getragene Muskelpakete. Silvestrelli wandte sich sofort an Maresciallo Gardini, der mit einem Klemmbrett in der Hand den Kopf schüttelte und hilflos die Arme ausbreitete. Keine Minute später kam der von Zuccari angekündigte Lkw mit Hänger an. Auf dem riesigen Fahrzeug, das mit einem Zischen der Druckluftbremse und mit metallischem Quietschen anhielt, war die Aufschrift *Stockmar* zu lesen. Das Dröhnen des Motors im Leerlauf erfüllte den Hafen. Rocco hielt den Atem an, als er aus dem gewaltigen Lkw Emeka mit seinen Dreadlocks in Begleitung eines glatzköpfigen Schwarzen aussteigen sah. Der Mann war riesig.

«Scheiße … Bob Marley und der schwarze Hüne aus *The Green Mile* sind da.»

Sasà D'Inzeo, der gerade von der Toilette kam, sah aus dem Fenster. «Die beiden dort?»

«Ja …» Rocco griff erneut nach dem Funkgerät. «Schiavone. Die beiden Nigerianer sind hier. Zuccari und Parrillo, kommt her, ohne dass euch jemand sieht.»

«Verstanden!», entgegnete Zuccari.

«Alles in Ordnung, Rocco?»

«Ich weiß nicht, Sasà. Wir sollten uns bereithalten.»

Während Silvestrelli weiterhin auf den Primo Maresciallo einredete, kam Capitano Nunzi hinzu, um seinen Kollegen zu unterstützen. Er schüttelte Silvestrelli die Hand, und die beiden sprachen miteinander. Silvestrelli nickte und trat zurück. Offensichtlich hatte der Capitano ihm ein paar Lügen aufgetischt und ihm falsche Dokumente vorgelegt. Dies war der passende Moment, um die beiden Kollegen von der Hundestaffel auf den Plan zu rufen.

«Ich schicke jetzt die Hunde los, Sasà. Wenn sie die sehen, dann wissen sie Bescheid. Das heißt, wir müssen von da an mit offenen Karten spielen.»

Der Staatsanwalt nickte. Rocco ging mit dem Funkgerät in der Hand zur hinteren Seite des Büros. «Schiavone … Los geht's, haltet Augen und Ohren offen.» Dann gab er den beiden Kollegen von der Hundestaffel Bescheid: «D'Andrea und Battisti, an die Arbeit!» Und beendete die Kommunikation.

Munifici und Elena, die Einzigen ohne Funkgerät, begutachteten die Kartons, während der Gabelstapler immer mehr Kisten auf dem Kai ablud.

Silvestrelli hatte die Arme vor der Brust verschränkt

und betrachtete kopfschüttelnd das Bild, das sich ihm bot. Sein Bodyguard hatte die Sonnenbrille abgenommen und sich eine Zigarette angezündet. Zwei weitere Männer, die möglicherweise für die Spedition arbeiteten, trafen ein, vielleicht, um beim Aufladen zu helfen. Doch angesichts des unerwarteten Anblicks blieben sie neben dem Anhänger des Lkws stehen. In diesem Moment kamen die beiden Agenti mit den Hunden an der Leine hinter dem Gebäude hervor. Rocco beobachtete aus etwa zwanzig Metern Entfernung, wie Silvestrelli erbleichte und sich abrupt zu den beiden Nigerianern umwandte, die ihrerseits keine Miene verzogen. Munifici und Elena beschäftigten sich nicht länger mit den Kartons, sondern legten die Hände auf ihre Pistolen. Doch keiner unternahm irgendetwas. Alle blickten auf die beiden angeleinten Schäferhunde. Rocco beschloss, dass für ihn der Moment gekommen war, das Gebäude zu verlassen. Er ging durch die Sonne über den Asphalt des Platzes, ohne Silvestrelli, der ihn noch nicht entdeckt zu haben schien, aus den Augen zu lassen. Langsam näherte er sich dem Container. Da endlich bemerkte Silvestrelli ihn und lächelte. Rocco lächelte zurück und blickte in den geöffneten roten Container. Er war nicht voll beladen. Die Kartons, die sich noch darin befanden, waren aufeinandergestapelt und an beiden Seiten mit einem Seil an der Wand festgebunden. Zwischen den Seilen war genug Platz, um einigermaßen bequem hineingehen zu können. Rocco nickte den beiden Kollegen mit den Hunden zu. Die Tiere schnüffelten hysterisch an den Kartons herum, wedelten mit den Schwänzen und stellten die Ohren auf, um den leisen Anweisungen ihrer Herrchen zu folgen.

«Ist irgendwas nicht in Ordnung?» Als Rocco die Stimme hinter sich hörte, drehte er sich um. Silvestrelli hatte die Sonnenbrille abgenommen und sah aus, als hätte er gerade geduscht.

Rocco sah ihn an. «Und wer sind Sie?»

«Sandro Silvestrelli, der Eigentümer dieser Möbel.» Er wies auf die Pakete, die weiterhin von dem Gabelstapler ausgeladen und von Munifici und Elena, unterstützt durch zwei Männer von der Hafenbehörde, kontrolliert wurden.

«Ich weiß nicht, ob irgendwas nicht in Ordnung ist. Wollen Sie es mir sagen?», entgegnete Rocco.

Silvestrelli rieb sich mit dem Handrücken über die Nase. «Halten Sie eine derartige Kontrolle nicht für etwas übertrieben? So komme ich hier nicht pünktlich weg, und die Ankunft der Möbel im Geschäft verspätet sich.»

«Das interessiert mich einen Scheiß!», entgegnete Rocco.

Silvestrelli verzog wütend das Gesicht und ging zu den beiden Schwarzen zurück, die, unbeweglich wie zwei Statuen, noch immer an derselben Stelle standen. Der Bodyguard dagegen hatte die Zigarettenkippe auf den Boden geworfen und die Autotür geöffnet.

«Dotto', bis jetzt nichts …», meinte einer der Hundeführer.

«Machen Sie weiter. Jede einzelne Kiste, lassen Sie keine aus.»

«Verstanden.»

In diesem Moment trat der Primo Maresciallo auf Rocco zu. «Sind Sie sich sicher, dass da etwas ist? Denn eine Kontrolle in diesem Umfang …»

«Hören Sie zu, Gardini. Ich habe nicht nur den Verdacht,

sondern ich weiß mit Sicherheit, dass da drin etwas ist.» Rocco wandte sich an seine Leute: «Macht weiter, öffnet jeden Karton!»

«Jetzt reicht es! Das ist zu viel!», brüllte Silvestrelli. «Zeigen Sie mir ...»

Rocco ließ ihn nicht ausreden. Er steckte die Hand in die Tasche und übergab ihm ein Blatt Papier. «Bitte. Das ist die Unterschrift des Gerichts. Reicht das?»

Silvestrelli begann zu lesen. «Dann rufe ich jetzt unseren Anwalt an!»

«Ruf doch an, wen du willst, verdammt!», sagte Rocco.

«Sie ahnen ja nicht, in welche Schwierigkeiten Sie sich bringen, Schiavone!»

«Und woher wissen Sie meinen Namen? Jedenfalls nicht von mir. Sind wir Freunde? Haben wir uns beim Abendessen kennengelernt? Oder sind wir Schulkameraden?»

Silvestrelli antwortete nicht. Er zog sein Handy aus der Tasche, als wäre es ein Klappmesser, und drehte sich um, um zu telefonieren. Dabei ging er zu dem Lkw mit dem Hänger hinüber, der auf die Lieferung wartete, sprach leise, gestikulierte heftig mit der freien Hand und schwitzte. Sein Hemd klebte ihm am Körper. Er beendete das Gespräch und kam mit großen Schritten zu Rocco zurück. «Ich will, dass die Sachen anschließend alle wieder ordentlich verpackt werden!»

«Natürlich. Wenn Sie möchten, machen wir Ihnen noch Schleifchen drum, nicht wahr, Ispettore?»

Elena betrachtete gerade den Inhalt eines Kartons. Einen Tisch mit Blumenmuster. «Der sieht genauso aus wie der in der Ausstellung im Geschäft, den wir gesehen haben!»

«Stimmt. Offensichtlich ist er sehr begehrt.» Rocco wandte sich an Silvestrelli. «Hab ich recht?»

«Womit?»

«Damit, dass dieser Tisch sehr begehrt ist.»

«Mein Anwalt ist auf dem Weg hierher.»

Rocco wies mit dem Kinn auf das Gebäude, das er etwa zehn Minuten zuvor verlassen hatte. «Da drin ist der Staatsanwalt. Machen Sie es sich bequem, trinken Sie einen Kaffee und plaudern Sie doch ein wenig, während wir hier unsere Arbeit machen.»

Das Bellen eines Hundes war zu hören. Die Nigerianer und der Hollywood-Bodyguard horchten auf. Rocco und Munifici liefen zum Container. Der Hund hatte einen Karton aufgespürt. Auf dem Lieferschein stand, woher er kam. «Der ist nicht aus Mexiko, sondern aus Honduras.»

«Holt ihn raus!»

Der Mann mit dem Gabelstapler lud den Karton auf und stellte ihn auf den Kai. Munifici öffnete ihn. Darin waren kleine Statuen. Rocco hatte ähnliche bereits im Museum gesehen.

«Wenn Sie glauben, dass die alle präkolumbianisch sind, dann sind Sie auf dem Holzweg, die sind den Originalen nur nachempfunden, und so verkaufe ich sie auch», sagte Silvestrelli ruhig. «Und genau so steht es auf dem Lieferschein.» Mit einem Handzeichen forderte er Emeka auf, zum Lastwagen zu gehen, und der Nigerianer mit den Dreadlocks setzte sich umgehend in Bewegung. «Ich zeige Ihnen jetzt die Liste und …»

Rocco hob die Hand, um ihn zum Schweigen zu bringen. «Die sind gut gemacht. Für welchen Preis verkaufen Sie die?»

Diese Frage verwirrte Silvestrelli. «Dreißig Euro. In etwa. Man kann sie als Briefbeschwerer oder Buchstütze benutzen … weil sie schön aussehen.» Er nahm eine der Statuen und drehte sie kopfüber. An der Unterseite war ein beinahe unsichtbarer Keramikdeckel angebracht. Silvestrelli öffnete ihn. Die kleine Statue war leer. Er gab sie an Rocco weiter, der ihm lächelnd die Hand auf die verschwitzte Schulter legte. Wie zwei vertraute alte Freunde gingen sie davon. «Silvestrelli, ich sage Ihnen die Wahrheit, ich habe den Eindruck, dass Sie ganz in Ordnung sind. Ich habe einen Tipp bekommen … aber unter uns gesagt, wäre ich jetzt genau wie Sie lieber am Meer.»

«Schauen Sie …» Der Möbelhändler hatte sich sofort entspannt. «… Sie haben es doch gesehen: Die sind nicht echt. Wenn Sie wollen, zeige ich Ihnen Fotos von den Handwerkern, die sie in Ocotepeque herstellen.»

«Aber sicher doch, das habe ich verstanden …» Rocco schlug einen vertraulichen Ton an: «Machen wir es so: Es ist sauheiß hier, und ich habe diesen nervigen Staatsanwalt am Hals. Zeigen Sie sich kooperativ, und in weniger als einer Stunde können Sie Ihre Möbel aufladen und sich damit auf den Weg machen. Ich muss deutlich machen, dass ich der Sache auf den Grund gehe, Sie verstehen schon, sonst werde ich in die Barbagia versetzt. Und auch ich habe Familie …»

Silvestrelli nickte lächelnd; sein Gesicht wirkte nicht mehr angespannt. «In Ordnung, machen Sie weiter. Aber ich bitte Sie, machen Sie nichts kaputt.»

«Auf keinen Fall. Wir verpacken alles wieder ordentlich, vertrauen Sie mir. Sie werden sehen, wenn diese Sache hier vorbei ist, haben Sie nie wieder Ärger, weder mit mir noch mit der Finanzpolizei. Das garantiere ich Ihnen.» Rocco hielt Silvestrelli die Hand hin, und der schüttelte sie. Es war ein verschwitzter und glitschiger Händedruck.

Der Platz zwischen der Hafenbehörde und dem Kai wirkte wie von einer plötzlichen Lähmung befallen. Die beiden Hunde, die die Kartons beschnüffelt hatten, lagen mit hängenden Zungen im Schatten einiger Metallsäulen. Die beiden Hundeführer hatten jedem von ihnen einen großen Napf mit Wasser gebracht und schienen nun nichts mehr zu tun zu haben. Sie lehnten am Geländer und wischten sich den Schweiß ab. Auf dem Boden lag meterweise Zellophanpapier und aufgerissenes Verpackungsmaterial, das vom warmen Wind des späten Vormittags aufgewirbelt wurde. Das Meer war ruhig und brachte einen Geruch nach Abwasser und modernden Algen mit sich. Einzig die Möwen jagten einander und schossen immer wieder blitzartig zur Wasseroberfläche hinunter. Rocco hatte sich auf einen Poller gesetzt und betrachtete seine Kollegen und die Männer von der Hafenbehörde, die sich eine Pause gönnten. In Kürze würden sie sich daranmachen, alles wieder aufzuräumen.

Silvestrelli und der Anwalt waren im Büro der Hafenbehörde und diskutierten mit Sasà D'Inzeo, der alle fünf Minuten einen beunruhigten Blick zu Rocco hinauswarf.

Wo ist das Zeug?, dachte Rocco. War Alberto Ferri einer falschen Fährte gefolgt? Aber warum dann der konkrete Hinweis auf diesen Container, der ja auch tatsächlich existierte? Es waren nur noch etwa zehn Kartons übrig, und von dem Stoff fehlte jede Spur. Die Nigerianer schienen gegen die Hitze immun zu sein. Scheinbar ungerührt standen sie immer noch an derselben Stelle und betrachteten das Schauspiel, das sich ihnen bot. Der Bodyguard saß im Auto und hatte sich die dritte Zigarette angezündet. Rocco blickte zu den Tischen, Stühlen, Kommoden und Schränken hinüber, die aus den geöffneten Kisten hervorsahen.

Wo, verdammt noch mal, hast du den Kram versteckt?

Möglichkeiten gab es genug: unter dem doppelten Boden einer Kommode, in dünne Streifen Stanniolpapier verpackt oder mit Wick VapoRub bestrichen, um zu vermeiden, dass die Schäferhunde es entdeckten.

Du hast das Zeug transformiert! Aber in was, Silvestrelli? Dies war ein Trick, der bei der Polizei durchaus bekannt war. Einer seiner Kollegen von der Antidrogeneinheit war mal an einen Drogenhändler geraten, der Baumwoll-T-Shirts mit der Post verschickte, die, wie sich später herausstellte, voller Kokain waren.

Hatten sie es unter die Farbe gemischt, mit der die Tische und Anrichten gestrichen worden waren? Oder war das Holz selbst mit Kokain getränkt?

«Da kommt also dieser wunderschöne hölzerne Konagama-Buddha im Museum an, eine polychrome Skulptur aus dem siebzehnten Jahrhundert …» Plötzlich kamen Rocco Ardenzis Worte vom Vorabend in den Sinn. «Daraufhin bin ich etwas näher herangegangen und hab gleich gespürt, dass da irgendwas nicht stimmt.»

Mit den Worten des Museumsdirektors im Ohr, erhob sich Rocco von dem Poller.

«Als die Zeremonie vorbei war, wurde die Statue wieder eingepackt und so weiter, aber ich habe Floridi angerufen und ihn gebeten – auf meine Kosten natürlich –, eine molekulare Spektroskopie zu machen …»

Rocco ging zu den falschen präkolumbianischen Statuetten hinüber. Nahm eine davon in die Hand. Betrachtete sie. Schaute sich das Loch an der Unterseite an. Dann hob er die Statuette an, zeigte sie Silvestrelli und lächelte. Der Möbelhändler lächelte zurück. Rocco sah zu Munifici und Elena hinüber, die schwitzend, jeder mit einem Messer in der Hand, dastanden. Im Blick ihres Chefs hatte sich etwas verändert. Er hatte ein alarmiertes Leuchten in den Augen und schien ihnen einen stummen Befehl zu erteilen. Rocco, der mit der grau und rosafarbenen Statuette in der Hand zwischen den leeren Kisten stand, forderte ihre Aufmerksamkeit. Die beiden Polizisten legten die Messer weg. Sie wechselten vielsagende Blicke und verständigten sich wortlos, ohne dass jemand Details und Befehle auszusprechen brauchte. Munifici nickte, als hätte er bereits alles verstanden. Sie traten von den letzten Kartons zurück, die noch nicht kontrolliert worden waren. Rocco steckte eine Hand in die Tasche, nahm sein Feuerzeug heraus und entzündete es. Er ging mit der Flamme näher an die Statuette. Silvestrelli hatte die Brille abgenommen. Die beiden Nigerianer holten tief Luft. Der Bodyguard war aus dem Auto gestiegen. Das Material, aus dem die kleine Statue gefertigt war, begann zu brutzeln wie kochendes Mehl. Eine flüssige weißliche Pampe blieb an Roccos Fingern zurück. Er ging zu den Hunden hinüber. Hielt dem der beiden, der der ältere zu sein schien, die Hand unter die Nase. «Schnupper mal, mein Kleiner, was ist das deiner Meinung nach?»

Der Hund bellte, was den Effekt eines Startschusses hatte. Emeka rannte in Richtung Meer, der glatzköpfige Riese zog eine spitze Klinge aus dem Ärmel. Elena lief dem flüchtenden Nigerianer nach, die beiden Agenti von der Hundestaffel versuchten die Tiere zu bändigen, die kläffend die Zähne fletschten. Munifici stürzte sich auf den glatzköpfigen Schwarzen, der ihm mit einer angesichts seines Körperumfangs unvermuteten Wendigkeit den Arm verdrehte und die Klinge in den Rücken rammte. Munifici schrie und ging zu Boden. Der Nigerianer versuchte zu fliehen. Zwei Schüsse fielen. Der Schwarze hielt inne und verdrehte die Augen. Dann knickten ihm die Beine weg, und er sank neben Munifici auf den Asphalt. Rocco lief zu ihm und kickte das Messer beiseite, das gerade noch in Munificis Rücken gesteckt hatte. Der Schwarze lag stumm auf dem Boden und zitterte keuchend, wobei ihm Blut aus dem Mund lief. Zuccari stand etwa zwanzig Meter entfernt wie erstarrt, die Beretta noch im Anschlag, und die beiden Arbeiter neben dem Lkw hatten erschreckt die Hände gehoben. Parrillo war zu dem Bodyguard gelaufen, der sich ihm wie ein erschrecktes Kind in einem Disneyfilm ergab. Silvestrelli sah sich unbehaglich um. Die Hunde hatten aufgehört zu bellen. Der Einzige, der zu fliehen versuchte, war Emeka, der langsam im Meer schwamm. Elena sah ihm nach, ohne zu wissen, was sie tun sollte. Gardini hatte bereits zum Funkgerät gegriffen und erteilte Befehle. Rocco trat zu Munifici. Der Ispettore verzog das Gesicht und fasste sich an den Rücken. «Scheiße, tut das weh ... Scheiße ...», sagte er. Rocco drehte ihn vorsichtig um. Die Klinge war ein paar Zentimeter unterhalb des Nackens direkt neben der Wirbelsäule eingedrungen. «Kannst du dich bewegen?», fragte er beunruhigt.

«Was? Scheiße, tut das weh!»

«Ich habe gefragt, ob du Arme und Beine bewegen kannst?»

«Ja, ja, das geht … tut aber weh!»

Rocco machte Zuccari ein Zeichen, dass alles in Ordnung war. Der blickte sich um, sah die beiden Arbeiter mit den erhobenen Händen und Parrillo, der Silvestrelli und dem Bodyguard gerade Handschellen anlegte. Zuccari wischte sich den Schweiß ab, steckte die Pistole wieder weg und ging zu seinem Kollegen hinüber.

Die beiden Agenti von der Hundestaffel, die die Tiere inzwischen beruhigt hatten, gesellten sich zu Zuccari und Parrillo, um diese, wenn nötig, bei der Festnahme zu unterstützen. Emeka schwamm nicht gerade sportlich zur Anlegestelle der Fähren hinüber. «Was denkt der denn, wie weit er kommt?», fragte Elena und wies auf das Boot der Hafenbehörde, das auf den Nigerianer zufuhr. Als dieser das Boot sah, holte er tief Luft, tauchte unter und verschwand.

Unterdessen hatte der Staatsanwalt einen Krankenwagen gerufen, während Zuccari und Parrillo Silvestrelli, die beiden Arbeiter und den Gorilla in Handschellen zum Gebäude der Hafenbehörde dirigierten.

«Halt durch, Munifici, der Krankenwagen ist gleich da», sagte D'Inzeo zu dem am Boden liegenden Polizisten.

«Aber was war das?», fragte der verletzte Ispettore.

«Ein Messerstich … aber ist nicht schlimm. Tut nur ein bisschen weh …», entgegnete Rocco.

«Es tut höllisch weh. Wie lange werde ich brauchen?»

«Meiner Meinung nach kannst du schon bald in Urlaub fahren», versicherte der Staatsanwalt.

Munifici begann zu lachen, aber ein stechender Schmerz ließ sein Lächeln ersterben. «Haben wir sie?»

«Ja ... fehlt nur Baiocchi. Aber wo will der denn hin verdammt?»

«Der andere?»

«Der andere ist ins Wasser gesprungen», erklärte der Staatsanwalt und wies aufs Meer. Elena ließ das Geschehen nicht aus den Augen. Rocco reckte den Hals und sah das Boot der Hafenbehörde, das um eine bestimmte Stelle herum im Kreis fuhr. Der Nigerianer war verschwunden. Die beiden Männer in dem Motorboot blickten konzentriert aufs Meer. Früher oder später musste der Flüchtige ja wieder auftauchen. Elena wandte sich Rocco zu und breitete hilflos die Arme aus. «Einfach weg!», rief sie. Doch dann tauchte der Kopf mit den Dreadlocks nur wenige Zentimeter von dem Boot entfernt wieder auf.

«Achtung, er ist da vorne!», schrie Rocco, aber es war bereits zu spät. Die beiden Männer von der Hafenbehörde sahen ihn nicht. Das Boot überfuhr Emeka Orizo und zog eine rötliche Fahrspur im weiß aufschäumenden Wasser hinter sich her. Elena schlug erschrocken die Hände vor den Mund. Sasà D'Inzeo senkte den Blick.

Rocco sah den Primo Maresciallo an. «Sieht aus, als hätten sie ihm den Schädel gespalten, Chef», sagte er.

Gardini hielt das Funkgerät noch in der Hand. «Sie haben ihn nicht gesehen», murmelte er.

«Er ist selbst schuld», meinte Rocco. Endlich kam der Krankenwagen. «Auf, Munifici, ab ins Krankenhaus! Du bist ein Held!»

Erst am späten Nachmittag kehrten sie ins Kommissariat zurück. Zuccari hatte kein Wort mehr gesagt. Er starrte auf seine Hände. Elena war völlig erledigt. Parrillo war auf seinen Wunsch hin bei Munifici im Krankenhaus geblieben. Die Frau des Inspektors war in Turin und konnte nicht gleich zu ihrem Mann kommen, aber die Ärzte waren zum Glück optimistisch.

Als sie sein Büro betraten, schlug Rocco Elena freundschaftlich auf die Schulter. «Das war eine ziemlich heftige Feuertaufe ...»

Elena nickte. «Ich ... Ich weiß nicht, Dottore. Ich schaff das nicht.»

«Was denn?»

«Einfach gar nichts. Ich spüre meine Arme und meine Beine nicht mehr, es fühlt sich an, als wäre ich aus Pudding.»

«Das kommt vor. Aber rede darüber. Bei meinem ersten Mal habe ich drei Tage im Dunkeln gesessen. Man gewöhnt sich dran, auch wenn das keine schöne Sache ist, sich an so etwas Furchtbares zu gewöhnen.»

Elena lächelte. «Kann ich ... Kann ich nach Hause gehen?»

«Sicher. Ab nach Hause und geh heute Abend aus. Schnapp dir eine Freundin oder einen Freund, geh was trinken, gib dir die Kante bis zum Morgengrauen, und das einzige Problem, das du morgen haben wirst, sind Kopfschmerzen.»

Elena lächelte mühsam und strich sich mit der Hand übers Kinn. «Ich werde jede Nacht davon träumen ...» Plötzlich brach sie in Tränen aus.

«Nein, nein, nein ...» Rocco nahm sie in die Arme. «Nicht weinen, Elena, tu das nicht ...»

Aber stattdessen öffneten sich bei der jungen Frau alle Schleusen, und sie begann, mit dem Kopf an Roccos Brust, heftig zu schluchzen.

«Bitte nicht, Agente Dobbrilla, was sollen wir denn von dir denken? Dass du eine Heulsuse bist?»

Auch De Silvestri trat zu ihnen. «Kopf hoch, Elena, ist doch alles halb so wild. Das hätte viel schlimmer kommen können. Denken Sie an den Ispettore mit seiner Stichwunde am Rücken. Das tut richtig weh.»

«Na ja», meinte Rocco, «ganz unverdient war das nicht, meiner Meinung nach.»

Wie aus Zauberei begann Elena plötzlich zu lachen.

«Sehr gut, Elena, hör auf deinen Vater.»

«Danke … Papà!»

«Leck mich, Dobbrilla!», entgegnete Rocco. Dann wandte er sich an Zuccari. Der saß herum und sah mit glasigem Blick zu Boden. Mit feuchten Augen. Auch er weinte. Schiavone sah De Silvestri an, der Elena unterhakte und mit ihr den Raum verließ. Rocco setzte sich neben Zuccari. «Komm? Was ist los? Du jetzt auch noch?»

«Ich habe einen Menschen getötet», sagte der Agente mit brüchiger Stimme.

«Das ist furchtbar, ich weiß … Ich kann dir nichts sagen, was dir die Sache leichter machen würde. Du wirst für immer damit leben müssen.»

«Was für eine Scheiße …», meine Zuccari und wischte sich über die Augen. «Ich hab nur gesehen, wie er Carlo das Messer in den Rücken gerammt hat und … Das ging ganz von selbst.»

«Du hast deine Pflicht getan. Und ich weiß sehr gut, dass

alles, was ich dazu sagen kann, nach schwachsinnigen Floskeln klingen wird. Aber du hast wie ein Polizist gehandelt, Simo'. Denn du bist einer. Du trägst eine Waffe, du hast es mit Scheißkerlen zu tun, und früher oder später musste das passieren. Und nun ist es eben heute passiert, an einem Scheißtag im Juli.»

«Wissen Sie, was ich befürchte, Dottore?»

«Nein.»

«Dass ich nicht mehr derselbe sein werde.»

Rocco sah seinen Kollegen an und holte tief Luft. «Ja, Simone, du bist nicht mehr derselbe.»

Zuccari schniefte. «Danke für Ihre Ehrlichkeit. Es ist hart, aber danke.» Dann stand er mit zitternden Knien und hängenden Schultern auf. «Soll ich es meiner Mutter erzählen?»

«Ich würde das nicht tun. Es ist besser, wenn sie dich mit denselben Augen sieht wie immer. Wir verstehen das, alle anderen nicht unbedingt. Auch wenn sie deine Eltern sind.»

«Danke.» Nickend verließ Zuccari den Raum.

Rocco legte sich erschöpft aufs Sofa in seinem Büro. Er wollte nur noch zurück zu Marina und mit diesem Tag endlich abschließen.

Als Rocco zu Hause ankam, war Marina nicht da. Die orangefarbene Sonne ging gerade unter, und der Himmel machte sich für die Nacht bereit. Er öffnete den Kühlschrank und stellte lächelnd fest, dass jemand eingekauft hatte. Es war sogar eine Flasche Chardonnay im Eisfach. Er öffnete sie und schenkte sich ein Glas ein. Dann trat er auf die Terrasse hinaus und blickte auf die Stadt hinunter. Ein leichter Wind trug einen süßen Geruch heran. Vielleicht war es der Duft der Zitronen auf seiner Terrasse oder des Geißblatts des Nachbarn unter ihnen. Es roch angenehm. Er zündete sich eine Zigarette an, bekam aber den Fall nicht aus dem Kopf. Das Herzstück fehlte noch, das Detail, das er brauchte, um die Sache ein für alle Mal abzuschließen, was ihm vielleicht nie gelingen würde. Woher bekam Silvestrelli die Drogen? Wer war sein Kontaktmann? Er wusste, dass es unmöglich war, die Organisation jenseits des Ozeans aufzuspüren, die Lieferanten, die sicher noch andere Unterhändler in Italien hatten. Ihm und seinen Leuten fiel bei dem Ganzen die undankbarste Aufgabe zu; er musste nachher alles zusammenzählen, sauber machen, aufräumen. Zwölf Statuetten aus Kokain, vier Tote in einer Woche. Menschliche Körper, aber für die Gesellschaft waren sie nur noch Abfall. Und wie sämtlicher Abfall mussten sie irgendwo hin. In den Biomüll. Seine Aufgabe war im Grunde nichts anderes als eine spezielle Art der Mülltrennung.

Er warf die Zigarettenkippe weg und trank seinen Wein aus, um dann wieder in die Wohnung zu gehen. Dort machte er Licht an und ging ins Bad.

Er betrachtete sein Gesicht im Spiegel. Es sah aufgedunsen aus. Er hatte dunkle Augenringe, sein wirres, verschwitztes Haar stand zu den Seiten ab und schien seit dem Vortag mehr geworden zu sein. Genau wie seine Falten, deren Anzahl für einen Einundvierzigjährigen viel zu groß war. Sie zeichneten nach und nach die Landkarte seines Lebens auf seine Stirn und seine Wangen. Er wusch sich das Gesicht. Hinter seinen Lidern tauchte der stumme Blut spuckende Riese auf, dann das Blut an Munificis Rücken und das mit dem Wasser vermischte Blut des Nigerianers, der in die Bootsschraube geraten war, und zuletzt das Blut der beiden erstochenen Jungen.

«Verdammte Scheiße ...», fluchte er. «Das ist nicht zum Aushalten! Absolut nicht!»

Das Geräusch des Schlüssels im Schloss verriet, dass seine Frau nach Hause kam. Er eilte zur Wohnungstür hinüber. Sie sah ihn. «Amore, da bist du ja wieder. Oh Gott, bist du bleich!»

Rocco umklammerte und küsste sie, noch bevor sie die Tür geschlossen hatte. «Amore, was machst du denn? So verlierst du die Wette!»

«Willst du meine Antwort wissen? Scheiß drauf!»

Sie hatten keine Lust gehabt zu kochen. In dem sizilianischen Restaurant hatten sie sich dann aufs Essen gestürzt, als gäbe es kein Morgen. Erst beim Nachtisch brachte Marina das heikle Thema zur Sprache. «Wir feiern bei uns zu Hause.»

«Was?»

«Weihnachten.»

«Wir haben gerade mal Juli, und du denkst an Weihnachten?»

Marina lachte mit ihren großen Augen, während sie in ihr Cannolo biss. Ein wenig Puderzucker fiel von dem süßen Gebäck auf ihr Shirt. Während sie kaute, wischte sie das weiße Pulver weg.

«Meine Onkel und Tanten müssen dann auch kommen.»

«Du kannst einladen, wen du willst. Aber eines ist sicher und nicht Teil unserer Wette: Ich koche nicht!»

«Wir werden sehen.»

«Und du auch nicht.»

«Dann holen wir das Essen wie üblich aus dem Restaurant.»

Rocco hasste Weihnachten, genauso wie er Silvester, Ostern und alle anderen vorgegebenen Feiern hasste. Er hasste auch seinen Geburtstag, und wenn er nun so darüber nachdachte, auch Namenstage und Jubiläen. All das ordnete er auf der Skala, wie sehr ihm etwas auf den Sack ging, zwischen dem siebten und achten Grad ein. Diese Hitparade des Grauens hatte er sich in der Hoffnung ausgedacht, seine Wutausbrüche besser kontrollieren zu können, wenn eines dieser Ärgernisse eintrat. Die Skala ging von sechs aus nach oben, und die Gründe, warum ihm etwas auf den Sack ging, wurden immer mehr. Erst an diesem Tag hatte er beim Betreten des Restaurants beschlossen, dass eiskalte Luft aus Klimaanlagen gleich auf acht einstieg, vor allem, wenn draußen eine Affenhitze herrschte.

«Wünschen Sie noch etwas?», fragte der Kellner, der wie aus dem Nichts neben ihnen aufgetaucht war, während sie noch an den Cannoli kauten.

Da, schon wieder! Kellner, die einen, wenn man noch kaute, fragten, ob man noch etwas wünschte, ordnete er ebenfalls unter acht ein. «Wir essen erst mal unseren Nachtisch auf und treffen dann eine Entscheidung, wenn es Ihnen nichts ausmacht.»

Der junge Mann verschwand so schnell wieder, wie er gekommen war.

«Hast du wenigstens einen schönen Tag gehabt?», fragte Rocco.

«Ich bin immer noch mit dem heiligen Clemens, Theodora und Sisinnius beschäftigt. Lass uns doch mal über die Ferien sprechen, denn wir wollen ja nicht die ganze Zeit in Rom bleiben. Wann hast du Urlaub?»

«Wie immer. Ab dem 6. August. Warum?»

Marina lächelte. «Dann lag ich ja richtig.»

«Womit lagst du richtig?»

«Mit dem Haus.»

«Welchem Haus?»

«Wir fahren für drei Wochen nach Porquerolles. Ich habe ein wunderbares Haus gemietet, mit zehn Schlafgelegenheiten, ein Traum, willst du mal Fotos sehen?»

«Nach Porquerolles?»

«Wunderschön ...»

«Aber auf dieser Scheißinsel darf man nicht rauchen!»

«Im Haus und in den Bars schon.»

«Und wieso zehn Schlafgelegenheiten?»

«Glaubst du denn, dass uns an diesem paradiesischen Ort niemand besuchen kommt? Die Leute stehen schon Schlange. Willst du wissen, wer?»

Rocco breitete resigniert die Arme aus. «Aber ich will mit dir allein sein.»

«Wir werden auch allein sein, keine Sorge ...» Marina wischte sich die Hände an der Serviette ab.

«Willst du mir wirklich erzählen, dass du ein Haus in Porquerolles gefunden hast, das für August noch nicht vermietet war?»

«Hab ich. Ich warte noch auf die Bestätigung, aber eigentlich müsste das klappen.»

«Normalerweise ist da nicht mal mehr ein Platz für ein Campingzelt frei. Wir haben schon Juli!»

«Willst du wetten?»

Rocco nahm die Herausforderung an. «Das kannst du nicht gewinnen.»

«Dann wette doch mit mir!»

«Gut. Ich sage, dass du kein Haus findest.»

«Und ich sage, doch.»

«Ein Eis bei Romoli?»

«Wenn ich ein Haus finde, bezahlst du. Und wenn nicht ...»

«Wenn nicht, kannst du dich schon mal um die Geschenke für das Weihnachtsfest mit deiner Familie kümmern!» Rocco streckte die Hand aus. Marina schlug ein. «Das sollten wir mit Rum und Schokolade besiegeln.»

«Genau das wollte ich auch gerade sagen.»

Munifici wurde schon nach zwei Tagen aus dem Krankenhaus entlassen, aber Rocco hatte angeordnet, dass er zu Hause bleiben, ans Meer fahren, ein Buch lesen und andere schöne Dinge tun, nur nicht zur Arbeit ins Kommissariat kommen sollte. Über die Festnahmen in Civitavecchia wurde in allen Zeitungen berichtet. Den besten Artikel hatte Monica Beltrami geschrieben, Alberto Ferris Freundin. Obwohl sie eigentlich für die Meldungen aus dem Ausland zuständig war, hatte sie sich dazu in der Pflicht gesehen, um an ihren Lebensgefährten zu erinnern und Ferris Recherchen zu würdigen, durch die er erst seinen Sohn und dann sein Leben verloren hatte. Es war ein bewegender Artikel, an dessen Ende sich die Journalistin bei Rocco Schiavone und seinen Kollegen von der Staatspolizei dafür bedankte, dass sie Silvestrelli festgenommen hatten.

Rocco las ihn und gab die Zeitung dann Sasà D'Inzeo zurück, der sie ganz oben auf den Stapel am Rand seines Schreibtischs legte. Wie jeder Zeitungsartikel würde er nach etwas mehr als einem Tag schon wieder vergessen sein, aber so war Alberto Ferris Tod wenigstens für vierundzwanzig Stunden nicht umsonst gewesen.

«Das haben wir gut gemacht, Rocco.»

«Ja. Obwohl immer noch einiges ungeklärt ist. Silvestrelli hat den Stoff bekommen, aber wer hat ihn geschickt? Und wer hat ihn bezahlt? Und Luigi Baiocchi, der in jener Nacht die Kisten aus dem Möbelladen abgeholt hat, was ist mit ihm? Er scheint untergetaucht.»

D'Inzeo breitete hilflos die Arme aus. «Willst du weiter daran arbeiten?»

«Ich würde es gern versuchen. Außer einem Raubüberfall in einem Supermarkt und einem versuchten Mord in Spinaceto hab ich gerade nicht viel auf dem Tisch.»

«Ah ... nur das?»

«Ich hab auch schon eine Idee, wo ich anfange. Diese ganzen Drogen müssen doch irgendwo raffiniert werden. In irgendeinem Labor.»

«Du willst dir die Chemiker vorknöpfen?»

«Die, die ich kenne, sitzen im Gefängnis. Ich müsste einfach nur das Gerücht in Umlauf bringen, denn ich glaube, dass Luigi Baiocchi uns zu dem Labor führen könnte.»

«Okay, Rocco. Ich stehe hinter dir. Keine Sorge.»

«Und was machen wir mit dem Jungen? Davide?»

«Der ist ein armer Teufel. Er hat sich vor Angst in die Hose gemacht und seine Freunde verraten. Aber er hat einiges auf dem Kerbholz. Er hat die Ermittlungen behindert, hat wichtige Dinge verschwiegen, hat uns in die falsche Richtung gelenkt.»

«Matteo und Giovanni hatten recht. Davide ist nicht zu trauen.»

«Nein, und ich hasse solche Leute», fügte der Staatsanwalt hinzu, «deshalb werde ich ihn nicht ungeschoren davonkommen lassen. Ein wenig Gefängnisluft wird er schnuppern müssen. Vielleicht wird er dann sogar seine Pickel los.»

Roccos Handy meldete sich. «Verdammt!», sagte er. «Ich bin dann mal weg. Bis bald.» Er öffnete die Bürotür und ging ans Telefon. D'Inzeo schlug eine Akte auf und vertiefte sich darin.

«Wer stört?»

«Deine Frau, du Idiot.»

«Entschuldige, Marina. Ich höre.»

«Ich hab eine Überraschung für dich …»

«Nuss, Pistazie und Sahne, danke.» Der junge Mann reichte ein riesiges Eis über die Theke, das Marina mit den strahlenden Augen eines kleinen Mädchens entgegennahm.

«Und für Sie?»

«Schokolade.»

«Und?»

«Nichts. Nur Schokolade.»

«Mit Sahne?»

«Nein. Nur Schokoladeneis. Und zwar viel!»

Der Eisverkäufer gehorchte.

«Lass uns das Eis hier drinnen essen, draußen schmilzt es sofort», meinte Marina, die die Sahne bereits aufgegessen hatte. «Mamma mia, ist das lecker!»

Rocco ging zur Kasse hinüber. «Wie ist es dir nur gelungen, dieses Haus zu finden?»

«Geheimnis. Oder, besser gesagt, Vitamin B. Es gehört Olivier Boulé.»

Rocco gab der Kassiererin einen Zehn-Euro-Schein. «Und wer ist das?»

«Der Direktor des Musée national de la Renaissance in Lyon. Ich habe im letzten Jahr für ihn gearbeitet.»

«Dann gilt das Ganze nicht. Du hast nicht nach den Regeln gespielt. Du hast dir mafiamäßig einen Vorteil verschafft. Die Wette gilt nicht.» Er nahm das Wechselgeld entgegen. Endlich konnte er sich dem Eis widmen. «Nicht schlecht, die Schokolade.»

Marina war schon bei der Waffel angekommen. «Und danach gönnen wir uns ein Cremolato bei Mario.»

«Übertreibst du nicht ein bisschen, Mari'? Von dieser Klimaanlage kriege ich einen steifen Hals. Lass uns rausgehen zur Villa Ada. Da können wir uns auf die Wiese legen und einen Joint rauchen.»

«Ich rauche nicht. Und ich lege mich nicht auf Wiesen.»

«Ich rauche. Du siehst zu.»

Sie traten aus der Eisdiele. Draußen war die Hitze unerträglich. «Dein Eis schmilzt schon, siehst du?»

Marina hatte einen grünen Pistazienschnurrbart. Rocco leckte ihn ab.

«Igitt!» Marina wich zurück.

«Du hattest Eis am Schnurrbart!»

«Ich hab keinen Schnurrbart, du Blödmann!»

Sie gingen zum Auto hinüber, das in zweiter Reihe stand. Rocco hatte die Fenster offen gelassen, denn die Klimaanlage stank nach Staub und Schimmel. «Ich werde mir eine Taucherbrille kaufen und mir in Porquerolles den Meeresboden ansehen», sagte Rocco, während er das Auto aufschloss. «Ich liebe das. Weißt du noch in Scharm El-Scheich? Das war einfach toll!»

«Ja, aber da gab's ein Korallenriff. Und in Porquerolles nicht. Solche Fische gibt's da nicht zu sehen.»

«Das weiß ich doch, was denkst du denn? Aber sicher gibt es irgendwas zu sehen. Kraken vielleicht ...»

«Vielleicht ...»

Ein weißes Auto kam langsam herangefahren und hielt neben Roccos Wagen. Rocco hatte gerade den Zündschlüssel ins Schloss gesteckt. Er registrierte, dass da jemand neben ihm war, und blickte auf. In dem Auto saßen zwei Männer. Der am Steuer war klein, mit verschlagenem Blick. Neben ihm saß Luigi Baiocchi. Er hatte eine Pistole in der Hand. Sie war auf Rocco gerichtet. Rocco blieb gerade noch die Zeit, sich zu ducken, ein simpler Reflex genau in dem Moment, als der andere abdrückte. Drei Schüsse kurz hintereinander. Dann fuhr der Wagen mit quietschenden Reifen davon. Rocco drehte sich um. Marina war zurück in den Sitz gesunken. Ein Einschussloch im Hals, ein weiteres in der Schläfe. Rocco schrie und warf sich auf den Körper seiner Frau, um die Wunde am Kopf zuzupressen, zu verhindern, dass all dieses Blut austrat, über ihren Hals rann und alles mit sich nahm. Die Schreie der Menschen, das Blut auf seinen Händen, Marinas Augen, die bereits erloschen und ohne Leben waren. Diese Augen, die gerade noch gestrahlt hatten, gab es nicht mehr, ihre Lider waren halb geschlossen, ihr leicht geöffneter Mund mit den schneeweißen Zähnen lächelte nicht mehr. Redete nicht mehr. Rocco umfasste den Kopf seiner Frau, dann küsste er sie auf die Stirn, auf die Wangen, auf die Lippen. Seine Tränen vermischten sich mit dem Blut, die Schreie mit dem Hupen der Autos. Die Gesichter der Menschen, die ihn erschrocken anstarrten, erschienen ihm wie unbewegliche, groteske Werbeplakate. Aber Marina rührte sich nicht. Ihre Arme hingen leblos an ihrem Körper herab. Roccos Eis, das heruntergefallen war, lag neben ihren Füßen, die Schokolade hatte ihren Knöchel und die Sandalette beschmutzt.

Er umklammerte ihren Körper, aber es war nicht mehr Marina. Es schien, als wäre mit ihrem Blut auch ihr Duft davongeflossen. Er sah ihr in die Augen, wartete darauf, dass sie etwas sagte. Er schrie sie an, zwei, drei Mal, er flehte. Doch sie blieb stumm, still, für immer dem Leben entrissen, ihrem Ehemann und der Sonne jenes Sommers.

Aosta. Sommer 2013

Es war Abend geworden, ein milder Abend. Durch das geöffnete Fenster strömte der Duft nach Blumen und frisch gemähten Wiesen herein. Der Verkehr auf dem Corso Battaglione Aosta war zur Ruhe gekommen. Der Questore hatte die Schreibtischlampe eingeschaltet und die Leselampe neben dem Sessel, auf dem Rocco saß. Mit feucht glänzenden Augen und Lupas Schnauze auf dem Knie.

«Ich bin müde», sagte er. «Und ich will nach Hause.»

Corsi sah Baldi an. Sie waren erschöpft, aber Dutzende Fragen drängten sich ihnen auf, die wie eine panische Menge in einem brennenden Theater unbedingt rauswollten.

«Das ... das tut mir leid», war das Einzige, was dem Questore einfiel.

«Eine üble Geschichte, Schiavone», fügte Baldi hinzu. «Eine ganz üble Geschichte. Aber mir kommt da spontan eine Frage in den Sinn, die ich unbedingt stellen muss.»

«Bitte», murmelte Rocco.

«Luigi Baiocchi, was ist aus ihm geworden?»

Rocco hob den Blick und sah den Staatsanwalt an. «Ich weiß es nicht. Er ist verschwunden. Vermutlich nach Südamerika geflüchtet.»

«Und seitdem haben Sie nichts mehr über ihn gehört?»

«Nichts mehr.» Rocco streichelte über den Kopf des Hundes, der tief und fest schlief.

«Aber woher kommt dann der Hass von Enzo Baiocchi, dem älteren Bruder, auf Sie?»

«Weil er mich für das unglückliche Ende seines Bruders verantwortlich macht. Er denkt, dass es meine Schuld ist, dass Luigi ins Ausland fliehen musste. Weil dieses Stück Scheiße vielleicht in genau dem Land, wo sie die Drogen herhatten, ums Leben gekommen ist. Was Enzo zufolge dann auch auf meine Rechnung geht …»

«Möglich», meinte Baldi. «Durchaus möglich. Haben Sie uns wirklich alles erzählt?»

«Es ist neun Uhr. Ich habe seit Stunden ununterbrochen geredet. Wenn ich das eine oder andere Detail nicht erwähnt habe, dann ist der Grund dafür möglicherweise, dass seitdem sechs Jahre vergangen sind und weil mir einfach die Puste ausgegangen ist. Das können Sie mir glauben.»

Corsi und Baldi sahen sich an. Zwei Hunde, die auf den saftigsten Bissen warteten. Den sie jedoch nicht bekamen. «In Ordnung. Alles in Ordnung. Gehen wir folgendermaßen vor: Ich lasse den Haftbefehl für diesen Baiocchi ausstellen.»

«Vielen Dank, Dottor Baldi, damit schaffen Sie mir auch diese Buccellato vom Hals.» Rocco sah den Questore an. «Denn Ihre Exfrau hört nicht auf, mich in der Zeitung niederzumachen, wie Sie vielleicht wissen.»

«Ich weiß. Sie ist wie ein Pitbull. Wenn sie sich einmal irgendwo festgebissen hat, lässt sie nicht mehr los, wie ich aus unserer gemeinsamen Zeit weiß.»

«Kann ich jetzt gehen? Ist das Verhör vorbei? Denn ich hab

die Schnauze voll von diesen Kunstledersesseln, den ekligen Tramezzini, die ich gegessen habe, und der stickigen Luft in diesem Raum.»

Baldi nickte. «Wegen mir, ja. Aber ich kann nicht versprechen, dass das unser letztes Gespräch zu dem Thema war.»

Rocco pfiff, und Lupa schreckte aus dem Schlaf. «Komm, wir gehen, Kleine. Ich würde gern sagen, dass es mir ein Vergnügen war, aber das war es nicht.» Mit einem schiefen Lächeln verließ er Corsis Büro.

Rocco ging die Treppe hinunter. Er musste noch mal kurz ins Büro, um seinen Haustürschlüssel zu holen. Neben der Tür hing das Plakat, das Italo Pierron vor einiger Zeit aus Witz dort angebracht hatte und auf dem die Skala der Dinge verzeichnet war, die dem Chef auf den Sack gingen, damit jeder Bescheid wusste, was ihn störte. Rocco nahm einen Stift und fügte bei den Ärgernissen neunten Grades das Wort «Erinnerungen» hinzu. Dann steckte er den Stift ein und eilte durch den Gang. Sein benebeltes Gehirn arbeitete nur noch langsam, ganz anders als seine Füße, die ihn wie ein Autopilot nach Hause zur Via Croix de Ville lenkten. Lupa trottete hinter ihm her.

Rocco begegnete niemandem, wofür er im Stillen äußerst dankbar war. Außer Casella, der Türdienst hatte und ihn mit einem angedeuteten Lächeln grüßte. «Buonanotte, Dotto'.»

«Dir auch eine gute Nacht. Schlaf gut.»

«Ich hab Nachtdienst.»

«Dann bleib schön wach.»

Rocco verließ die Questura. Er hatte keinen Hunger und

wollte nur noch ins Bett. Auf dem Parkplatz stand ein Wagen mit offener Tür. Darin saß seine Kollegin Caterina Rispoli und sortierte irgendwelche Papiere. Sie sah ihn und lächelte. «Buonasera. Wie geht's?»

«Es geht. Und dir?»

Caterina stieg aus dem Auto. Lupa lief gleich zu ihr hinüber, um sie zu begrüßen. Sie hatte den Hund so oft bei sich zu Hause gehabt, um Rocco einen Gefallen zu tun, wenn er unterwegs war, dass die beiden inzwischen äußerst vertraut miteinander waren. «Bei mir geht's auch. Ciao, Lupalein.» Caterina streichelte den Hund, ließ ihn ein bisschen an ihrem Handgelenk knabbern und schloss dann die Tür. «Wie fühlen Sie ... Entschuldige, wie fühlst du dich?»

«Als ob man mich in einen Betonmischer gesteckt und stundenlang rumgewirbelt hätte.»

«Du warst den ganzen Tag bei Corsi im Büro. Was ist denn passiert?»

«Ich musste ein Verhör über mich ergehen lassen.»

«Kann ich irgendwie behilflich sein?»

«Nein, Cateri', danke. Ich fahre jetzt nach Hause. Grüß Italo von mir.»

Er warf das so hin, war sich aber absolut nicht sicher, ob zwischen Caterina und Italo Pierron, seiner rechten Hand, noch immer diese Geschichte lief, die ihm so sehr gegen den Strich ging. Denn auch Rocco hatte ein Auge auf Caterina geworfen, seit er im September des Vorjahres in Aosta angekommen war.

Caterina zuckte mit den Schultern. «Wir sehen uns heute nicht», sagte sie und senkte den Blick.

«Ah, das tut mir leid. Ist Schluss?»

«Eine Auszeit, um nachzudenken.»

«Die übliche Beschönigung für ‹es ist vorbei› also.»

«Italo ist ein wenig … besitzergreifend geworden.»

«Was meinst du damit? Ich weiß, dass mich das nichts angeht, deswegen musst du auch nicht antworten.»

Caterina lächelte. «Nein, kein Problem. Er hat diese fixe Idee, dass wir zusammenleben sollten, eine gemeinsame Wohnung haben müssen, ein gemeinsames … Projekt, wie er es nennt.»

«Und du willst das nicht.»

«Das riecht mir zu sehr nach Familie.»

«Und was ist falsch an Familie?»

Caterina blickte zu Boden. «Das ist eine lange Geschichte. Vielleicht erzähle ich sie dir irgendwann mal. Sagen wir, dass ich mit dieser Institution so meine Schwierigkeiten habe, okay?»

«Leistest du mir ein bisschen Gesellschaft? Ich muss der Bestie etwas zu fressen besorgen, denn sie hat heute nur ein ranziges Panino mit Artischocken gekriegt.»

«In Ordnung, wir müssen eh in die gleiche Richtung.» Sie machten sich auf den Weg. Lupa folgte ihnen und spürte Gerüchen hinterher, die nur sie wahrnahm.

«Deine Familie war also nicht so toll?»

«Ähem», meinte Caterina, was wie ein Husten klang. «Soweit man überhaupt von Familie sprechen kann. Ich hatte einen Vater, der nie da war, und wenn er mal da war, besser weggeblieben wäre, und eine Mutter, die zwar da war, aber besser nicht dagewesen wäre.»

«Eine tolle Kombination.»

«Nicht wahr? Mein Vater war Vertreter für Süßkram: Schokoriegel, Kekse, all das Zeug, das schlecht für Kinder ist und dick macht. Mir und meinem Bruder hat meine Mutter verboten, davon zu essen. Was vielleicht das Einzige war, was sie richtig gemacht hat, wenn ich jetzt so darüber nachdenke.»

«Hast du sie nicht geliebt?»

«Nein. Ich habe sie nicht geliebt, und ich liebe sie nicht. Willst du ein paar passende Adjektive hören?»

«Schieß los.»

«Gefühllos, egoistisch, unreif, gemein.»

«Und dein Vater?»

Caterina dachte darüber nach. Blickte in den Himmel. «Dafür gibt es nur ein Wort, aber das will ich dir nicht sagen, weil es zu sehr weh tut.»

«Wie du willst. Ich hab nicht wirklich viel Erfahrung in diesen Dingen, aber ich denke, dass es das Schönste auf der Welt ist, mit dem Menschen zusammenzuleben, den man liebt.»

«Mag sein. Dann hab ich dafür vielleicht noch nicht den richtigen Menschen gefunden.» Sie sah Rocco an. Das Restaurant in der Via Tillier war geöffnet.

«Ich geh schnell und hole ein Steak für Lupa. Wartest du hier auf mich?»

Caterina schaute den Hund und dann wieder Rocco an. «Wenn ich hier auf dich warte, mache ich vielleicht einen Fehler, den ich morgen früh bereuen könnte. Nein, ich hau ab. Ich gehe ... Ciao, Rocco.»

«Ciao, Caterina. Ich schick dir dann meine Rechnung.»

«Wofür?»

«Das war eine Therapiestunde, und denkst du, das mache ich umsonst?»

Caterina boxte Rocco mit der Faust gegen die Schulter.

«Es ist schön, dass wir so ein gutes Verhältnis zueinander haben, du und ich. Wenn man überlegt, dass du vor drei Wochen noch nicht in der Lage warst, mich zu duzen.»

«Stimmt. Das lässt sich vielleicht damit erklären, dass du mich vor einer Woche geküsst hast.»

«Richtig. Aber nicht ich habe dich geküsst. Wir haben uns geküsst. Das ist ein kleiner, aber feiner Unterschied. Buonanotte, Cateri'.»

«Ciao, Rocco.»

Als er endlich zu Hause war, fiel er angezogen aufs Bett und schloss die Augen. Er nahm gerade noch wahr, dass der Hund auf die Matratze sprang. Dann versank er in einen dunklen, lautlosen Schlaf.

In Rom gibt es mitten in der Stadt Viertel, in denen sich regelrechte Landhäuser verstecken. Kleine paradiesische Inseln, völlig unerwartet nur wenige Schritte vom Zentrum entfernt, die weder Smog noch Beton atmen, sondern von alten Eichen und seltenen Pflanzen umgeben sind. So musste man von der Via di Novella, direkt hinter der Villa Pamphilij, nur in eine Einbahnstraße einbiegen, um sich plötzlich mitten auf dem Land in den englischen Cotswolds wiederzufinden. Genau dort lag die Villa von Juan Gonzalez Barrio, dreihundert Quadratmeter im viktorianischen Stil mit einem halben Hektar großen Garten, nur einen Katzensprung vom Vatikan entfernt.

«Da ist ein Herr für Sie», raunte das Hausmädchen leise an Juans Ohr, der gerade einen Dessertwein probierte, den ihm sein Anwalt und Freund empfohlen hatte. Das Abendessen war gut, aber schwer gewesen. Er hätte besser nichts Gebratenes zu sich nehmen sollen.

«Wer ist es?»

«Ich weiß es nicht, Signore, er hat seinen Namen nicht genannt.»

Der ehemalige Diplomat blickte auf seine Gäste. Sie hörten gerade seiner Frau Penelope zu, die den üblichen Witz über Fidel Castro und Kuba erzählte:

«‹Es ist eine Katastrophe hier auf Kuba›, sagt Pablo zu seinem Freund Xavier. ‹Schlange stehen beim Bäcker, Schlange stehen, um Wasser zu kaufen, Schlange stehen für Zigarren, überall muss man anstehen.› – ‹Ja, und›, fragt der Freund, ‹was willst du da machen?› – ‹Ich werde Fidel umbringen.› Zwei Tage später treffen sich die beiden wieder, und Xavier fragt Pablo: ‹Und? Hast du Fidel getötet?› – ‹Nein, Xavier, weißt du, wie lang die Schlange war!›»

Die anderen lachten verhalten, der Anwalt übertrieben. Er versuchte seit Jahren, bei Penelope zu landen, er mit seinen Tennisdoppelspielen mit wechselnden Partnern. Vielleicht hatte er sein Ziel ja auch bereits erreicht und Juan Gonzalez Barrio sollte den Blicken, die die beiden sich über den Tisch zuwarfen, mehr Bedeutung beimessen.

«Entschuldigt, entschuldige, Liebling … irgendein Störenfried, ich bin gleich wieder zurück …»

Penelope lächelte und unterhielt sich weiter mit ihren Gästen, die das Dessert bereits gegessen hatten, bis auf den Anwalt, der sich noch immer kleine Bissen Profiteroles in den Mund steckte, als wären es Halsbonbons.

Juan ging durch den Salon in die Eingangshalle. «Wo ist er?»

«Hinten», sagte das Hausmädchen, «in der Küche.»

Es war ein älterer Mann mit platinblondem Haar, der schmutzig und heruntergekommen wirkte. Juan musterte ihn aufmerksam, doch das Gesicht sagte ihm nichts. «Kennen wir uns?», fragte er.

«Erinnerst du dich nicht an mich? Ich bin Enzo Baiocchi, Luigis Bruder ...»

Als Juan den Namen hörte, erbleichte er. Er sah nach, ob die Küchentür auch wirklich geschlossen war. «Verdammt, was machst du hier? In meinem Haus? Ich habe Gäste!»

«Juan, du musst mir helfen.»

Der ehemalige Diplomat nahm den Besucher am Arm und ging mit ihm in den Garten hinaus.

Die Luftfeuchtigkeit hüllte sie ein wie Ölpapier. Sie entfernten sich eilig vom Haus, bis sie den Rasen vor dem Schwimmbad erreichten. Gedämpftes Licht erhellte das türkisblaue Wasser und die Zwergpalmen. Der Himmel war schwarz; es war kein Stern zu sehen. Genauso wenig wie der Mond. «Du hast meine Frage noch nicht beantwortet: Was, verdammt noch mal, machst du hier?»

«Ich werde gesucht.»

«Wieso?»

«Ich bin aus dem Gefängnis ausgebrochen.»

Juan verdrehte die Augen. «Wie viel willst du?»

«Nein, es geht nicht um Geld, Juan. Ich hab ein Problem.»

«Welches?»

«Erinnerst du dich an diesen Schiavone? Rocco Schiavone?»

«Ja. Ich denke, schon. Der ist mir vor Jahren mal schwer auf den Sack gegangen. Und?»

«Dieser Scheißbulle hat meinen Bruder umgebracht, wie du weißt.»

«Was geht mich das an? Und was hast du damit zu tun?»

Enzo setzte sich auf eine Marmorbank. «Ich hab versucht, ihm das Licht auszupusten. Leider erfolglos. Und jetzt suchen sie mich.»

«Scheiße!», fluchte Juan ungeduldig. «Wer sucht dich?»

«Die Polizei ... Rocco Schiavone ... und seine Freunde. Alle.»

Juan nahm sein Zigarettenpäckchen aus der Tasche und steckte sich eine zwischen die Lippen, ohne Enzo eine anzubieten. «Wer weiß, dass du hier bist?»

«Wer soll das wissen? Niemand.»

Juan Gonzalez Barrio nahm einen tiefen Zug und blies den Rauch in die Luft. Eine im Gras versteckte Grille zirpte. «Und was willst du von mir?»

«Hilf mir zu verschwinden. Ich brauche einen Ausweis, ein Flugzeug, und dann siehst du mich nie mehr wieder.»

«Ich arbeite nicht mehr in der Botschaft, das weißt du doch, oder?»

«Ja, das weiß ich, aber du kennst jede Menge Leute. Schick mich nach Trujillo oder nach Comayagua oder wohin auch immer, aber hilf mir, dieses Land zu verlassen.»

«Dann erklär mir mal, wie ich dich nach Honduras bringen soll! Das ist nicht so leicht. Diese Kontakte habe ich nicht mehr.» Er warf die Zigarettenkippe weg. «Es ist schon für mich selbst riskant, dort einzureisen, Enzo.»

«Bitte, Juan. Als mein Bruder dir geholfen hat, hab ich ...»

«Du und dein Scheißbruder Luigi, ihr habt mir nur Ärger gebracht. Nur Ärger!»

Enzo spürte, wie seine Arme zitterten. Am liebsten hätte er sich auf diesen Fettsack im weißen Hemd gestürzt und es ihm gegeben, bis er Blut und Hirn spuckte, aber er hielt sich zurück. Denn der ehemalige Kulturattaché der Botschaft von Honduras war seine letzte Hoffnung.

«Dafür brauche ich Zeit, Enzo.»

«Wie viel Zeit?»

«Kannst du irgendwo unterkommen?»

Enzo überlegte. Bei seiner Tochter auf keinen Fall und in Pitocco, dem Kaff bei Frosinone, wo er sich verschanzt hatte, auch nicht. «Hier in Rom?»

«Nein, in New York! Natürlich hier in Rom, du Idiot!»

Enzo schluckte auch diese Beleidigung. «Nein, hab ich nicht.»

Der Honduraner ging, eine Hand am Kinn, auf dem feuchten Rasen auf und ab. Enzo sah auf seine Wampe, die ihm über die Hose hing. «Ich gebe dir jetzt eine Adresse. Ein Hotel an der Via Pontina, auf der Höhe von Kilometer 35.»

«Kilometer 35, ja …»

«Es heißt Bellavista. Hier.» Juan steckte die Hand in die Tasche und gab dem ungebetenen Gast einen Fünfzig-Euro-Schein. «Fürs Taxi. Das müsste reichen.»

«Danke.»

«Gib meinen Namen an und nimm dir ein Zimmer. Bleib dort, bis ich mich bei dir melde, Enzo, verstanden?»

«Wie lange wird das sein?»

«Was weiß ich? Zwei, drei Tage maximal. Aber eins musst du mir versprechen.»

«Wenn ich kann.»

«Verschwinde ein für alle Mal aus meinem Leben, und

wage es nie mehr, hier in meinem Haus aufzutauchen, wo meine Frau und meine Töchter leben! Solchen Abfall wie dich geb ich nicht mal meinen Hunden!»

«Du beleidigst mich, Juan. Ich tue das nicht.»

«Aber nur, weil du mich brauchst, du Arschloch!»

Enzo sah sein Gegenüber ernst an. Er kniff die Augen zu schmalen Schlitzen zusammen. «Drei Tage.»

«Was soll das sein? Eine Drohung? Du stellst mir ein Ultimatum?»

«Nein, ich erinnere dich nur daran. Drei Tage. Dann stelle ich mich.»

«Warum stellst du dich nicht gleich und ersparst mir das ganze Problem?»

«Wenn ich mich stelle, Juan, dann bist du auch dran.» Enzo stand auf und ging zum Hinterausgang des Gartens. «Rufst du mir ein Taxi, oder muss ich das selber machen?»

Juan Gonzalez Barrio gab keine Antwort. Entschlossenen Schritts ging er zurück zu seinen Gästen, zu den Witzen seiner Frau und den falschen Zähnen des Anwalts. Dieser Schatten aus seiner Vergangenheit, der sein Leben noch unerträglicher machte, hatte ihm gerade noch gefehlt!

United, united, united we stand, united we never shall fall! Rocco richtete sich ruckartig auf.

«Schon wieder?» Er sprang aus dem Bett und stürzte aus seiner Wohnung, während der Song von Judas Priest durchs Treppenhaus dröhnte. Wütend klopfte er an die Tür der Nachbarwohnung. Die Musik war dermaßen laut, dass sie sogar die Klingel übertönte.

So keep it up, don't give in …

Mit all der Kraft, die er aufbringen konnte, hämmerte Rocco mit den Fäusten gegen die Tür. Ein Stuckregen ging auf die Fußmatte nieder. Endlich wurde die Musik leiser. Die Tür wurde geöffnet, und dahinter erschien Gabriele, der picklige Teenager, in einem Motörhead-T-Shirt, das ihm mindestens zwei Nummern zu groß war.

«Was ist?»

«Fangen wir wieder von vorn an? Du hast mich geweckt. Weißt du, wie spät es ist?»

«Viertel nach elf.»

Rocco schwieg und sah aus dem Fenster im Treppenhaus. Die Sonne schien. Das war ihm völlig entgangen.

«Ah. Viertel nach elf?»

«Ja», bestätigte Gabriele und verkniff sich ein Grinsen. «Jetzt schon ein paar Sekunden später.»

«Bist du heute zu Scherzen aufgelegt, ja?»

«Nein, nur genau.»

Rocco ging wieder. «Na schön, aber auch um Viertel nach elf muss man nicht so laut Musik hören.»

«Aber um diese Zeit ist hier nie jemand. Ich dachte, Sie wären arbeiten.»

Rocco wurde klar, dass er keinen normalen Schlaf hinter sich hatte, sondern ein Zwölf-Stunden-Koma. Er fuhr sich mit der Hand durchs Haar und realisierte, dass er barfuß und in Boxershorts im Treppenhaus mit einem Halbwüchsigen sprach. «Gut … dann geh ich mal frühstücken …» Er wandte sich um.

«Frühstücken Sie doch mit mir. Ich mach gerade Kaffee.»

Rocco dachte daran, dass in seinem Vorratsschrank nicht mal ein Keks war. «Wirklich?»

«Warum nicht? Ist sonst niemand da.»

Es war eine saubere, aufgeräumte Wohnung mit modernen, schlichten Möbeln. Die Wände weiß ohne Bilder, keine Bücher außer einem kleinen Regal mit ein paar wissenschaftlichen Bänden. Auf dem Boden schwarz gestrichenes Parkett und ein riesiger Fernseher, der in einer Ecke vor zwei weißen Ledersofas thronte. Der Kamin war ein ovales Ding irgendwo im Raum, das aussah wie der Blütenstempel einer Blume aus Stahl.

«Kommen Sie, wir gehen in die Küche. Mögen Sie Chocos?»

«Was?» Rocco tappte mit unsicheren Schritten durch die Wohnung. Er fühlte sich wie ein Geistesgestörter in Unterhose zu Besuch bei einem Jugendlichen.

«Chocos. Cerealien mit Schokolade.»

«Nein. Das Zeug finde ich eklig. Und du solltest das auch nicht essen. Bei den Pickeln, die dein Gesicht verunzieren!»

«Stimmt, aber ich steh total drauf. Wenn ich mal so alt bin wie Sie, dann kümmere ich mich um gesunde Ernährung. Aber bis dahin Bier, Chocos und Rock 'n' Roll!»

Die Küche war noch sauberer als das Wohnzimmer. Auch hier dominierte die Farbe Weiß, und auf der Arbeitsfläche stand eine Reihe von modernen Küchengeräten aus Edelstahl. «Für wie alt hältst du mich denn?»

«Och … wenn ich Sie so vor mir sehe, würde ich sagen … um die sechzig?»

«Deine Mutter ist um die sechzig!»

«Meine Mutter ist zweiundvierzig.»

«Und ich bin noch nicht mal fünfzig.» Der Junge verzog

ungläubig das Gesicht. «Wenn du jetzt sagst, dass ich älter aussehe, zertrümmere ich deine Musikanlage.»

Gabriele drückte den Knopf an der Espressomaschine, und der Kaffee lief in die Tasse. «Hier, bitte. Was wollen Sie essen?»

«Mhm ... was hast du denn außer den Chocos?»

Roccos Gastgeber öffnete einen Schrank über der Kühlkombination. «Mal sehen ... vielleicht mögen Sie das, was Mamma immer isst! Hier ist so ein Fünf-Körner-Zeug, Gesundheitsriegel, dann sind hier noch Sojakekse. Was für Sie dabei?»

«Gib mir die Sojakekse.» Rocco setzte sich an den Tisch. Bestickte Gardinen am Fenster, um die zwanzig Magnete am Kühlschrank.

«Hier, die Kekse.» Der Junge setzte sich seinem Gast gegenüber. Er griff nach der Milch, kippte sie in die Schale und gab die Chocos dazu. Rocco nahm sich einen Keks, ohne den Blick von Gabriele lösen zu können, der sich auf sein Frühstück stürzte. Der Junge schob sich große Löffel der milchtriefenden Cerealien in den Mund und kaute geräuschvoll.

«Das ist eklig», sagte Rocco. «Du isst wie ein Schwein.»

Der Junge grinste, als hätte er ihm ein Kompliment gemacht. Er hatte Milch am Kinn. «Wie ist der Keks?»

«Schmeckt wie Styropor.» Rocco trank einen Schluck Kaffee. «Sag mal, wenn deine Mutter nach Hause kommt und mich in Unterwäsche in ihrer Wohnung vorfindet, was würde sie dann denken?»

«Sie kommt nicht nach Hause. Erst heute Abend. Sie arbeitet immer.»

«Und was ist mit der Schule?»

«Seit einer Woche sind Ferien. Und was soll ich da? Ich muss das Jahr eh wiederholen.»

«In welcher Klasse bist du?»

«In der Neunten.»

«Und wie alt bist du?»

«Sechzehn.»

«Hast du schon mal ein Jahr wiederholt?»

«Ja.»

«Bist du zu dämlich?»

«Scheint so.»

Rocco trank den Kaffee aus. «Hast du eine Freundin?»

«Soll das ein Witz sein? Schauen Sie mich doch an, wer nimmt mich denn?» Gabriele fing an zu lachen, sodass in seinem offenen Mund die zermatschten Cerealien zu sehen waren.

«Und mach den Bagger zu! Wie heißt du noch mal, ich hab's vergessen?»

«Gabriele. Ich heiße Gabriele.»

«Gabriele, ist die von heute?», fragte Rocco und griff nach der Zeitung, die auf dem Stuhl neben ihm lag.

«Ja, wir haben ein Abo, die kriegen wir jeden Morgen.»

Rocco blätterte durch die Zeitung. «Warum hörst du immer diesen Song von Judas Priest?»

«Weil ich davon Gänsehaut kriege. Und er klingt wie live gesungen.»

«Judas Priest sind primitiv. Genau wie Motörhead.» Rocco wies auf das T-Shirt.

«Motörhead sind eine Legende!», entgegnete Gabriele und stand auf, um seine Schale in die Spüle zu stellen. «Aber klar, angesichts Ihres Alters …»

«Du kriegst gleich aufs Maul …» Rocco blätterte um.

«Ich mach jetzt mal etwas an, was Ihnen vielleicht gefällt … Warten Sie hier.» Der Junge verließ die Küche.

«Wenn jetzt Saxon kommt, bist du ein totes, dickes Kind!», rief Rocco ihm hinterher.

«Nein, viel softer …»

Rocco erkannte es an den ersten Klängen. *Changes* von David Bowie. Er lächelte glücklich und pfiff bereits mit, als Gabriele wieder in die Küche kam, auf den Knien herumrutschte und die Klobürste in der Hand hielt wie ein Mikrofon.

«I still don't know what I was waiting for, and my time was running wild, a million dead-end streets and …»

Rocco sah den Jungen an, der lauthals mitgrölte, zutiefst beseelt, mit geschlossenen Augen.

«Of how the others must see the faker, I'm much too fast to take that test … Los, singen Sie mit!»

Rocco lächelte mit der aufgeschlagenen Zeitung in der Hand.

«Ch-ch-changes, turn and face the strange, ch-ch-changes, just gonna have to be a different man!»

«Okay, mach leiser.»

«Time may change me!»

«Mach leiser, Gabriele!»

Immer noch von der Musik berauscht, turnte der Junge ins Wohnzimmer, machte den Ton leiser und kam in die Küche zurück. Er atmete schwer.

«Du musst mehr Sport machen, wenn du schon so keuchst, nachdem du ein paar Takte gesungen hast!»

«Und ich bin auf den Knien gerutscht.»

Rocco widmete sich wieder der Zeitungslektüre. «Machst du immer solche Hauskonzerte?»

«Hin und wieder …»

«Verdammt!», rief Rocco plötzlich aus.

Der Mörder aus der Rue Piave hat einen Namen

Der Mörder, der am 13. Mai in der Wohnung von Vicequestore Rocco Schiavone Adele Talamonti erschossen hat, hat endlich einen Namen. Es handelt sich wohl um Enzo Baiocchi, einen polizeibekannten Verbrecher, der vor kurzem aus der Krankenstation des Gefängnisses in Velletri ausgebrochen ist. Nach Angaben der Ermittler ist nicht bekannt, wo sich dieser derzeit aufhält, doch die landesweite Fahndung läuft. Die Gründe für das Verbrechen liegen nach wie vor im Dunkeln; möglicherweise gibt es zwischen dem Mörder und Schiavone noch eine offene Rechnung. Tatsächlich hat der Vicequestore Baiocchi 2003 ins Gefängnis gebracht. Dies ist zweifellos ein entscheidendes Ermittlungsergebnis, und wie aus der Questura zu hören ist, soll der Mann schon bald vor Gericht gestellt werden. Also wünschen wir unserem Vicequestore viel Glück für einen schnellen und erfolgreichen Abschluss des Falles.

Sandra Buccellato

«Diese Schlampe!», murmelte Rocco.

«Was ist los?», fragte Gabriele, doch Rocco war mit seinen Gedanken beschäftigt.

«Jetzt bin ich schon ‹unser Vicequestore›, und sie wünscht mir viel Glück, die blöde Kuh! Aber früher oder später …»

Er warf die Zeitung auf den Boden. Gabriele hob sie auf und überflog den Artikel. «Geht es da um Sie?»

«Hast du nicht gewusst, dass ich ein Bulle bin?»

«Natürlich weiß ich das. Und ich weiß auch, warum Sie jetzt hier wohnen und aus Ihrer alten Wohnung ausgezogen sind. Da wurde eine Freundin von Ihnen erschossen, stimmt's?»

«Stimmt ...»

«Das ist das erste Mal, dass ich jemanden kenne, über den was in der Zeitung steht.»

«Willst du ein Autogramm, Gabrie'?»

«Vielleicht. Sandra Buccellato?», johlte Gabriele.

«Warum? Kennst du die?»

«Mamma nennt sie auch ‹die Schlampe›!»

«Ach ja?»

«Ja, echt. Die hat was mit meinem Vater angefangen.»

Rocco brach in Gelächter aus. «Das ist ja nicht zu fassen! Die Welt ist wirklich ein Dorf!»

«Aosta ist ein Dorf! Papà hat vor zwei Jahren die Scheidung eingereicht. Die Buccellato war seine Geliebte und wird wohl bald seine Ehefrau.»

«Gabrie', wie es scheint, haben wir eine gemeinsame Feindin.»

Gabriele nickte. «Was machen wir?»

«Ich weiß es nicht. Lass mich darüber nachdenken, aber wir zahlen es ihr heim!»

«Da bin ich dabei!»

Sie klatschten sich ab.

«Ich geh jetzt arbeiten. Und du gönnst Judas Priest für die nächste halbe Stunde eine Pause, bis ich das Haus verlassen habe. Danke für das Frühstück.»

«Keine Ursache. Morgen früh kann ich, wenn Sie wollen, Led Zeppelin spielen.»

«*Stairway to Heaven*, bitte. Direkt nach dem Aufwachen kann ich höchstens diesen Song ertragen. Oder du spielst Pink Floyd, dann liegst du auf jeden Fall richtig.» Er ging auf die Wohnungstür zu.

«Die hab ich nicht.»

«Schlecht. Solltest du dir unbedingt anschaffen.» Rocco legte die Hand auf die Klinke.

«Ch-ch-changes, turn and face the strange, ch-ch-changes.»

Er wandte sich noch einmal um. Gabriele zeigte auf ihn und hielt sich erneut die Klobürste wie ein Mikrofon vor den Mund. Zusammen beendeten sie die Strophe: *«Just gonna have to be a different man!»*

Rocco öffnete die Schreibtischschublade. Mit Entsetzen stellte er fest, dass das Gras endgültig alle war. Keine eiserne Reserve. Er fluchte und schloss die Schublade wieder. Dann stand er auf. Lupa schnüffelte neugierig am Mülleimer herum. «Nein, weg da!» Er öffnete die Tür des kleinen Bücherschranks, in dem normalerweise Gesetzestexte und Handbücher zur Kriminologie standen, und nahm den Napf und das Hundefutter heraus. Dann füllte er den Napf und stellte ihn Lupa hin. Jemand klopfte an die Tür. «Herein!», rief er.

Italo streckte den Kopf durch die Tür. «Buongiorno, warum so spät heute?»

«Wie lange bin ich jetzt hier? Seit September?»

«September, Oktober, November ...», zählte Italo an den Fingern ab.

«Ich sag es dir: zehn Monate. Und in diesen zehn Monaten hast du das Wichtigste immer noch nicht begriffen, Italo: Kümmere dich um deinen eigenen Scheiß!»

«Pardon, stimmt. Hast du schon die Zeitung gelesen?»

«Klar, hab ich das. Wie ist die deiner Meinung nach an die Information gekommen?»

«Warst du das?»

«Nein, Baldi wahrscheinlich. Sag mal, gibt es irgendwas, oder halten wir hier ein Plauderstündchen?»

Italo trat ein. Er hatte ein Blatt Papier in der Hand. «Also nichts Schlimmes. In einem Haus in Courmayeur wurde eingebrochen.»

«In einem Ferienhaus oder einem normalen Wohnhaus?»

«In einem Ferienhaus, glaube ich. Die Villa liegt etwas außerhalb des Ortes und gehört einem gewissen Adelmo Vaccari, einem Unternehmer aus Mailand. Er hat ein Dutzend Autohäuser und ein paar Geschäfte im Zentrum.»

«Dann wird wohl alles versichert sein, und es ist scheißegal, wenn etwas weg ist.»

«Ehrlich gesagt will Corsi, dass wir der Sache nachgehen. Wie es aussieht, sind ein paar Gegenstände von einem gewissen Wert darunter.»

Rocco verdrehte die Augen. «Erklär mir eins: Wer lässt Gegenstände von einem gewissen Wert in einem Haus, das den größten Teil des Jahres leer steht?»

«Jemand mit viel Geld?»

«Oder jemand, der seine Versicherung ausnehmen will. Und in beiden Fällen fahre ich nicht nach Courmayeur. Ich wette, dass dem Unternehmer vor allem Schmuck gestohlen wurde, stimmt's?»

«Woher weißt du das?»

«Weil gestohlene Gemälde nichts bringen, die sind schwierig zu verkaufen, Schmuck dagegen nimmt man auseinander, vertickt die Steine, und obendrein kassiert man bei der Versicherung.»

«Bist du dir sicher, dass das ein Betrug ist?»

«Man lässt keinen Schmuck in einem Ferienhaus. Das müsste dir doch klar sein.»

«Ja, das ist mir klar. Dann kommst du also nicht mit? Hör mal, Courmayeur ist wirklich schön. Und in der Gegend um den Mont Blanc gibt es ein paar Bars ...»

«Scheißegal, Italo! Such dir jemanden, der mitkommt, und berichtet mir nachher.»

«Jawohl, dann fahr ich mit Scipioni!» Mit einem militärischen Gruß verließ Italo das Büro.

Rocco setzte sich an seinen Schreibtisch und dachte nach. Selbst wenn es inzwischen bereits Mittag war, fehlte ihm dabei seine morgendliche Dosis psychoaktiver Substanzen. Aber heute musste er ohne auskommen. Er fasste im Geiste noch mal alles zusammen. Enzo Baiocchi war verschwunden, und was wusste er? Zunächst einmal, dass die Pistole, mit der auf Adele, Sebastianos Lebensgefährtin, geschossen wurde, vor Jahren bei einem Raubüberfall auf ein Postamt benutzt wurde. Das hatten Sebastiano und Brizio nachverfolgt. Flavio Buglioni, ein kleiner Gauner, hatte sie an Enzo Baiocchi verkauft. Aber Flavio Buglioni, der Hehler, war plötzlich spurlos verschwunden. Also blieben noch zwei Dinge zu tun. Und die konnte er nicht in Aosta erledigen. Wenn er die Sache zu Ende bringen wollte, musste er noch mal nach Rom. Enzo Baiocchi, diese Giftschlange, durfte nicht ungestraft davonkommen, egal, ob Sebastiano sich um ihn kümmerte oder er wieder ins Gefängnis kam. Rocco blickte auf Lupa, die auf dem Sofa eingenickt war. «Lupa, meine Süße, du musst noch mal eine Weile zu Caterina, nicht schlimm, oder?»

Der Hund bellte zufrieden und wedelte mit dem Schwanz.

«Wann bist du wieder da?»

«Schon bald. Du musst mir bei Corsi den Arsch retten.»

«Den Arsch retten heißt?», fragte Caterina.

«Du musst mir den Rücken freihalten. Wobei es im Moment so aussieht, dass ich keinen Schritt tun kann, ohne dass die ganze Welt davon weiß.»

«Aber warum sagst du es ihm nicht einfach? Du fährst ja nicht nach Rom, um Urlaub zu machen.»

«Ich weiß nicht, ob du es schon mitgekriegt hast, aber ich arbeite nicht mehr in Rom, sondern hier in Aosta. Und in diese Geschichte sind ein paar Leute verwickelt, deren Namen ich lieber verschweige.»

«Die deiner Freunde ...», meinte Caterina, während sie über Lupas glänzendes Fell strich.

«Genau. Meine Freunde. Vor allem einer ...»

«Sebastiano, oder? Adeles Lebensgefährte.»

«Ja. Ich möchte Enzo Baiocchi unbedingt vor ihm finden. Du kannst dir sicher denken, warum.»

Als Rocco in seiner alten Wohnung in der Via Poerio ankam, wurde es bereits dunkel. Die Möbel waren mit Laken und Plastikfolie zugedeckt. Ihm blieb gerade die Zeit, seine Tasche abzustellen und ein frisches Hemd anzuziehen, als sich auch schon sein Handy meldete.

«Gut angekommen?», fragte Sebastiano.

«In diesem Moment», entgegnete Rocco.

«Wir kommen dich in fünf Minuten abholen. Essen können wir unterwegs.» Mehr sagte er nicht. Kühl und distanziert, die Stimme voller Groll, als wäre es Roccos Schuld, dass Enzo Baiocchi nicht aufzufinden war, als ob er selbst ihn versteckt hätte. Aber er verstand das, denn schließlich hatte der Kerl die Frau seines Lebens ermordet, auch wenn Adele und Sebastiano sich öfter gestritten als geliebt hatten, war Adele eben Adele, und für Sebastiano bedeutete sie alles.

Und wie konnte ausgerechnet er darüber urteilen wollen!

Wie üblich saß Brizio am Steuer. Inzwischen fuhr er einen nagelneuen Range Rover. Sebastiano saß auf dem Beifahrersitz, Furio hinten. Als Rocco einstieg, begrüßten sie ihn knapp.

«Also, bevor es zu spät ist, wollt ihr mal sagen, was mit euch los ist?», fragte Rocco und nahm sein Zigarettenpäckchen aus der Tasche.

«Nein, nicht, Rocco, der Wagen ist neu und riecht auch noch so», meinte Brizio und setzte den Blinker. «Außerdem wird Stella dann sauer.»

«Also?»

«Du hast gesungen?», knurrte Sebastiano.

«Sie haben das von Enzo schon gewusst.»

«Du hast es mir versprochen, Rocco. Du hast mir versprochen, dass du ihn mir überlässt. Er hat meine Adele getötet, dieser Mistkerl, und du hetzt ihm ein ganzes Rudel Polizisten auf den Hals.»

«Kapierst du es nicht, oder willst du es nicht kapieren? Sie haben es schon gewusst. Sie wissen, dass wir befreundet sind, sie wissen jedes Mal Bescheid, wenn ich in Rom bin, wohin ich gehe und mit wem ich mich treffe, sie wissen von Enzo Baiocchi, von Luigi, sie wissen alles. Und sie wissen es schon, seit ich in Aosta bin.»

Sebastiano schwieg. Brizio gab Gas. «Und wie kommt das?»

«Scheiße, was weiß ich? Was ist mit dir, Brizio? Hast du mir das Zeug besorgt, oder hast du nur große Töne gespuckt?»

Brizio lehnte sich vor, öffnete das Handschuhfach, zog eine Tüte heraus und gab sie Rocco. «Das ist White Widow. Extrem gut. Ich gebe dir Rabatt.»

Rocco griff nach der Tüte. Öffnete sie. Der Geruch nach Cannabis überdeckte den der neuen Ledersitze. «Ahhhhh ... optimal. Ich gebe dir nachher das Geld.»

Nun ergriff Furio das Wort. «Also, hier eine kurze Zusammenfassung: Die Pistole, mit der Adele erschossen wurde, hat Flavio Buglioni an Enzo Baiocchi verkauft. Aber Flavio Buglioni ist verschwunden. Wir haben Enzos Tochter einen Besuch abgestattet. Weißt du, dass er eine Tochter hat?»

«Nein, das wusste ich nicht.»

«Wir schon.» Furio zündete sich eine Zigarette an.

«Warum darfst du rauchen und ich nicht?»

«Er darf eigentlich auch nicht. Öffne wenigstens das Fenster, Furio!», befahl Brizio.

«Jedenfalls wollte die Tochter nichts sagen. Sie hasst ihren Vater, wollte ihn aber trotzdem nicht in die Pfanne hauen.»

«Aber sie hat ein Kind», mischte sich Brizio ein. «Einen elfjährigen Jungen. Und der hat etwas Interessantes gesagt.»

«Nämlich?»

«Dass es da eine verrückte Tante gibt, so haben sie sie tatsächlich genannt, auf dem Land in der Nähe von Frosinone. Pitocco heißt das Kaff.»

«Pitocco?», fragte Rocco.

«Ja. Nie gehört.»

«Und dahin sind wir gerade unterwegs?»

«Dahin sind wir gerade unterwegs.»

Schweigend setzten sie die Reise fort. Sie nahmen die Via Aurelia und fuhren auf die Autobahn, als Sebastiano erneut das Wort ergriff.

«Ich frage dich noch einmal, Rocco. Und diesmal will ich keinen Scheiß hören. Du hast es an Adeles Totenbett geschworen.»

«Wenn ich es einmal geschworen habe, brauch ich es nicht noch mal zu schwören.»

«Doch, ich will es noch mal hören. Schwörst du, dass du Enzo Baiocchi mir überlässt?»

Rocco sah aus dem Fenster. «Ich schwöre es», sagte er genervt.

Sebastiano atmete auf. Rocco hatte das Gefühl, dass er, seit sie losgefahren waren, die Luft angehalten hatte.

«Wobei mir dein Misstrauen allmählich ziemlich auf die Eier geht, Sebastiano.»

«Ja?», meinte der. «Aber ich will dir ja vertrauen.»

«Dann hör auf, mich zu nerven. Und mach nicht so ein beleidigtes Gesicht, als hätte ich dir sonst was angetan.»

Sebastiano wandte sich um und sah Rocco an. Er grinste. «Ich hab dich lieb, wie du weißt.»

«Ich dich auch, du Arschloch.»

«Fein, nachdem wir uns jetzt alle wieder lieb haben, könnten wir ja vielleicht ans Essen denken, ich hab nämlich nicht mal zu Mittag gegessen», sagte Brizio.

«In Pitocco», entgegnete Furio.

Sie fanden eine Art Bar-Pizzeria voller gefärbtem Aluminium und Gestank nach Frittierfett. Dort bestellte jeder von ihnen eine frittierte Reiskrokette, deren Farbe ins Schwarzbraune tendierte, eine Flasche Wasser und einen Schokoriegel, der verpackt und dadurch weniger gefährlich war.

«Wir sollten diesen Ort dem Guide Michelin empfehlen», schlug Brizio vor und machte lange Zähne. Die Frau hinter der Theke hatte stoppelige blonde Haare, die am Ansatz dunkel nachgewachsen waren. Ihre Oberarme erinnerten an Schinkenkeulen, und um die Hüfte hatte sie eine geblümte Schürze geschlungen. Durch ein Fenster hinter ihr konnte man einen in Weiß gekleideten Farbigen sehen, der in der Küche arbeitete.

«Le chef», meinte Furio.

«Sollen wir ihn beglückwünschen?» Rocco sammelte den Reis auf, der von der Krokette abgefallen war, und legte ihn auf den Pappteller. «Okay, ich bring dann mal in Erfahrung, ob die Chefin uns weiterhelfen kann. Wie nennen sie diese Tante noch mal?»

«Die verrückte Alte», entgegnete Sebastiano mit vollem Mund; er schien der Einzige zu sein, dem das Essen schmeckte.

Rocco stand auf und ging zu der Frau hinüber, die gerade an einem schmutzigen Backblech herumschrubbte, das nicht so aussah, als könnte man es noch mal verwenden. «Buonasera, Signora, ich brauche eine Information?»

«Wenn ich Ihnen weiterhelfen kann …»

«Wir suchen ein bestimmtes Haus, das irgendwo außerhalb des Ortes liegen muss. Dort lebt angeblich eine alte Frau, die alle unter dem Namen ‹die verrückte Alte› kennen.»

Die Frau hinter der Theke nickte. «Das stimmt. Maria. Sie ist ziemlich verrückt. Hat das Haus voller Katzen, wenn sie überhaupt noch lebt. Sie lässt sich nicht oft blicken.» Die Frau warf das Backblech auf die Arbeitsplatte aus falschem Marmor. «Das krieg ich nicht mehr sauber, wie's aussieht …»

«Ich würde auch sagen, das können Sie wegwerfen. Was sagt denn der Chef dazu?»

«Wer?»

«Der Küchenchef!» Rocco wies auf das Fenster zur Küche.

«Ach, Mohammed! Der ist nicht der Koch. Das bin ich!» Sie schlug sich mit der Hand auf die Brust. «Er spült die Teller.»

«Gut. Könnten Sie mir sagen, wo sich dieses Haus befindet?»

«Natürlich … Ich mache Ihnen eine Zeichnung, ist nämlich nicht einfach.» Sie wischte sich die Hände an der Schürze trocken, griff nach einem Stift und einer Papierserviette. Dann lächelte sie zufrieden und legte los. «Das hier ist die Hauptstraße, sehen Sie?»

Ihre Zeichenkünste waren ein Desaster. Und die rosafarbene, zitternde Hand mit den geschwollenen Fingern war nicht unbedingt hilfreich. «Und das hier ist die Agip-Tankstelle.» Sie deutete die Tankstelle mit dem Markenzeichen an. «Dann an der Kirche entlang … Hier, sehen Sie? Ich male ein Kreuz hin …» Rocco verfolgte die Kritzeleien mit Blicken. Die Frau verzierte die kleine Kirche mit Blumen und Gläubigen, die gerade hineingingen.

«Signora, bitte zeichnen Sie kein Gemälde, und halten Sie sich nicht länger mit der Kirche auf, damit wir weiterkommen.»

«Ja … dann nehmen Sie die Straße, die Fossato di Sopra heißt …»

«Ist das ausgeschildert?»

«Nein, aber jeder weiß, dass die so heißt. Sehen Sie? Das ist diese hier.» Sie malte eine Kuh daneben. Die Frau hatte vor Anstrengung die Zungenspitze herausgestreckt und schwitzte.

«Gut. Und dann?»

«Warten Sie, ich zeichne noch eine Kuh, diesmal eine gescheckte!» Sie machte sich an die Arbeit. Rocco warf seinen Freunden, die leise miteinander redeten, einen verzweifelten Blick zu. Die Frau nahm den Faden wieder auf: «Dann fahren Sie, ich glaube, in die dritte … nein, in die vierte Straße. Die ist nicht asphaltiert. Diese. Die erkennen Sie, weil dort eine sehr alte Eiche steht, wissen Sie …» Sie machte sich daran, die Eiche zu zeichnen.

«Signora, ich bitte Sie! Ich kann nicht bis morgen früh warten!»

«Ich bin gleich fertig. Hier also. Die Eiche.» Sie betrachtete mit professionellem Abstand ihr Werk. «Ja, schön, die ist gut geworden. Also, hinter der Eiche kommen etwa noch fünfhundert Meter unbefestigte Straße, und dann sind Sie am Haus der verrückten Alten.» Natürlich zeichnete sie auch das Haus mit Dach und Fenstern. «Es gibt dort Katzen

… oder es gab welche …» Sie malte die Katzen. Rocco kribbelte es in den Fingern. «Und Ziegen gibt es auch. Schöne Ziegen, ich male zwei!» Dann lächelte sie zufrieden und überreichte Rocco das Gemälde. «Gut so?»

Rocco betrachtete das Werk. Er hatte schon Bilder von Kindergartenkindern gesehen, die deutlicher und realistischer waren. «Sehr gut. Alles klar. Sie sind besser als jedes TomTom.»

«Als was?»

«Vergessen Sie's …» Er kehrte zum Tisch zurück und gab Furio die Zeichnung. «Wir müssen nur der Karte folgen.»

«Hast du die signieren lassen? Vielleicht ist die irgendwann viel wert …», meinte der. «Sieh mal, sie hat Schafe gemalt, Blumen …»

Sebastiano und Brizio beugten sich vor, um auch etwas zu sehen. «Ich würde sagen, wir sollten schleunigst hier verschwinden, bevor sie zur Kettensäge greift und uns in Stücke schneidet.»

Sie drehten sich zu der Frau um, die sie beglückt und mit geröteten Wangen äußerst zufrieden anlächelte. Inzwischen beschäftigte sie sich wieder mit dem Backblech.

«Du hast recht.»

Die Karte erwies sich als millimetergenau. Nur die Kühe und die Ziegen waren in der wirklichen Welt nicht vorhanden. Etwa hundert Meter vor ihrem Ziel schaltete Brizio das Licht aus, und sie fuhren langsam im Dunkeln an das Haus heran. Man konnte nicht viel sehen, aber der Mond und die helle Straße reichten aus, um nicht in die Gräben am Wegesrand zu fahren. Als das Dach des Hauses zu erkennen war, hielt Brizio an und machte den Motor aus. Sebastiano nahm eine Beretta heraus, und Furio und Brizio taten es ihm nach. Rocco dagegen stieg unbewaffnet aus dem Wagen. Sie lehnten die Autotüren nur an und schlichen zum Haus hinüber. Nachdem sie sich durch ein paar Sträucher gekämpft hatten, standen sie vorm Gartenzaun. Das alte, rostige schmiedeeiserne Tor stand offen. In dem Unkraut, das dort wucherte, wo wahrscheinlich einmal ein Garten gewesen war, zirpten die Grillen. Es gab sogar einen Brunnen mit einem Engel darauf, der nun von Moos überzogen war. Sebastiano warf seinen Freunden einen Blick zu. Mit Gesten wies er die anderen an, was sie tun sollten. Er und Brizio gingen zur Rückseite des Hauses, Rocco und Furio blieben vorn. Das Licht des Mondes fiel auf die verwitterten, losen Ziegel. An mehreren Stellen waren bereits Löcher im Dach. Rocco näherte sich der Haustür. Von dem alten Holz blätterte der Lack ab. Aus einem Loch in der Wand sahen zwei Drähte hervor. Sie schlichen zu einem Fenster mit zerbrochener Scheibe hinüber. Ein einzelner Fensterladen, der nur noch an einer Angel hing, drohte jeden Moment herunterzufallen. Sie versuchten, ins Innere zu sehen, doch es war zu dunkel. Rocco griff vorsichtig nach dem Fensterladen, der sich leicht öffnen ließ. Er machte Furio ein Zeichen, und sie kletterten hinein.

Ihre Augen gewöhnten sich schnell an das Halbdunkel. Sie waren in einer Art Küche gelandet, wo es einen verrußten Kamin gab und eine alte Anrichte aus Resopal, bei der die Türen fehlten. Auf dem schmutzigen Boden lag ein zerbrochener Stuhl mit drei Beinen. Sie setzten vorsichtig einen Schritt vor den anderen und versuchten, nicht auf die

Glasscherben zu treten und dem Mörtel auszuweichen, der wahrscheinlich von der sich auflösenden Decke gefallen war. Schließlich gelangten sie in einen stockdunklen Flur. Furio ging an Rocco vorbei und trat mit vorgehaltener Pistole ins Badezimmer. Dort waren nur noch das Toilettenbecken und ein zerbrochener Spiegel an der Wand vorhanden. Eine zweite Tür führte in einen recht großen Raum, in dem sie auf zwei bewaffnete Männer stießen. Sebastiano und Brizio.

«Hier ist keiner.» Brizio machte eine Taschenlampe an. «Seht euch um … alles leer», meinte er und beleuchtete den Raum mit der sich von den Wänden lösenden Tapete, in dem es neben ein paar einzelnen Holzscheiten nur einen alten gusseisernen Ofen ohne Tür gab. An einer der Wände hatte sich ein Sprayer mit dem Spruch *Wenn ich Flügel hätte, würde ich fliegen!* verewigt. Der Poet hatte sein Werk sogar signiert: Giggi mit zwei g.

«Was für ein revolutionärer Spruch, Giggi», meinte Brizio.

Auf dem Boden lagen zwei zerbrochene Bierflaschen neben dem einzigen intakten Möbelstück im ganzen Haus, einem Bett. Brizio richtete den Lichtstrahl darauf. Dort hatte jemand geschlafen. Und den Kippen am Boden nach zu urteilen, hatte derjenige mindestens zwei Päckchen Marlboro geraucht. Auf dem schmutzigen Kissen war noch der Abdruck des Kopfes zu sehen, der darauf gelegen hatte. Furio hob eine Pappschachtel vom Boden auf, die einmal Patronen vom Kaliber 6,35 enthalten hatte. Schweigend zeigte er sie Rocco.

«Die Schlange hat hier geschlafen …», sagte Furio. «Aber sie ist entwischt.»

«Ja. Ein Schlag ins Wasser», meinte Brizio. Sebastiano stieß einen wütenden Schrei aus und trat gegen das Bett, das unter der Matratze in mehrere Teile zerfiel.

Es war still im Auto, bis Sebastiano das Wort ergriff: «Er ist auf der Flucht.»

«Und jetzt?», fragte Brizio.

«Jetzt stellt er keine Bedrohung mehr dar. Nun ist er derjenige, der in Gefahr ist. Das heißt, Rocco kann beruhigt schlafen», erklärte Furio, der das Fenster geöffnet hatte und sich eine Zigarette anzündete.

«Das tue ich sowieso», entgegnete Rocco.

«Bis nach Rom brauchen wir noch mehr als eine Stunde, Rocco», sagte Brizio mit einem Blick in den Rückspiegel.

«Und?»

«Und die Geschichte von Luigi Baiocchi in Südamerika glaube ich nicht. Hab ich noch nie geglaubt. Denkst du nicht, es ist an der Zeit, endlich mit der Wahrheit herauszurücken?»

«Nein.»

«Warum?», meinte Furio. «Rocco, du weißt alles von mir, Sebastiano und Brizio.»

«Alles nicht, nein.»

«Das, was dich nicht betrifft, weißt du vielleicht nicht, aber alles andere schon», fuhr Furio fort. «Und diese Geschichte mit Baiocchi betrifft uns alle. Der Kerl ist hinter dir her wegen Luigi, das ist klar. Aber über Luigi Baiocchi hast du uns nur wenig erzählt …»

«Besser gesagt, gar nichts.»

«Was wollt ihr wissen?»

«Das, was Furio und ich wissen wollen, ist, was nach Marinas Beerdigung wirklich passiert ist. Nachdem du wieder zu Hause warst. Nachdem du dich eine Woche lang weder bei uns noch im Büro hast sehen lassen. Wir haben alle gewusst, dass du zu Hause um sie geweint hast. Du bist weder ans Telefon noch an die Sprechanlage gegangen. Das, was wir von dir wissen wollen, ist, was du in der Woche nach dem 7. Juli gemacht hast, Rocco. Das bist du uns schuldig.»

«Ich bin nicht der Einzige, der weiß, was wirklich passiert ist.» Rocco sah Sebastiano an, der weiterhin die Landschaft vor dem Fenster betrachtete.

«Du weißt das auch, Seba?»

Der Bär antwortete nicht. Er beschränkte sich darauf, sich eine bequemere Sitzposition zu suchen, und hielt sich mit der rechten Hand am Haltegriff fest, während er Rocco die Antwort auf die Fragen überließ. Denn er war derjenige, der reden musste.

Himmelherrgott noch mal!», schrie Rocco Schiavone in einem abgelegenen Raum des Innenministeriums. «Wir sind jetzt schon seit einer halben Stunde hier drin! Eine halbe Stunde, in der Sie mir ständig die gleiche Frage stellen! Ich habe gerade meine Frau beerdigt und keine Tränen mehr, die ich noch weinen könnte. Ich hab einfach keine mehr. Ich weiß nicht, wer geschossen hat, und ich weiß nicht, was, verdammt noch mal, ich Ihnen sagen soll!»

Sasà D'Inzeo senkte den Blick. Die beiden anderen, Polizeidirektor Mastrodomenico und Ermittlungsrichter Carulli, sahen ihn dagegen ungerührt an. «Sie haben ihm direkt ins Gesicht gesehen», sagte der Polizeidirektor, «und sind nicht in der Lage, auch nur ein Phantombild anfertigen zu lassen?»

«Ich habe ihm für den Bruchteil einer Sekunde ins Gesicht gesehen, die Zeit, die man braucht, um zu realisieren, dass jemand eine Pistole in der Hand hat! Wie soll das für ein Phantombild reichen?»

«Irgendjemand hat irgendwo mal geschrieben, dass unser Gehirn manchmal wie eine Kamera funktioniert», brachte sich Carulli ein. «In Momenten höchster Anspannung und größter Gefahr schießt es ein Foto, das einem für mehrere Tage im Bewusstsein bleibt.»

«Klar, hat mein Gehirn ein Foto gemacht, Carulli …», Rocco spuckte den Namen des Ermittlungsrichters diesem regelrecht entgegen, «… von dem Gesicht meiner Frau, die in meinen Armen gestorben ist. Das ist das, woran ich mich erinnere. Etwas, von dem man Ihnen nur wünschen kann, dass Sie es nie erleben werden!»

«Bitte, es reicht jetzt», ergriff D'Inzeo schließlich das Wort. «Ich denke, es bringt nichts mehr, hier weiterzumachen. Und wir befragen ihn, verdammt noch mal, als wäre er der Schuldige! Meine Herren, darf ich Sie daran erinnern, dass Rocco Schiavone das Opfer ist? Gehen Sie nach Hause, Vicequestore, gehen Sie … Sie haben sicher nichts dagegen, wenn wir diesen Fall Ihren Kollegen in der Questura Centrale übertragen.»

Sasà D'Inzeo siezte ihn in der Öffentlichkeit. Rocco tat umgekehrt das Gleiche, bedankte sich aber mit einem entsprechenden Blick bei seinem alten Freund. «Grazie, Dottor D'Inzeo, das schätze ich sehr. Und natürlich bin ich einverstanden. Ich habe derzeit nicht den klaren Kopf … der für die Aufklärung dieses Falles erforderlich ist.» Er stand auf. «Signori, sehen Sie es mir nach, dass ich Ihnen nicht die Hand gebe.»

«Wir machen nur unsere Arbeit, Schiavone», erklärte Mastrodomenico.

«Und ich habe meine Frau verloren, während ich die meine gemacht habe!» Er verließ den Raum.

Trotz der Hitze und der vielen Touristen, die überall lachend Fotos schossen, ging er zu Fuß. Über die Via Nazionale gelangte er zur Piazza Venezia. Dann durchquerte er das jüdische Viertel, ging über die Brücke und war in Trastevere, seinem Trastevere, mit geschwollenen, schwitzenden Füßen in seinen Clarks und einem gebrochenen Herzen. Die Hände in den Taschen, kam er an Menschen und Straßen vorbei, ohne die Motorräder, die Autos, die Eis essenden Japaner überhaupt wahrzunehmen. Er wollte noch einmal die Via Garibaldi hinaufgehen, zum Gianicolo-Brunnen, um auf die Dächer seiner Stadt zu blicken, und dann in seine Wohnung in der Via Poerio zurückkehren. Doch auf der Piazza Santa Maria in Trastevere musste er stehen bleiben. Dort saß wie an dem Tag, an dem er sie zum ersten Mal gesehen hatte, Marina auf den Stufen des Brunnens und lächelte ihn an. Die Sonne im Gesicht, im geblümten Rock, Sandalen an den Füßen, mit geschlossenen Knien und weißem, unbedecktem Ausschnitt. Sie saß auf derselben Stufe wie damals, zusammen mit irgendeiner Freundin, und er hatte auf den ersten Blick gewusst, dass er diese Frau heiraten würde. Die nun nicht mehr da war. Die niemals mehr hier sein würde. Und auf einmal wurde der Brunnen eiskalt, genau wie die Kirche, der Platz und die Bars mit all den Leuten.

«Upps!», ein Rempler holte ihn zurück in die Realität. Sebastiano stand vor ihm. «Wo zum Teufel willst du hin?»

«Was?»

«Wohin du unterwegs bist, Rocco?»

«Nach Hause …»

Sebastiano nickte. «Zu Fuß?»

«Zu Fuß.» Roccos gerötete Augen standen voller Tränen.

Sebastiano fasste sich unbehaglich an die Nase. «Hör mal, willst du reden?»

«Ich weiß nicht. Will ich?»

«Ich würde sagen, ja. Komm ...» Sebastiano hakte Rocco unter, der sich wie ein Einkaufswagen wortlos zur Bar an der nächsten Ecke schieben ließ.

Sie betraten ein stilles Lokal, dunkel und kühl, mit nur einem Fenster zur Straße hinaus, mit schmiedeeisernen Tischen und einer Theke. Es war eher eine Bar für den Abend, wo es erst nach Sonnenuntergang richtig losging und es hauptsächlich alkoholische Getränke, kaum etwas zu essen und nur eine kleine Espressomaschine gab. Sie setzten sich an einen der Tische und warteten auf den Espresso, den Lucio, der Wirt, mit dem sie schon seit Ewigkeiten befreundet waren, für sie zubereitete.

«Ich hab mich mal ein bisschen umgehört», sagte Sebastiano.

Rocco starrte auf einen fixen Punkt auf dem Tisch und versuchte mit dem Nagel des Zeigefingers einen Fleck wegzukratzen.

Sebastiano hielt seine Hand fest. «Du musst mir schon zuhören.»

Rocco hob langsam den Blick und sah seinen Freund an. «Ich habe gesagt, dass ich mich ein bisschen umgehört hab. Den Wagen hat Corrado Pizzuti gefahren, ein Scheißkerl, der zufällig seit heute Morgen wegen Ladendiebstahl sitzt.»

«Wo ist Luigi Baiocchi», fragte Rocco ohne das Fragezeichen am Ende des Satzes.

«In Casalpalocco. Genauer gesagt in Infernetto. Er ist bei einer Cousine untergekrochen.»

«Allein?»

«Ja. Das Haus wird gerade erst gebaut.»

«Danke, Seba!» Rocco legte seine Hand auf den haarigen Handrücken seines Freundes und strich leicht darüber.

«Hier der Kaffee für euch Schwuchteln!», sagte Lucio, der die Geste auf dem Tisch bemerkt hatte.

«Auf deine Schwester, Lucio!», entgegnete Sebastiano.

Lucio sah Rocco an, während er die Tasse vor ihn hinstellte. «He, Rocco, was ist los mit dir?»

«Hast du das nicht mitgekriegt?»

«Nein», meinte Lucio.

«Marina ...»

Der Wirt setzte sich zu ihnen an den Tisch. «Was denn?»

«Sie ist nicht mehr da», sagte Sebastiano leise. «Sie ist tot.»

Lucio sah Rocco in die Augen: «Wie ist das denn passiert?»

«Sie wurde erschossen», antwortete Rocco. «Drei Treffer. Sie haben auf mich gezielt, aber sie erwischt ...» Eine Träne begleitete seine Worte. Rocco wischte sie mit dem Hemdsärmel weg.

Lucio stand auf und brachte den Kaffee wieder zurück. Dann hantierte er unter dem Kühlschrank herum und kam gleich darauf wieder. Auf dem Tablett, das er auf den Tisch stellte, waren drei kleine Gläser mit einer bernsteinfarbenen Flüssigkeit. «Ich kann nicht so gut mit Worten», meinte er mit belegter Stimme, «dieser Rum ist vierundzwanzig Jahre alt. Er ist nur für ganz besondere Gelegenheiten.» Er hob sein Glas. «Auf Marina! Aus dem Leben bist du uns genommen ...» Er brach in Tränen aus, und es gelang ihm nicht, den Satz zu vollenden.

Das übernahm Rocco für ihn: «... aber nicht aus unseren

Herzen!» Sie hoben die Gläser und kippten den süßen, starken Nektar in einem Schluck hinunter.

«Na ja, jetzt, im Sommer, könntest du ein bisschen Eis dazutun», sagte Sebastiano und lachte leise, als ob er sich dafür schämte.

Als Rocco nach Hause kam, traf er dort auf Inna, die gerade mit dem Putzen fertig war. Sie trat schweigend auf Rocco zu. Man sah, dass sie geweint hatte. Sie hatte auch auf der Beerdigung geweint und war untröstlich gewesen. Und jedes Mal, wenn sie die Wohnung betrat, kamen ihr wieder die Tränen. Sie hatte sich auch um Marinas Sachen gekümmert. Rocco schaffte es nicht einmal, sie anzufassen. Die Kleidung in Zellophanhüllen, die Schuhe und die Sachen aus Marinas Arbeitszimmer in einem schwarzen Kunststoffkoffer mit stahlverstärkten Ecken. Die Kosmetik und die anderen Dinge aus dem Badezimmer – sie hatte an alles gedacht und dafür gesorgt, dass sie von einem Tag auf den anderen verschwunden waren. Rocco hatte Inna die beiden Kaschmirpullover geschenkt, die sie im letzten Jahr gekauft und die Marina so sehr geliebt hatte. Er hatte sie nur gebeten, sie nicht zu tragen, wenn sie in die Via Poerio kam. Inna verstand, ohne weitere Erklärungen. Um den Zitronenbaum kümmerte er sich. Er sprach oft mit ihm, denn auch wenn er keinen grünen Daumen hatte, hatte er gelesen, dass die Pflanzen besser wuchsen, wenn man ab und zu mit ihnen redete. Allerdings sprach er nicht mit den Pflanzen oder den Früchten, sondern zu dem Herzen seiner Frau, wo auch immer sie jetzt sein mochte. Inna umarmte ihn fest und flüsterte ihm ein paar mysteriöse Worte in ihrer Muttersprache zu. Worte, die

Rocco nicht verstand, die jedoch wie ein süßes Wiegenlied klangen, so wie Großmütter sie für ihre Enkel sangen. Dann verließ Inna die Wohnung und vergaß dabei auf der Konsole im Flur die Zeitung und die Sonnenbrille, die sie auf dem Markt gekaufte hatte.

Was mache ich jetzt? Was soll ich machen? Sieh dir doch mal diese Wohnung an. Kalt. Kalt im Juli. Ich müsste das Licht einschalten, mir etwas zu essen machen, zu Bett gehen und morgen wieder aufwachen und übermorgen und am Tag danach. Für wie lange? Bis wann? Wenn ich überhaupt schlafen kann. Was für eine traurige Sache, mit Gegenständen zu reden! Du zum Beispiel bist ein Pinsel, ein alter Pinsel, und warum bist du nicht in der schwarzen Schachtel drüben im Arbeitszimmer? Wie kommt es, dass Dinge, von denen man glaubt, sie weggeworfen zu haben, plötzlich wiederauftauchen, als wäre nichts gewesen? Hat Marina dich nicht weggeworfen? Ja oder nein? Du bist alt, hast kaum noch Haare, bist hart, und deine Borsten kleben zusammen, aber du willst nicht gehen.

«Hast du ihn nicht weggeworfen, Mari'?»

«Nein. Ich habe ihn nicht weggeworfen.»

Sie steht auf der Schwelle der Terrassentür. Er sieht sie im Gegenlicht der untergehenden Sonne.

«Also, warum war er in der Schublade? Was hat er da zu suchen?»

«Er ist ein Erinnerungsstück. Das ist der Pinsel, den ich für meine erste Arbeit benutzt habe», antwortet sie, «als wir uns noch gar nicht gekannt haben. Er ist ein Glücksbringer.»

«Er hat kaum noch Haare», sage ich.

«Leg ihn wieder in die Schublade.»

«Erinnerst du dich? Vor ein paar Tagen habe ich dich gefragt, ob du schon mal an einem verlassenen Ort gewesen bist.»

«Rocco, ich habe viel Zeit an verlassenen Orten verbracht. Oder denkst du, dass viele Leute ihre Zeit in den Krypten der Kirchen oder in unterirdischen Räumen verbringen, um sich Fresken anzusehen?»

«Nein, ich meine ganz normale Orte. Ich habe dir gesagt, dass dort alle Dinge, die man sieht, leblos sind. Weil sie die Wärme verloren haben, die die menschliche Nähe ihnen verleiht. Zum Beispiel, wenn man die verschlissenen Sitze in einem Zug sieht und sich vorstellt, wie viele Menschen darauf gesessen haben. Oder ein Boot mit abgenutzten Rudern oder die abgetretenen Treppenstufen eines leeren Hauses, über die all die Jahre unzählige Füße gelaufen sind. Und nun sind sie zwar noch da, aber sie werden nicht mehr gebraucht und sind kalt.» Er hebt den Pinsel an. «Siehst du ihn? Er ist verbraucht, alt, voller Flecken. Aber ich kenne den Menschen, der damit gearbeitet, ihn in der Hand gehalten hat. Ich weiß alles über den Menschen, der in dieser Wohnung gelebt hat, auf diesem Sofa gesessen und den Zitronenbaum draußen gegossen hat. Und das macht es schlimmer. Weil diese Dinge kalt zurückbleiben, aber an die Seele erinnern, die sie benutzt hat, sie führen sie einem immer wieder vor Augen. Und ich werde niemals den Blick von diesen Dingen abwenden können, ohne an dich zu denken. Du bist überall, Amore mio. Auch wenn ich in den Spiegel schaue und mich sehe. Dann bin ich genauso wie

dieser Pinsel. Kalt, leblos, aber jede Falte in meiner Haut, Amore mio, jedes graue Haar bist du. Wie soll ich damit klarkommen?»

Sie bleibt dort am Fenster stehen, ohne ein Wort zu sagen. Betrachtet die Sonne draußen, die hinter den Dächern versinkt. «Diese Wohnung war immer wunderschön. Sehen wir uns wieder, Rocco?»

«Solange du willst, Marina. Ich bin hier. Ich bleibe hier.»

Es klingelte. Rocco stand auf, legte den alten Pinsel in die Schublade und ging zur Sprechanlage hinüber. «Seba?»

«Ich bin's.»

«Ich komm runter.»

Rocco ging ins Arbeitszimmer seiner Frau. Öffnete den Tresor. Nahm die Ruger heraus und schloss die Metalltür wieder. Er verließ die Wohnung, ohne ihr einen weiteren Blick zu schenken, wie man von einem Ort flieht, der einen erschaudern lässt und an den man nie wieder zurückkehren will.

«Wer hat gesungen?», fragte Rocco.

Sebastiano, der mit einer Zigarette im Mund konzentriert am Steuer saß, hob die Augenbrauen. «Das übliche Arschloch vom Dienst. Es ist nicht schwer, gewisse Dinge herauszufinden, wenn allgemein bekannt ist, dass irgendein Wichser einen Unschuldigen getötet hat.»

Auch Rocco zündete sich eine Zigarette an.

«Weißt du schon das Neueste, Rocco?»

«Nein.»

«Silvestrelli hat ein beschleunigtes Verfahren beantragt. Was ihm aber nicht gewährt wurde.»

«Ach nein? Und warum nicht?»

«Weil sie ihm vorher im Gefängnis die Kehle durchgeschnitten haben. Hat nicht mal eine Woche gedauert.»

«Dann haben sie ihm offenbar die alte Wunde geöffnet …» Rocco pustete den Rauch aus dem Fenster.

«Ja … der wollte reden, ich sag es dir. Der wollte auspacken, wer der Lieferant ist. Aber er hat sich verrechnet. Wer immer es auch ist, ist so mächtig, dass er Silvestrelli aus dem Weg räumen konnte. In einem Teich voller Krokodile solltest du besser nicht singen.»

«Ist dieser Scheiß von dir?»

«Nein, das hat Adele mal gesagt, und es hat mir gefallen.»

Er fuhr über die Via Cristoforo Colombo. An der Kreuzung zum Casalpalocco-Viertel bog er rechts ab ins Infernetto, eine Art Siedlung mit Reihenhäusern, Einfamilienhäusern und Wohnblöcken auf einem Terrain, das unterhalb des Meeresspiegels lag. Hier war es im Winter eiskalt und im Sommer so schwül wie in einem vietnamesischen Sumpf.

«Also … hier bin ich noch nie gewesen … Am Supermarkt links.» Sebastiano umfuhr einen großen Supermarkt und bog ab. Der Lichtschein der Straßenlaternen wirkte wässrig, und in den Häusern war es fast überall dunkel.

«Jetzt geradeaus, glaube ich …»

«Sag mal, weißt du das auswendig, Seba?»

«Ich hab's mir auf der Karte angesehen und hier gespeichert.» Er tippte sich an die Stirn.

«Eins ist sicher: Wir werden hier keine Probleme haben, einen Parkplatz zu finden.» Sebastiano hielt an, machte das

Licht aus, und sie stiegen vor einem Zweifamilienhaus aus.

«Ist es hier?», fragte Rocco.

«Nein. Aber wir gehen das letzte Stück lieber zu Fuß. Der rechnet sicher damit, Besuch zu bekommen, und passt gut auf. Vor allem jetzt, nachdem sie Silvestrelli abgemurkst haben. Wahrscheinlich hat der ganz schön die Hosen voll.»

Sie gingen durch die menschenleeren Straßen an den Häusern vorbei und bogen mehrfach um die Ecke. Schließlich kamen sie zu einer noch unbebauten Straße, die die umgebende Landschaft in zwei Hälften teilte. Hinter dieser Sackgasse endete die Trabantenstadt. Ein leichter Nebel waberte über den Asphalt.

«Hier ist doch nichts mehr», sagte Rocco. «Nicht mal Straßenlaternen.»

«Ganz ruhig. Wir sind gleich da ...» Sebastiano wies auf ein paar Reihenhäuser, die gerade im Bau waren. Die Wände und das Dach waren schon fertig, die Fenster fehlten noch.

«In einem dieser Dinger ist er.» Sie verließen die Straße und setzten ihren Weg im Dunkeln durch hohes Unkraut fort. Schließlich kamen sie an den Wellblechzaun, der die Baustelle von der Siedlung trennte.

«Gehen wir einmal ringsum zur Rückseite», sagte Sebastiano leise. Sie gingen am Zaun entlang und fanden schließlich eine Stelle, an der das Blech lose war. Sebastiano quetschte sich mühsam als Erster hindurch. Rocco folgte ihm. Auf dem Grundstück befanden sich mehrere Betonmischmaschinen und Sand-, Erd- und Kieshaufen. Überall lagen Schaufeln und andere angerostete Arbeitsgeräte herum. «Es ist das dritte Haus», murmelte Sebastiano. Sie gingen an dem ersten Rohbau vorbei. Roccos Haar war schweißnass. Das Mondlicht half ihnen. «Schön langsam», meinte Sebastiano. Sie schlichen an dem zweiten Haus vorbei, an unfertigen Zimmern mit losen Kabeln.

«Da wären wir.»

Das dritte Reihenhaus sah genauso aus wie die anderen beiden und hatte ebenfalls weder Türen noch Fenster. Über eine Art ebenerdige Terrasse betraten sie das Erdgeschoss.

Dunkelheit. Aber wenn man die Augen zusammenkniff und genau hinsah, war ein matter Lichtschein im ersten Stock zu erkennen. Sebastiano wies auf die Treppe, Rocco nickte. Langsam einen Fuß vor den anderen setzend, stiegen sie die Stufen hinauf. Sie machten auf dem ersten Treppenabsatz halt. Jetzt war das Licht besser zu erkennen. Es kam aus einem der Zimmer. Sie gingen weiter nach oben. Nun gab es keinen Zweifel mehr. Das hinterste Zimmer war mit einer Plane abgetrennt. Dort brannte ein schwaches Licht, und das zischende Geräusch von Gas war zu hören, das zweifellos von einer Campinglampe kam. Rocco zog die Pistole, und Sebastiano tat es ihm nach. Dann machte er seinem Freund ein Zeichen. Er wollte vorangehen.

Dabei übersah er den Nylonfaden, der in der Mitte des Flurs auf einer Höhe von etwa zehn Zentimetern über dem Boden gespannt war. Er stolperte darüber, woraufhin zwei Büchsen von einer Konsole fielen und einen Heidenlärm machten.

«Scheiße!», fluchte Sebastiano. Hinter der Plane war ein Poltern zu hören. Rocco zog die Plane zurück und sah gerade noch einen Schatten, der auf den Balkon hinausrannte. «Verdammt, er haut ab!», brüllte er. Sebastiano eilte durchs Zimmer zu Rocco hinüber, während Rocco zurück zur Treppe sprintete und sie auf das Risiko hin, sich den Fuß zu brechen, mehrere Stufen auf einmal nehmend hinunterstürzte. Doch die Gefahr machte ihm nichts aus, denn er war nicht mehr Rocco Schiavone, er war ein Tier, eine Bestie auf der Jagd, den Geschmack von Blut im Maul, mit rasendem Herzen, den Blick und die Ohren aufs Äußerste geschärft. Er erreichte das Erdgeschoss und verließ das Haus. Er schaute nach oben. Sebastiano wies vom ersten Stock aus in eine Richtung: «Da lang!», brüllte er. Und Rocco rannte los.

Er sah ihn nicht, doch er hörte ihn. Er hörte die schweren Schritte des Laufs, das metallene Geräusch von etwas, das er mit dem Fuß berührte. Er lief an zwei Rohbauten vorbei und sah den Wellblechzaun vor sich aufragen. Luigi Baiocchi war gerade darunter hindurchgekrochen. Rocco erreichte den Zaun, hob das Blech an, schlüpfte ebenfalls hindurch und fand sich auf der Straße wieder. Etwa fünfzig Meter vor ihm rannte Baiocchi in die Dunkelheit auf ein riesiges, scheinbar verlassenes Gebäude zu. Er drehte sich im Laufen um und gab zwei Schüsse ab. Das Mündungsfeuer flammte auf, die Schüsse verfehlten ihr Ziel, Baiocchi lief weiter und verschwand in dem verfallenen Gebäude.

Mit keuchendem Atem und triefendem Schweiß erreichte auch Rocco das verlassene Gebäude und fand durch eine kaputte Tür einen Weg hinein. Die oberen Fenster waren zerbrochen, und man konnte die Sterne und den Mond sehen. Beißender Uringestank stieg ihm in die Nase. Rostige Maschinen füllten den Raum. Rocco versuchte, seinen Atem zu beruhigen, seine Lungen pumpten wie ein Blasebalg. Er wischte sich den Schweiß ab. Angst hatte er nicht. Dafür fehlte der Platz. Er kauerte sich hin und lauschte. Ein Knirschen, das Trippeln einer Maus, die über Metall lief, sein Atem. Er wartete darauf, dass der andere etwas tat, sich bewegte, den Nervenkitzel nicht länger ertrug.

Luigi Baiocchi warf einen Stein, um Roccos Aufmerksamkeit von sich weg zu lenken. Doch dieser wandte sich in die andere Richtung und überraschte sein Opfer von hinten. Baiocchi lag auf den Knien und hatte eine riesige Pistole in der Hand, die er auf die falsche Seite richtete. Der Verbrecher wandte sich um, sah Rocco, schrie und schoss. Die Patrone streifte Roccos Schulter, der seinerseits genügend Zeit hatte, genau zu zielen und einen einzigen präzisen Schuss zwischen die Augen seines Gegners abzugeben. Baiocchi blieb keine Zeit mehr, zu begreifen, was geschah, er sackte zu Boden, während das Blut aus seiner Schusswunde hervorquoll. Rocco sah ihn an. Mit keuchendem Atem, die Ruger in der Hand. Irgendjemand hatte seine Lunge leer gepresst oder dem gesamten Gebäude die Luft entzogen. Er sank auf die Knie. Ein hohes anhaltendes Pfeifen schrillte in seinen Ohren. Aber er fühlte nichts. Er betrachtete Luigi Baiocchi, den Mörder seiner Frau, der mit glasigem Blick zur Decke starrte, aber er spürte nichts. Weil es nun nichts mehr zu sagen gab. Es war eine schnelle, sinnlose Sache gewesen, wenig mehr als eine Exekution. Was hatte er zu finden gehofft? Nichts. Und tatsächlich fand er hier nichts. Im Gegenteil, jetzt war er ganz unten angekommen, und es würde unmöglich sein, aus diesem Sumpfloch wieder herauszuklettern. Er wäre nur allzu gern an Marinas Stelle gestorben, dann hätte er all das nie sehen müssen, er hätte nie die Last eines Lebens tragen müssen, das ihn nicht mehr interessierte. Ohne es richtig wahrzunehmen, hatte er den Lauf der Pistole direkt auf seinen Mund gerichtet, als wäre es das Plastikröhrchen, mit dem er früher den Mofas Benzin abgezapft hatte. Er musste nur noch abdrücken, und ciao.

Ciao, Rocco, es war mir ein Vergnügen!, dachte er. Er schloss die Augen. Doch irgendjemand schlug ihn, er riss ihm die Pistole aus der Hand und verpasste ihm eine Ohrfeige. Sebastiano stand vor ihm, sah ihn an und sagte kein Wort. Dann streckte er die Hand aus, griff nach seinem Arm und zog ihn hoch. «Wir müssen ihn verschwinden lassen.» Er hob Roccos Pistole auf. «Die nehme ich», sagte er und steckte sie ein.

Sebastiano nahm Luigi über die Schulter, und sie gingen zurück zu der Baustelle. Rocco folgte ihm schweigend, den Blick zu Boden gerichtet. Sein Freund schien sein Leben lang nichts anderes gemacht zu haben. Er hatte keine Angst, behielt die Ruhe und trug eine Leiche über der Schulter, als wäre es eine Sporttasche. Sie gingen um den dritten Rohbau herum. Sebastiano nahm eine Schaufel und begann, ein Loch zu graben. «Komm schon, pack mit an. Wir müssen vor Sonnenaufgang fertig sein!», befahl er. Und Rocco gehorchte.

Sie gruben drei Stunden ohne Pause. Eine Anstrengung, wie beide sie noch nicht erlebt hatten. «Wie, verdammt noch mal, kommt es, dass das in den Filmen immer so leicht aussieht?», presste Sebastiano zwischen den Zähnen hervor. «So ein Loch zu graben ist ja furchtbar!» Rocco bewegte die Arme wie ein Automat, schaufelte immer weiter, wischte sich nicht den Schweiß ab und schaute nur auf die graue Erde und das Loch, das nach und nach immer tiefer wurde. Er dachte an gar nichts. Sein Kopf fühlte sich an wie ein leeres Blatt. Ein leeres weißes Blatt. Am Ende wischte Sebastiano sich die Hände an der Hose ab. «Das hier sind die Fundamente für die Terrassen. Da gießen sie den Beton rein, und das war's!», meinte er. «Den findet keiner.» Sebastiano nahm Luigis Brieftasche und warf für die letzte Reise sechzig Euro in das Loch, behielt die Papiere und rollte den Toten in die Grube. Dann brauchten sie eine weitere halbe Stunde, um das Loch wieder zuzuschaufeln.

«Es ist drei Uhr. Lassen wir das ganze Zeug im ersten Stock verschwinden und fahren nach Hause», befahl Sebastiano.

Sie gingen die Treppe hinauf und betraten Luigis Versteck. Dort lag ein Schlafsack neben einer Gaslampe, zwei Pizzakartons und einem Handy. Sie entfernten die Plane, die Baiocchi vor die Tür und das Fenster gehängt hatte, um das Licht zu verbergen. «Fertig», sagte Sebastiano, nachdem sie die Beweisstücke beseitigt hatten. «Gehen wir, Rocco. Heute Nacht schläfst du bei mir.»

Rocco nickte.

«Diese Sache bleibt unter uns. Klar?»

«W… Was?»

«Nur zwischen mir und dir!»

«Nur zwischen mir und dir, Sebastiano.»

«Willst du sie wiederhaben?», fragte Sebastiano und wies auf die Ruger.

Rocco schüttelte den Kopf. «Nie mehr, Seba, nie mehr!»

Vor dem Haus, in dem Roccos Wohnung lag, schaltete Brizio den Motor aus. Dann wandte er sich auf dem Sitz um, um Rocco anzusehen. «Was für eine Scheißgeschichte», meinte er.

«Ja», meinte Rocco. «Dass ich jetzt hier bin, ist ihm zu verdanken.» Er wies auf Sebastiano.

«Das Einzige, was Rocco umbringen kann, ist Rocco selbst!», sagte Furio lächelnd.

«Fliegst du jetzt zurück nach Aosta?», fragte Brizio.

«Ich muss.»

«Ich suche weiter nach dem Scheißkerl», sagte Sebastiano. «Selbst wenn ich dafür nach Australien reisen muss und wenn es mich sämtliche Jahre meines Lebens kostet, muss ich Enzo Baiocchi finden und ihn kaltmachen.»

Rocco öffnete die Autotür. «Haltet mich auf dem Laufenden», sagte er. Seine Freunde nickten. Dann ging er zur Haustür und griff nach dem Schlüssel. Brizios Wagen fuhr davon. Und er blieb allein zurück, um mit den Gespenstern der Vergangenheit zu ringen, als wäre alles erst gestern passiert, als wäre seit dem 7. Juli 2007 nicht mal eine Minute vergangen.

Lupa lief ihm durch den Gang entgegen. Rocco ging vor ihr in die Hocke und wartete, dass der Hund ihn ansprang und umwarf, um ihm mit flinker Zunge übers Gesicht zu lecken. «Lupa … hab ich dir gefehlt?»

Caterina war aus seinem Büro getreten und sah Rocco lächelnd an. «Danke», sagte er. «Danke wie immer. Komm, Hündchen …»

Er trat in sein Büro. «Neuigkeiten?»

«Ich habe … warte, wie war das? Ach ja, ich habe dir den Arsch gerettet, weil Corsi gestern nach dir gesucht hat. Ich hab ihm gesagt, dass du wegen des Einbruchs in dem Ferienhaus in Courmayeur unterwegs bist.»

«Gut gemacht, danke. Sonst noch was?»

«Corsi hat sich irgendwie an diesem Einbruch festgebissen. Dabei ist sonnenklar, dass das ein versuchter Versicherungsbetrug ist. Auch weil das Haus mit mehreren Hypotheken belastet ist und Adelmo Vaccari, dem Unternehmer, dem es gehört, das Wasser bis zum Hals steht.»

«Wer ist an der Sache dran?», fragte Rocco.

«Ich, Scipioni und Italo.»

Rocco setzte sich auf seinen Schreibtischsessel. Er sah Caterina schweigend an.

«Was ist?», fragte sie.

«Sag du es mir.»

«Was soll ich dir sagen?»

«Nichts, Cateri', du sollst mir gar nichts sagen.»

«Möchtest du wissen, wie die Zusammenarbeit mit Italo läuft?»

Rocco zuckte mit den Schultern. «Ihr arbeitet nun mal in derselben Questura.»

«Tu doch nicht so! Du willst wissen, wie die Zusammenarbeit mit Italo klappt, nachdem es zwischen uns nicht mehr gut läuft.»

«Weißt du, Caterina, das ist dein Privatleben. Davon will ich absolut nichts wissen. Zumindest solange es sich nicht auf andere Dinge hinderlich auswirkt. Tut es das?», fragte Rocco mit einem kaum sichtbaren Lächeln auf den Lippen.

«Nein, tut es nicht. Ich bin in der Lage, meine privaten Probleme in den Griff zu kriegen, ohne dass es sich auf die Arbeit auswirkt.»

«Ich gebe dir jetzt einen guten Rat. Wenn du hier Karriere machen möchtest, dann solltest du dich möglichst von mir fernhalten. Ich werde auch versuchen, Lupa nicht mehr bei dir zu lassen, also unseren Kontakt auf rein berufliche Dinge zu beschränken.»

Caterinas Gesicht verdüsterte sich. «Warum sagst du das?»

«Weil die Questura und die Staatsanwaltschaft mich im Visier haben. Weil ich nicht gerade ein Heiliger bin. Weil ich in üblen Kreisen verkehre und angezählt bin. Weil ich nicht nach Aosta gekommen bin, um hier Urlaub zu machen, weil du ein paar Dinge bereits über mich weißt. Weil dies ...», Rocco wies auf sich, «... die Straße der Verlierer ist.»

Caterina seufzte. «Ich suche nicht deine Gesellschaft, weil ich Karriere machen will. Ich will keine Karriere machen, sondern meinen Job. Und wenn ich gern mit dir zusammen bin, dann weil ich dich nach und nach, Monat für Monat, besser kennengelernt habe. Anfangs konnte ich dich nicht ausstehen, das muss ich zugeben.»

«Und was ist dann passiert?»

«Du hast ein Herz. Du verbirgst das geschickt, aber du hast eins. Und als ich das begriffen habe, hat sich etwas verändert. Du kannst immer auf mich zählen. Ob dich die Staatsanwaltschaft nun im Visier hat oder nicht. Ich habe dir mehr Dinge anvertraut als meiner besten Freundin. Denkst du, das zählt nicht?»

Das Telefon klingelte. Die beiden sahen sich an. Dann ging Rocco ran. «Schiavone.»

«Ich bin's, Corsi!»

«Was kann ich für Sie tun, Dottore?»

«Sind Sie zurück?»

«Ich war nie weg, nur in Courmayeur wegen dieser Einbruchssache.»

Caterina blieb da und hörte zu.

«Schiavone, Sie und ich hatten vor nicht mal zwei Tagen ein sehr langes Gespräch. Und ich dachte, dass unser Verhältnis auf gegenseitigem Respekt beruht.»

«Sicher, gegenseitigem Respekt.»

«Daher frage ich Sie noch einmal: Sind Sie zurück?»

Rocco schloss die Augen und knirschte mit den Zähnen. «Ja, ich bin zurück.»

«Und haben Sie gefunden, was Sie gesucht haben?»

«Nein. Ich habe es nicht gefunden.»

«Das heißt, dass Enzo Baiocchi nach wie vor unauffindbar ist?»

«Ja.»

«Das ist schlecht.»

«Und was genau? Dass er noch immer abgetaucht ist?»

«Schlecht ist, dass er immer noch abgetaucht ist, und schlecht ist, dass Sie mich immer noch belügen. Ich möchte

Sie bitten, mir von jetzt an stets mitzuteilen, was Sie vorhaben. Zwingen Sie mich nicht dazu, das zu tun, was ich nicht tun will.»

Rocco stellte keine weiteren Fragen. Die Drohung war unmissverständlich. Er fürchtete sich nicht vor einer weiteren Versetzung, denn dies wäre nur ein weiterer Zwischenfall in einem Leben, das darin bestand, sich von A nach B zu schleppen, ohne Sinn, ohne Ziel, nur in dem Wunsch, Frieden zu finden. Mehr nicht. «Es wird nicht mehr vorkommen», versprach er dem Questore und legte mit einem gebrummten «Buonagiornata» auf.

Caterina war noch da.

«Du hast mich zwar gedeckt, aber offensichtlich gibt es jemanden, der alles über mich weiß und es Corsi steckt.»

Caterina hob hilflos die Arme. «Wenn du willst, versuche ich herauszufinden, wer das ist.»

«Unauffällig?»

«Unauffällig.»

«Danke, Caterina.»

Caterina lächelte und verließ den Raum.

«Verstanden, Lupa? Wir haben einen Spion in der Questura. Hättest du das gedacht?»

Der Hund winselte. Rocco steckte die Hand in die Tasche und nahm die Tüte mit dem White Widow heraus, öffnete die Schublade und legte sie hinein. Zufrieden, für die nächsten Monate eingedeckt zu sein, schloss er die Schublade ab. «Und jetzt gehe ich nach Hause.»

Rocco klingelte. Kurz darauf öffnete Gabriele die Tür. «Dottore! Die Musik ist doch gar nicht an!»

«Ich weiß, ich bin ja nicht blöd. Lernst du gerade?»

«Soll das ein Witz sein?»

«Aber sicher doch! Schau mal, was ich dir mitgebracht habe. Hab ich am Flughafen gekauft.» Er gab dem Jungen ein kleines Päckchen. Gabriele öffnete es mit gierigem Blick. «Pink Floyd …»

«*The Dark Side of the Moon* remastered. Das kannst du auch nachts um drei in voller Lautstärke spielen.»

Gabriele sah ihn gerührt an. «Danke. Ein Geschenk, warum?»

«Weil wir Verbündete sind, weißt du noch? Die Buccellato.»

«Ach ja, stimmt, ich hab auch mit Mamma darüber geredet.»

«Und was hat sie gesagt?»

«Sie hat gelacht. Das fand sie total witzig. Sie und ich gegen die Buccellato …»

«Wir müssen uns was einfallen lassen.»

«Wer ist das?», erklang eine weibliche Stimme irgendwo in der Wohnung.

«Nichts, Mamma, ist für mich!», rief Gabriele. «Oh Mann, immer mischt sie sich in meine Angelegenheiten.»

«Das ist ihr Job als Mutter, weißt du? Also, Gabriele, sieh zu, dass du in die Schule gehst, sonst bleibst du so dumm, wie du bist.»

«Danke, Dottore.»

«Rocco.»

«Das hab ich nicht verstanden.»

«Ich heiße Rocco.»

«Sehr erfreut, Gabriele …»

Mit einem verzweifelten Kopfschütteln wandte Rocco sich um und ging in seine Wohnung.

Gabriele hatte die CD gleich aufgelegt. Die Klänge von *Breathe* schwebten durchs Treppenhaus und drangen unter der Tür hindurch in Roccos Wohnung. Der füllte Lupas Napf mit Hundefutter und setzte sich aufs Sofa. Er sah aus dem Fenster. Draußen kündigte sich ein milder, lauer Abend an. Einer jener Abende, an denen man Lust bekam, nach draußen zu gehen, die Luft zu atmen, ohne Ziel spazieren zu gehen und sanft in die Nacht einzutauchen. Seit er in der neuen Wohnung war, war Marina nicht mehr bei ihm gewesen. Sie war auf Distanz gegangen. Sie war weg, vielleicht für immer, und hatte ihn allein gelassen. Er hatte Lust, mit ihr zu reden, sie bei ihren rätselhaften Spielen zu beobachten, nach schwierigen Worten suchend. Aber nun war die Zeit der Illusionen vorbei. Das Leben ging weiter. Und das gefiel ihm nicht. Es gefiel ihm nicht, sich wie ein Floß ohne Ruder und ohne Segel zu fühlen, das auf dem Ozean dahintrieb, ohne große Hoffnung, irgendwo einen Hafen zu finden.

«Willst du wirklich nicht mehr kommen?» Ich rufe nach ihr, aber sie antwortet nicht. «Wenn du nicht zu mir nach Hause kommst, bist du normalerweise am Augustusbogen. Soll ich dorthin gehen? Kann ich dich dort finden?» Ich drehe mich um. Lupa hat sich neben mich auf das Sofa gelegt und ist schon eingeschlafen. Ich brauche einen Freund. Ein einziger würde genügen für diesen milden Abend, der mich umbringt und mir die Luft zum Atmen nimmt. Die schönen Dinge sind für die bestimmt, die das Schöne bereits in sich

tragen. Ich habe den Eindruck, dass ich davon für immer ausgeschlossen bin. «Verstehst du, Lupa? Nur wir beide, du und ich. Ob es dir gefällt oder nicht …» Sie gähnt, bewegt ihren Schwanz und sieht mich an. All das wiederzusehen hat mir weh getan, furchtbar weh! Und es gibt nichts, was dagegen hilft. Weder die Zeit noch die Entfernung, es ist ein Fluch. Ohne Prozess schuldig gesprochen, Euer Ehren!

«So ist das Leben, Rocco. Und du musst weiterleben!»

Da. Das war ihre Stimme. Ich habe sie erkannt. Hast du gehört, Lupa? Das war sie. Sie! Spürst du diese Luft? Diesen Duft? Sind das die Blumen? Blumen sind stark. Jedes Jahr kommen sie wieder aus der Erde, als wäre nichts gewesen, als hätten sie nicht monatelang unter der Kälte gelitten. Nein, sie sind genauso wieder da wie im letzten Jahr, und sie werden auch nächstes Jahr wieder da sein. Und wenn sie gehen, lassen sie bunte Blätter auf der Erde zurück. Und wir dagegen? Weißt du das, Lupa? Weißt du, was wir zurücklassen? Ein wirres Büschel weißes Haar, das aus einer leeren Wohnung gefegt wird.

Das bleibt von uns.

Danksagung

Das erste Dankeschön von mir und dem «Kollegen auf dem Papier» gilt Andrea. Außerdem danke ich Marco, der erraten hat, welchen Platz auf der Skala ein verpasstes Abendessen einnimmt, und Alessandro, der weiß, dass ich höchstens Punkte verbinden und Abstände schwärzen kann. Vielen Dank an alle, die mir helfen, jeden Tag, der vergeht, besser zu werden. Und unendlichen Dank an Jacopo, der mir den Weg gezeigt hat, nicht wieder die gleichen Fehler zu machen, und an meine Familie.

A. M.

Weitere Titel

Rocco Schiavone ermittelt

Der Gefrierpunkt des Blutes

Die Kälte des Todes

Alte Wunden

Ein kalter Tag im Mai